何建明文集

卷十四

天歌

何建明 著

新世界出版社
NEW WORLD PRESS

图书在版编目（CIP）数据

天歌 / 何建明著 . -- 北京 : 新世界出版社，
2018.3
（何建明文集 ; 14）
ISBN 978-7-5104-6298-6

Ⅰ . ①天… Ⅱ . ①何… Ⅲ . ①纪实文学－中国－当代
Ⅳ . ① I25

中国版本图书馆 CIP 数据核字 (2017) 第 122541 号

天歌

作　　者 : 何建明
特邀丛书编辑 : 韩小群
责任编辑 : 贾瑞娜
责任校对 : 宣　慧
责任印制 : 王宝根　苏爱玲
出版发行 : 新世界出版社
社　　址 : 北京西城区百万庄大街 24 号（100037）
发 行 部 :（010）6899 5968（010）6899 8705（传真）
总 编 室 :（010）6899 5424（010）6832 6679（传真）
http://www.nwp.cn
http://www.nwp.com.cn
版 权 部 : +8610 6899 6306
版权部电子信箱 : nwpcd@sina.com
印　　刷 : 北京京华虎彩印刷有限公司
经　　销 : 新华书店
开　　本 : 710mm × 1000mm　1/16
字　　数 : 410 千字　　印　　张 : 26.25
版　　次 : 2018 年 3 月第 1 版　2018 年 3 月第 1 次印刷
书　　号 : ISBN 978-7-5104-6298-6
定　　价 : 76.00 元

1978 年——中国改革开放启幕

1978 年——我的文学生涯开始

庆幸，我的命运与时代、与祖国同行。还有一份安慰：当我离开这个世界时，有人可以从我的文字里触摸到中国今天的脉搏是如何跳动的……

何建明

重要创作历程及个人成就

1978 年　创作第一篇中篇散文《湘西探险记》

1980 年　发表第一篇报告文学《腾飞吧，苍龙》

1982 年　创作第一部军事题材小说《第二道战壕》

1986 年　出版第一部报告文学作品集《缉私大王》

1988 年　出版第一部长篇小说《东方毒蛇》

1989 年　由同名作品改编的电影剧本《西行囚车》被搬上银幕，此片获珠江电影制片厂优秀故事片奖

1990 年　第一次获中华宝石文学奖

1993 年　任文学杂志《新生界》主编

1993 年　发表第一部长篇报告文学《野性的黑潮》

1994 年　第一次成为《青年文学》封面人物

1995 年　《共和国告急》出版，此后获第一届鲁迅文学奖

1995 年　《科学大师的名利场》发表

1998 年　《落泪是金》发表，此后获第二届鲁迅文学奖、第一届徐迟报告文学奖、中国改革开放优秀报告文学奖

2000 年　《中国高考报告》出版，此后获第一届正泰杯全国报告文学奖

2001 年　《中国高考报告》被日本、澳大利亚翻译出版

2002 年　《根本利益》发表，此后获第二届徐迟报告文学奖、人民文学奖特等奖、第六届国家图书奖提名奖、第二届正泰杯全国报告文学奖，入选中宣部推荐的党的十五大献礼书目

2002 年　《国家行动：三峡大移民》出版，此后获中宣部第九届“五个一工程”奖，入选中宣部推荐的党的十六大献礼书目

2003 年　《北京保卫战》发表，获《文汇报》优秀作品奖

2003 年　完成电影剧本《廊桥悠悠》创作（此为与谢晋导演合作项目）

2004 年　由《根本利益》改编的电影《信天游》上映

2004 年　《永远的红树林》发表，此后获第四届正泰杯全国报告文学奖

2005 年　《李琬若：从中国留学生到美国市长》出版，并被美国翻译出版

2005 年　获国务院授予的"全国劳动模范"称号

2005 年　任《中国作家》杂志主编

2006 年　《男人的美丽男人的梦》出版

2007 年　散文《父亲的体温》入选中学课本及教辅资料

2007 年　《部长与国家》获第四届鲁迅文学奖、第三届徐迟报告文学奖荣誉奖

2008 年　《生命第一——5·12 大地震现场纪实》出版，此后获第二届"中华优秀出版物"奖、第四届徐迟报告文学奖

2008 年　任作家出版社社长

2008 年　荣获"全国新闻出版行业领军人才"称号

2008 年　根据《国家行动》改编的同名电视连续剧在央视播出

2009 年　任中国作家协会党组成员、书记处书记，中国作家出版集团党委书记、管委会主任

2009 年　《国家行动》电视连续剧获中宣部第十一届"五个一工程"奖

2009 年　《我的天堂》出版，获中宣部第十一届"五个一工程"奖

2009 年　《永远的红树林》获新中国六十年优秀中短篇报告文学奖

2009年　获中华全国总工会“时代领跑者——新中国成立以来最具影响的劳动模范”评选活动提名奖

2010年　根据《部长与国家》改编的电视连续剧《奠基者》在央视黄金时段播出，此后获中宣部第十二届“五个一工程”奖

2010年　《忠诚与背叛：告诉你一个真实的红岩》出版，此后获中宣部第十二届“五个一工程”奖、第三届中国出版政府奖，入选“2013年全国青少年推荐阅读的优秀书目”

2010年　任中国作家协会副主席至今

2011年　《国家——2011·中国外交史上的空前行动》出版，后获人民文学奖特等奖，入选“2012年中国报告文学优秀作品排行榜”、中宣部推荐的党的十八大献礼书目

2012年　《三牛风波》出版，荣登北京图书大厦畅销书排行榜

2012年　任中华文学基金会理事长至今

2012年　当选中国报告文学学会理事长至今

2014年　《南京大屠杀全纪实》出版，此后获第四届中国出版政府奖、人民文学奖特等奖

2015年　获亚洲品牌协会“中国文化品牌新领军人物”荣誉

2015年　《真假之间》发表

2016年　《爆炸现场》出版，获中国出版集团优秀销售奖，入选“2016年中国报告文学优秀作品排行榜”

2017年　《死亡征战》出版，被英国、法国翻译出版

2017年　《那山，那水》发表

（截至2017年9月）

目 录

楔子　今天，我们走出地球

中国人做了几千年的飞天梦。从我们每一个人的童年时代起，就梦想着有一天能够走出地球，到天上去神游，去摘星星和月亮，去编织属于自己的那个童话世界……

那一天，与航天英雄杨利伟一起走进曾经载他飞向太空的“神舟五号”舱体时，我的双足仿佛产生了一种神奇的力量——天地在旋转，江河开始倒流，太阳变得更加炽烈……杨利伟笑了，他说：“当你真正走出地球时，感觉会更奇妙。”

“真的？那你下次带我上天吧！”我说。

“你先把身体锻炼好。”杨利伟拍拍我的腰板。

看来此生无望了，我有些消极。

“没问题，每个地球人都可以实现自己的飞天梦想。你是作家，你的笔就能让你走出地球。”杨利伟说。

“你的意思是，我们每个人都可以用不同方式实现自己的飞大梦？”

杨利伟点点头，然后十分感慨地说：“其实，我们中国人非常了不起。只用了50多年时间，我们就实现了走出地球、飞越太空的伟大理想。”

是啊，中国人真的非常了不起：杨利伟乘坐“神舟五号”后，费俊龙、聂海胜两位英雄再次登临太空，在遨游5天后轻松回到地球……今天，又有三位年轻的航天英雄乘坐“神舟七号”，以矫健的身姿走出舱门，张开双臂去拥抱太空……这一幕幕的飞天实景，让多少中国人热泪盈眶！

而在这拥有 13 亿人口的泱泱大国中，我看到了一队特殊的人群，他们的热泪流得最欢畅也最激情。

他们是另一群航天英雄。

他们是成全杨利伟、费俊龙、聂海胜等“航天英雄”的英雄。

他们最骄傲自己用 50 年的时间，完成了 100 多次的“长征号”火箭发射，3 次将载人飞船送入太空……

他们的年轻院长和书记告诉我：他们还有许多美丽的梦想正在编织之中，只待时间的召唤，他们会把中国人的所有飞天梦想变成现实！

于是，他们的一切，成了我笔下的一部不朽的天歌——

1949 年隆冬的华北平原，隆隆炮声中的北平南苑。那一天天空飘着大雪，漫天大雪中一辆辆吉普车从一个叫西柏坡的小山村驶出，顶着大雪奔驰在战火还未熄灭、枪声不断脆响的大平原上。

茫茫雪原上正在向北平推进的野战军纵队，给急驰而来的吉普车队闪开了一条通道，吉普车队缓慢地减速，行进的纵队停了下来，列队向车上的首长举手敬礼。车上的首长也探出头向战士频频挥手致意。一个小战士惊喜地喊道：“毛主席，是毛主席来了！”随即队列里响起的欢呼声波浪般涌到吉普车边：“毛主席，您这是到哪里去呀？”战士们喊着追赶着扬尘的车轮。忽然车内传来了毛主席的回音：“到北平，同志们加油，快走呀，我们这是到北平赶考去啊，同志们，我们大家都要赶考啊！”

“同志们，快走了，咱赶考去！”毛主席的声音还萦绕在行军队列中，那句“赶考”的话则一直在干部、战士的交谈、讨论中被层层深化。宿营时连司令员、政委都来参加讨论会，越向深里讨论，干部、战士们越理解了主席这句朴素的话。

谁也未曾想到，在毛主席进入北京的 9 年后，京城中轴线的南端——南苑，竟成为“中国火箭的摇篮”——今天中国运载火箭技术研究院的所在地。这个和新中国一起成长、一起屹立在世界东方的执掌火箭旗帜的研究院，第一任院长是周总理亲自任命的中国的大科学家——钱学森，第一任政委是中国“一二·九”学生运动的领袖，老红军、原第二野战军15军政委谷景生少将。

南苑，原是清王朝供皇家逐鹿狩猎的猎场，风景秀丽、林木繁茂。横穿20里围场的永定河支流在老北京人口碑里是一条碧玉闪闪亮得见底的孔雀河。河两岸的繁花、绿草比现今颐和园的花廊草坪更鲜艳、更抢眼。当年咸丰帝的皇家马队，那是马还没到，风就卷起遍野鸟飞狗叫。

南苑又是一片兵营。30里营地，练过袁世凯的保皇新军，也驻过冯玉祥、张作霖的队伍。抗战时驻扎在这里的宋哲元、冯玉祥抗日联军曾参加过卢沟桥、长城喜峰口的保卫战，抗日的烽火照过南苑的旷野，抗战的铁流流淌过南苑的大地。

1957年的春天，聂荣臻元帅率领新中国第一代科学家钱学森、任新民、屠守锷、梁守槃、庄逢甘及其部将陈赓、安东、谷景生……分别乘坐吉普车驶出中南海，沿着北京城的中轴线向南奔驰，一色的美式吉普，是那个特定时代人民解放军的将军们出行的标配。开道的警卫车上伫立着两排持枪的战士，昂首挺胸，一色的美式冲锋枪好不威风！

京郊路边的柳树已抽出了鹅黄，田野上的麦苗荡漾着层层新绿。车队驶过了一片坑坑洼洼的旷野，扑面而来的荒凉就从起伏不平的地平线上凸现了出来。水洼沟坎望不到边的苇草在风中摇曳，车队停在一片矮矮的灌木丛旁边的空地里。

聂帅拉了拉被风吹卷起来的衣领，回头招呼科学家们。习惯了各种地势、地形的将军们早已跳下车来，一队忠诚的卫士将科学家们簇拥着，向灌木丛后的那座隆起的土坡走去，卫士们的哨位就游动在小土坡东南的沟边、河坎。土坡前有一条小河，一座年久失修的木桥搭在河上。安东扶着聂帅走上小桥，桥轻轻摇摆，随后的人都相互拉着手通过小桥，登上一片泛着青草的坡岭。这儿是南苑旷野的最高点，作为新任五院副政委兼一分院政委的谷景生将军，最善于在平原作战中抢占制高点，他登高一览，整个南苑就像战场尽收眼底。“怎么样？你们看这是不是一块可图帝王霸业的风水宝地呀？此处扼京都东南咽喉，历代兵家都选在这儿扎下营盘，那南北东西六道营门，虽屡经战火，依然旌旗招展，岿然不动。聂老总，我看就是这啦。”谷景生摇着手里的枣树枝儿说。

“景生兄，这可不是你二野15军的司令部，你说了不算，得先听听咱们的专家钱院长的。”安东笑嘻嘻地把谷景生顶了回去。

“这个事当然得听钱院长的，不过，我这个政委也有三次建议权供钱院长参考嘛。”

已过不惑之年的钱学森，青少年时怀着一腔报国之心出洋留学，勤奋苦学钻研，回国前在美国就享有盛誉，是世界知名的空气动力学家、火箭专家。他激动地说：“聂帅，我看就按谷政委的意见定在这里，我们新中国的导弹就从这里起飞！”

历史选择了南苑。1958年8月，国防部五院一分院扎营南苑，从此，这里不断传出了一个又一个震惊世界的传奇故事……

一列汽笛长鸣的火车呼啸着，如长龙般环行在蜿蜒险峻的乌鞘岭上。朔风怒吼，天空飞舞着鹅毛大雪，两条笔直的寒光闪闪的铁轨，在车轮下发出咣当咣当的响声，大地颤抖，群山也为之摇摆。雪淹没了天地间所有的绿色，车厢顶铺满的雪花已凝成一层薄薄的冰。列车尾部拉着两节没有顶篷的平板车，车上放置着送往西北试验靶场的导弹，29.12米长的弹身上严严实实地覆盖着绿色的帆布。两个年轻的警卫战士，一前一后威武地守护在导弹旁边。战士身穿厚厚的棉军大衣，头戴护耳棉帽，戴着手套的手紧握着挎在胸前的苏式冲锋枪，迎着风雪的扑打，一丝不动地挺立着，警惕的双眼不停地巡视着迎面一闪而过的荒野和山川。雪花铺洒在棉衣上，被体温融化滴落成冰，军衣冻成了白色的盔甲，脸上、眼睫毛上都粘满茸茸的雪霜。可小战士们仍然保持着挺立向前横枪贴胸的英姿，随着列车的奔驰呼啸，穿过隧道山洞，爬上山岭高岩。下半夜时，雪停了，星亮了，月亮爬上远山，最难爬的乌鞘岭也远远地被他们甩在身后，加速的列车风驰电掣般驶进内蒙古大草原，大草原在零下 20 摄氏度的严寒中颤抖。当天边亮出了鱼肚白时，列车已静静地停在额尔纳旗弱水河湾离二十基地靶场发射架 3 公里的铁路岔道轨上。

接车的基地干部、战士远远地就围了过来，像迎接亲人似的，把列车上的人员都扶下车。司机老郭是最后一个下来的，可他没忘记朝车尾导弹车大喊："小古、小刘到站了，快下来暖和暖和，喝碗热汤。"司机叫了几声没人答应，同车的人也喊了起来，还是没人应声。这下老郭急了，基地的同志也急了，刹那间老郭突然感到了一丝恐惧，他扔下手里的茶缸，转身爬上车顶。这时一队爬上导弹车准备拆运的基地战士突然惊呼起来，基地孙司令员赶来了，医生护士提着医药箱抬着担架赶来了，默默地围着两个已被冻得和导弹粘在一起却依然挺胸端枪、目视前方的小战士。医生伸手摸了摸他俩的鼻孔，哇地哭了起来。"小同志，你们是我们英雄的导弹守护神呀！"孙司令员抱着挺立的小战士哭道。我们的导弹守护神，此刻已冻硬成两枚矗立的导弹，和"东风二号"紧紧地粘在一起了！

草原又下雪了，基地靶场哭声一片。司令员、政委、医生护士抬着战士们用刺刀从弹身上剥离下的小战士，与牵引车一起缓缓拉动导弹默默地走向发射架。

15 天后，当太阳升起时，导弹从发射架腾飞，喷出呼啸的火焰，轰隆隆奏鸣着中国的最强音，向预定的目标飞去。几分钟后，传来了导弹命中的巨响，大荒原上响起了比导弹爆炸声更热烈的欢呼声。而我们的守护神战士，一个出生在四川，一个出生在江苏，他们再也不会感到寒冷了，世上所有的雪水都在他们身上融化了，他们的灵魂已追随着我国的导弹遨游太空，魂系九天。

弱水河畔，一束束骆驼草、一朵朵格桑花覆盖着隆起的坟丘，我们的小战士长眠在这里，不会再遭受风雪的摧残了，可司令员、政委和同志们还是在他们的坟前点燃起两堆篝火，代他们的妈妈说："孩子，你们不会再感到冷了，在妈妈温暖的怀抱里，年年有春风和鲜花陪伴着你们……"

当篝火熄灭的时候，天亮了。无论是京都大地的南苑，还是沙漠深处的导弹试验靶场，都是一个崭新时代的开始。因为决心要创造中国航天伟大事业的开拓者们，已经跨过高山大河，跨过森林草原，跨过沙漠戈壁，正叩响蓝天白云、星辰宇宙的大门，这支长征的大军如东方喷薄而出的太阳，从地平线上滚滚而来。

第一章 艰难的起飞

20 世纪的一次次世界大战罪恶之火
将地球当成一个甜甜的西瓜切分
以武器对抗武器，制造科学技术文明的突进
以战争消灭战争，推动民主独立真理的抗争
西方的霸权主义
唤起怒吼的东方雄狮
看，长城下崛起的中国正在艰难的起飞

1. 抗美援朝的启示

20 世纪是人类有史以来最多灾多难的世纪，仅仅是在世纪的前半叶，就发生过规模空前、死亡惨烈的两次世界大战。尤其是第二次世界大战，将世界三分之二的人口卷入了这场烽火连绵、硝烟弥漫近 10 年的大血战。双方的激战在付出了 1 亿多人的生命之后结束了。在赢得这场战争的全面胜利的国家中，中国与苏联、美国付出了最惨重的代价，同时也做出了最杰出的贡献。然而，战后，当世界上所有参战国都被战火破坏得遍体鳞伤时，远离欧亚主战场的美国却拥有了领先世界的最强大的经济实力，而且还从战败的德国获得了大批科学技术人才和先进的武器装备。由此，战后的美国不仅工农业总产值占据整个西方国家工农业总产值的一半以上，而且黄金储备也独占西方国家黄金总储量的 70%，成为世界上经济实力最雄厚的国家，也是世界第一军事强国。而此时的中国却尚未抚平抗日战争的创伤，又被国民党蒋介石政府拽入了内战的烽火中。

1949 年，中华人民共和国从战火中成立。它还来不及拯救百年战争留下的摇摇欲坠、濒临崩溃的国民经济，美国就派出航母舰队游弋在台湾海峡，阻止我野战军渡海作战解放台湾。在我解放军正向昌都进军和平解放西藏的途中，远东战争打响了，战火燃至我们家门口，给年轻的共和国带来极大的威胁。

朝鲜战场上，中美军事实力的悬殊显而易见。美军拥有 18 艘航母，其吨位占世界航母的 80%；美军一个步兵师装备的轻重坦克达 140 辆，70 毫米火炮 320 门，其火力配备为世界陆军之最，是我军的 10 倍以上；美国从日本到菲律宾，从意大利到关岛，在环欧洲、亚洲弧形带上建立起 200 多个军事基地，部署着它三分之一的陆军、100 多艘战舰、1200 架作战飞机。而与美军作战的中国人民志愿军虽然已经走出了长矛、梭镖、大刀的时代，但也不过处于小米加步枪的起步阶段。

后来当志愿军发起第五次战役时，毛泽东也意识到现代化战争对我军传统作战的大迂回、大包围战术的挑战。美军的强大和武器装备的先进精良，已经使我一个师、一个军都难将美军一个营包围歼灭。我军战士的大批伤亡，不是在与敌短兵相接面对面的战斗中，而是大批地死伤于美军猛烈的扫射与炮火和飞机的轰炸中。如上甘岭每一平方米的地方就要承受美军 240 发榴弹炮的轰击。有一座小丘岭上驻守着我军一个排，敌人用 8 架飞机来回轰炸了整整 4 个小时后，又集中了 50 门 70 毫米大炮轰击了 2 个小时，一个连的美军才开始进攻，当美军登上山顶时，我们只有 1 名战士抱着爆破筒从热土中跃起与 5 名美军同归于尽，而他的 32 名战友在美军进攻前已死于几个小时前的轰炸炮击。

这是朝鲜战场经常见到的场面。以志愿军一个军打美军一个营，这就意味着以 10000 人打 800 人，但结果却……

3 年后，中美双方的军队都没能越过三八线一步。志愿军的第四、五次战役曾把战线推进到三七线，而美军发动反击攻势后，仅仅两天又将志愿军打过三八线以北，从此两军胶着在一起，直到 1953 年签订停战协议。

朝鲜战争最大的启示则是让中国不再否认，一个主权国家必须用最新的武器、最先进的军事科学技术来装备自己的军队，先进的武器和尖端装备在战争中起着重要的作用。

2．艰难的起飞

当朝鲜战争还在进行时，毛泽东就以战略家的敏锐眼光看到了这一点。他说："不管抗美援朝结果如何，我们都要搞国防工业和军工生产。朝鲜战争证明，已不能用夺取敌人的装备来武装自己了，在这纷争的世界上要不被打倒，只有靠自强自立。"1955 年 1 月 15 日，毛主席在主持扩大的中央书记处会议上再次强调说："我们比过去强，以后还要比现在强，我们不仅要有更多的飞机、大炮，还要有导弹、原子弹，在今天这个世界上，我们要不受别人欺辱就不能没有这个东西。"1956 年 1 月 25 日毛主席又在最高国务会议上更加明确地说："我国人民应该有一个远大的规划，要在几十年内，努力改变我国经济上和科学文化上的落后状况，达到世界先进水平。"这一年，苏联赫鲁晓夫在苏共二十大上所做的反斯大林的秘密报告，已经使毛泽东感到苏共蜕变的危机正步步逼近。周恩来深知毛泽东此时的这个讲话，标志着加快发展我国国防尖端事业的伟大目标已经形成。1956 年 3 月，国务院成立了科学规划委员会，由周恩来亲自挂帅，李富春、陈毅、聂荣臻负责具体的组织领导。规划委员会邀请钱学森、钱三强、竺可桢、李四光、王大珩、任新民、王淦昌、屠守锷、梁守槃、钱伟长、华罗庚、严济慈、茅以升、梁思成等600多名专家参与制订了《1956—1967年科学技术发展远景规划纲要〈草案〉》。纲要草案明确了57项重点规划任务，其中重点强调要优先快速发展原子能、火箭、喷气三大尖端技术。

此前在2月17日，从美国回到祖国的钱学森教授向中央递交了《建立新中国国防航空工业意见书》。为了保密，当时惯用“国防航空工业”一词代指火箭、导弹及后来的航天技术。1956年3月14日，周恩来总理主持召开中央军委会议，决定按照钱学森的建议，成立导弹、火箭、航空科学的研究领导机构——航空工业委员会（简称“航委会”）。

1956年10月8日，毛泽东圈定了中央军委命令，中国第一个导弹技术研究机构——国防部第五研究院正式成立。阵阵掌声中，聂荣臻元帅宣布了“自力更生为主，力争外援和利用资本主义已有的科学成果”的建院方针。这一天正好是中国导弹的奠基人钱学森从大洋彼岸历经艰险、排除万难回到祖国一周年的日子。这也许是一种巧合，而这巧合使钱学森让中国导弹起飞的意志更加坚定。

万事开头难，如何能争取到外援使中国导弹的起飞更快一点呢？到中南海西花厅向周总理汇报的聂荣臻、陈赓还没有落座，陈毅元帅那洪亮的嗓门就传了进来。一贯潇洒、豪爽的陈毅元帅手里拿着一张淡蓝色的刚刚收到的电报纸喊道：“总理，好消息，苏联政府回电啦！正式邀请我国政府派出一个高级代表团去莫斯科谈判。”

苏联政府主动示好，总理、聂帅当然很高兴。这是1956年10月国际形势的微妙变化，苏联明显地对中国热情了，这当然是一个争取苏联援助的好时机。抓住机遇，往往能绕开很多弯路而事半功倍。经请示毛主席同意，一个以聂荣臻为团长，宋任穷、陈赓为副团长，钱学森等21名火箭、原子能、飞机、电子等方面的专家、教授为成员和顾问的代表团，于1957年9月7日飞往莫斯科。

专机上并排而坐的聂帅与钱学森谈起苏联的P–2导弹，钱学森说："苏联的这种导弹是从德国的V–2导弹演化而来的。"

"造这种导弹，你有把握吗？"聂帅问。

"就看这次去苏联的结果了，只要他们能提供有关的设备和导弹样品，我保证能行。"

聂帅沉思着说："你觉得还有哪些困难呢？"

钱学森轻松地笑道："你不是常说，困难像老鼠，听见脚步响，就跑个精光了吗？"

"哈哈……"聂帅大笑了起来，"对，去年在中央开会，你说过，如果没有外援，依靠我们现有的技术力量，可以在七八年内研制出像美国'诚实约翰'一类的无控制导弹。我把你的意见报告给总理，中央就叫我们7年内搞出自己的导弹，当然不会是'诚实约翰'。我当时比较乐观，心想大概只用5年，最多7年也行。这次若能争取到苏联的帮助，就能够提前制造出性能更先进的武器了。"

"那就不用5年了，在元帅领导下五院同志干劲足得很，就想让咱们弄一个样品回去研究研究呀。"钱学森风趣地说。

"好，好得很嘛，那你就领着他们制造出一个世界奇迹来！"

钱学森略作思忖说："凡事成功，都会有一个先兆，我也同样有这个预感。因为我们的社会主义制度能使科研力量高度集中，意见高度统一，这比自由的美国更适合搞火箭工程。"

聂荣臻元帅赞同这句话，同时深感钱学森心怀坦荡，不由想起在钱学森刚回国时总理的嘱咐："你要好好地对他，他也不容易呀！能回来得冒多大的风险呀！科学家是我们国家的精华，他就是科学家杰出的代表。”

下午两点，飞机降落在莫斯科国际机场，苏联部长会议第一副主席别尔乌辛和中国驻苏联大使刘晓已在机场等候，欢迎中国代表团的到来。对于莫斯科聂荣臻并不陌生，恰似老朋友再次相逢，苏联方面此次的态度是非常友好的。从与别尔乌辛相见那一瞬间，他与钱学森一样有一个好的预感，就像莫斯科的天空一样蔚蓝，几朵白云飘浮在下榻宾馆后面那一排小白桦树上。

谈判从9月9日开始，历时35天，10月15日签订正式协议。因为谈判内容涉及方方面面，宽泛而芜杂，颇费一些周旋，有一些曲折是难免的。正如来时估计的那样，苏联方面不可能毫无保留地把一切新技术都交给中国。对于苏联老大哥的无私援助，聂荣臻是有思想准备的，能得到些什么，不能得到什么，他也是心知肚明，但是总的来看苏联方面还是友好的、诚恳的。比方谈到有些项目型号性能，别尔乌辛甚至说，你们要的型号性能已经过时落后，是否换一些新的型号？在涉及导弹、原子能、飞机及其基地建设等方面，其进展是一点一点取得的。所幸的是苏联方面还是做出了一些大的让步，总的来看协议的签订还是很严谨的。如果这个新技术协定能完全认真执行，中国在突破导弹、原子能、现代作战飞机等尖端技术方面，就会有把握得多，顺利得多，在时间上也能加快。协定草案一签订，聂帅立即派人将协定草案送回北京，请主席和中央批准。

毛主席、周总理对草案很满意，立即批准，派人送回。苏联方面也通过了这个草案，于是在1957年10月15日由聂荣臻代表中国政府，苏联部长会议第一副主席别尔乌辛代表苏联政府，分别在正式协定书上签了字。

签字仪式在苏联国防部大楼里彩虹般的宫廷式吊灯下举行。

签字后，乐队分别演奏中国与苏联国歌。聂荣臻用带去的中国名酒茅台、五粮液作为庆典祝酒，满堂酒香飘溢，大家举杯畅饮。

协定上写着，苏联愿意在原子能工业、导弹、火箭武器、航空新技术、导弹和核试验基地建设等方面对中国进行援助。协定全称是《关于生产新式武器和军事技术装备以及在中国建立综合性原子能工业的协定》（简称《国防新技术协定》）。

代表团圆满完成了任务，于10月16日返程回国。随后，落实协定、做好受援的准备工作、敦促苏联政府履行协定，成了聂荣臻的一项重要工作。

从此，中国的导弹、火箭研制、基地建设展开了艰难起飞的翅膀，苏联政府也逐步开始履行协定。在1957年、1958年，协定执行得较为顺利，苏联向中国交付了几种导弹、飞机和其他军事装备的实物样品，交付了相应的技术资料，派了近千名技术专家来华，并调派了一个导弹营来华作发射示范，传授发射技术。这些专家和苏联官员大多工作认真积极，对我国人民态度友好，与我国技术人员、解放军官兵建立了深厚的感情和友谊。这对中国熟悉武器情况、掌握技术都有很大帮助。尤为可喜的是，苏联的帮助对中国尖端武器研制的起步工作起到了导航牵引的作用，在导弹、火箭和作战飞机、试验基地的选址建设方面使中国的研制步伐加速。那一个时期可以说是中苏友好的“蜜月”，苏联专家们也感受到中国人民深厚友好的感情。

3. 我来了！南苑

长城脚下，黄河之滨，燕赵大地，航天新城，集合了中华民族梦想崛起的科技精英。

他们来了，一列列火车穿越过冰封的大地，从长白山、从松花江、从哈尔滨，巨大的车轮，穿过腾格里的风沙，乌鞘岭的雾云，大草原的马兰格桑，罗布泊的胡杨林。

他们来了，从夜雨巴山的芙蓉城头，从柴达木的戈壁沙滩，从风雨钟山的紫金城下，从黄浦江畔冒险家的乐园，从农奴高擎开山斧的湘江，从屈原咏橘问天的岳阳黄鹤，从苍山洱海大理蝴蝶泉边，从高黎贡山白族、景颇族的山寨……

他们来了，从北京大学、清华园，从哈军工，从原国民党的兵工大学、“中央大学”、“国防研究院”……

他们来了，从纽约、伦敦，从塞纳河畔，从马克思的故乡，从居里夫人的家园，从伯恩斯坦的实验中心，从列宁格勒（现彼得格勒）、莫斯科郊外白桦林中的学院，从乌拉尔山，从普希金、托尔斯泰、契诃夫三套马车的伏尔加河畔……

他们来了，他们是钱学森、任新民、屠守锷、庄逢甘、姚桐斌、蔡金涛、梁守槃、谢光选、卢庆骏、徐兰如、梁思礼、吴德雨、李绪鄂、郝复俭、李伯勇、黄玉珊、刘纪原、黄纬禄、余梦伦、刘宝镛、朱森元、范士合、陈钟盛……

他们来了，从空军、海军、陆军、装甲兵、骑兵，从战火刚刚熄灭的上甘岭、金刚里、洛东江、临津湖畔，一身的弹痕累累，遍体的烽火硝烟，他们从长征的草地雪山，从千山万壑悬崖峭壁的太行山，从锦州、淮海，他们是百万雄师横渡长江钢枪直指海南的指挥员、战斗员。

他们是：聂荣臻、陈赓、刘亚楼、王秉璋、王诤、安东、刘有光、谷景生、刘秉彦、刘瑄、张钧、林爽、张镰斧、杨亚中、周吉一、冬春、刘川诗、马云涛、方永仁、王太然……

他们是中国导弹火箭的希望所在，他们是支撑起中国现代国防的杠杆。中国的航天之星，从他们的肩上升起，中国的飞天之梦出自他们无私奉献的宽阔胸怀。

迎接第一批优秀儿女的是一片秋风飒飒，满目荒凉的中国导弹研究院。这儿没有人们想象中的科学实验大楼、专家别墅公寓、办公楼区、总装生产试验的排排高耸宽敞的车间厂房、图书馆、博物馆、休憩的花园、体育馆、俱乐部、职工宿舍楼。这儿只有白茫茫一片大地。

瞧，任新民、屠守锷、梁守槃等被航天人称为航天元老的大专家，此时背起背包、挎包，相邀着迈开大步朝着二营门左边那一排矮房走去。那一排破落低矮又湿又昏暗的泥屋，就是当年民国第一执政官段祺瑞修的供下层士兵住的营舍。任新民他们人还没进屋，扑面而来一股陈年的霉味，直熏得他们呛咳起来。好在那时他们都是些年轻人，就连任新民、屠守锷也才刚刚 40 岁出头。他们相互看了一眼，心领神会地搁下背包行李，随手拿起靠在墙上的扫把、圆锹、竹筐冲进泥屋干了起来，扫的扫，铲的铲，运土的运土，没到一个时辰就把小屋收拾得干干净净，屋里有早来的人搭砌的炕，还铺了麦草。咱们的几大专家就这样欣欣然住进了通铺。他们收拾好房屋，把独角木板晒图桌支起，走到对面小河沟里洗脸，看见几百米甬道似的兵营泥屋里全都住满了人。

远处的枫树下，聂帅和刘有光政委在谈话，院警卫营的战士在刚铲净荒草的平坝里搭建了一排五顶大帐篷，帮刚到的 100 多个来自全国各大学的学生娃娃们往帐篷里搬行李。还有 20 多个女大学生痴痴地瞧着战士们赤脚踩在泥沼里，为他们要住的帐篷挖排水沟。泥沼里散发出的臭味让姑娘们捂着鼻子却又不好意思跑开。这时一个长得高高的粗粗壮壮的姑娘低头脱了鞋，抓起地上的圆锹喊道："现在咱们已经是解放军 0681 部队的女兵了，女兵就要有个女兵样子，自己住的帐篷让男兵帮着收拾，这成何体统？来吧，咱们也一起干，把女兵之家收拾得漂漂亮亮。这儿比上甘岭的坑道强多了，至少没有美国佬的大炮、飞机在头上乱炸！"

瞧，这姑娘还真有点号召力，就这么一吆喝，20 多个大学生女兵就跟着她冲进帐篷干了起来。

那边刚从聂帅身边走开的五院政委、原二野战军十三军政委刘有光少将，径直朝三营门刚到的一部大卡车跑去。车刚停稳，20 来个来自北大、清华的学生就跳下车来，那其中就有后来的中科院院士、弹道设计专家余梦伦。不过那时他还是个留着分头、有点腼腆秀气的大学生，好像与今天研究导弹的国家级专家沾不上边。还有一个就是原“长征三号”火箭的总设计师谢光选院士，不过那个时候，这个从沈阳兵工厂来的工程师也还是一个 35 岁的小伙子。生在江西南昌的谢光选把江西人的机敏、憨厚、智慧、文雅全都写在他那张椭圆形的脸上。

说起这个谢光选，今天能走进南苑，与陈赓大将还有一段天生的缘分呢。有人说一个缘分会改变人的一生，这话就应在谢光选院士的身上。

1922 年 11 月 5 日，谢光选出生在江西南昌市一个书香门第，祖父是当地一代儒医，少年时就为谢家立下“宁存千卷书，不置万亩田”的祖训。父亲因精通中国银行金融业务在省内银行界颇有名望，他留给孩子的家训是“读千卷诗书，学一技之长”。谢光选从小勤奋好学，1942 年报考大学时，几家名校都录取了他，因家境艰难，一时交不起名校所要的高昂学费，只好选择了公立重庆兵工学校大学部。他怎么也想不到，从这所学校先后走出的任新民、李乃暨、徐兰如等当今中国著名的航天专家竟和他是校友。毕业后他被分配到沈阳兵工厂，当时辽沈战役已打响，战役结束后解放军接管了沈阳兵工厂。解放战争急需新式武器，谢光选和兵工厂的技术人员一起，先后成功地研制出战术火箭的发射器和坦克火箭炮，为此获得东北兵工总局的奖励和沈阳市第一届劳动模范称号，并晋升为工程师。

1956年初，兵工厂来了一个身穿便衣、头戴皮帽的首长模样的中年人，还有8个工作人员陪同，并提出要到各个车间走走看看。因厂长和书记外出不在，办公室就抓了谢光选的差，代表厂方领着他们随便走走。哪知道这中年人竟提出要去炮弹车间和制造反坦克火箭的研究室看看，而且在严禁烟火的车间，一行人中竟有人点燃香烟抽了起来。谢光选厉声喝道："这里不准抽烟！"中年人用眼盯了谢光选一会儿才认真地问起工厂研制生产的炮弹、火箭性能。谢光选不仅没回答还严肃地说："对不起，我不能回答你提出的问题，因为这是国家机密，若回答需经党组织批准。"此时一名陪同干部把谢光选拉到一边悄悄地说："他是陈赓大将，解放军副总参谋长，这下你可以回答问题啦。"谢光选仍然坚持先报告党委办公室，在得到证实后，紧张气氛才缓和了下来。他陪同陈赓大将在车间参观时，对大将提出的问题一一作了详尽的解答，使陈赓大将非常满意。陈赓大将特别赞赏他对导弹在现代战争中的作用表述得有条有理，深入浅出，清晰明确。参观结束，陈赓大将拿出一个小本，记下了工厂里一些技术人员的名字后说："谢光选，你要做好准备去中央部门工作呢。"谢光选心里想：我一个搞兵工的工程师，到中央部门能干啥呢？他来到北京后，心里的闷葫芦才亮了底——原来是研制中国的现代导弹。

下了车的谢光选、徐兰如及另外的几位来自上海、南京的专家被人接进了一座四合院里。

这是一座只有两进的坐北朝南的小院，因年代已久，门窗的漆画都已斑驳脱落，天井里长着两棵老槐树，窗台和水井台上摆了几盆一品红、茉莉花。小院有两排厢房，三间正屋都已经住满了人。左厢房最里边三间空着，那是政委预先给他们留下的。谢光选他们一走进屋里，就忙活着收拾自己的宿舍。

五院一分院于1957年11月16日成立，1958年8月从长辛店迁至南苑。这两座四合院、办公楼以及后面的几排兵营厢房，还是北京市管的飞机修理厂调整出来的。最初五院一分院只有175人，到1957年底增加到403人。据内部透露，这些人里有不少都是科学界的精英人才，就连那新来的120个大学生也都是各名牌大学选拔的尖子。那个高高的粗壮的姑娘，别看她嗓门洪亮，她可是从莫斯科机械学院毕业归来的导弹专业的大学生。一个研究分院集中如此多的精英人才，这在国外也是罕见的。为了调进这些人，还惊动了毛主席、周总理。连中国科学院的郭沫若、张劲夫都羡慕得很呢。再说那几十个分别住进帐篷的军官，那可都是来自各军各兵种各大军区（除西藏军区、新疆军区外）的优秀的军师团营的军政主官呀！听说还有即将调来的高等军事学院的将军和大校。国防部五院一分院真是咱中国精英荟萃的卧虎藏龙之地呀！

有人说既然都是国家的宝贝，为啥还都住在荒郊野外的帐篷、破土房里，连电灯、自来水都用不上。这你就不懂啦，古人说："天将降大任于斯人也，必先苦其心志，劳其筋骨……"

"去你的吧。难道你没看见六营门、五营门的南边、北边圈了好大一块地，足足有数百平方公里，听说这几天，工程兵的两个师，还有北京的第三、第五工程局的10多个建筑公司都要开进来了。听说五院一分院要建造好多大楼呢，连图纸都是苏联最棒的军事建筑设计院绘制的。等着瞧吧，咱老北京的南苑、皇帝的狩猎场就要天翻地覆啦。"

皇城根下的老北京人，自古心里就装着一个国家政治的晴雨表，不信你就随便问问，连开车的、拉车的都能给你说出个子丑寅卯。况且一分院搞的"8102""8103"工程，那么大的动作，上万人的建筑大会战，能躲开北京人的眼睛吗？再说一幢幢大楼拔地而起，那可都在北京人的眼皮底下呀！

现已70多岁的中科院院士刘宝镛回忆当年情景时，深情地说："我从北京大学毕业就分到五院一分院，学的是力学，压根就没看见过导弹、火箭，当然也不懂导弹是怎么回事。全凭赤子的报国之心，一腔热忱地投入新中国建设，颇想干一番事业。那时候干工作讲究的就是服从祖国需要、组织安排，于是高高兴兴来了。为了找五院一分院报到，我骑着自行车绕着北京城郊转了一大圈，从早上转悠到下午3点，才找到了南苑机场，可没找到五院一分院的门。问了好些人都说不知道。其实从我问路的地方，向西只100米就是一分院，简直令人难以相信，国防部五院一分院这么重要的大单位，就在机场停机坪拐角，一座灰扑扑的土墙灰瓦的四合院里。院外几十米的河沟，一大片坟包地围了一圈铁丝网，要是我没看见铁丝网缺口那儿有座木板搭起的小哨楼，两边有站岗的士兵，我还真不知道要找多久呢？幸好国防部分配部门告诉我一个代号'0681部队'。既然是部队营地当然就有哨兵，我大着胆走了过去，向哨兵打听，哨兵让我出示介绍信后，朝四合院指了指：'去吧，小伙子，就在院东头那排房子第二间报到。'我就这样走进了五院一分院，成了一名解放军的科技战士，穿上了军装，肩上佩戴中尉军衔，心里那个高兴劲儿就甭提啦。我心里还暗自觉得好笑，咱刘家三代书香门第，到了我这代还蹦出了一个导弹营的芝麻军官来，说是干部其实就是个描图纸、摆弄手摇计算机的技术大头兵。那时五院一分院刚搬迁过来，听说这儿千百座坟包里埋的都是国民党29军的抗日英烈。卢沟桥事变时，29军副军长佟麟阁将军领着两个团的将士就是在这儿与日本军一个旅团血战了三天三夜，佟麟阁将军和他的一个师的将士都为国捐躯战死疆场。这南苑的土地浸染了抗战烈士的鲜血，这是英雄的土地呵！我们住进的这座小院就是驻守南苑的29军33团的营房，后来被日军占领又作为兵营。抗日胜利后，傅作义的部队也在这驻扎过。后来我军警卫机场的部队稍作整修又驻了进来，这排营房紧靠机场库房。五院一分院成立后，军委下命令，让空军把这座小院连同机库 5 平方公里的地方划拨给了一分院，不然咱还没这个幸运住进这英雄们热血染红的圣地呢。这传了三代的兵营四合院紧靠跑道，每天有上百架飞机起降，特别是一早一晚飞机的轰鸣声震得四合院直颤抖，土墙掉泥。院后小河沟的水里长满青苔，夏天蚊子咬得人不敢钻出蚊帐，得把头埋在被单里。冬天屋里土渣墙上都结了一层冰凌，一生炉子黑烟全堵屋里，让咱们尝够了浓烟滚滚的味道，鼻孔里都是黑乎乎的。不过那时的人，好像没现代人这么娇气，生就的‘贱皮子’，任凭烟熏蚊咬，依然坐如钟、立如松，照样描图、绘图、摇计算机、打算盘、报数字、量三角、比几何、摆弄模型和金属片。住在对面的将军政委也常常和大家一起在屋里忙活着有说有笑。咱院的谷景生政委生就是一个娃娃头，不然 1935 年他能领着北京的大学生闹学潮，举起‘一二·九’学生运动的大旗吗？那时生活虽苦可心里乐，人又年轻，肩上压着导弹，心里装着科学强国的理想，什么苦呀难呀全不在话下，只要导弹、火箭能飞起来能炸响，那就是我们的一切。”

刘院士说起当年，一脸沧桑化为绽放的笑颜，他拿出当年自己拍的黑白照片指着说：“瞧，这就是从咱院通向北京的马路，一辆四五十年代英国制造的大‘道吉’老公交车在路上颠簸着，车轮下腾起滚滚黄土，说起来咱这与天安门的直线距离只有 10 公里，可是你沿着这条公路一个半小时还不一定能颠荡到前门。大伙儿有时一两个星期也难进一趟城，那些家住城里的北京本地人全靠自行车来回转，不蹬你个浑身湿透是到不了家的。年轻人还行，年纪大的就是家在城里，也扛着行李到办公室支个行军床或摞几块活动板，身体好的干脆上机库铺地铺。不管怎么苦，没一个叫苦。咱们几百号人过的是吹号起床、唱歌吃饭、像警卫部队一样向右向左看齐的军事化生活。一个战斗的集体，一座沸腾的兵营，一种向心的凝聚力，就凭着这种蓬勃向上、勤奋好学、团结战斗、敢于超前、无私奉献的精神境界，导弹、火箭不起飞连老天爷都不会答应的。”院士说到这哈哈笑了起来，说起当年的创业，那份高兴劲儿竟像个老顽童似的。后来他研制的中国尖端武器系列，连美国也不敢小视，是可与世界列强抗衡的撒手锏。可是当年的刘宝镛，却是个最喜欢在傍晚的南苑河边的林荫小道上，吟唱新疆民歌和苏联民歌的浪漫而潇洒的小伙子。

4．中国导弹第一课

当年，钱学森院长亲自编写教材，为第一批集结的航天队伍上了一堂启蒙课，题目为“导弹概论”。讲课地点在北京西郊一家腾空的简陋医院里，讲稿是钱院长自己一笔一画书写的。

第二次世界大战后，随着核技术、喷气技术和电子技术的发展，控制论、信息论的出现，世界导弹武器、火箭技术得到了飞速发展，导弹成为现代战争中左右战局成败的重要武器之一。新中国开创了中国的导弹事业，随着现代技术的进步，钱学森带领着一批航天新兵，开始向尖端科学、太空宇宙，迈出了艰辛长征的第一步。

那天是1957年11月29日，400多名学员大多是1956年和1957年的应届毕业生，还有五院一分院的专家和院本部机关工作人员、从军队来院的军师团营干部。他们排成纵队，每个人手里提着院里统一发的绿帆布马扎，走进既是药库又是礼堂的教室，端正坐下。课前，政委指挥大家高唱队列歌曲《我是一个兵》。歌毕，钱学森院长走上讲台。他在黑板上写下“导弹概论”4个字，这就是今天的课题，这课题分为5篇、20节课、30个小时，10天讲完，每天2节。

400多名学员早就对这位世界级名人、大科学家心仪已久，仰慕崇敬之情闪耀在默默相对的目光里，洋溢在欣喜的脸上，大家仰望着讲台上含笑的钱学森院长，宛如仰望着科学之神、智慧之星。随即钱院长用他动听的男中音把学员带进了一个神秘的科学的梦幻之境，令人心旌荡漾目不暇接：导弹学、空气动力学、冲压发动机、火箭发动机、弹头防烧蚀技术、风洞技术、导弹结构等，他以严密的思维逻辑、形象感染、时空变换，将渊博的知识深入浅出，春风化雨般播洒在学员的心头。大家认真地听着，记录着，生怕漏了一句话，记错一个字，两眼盯着黑板上的公式、挂图，心随着他的思路飞翔。听他的课是学习，更是一种精神享受，一种思想的升华与净化。从弹道导弹到飞航导弹，从总体设计到分系统布局，循循善诱，画龙点睛。他不断提示，活跃课堂气氛，实行教与学互动，问与答的思辨，留出思考的空间，又点明控制的方向。他要求学员不仅学好专业知识，还要学点哲学、心理学，特别要学会运用唯物辩证法、形式逻辑，为逐步形成科学的研究方法打好理论基础。科学家也是一个思辨家，他用亲身的经历讲述他在美国探寻正确的科研思想的艰难历程，回国后发现他所探索的东西在马克思主义、毛泽东思想的经典著作里早已有了明确解释和答案。他说利用唯物辩证思想指导科研和学习，能收到事半功倍之奇效。

演讲结束时，他用一个小故事画了个圆满的句号。他说："在美国时我收到一个小青年的来信，信中说我著的一本有关工程控制方面的书上某一个公式有误，我半信半疑地进行了复核，结果证实果然有误。我诚恳地接受这个青年的意见，做了更正。"这个故事给学员们留下的启示是：任何一个科学家，不论他的名气有多大，成果多么显赫，但在搞科学研究上都应有敢于修正错误的勇气，这就是科学精神。追求真理，修正错误，不仅是科学家，也应该是每一个从事科学事业或从事任何一种事业的人的座右铭。

课堂外刮过来一阵风沙，那不是从关外卷来的风尘，那是从南苑工程基建工地腾起的热浪烟沙。

啊，中国火箭大本营动土开工了，起飞了。在推土机、挖掘机轰鸣的交响乐下，开路前进的是工程兵施工部队的八一军旗，伴随着“向前，向前，我们的队伍向太阳”的嘹亮军歌，南苑工地一辆辆载重汽车搬运土山沙堆来回奔驰。

在工程兵战士高举的铁锄、十字镐下，南苑地动山摇。

打夯机的呼吼夯实砸平地基，挖掘机的铁臂卸下的混凝土把一个个坑洼凝结填平。

几千工程兵战士的双手，搅起天翻地覆的建设高潮，正将挂在院部办公室墙上的中国火箭城代号“8102”的蓝图，化成几十幢航天楼崛起的现实，围城而过的柏油路上车如流星。

第二章　莫斯科吹来的寒流

涅瓦河畔伫立的青铜骑士流泪了
悲愤凝结成河上银色的薄冰
俄罗斯的灵魂丢失了，不再有崇仰的鼎盛
茫茫西伯利亚承受不住这突如其来的严寒
冰冻的贝加尔湖上拖拉着铁链的声响
三套车的歌声也被高空的雪泡凝封
从前的火热与光荣到哪儿去寻找
啊，莫斯科的天空寒流滚滚……

1. 蜜月降温

历史正走进一个重大转折的前夜。

1958 年冬天的莫斯科显得特别寒冷，刚进入 11 月，一场大雪就吸引了嬉闹的孩子们在普希金广场前打起雪仗，不论是莫斯科河还是伏尔加河都在一场大雪中封了冻。而中国大地正遍野架起高炉、土炉，连机关学院的大院广场都燃起了大跃进“超英赶美”大炼钢铁的火焰。熊熊的烈火几乎点燃了神州万里山河的每个角落，树林在燃，草场在烧。长城内外，大江南北没有一处不在冒烟，连风云气流都闪着火光。全民大炼钢铁就是“大跃进”的先锋，中国人一下就走进了“共产主义天堂好，人民公社搭金桥，各行各业放卫星，一颗比一颗放得高”的时代。往往在人们盲从的集体无意识的狂热背后，就是灾难的降临和危机的逼近，但这种狂热也有席卷不到的湿地。因为那儿积蓄沉淀着智慧的水，那是一潭清澈的聪明泉。

中午，北京的天空从灰蒙中亮开了，但炼钢的黑烟和煤渣灰不一会儿又把亮开的天空锁在烟雾里。聂荣臻元帅望了望玻璃窗外，抓起桌上的红色电话接通了周总理的办公室说："总理，是我，荣臻。是到下决心的时候了，必须立刻坚决地把国防科研单位大院里那些炉子、土窑拆了，下令禁止五院一分院等科研单位丢下业务不干去炼钢，这样下去，国家损失会更大，导弹、火箭还搞不搞呀？""荣臻，这个事你抓一抓，不要等中央文件啦。立刻下令导弹研究院和核九院不得停止对导弹、原子弹的研制。他们的'大跃进'就是实事求是地鼓一把劲，把导弹、原子弹的科研搞好。国家和人民都盼着导弹上天，原子弹炸响呢。"此时五院及一分院的领导人倒是很清醒，科学家们不会集体无意识，跟着起哄。他们一边抓紧"8102""8103"两项基建工程的建设，一边使各项科研工作不受"大跃进"的干扰，从时间上保证科学技术人员每周 6 天都要从事科研和学习。他们还把政治思想工作做到基建现场和科研室组，明确各分支单位的政委、教导员、指导员的任务，就是保证型号研制、生产制造任务的协调合作完成。虽然每天从早到晚基建工地上机声隆隆，车如流水，工地上的高音喇叭高唱着"大跃进"流行战歌，但各个研究室、设计室仍然竭尽全力在围绕着苏联送来的"1059"地地导弹样品及"543""544"地空、海防导弹样品进行拆卸装拼的学习、绘图、测算，认真听取和观摩苏联专家的讲解和实地操作。

就在这个高烧不退的 1958 年的 7 月 31 日，自封为社会主义阵营老大的苏共中央总书记赫鲁晓夫来了。他一副盛气凌人的样子，见了毛主席便责问说："你们为什么对苏联政府郑重提出的关于中苏建立联合舰队与长波电台的建议迟迟不予答复？"什么叫建立联合舰队？其实是要中国允许苏联军舰不经过任何通报交涉就可以自由进出、使用中国所有的海港口岸。所谓建立长波电台，就是让中国的国家机密无保留地向苏联开放。这种强盗式的要求是对中国主权的侵犯，毛主席能答应吗？遭到严词拒绝的赫鲁晓夫愤愤不平地走了，他这次示威似的访问不到72小时就结束了。不久，一股来自莫斯科的寒流穿越西伯利亚逼近了中国。从1950年开始的所谓的中苏“蜜月”不再有春的暖意。

其实这一点聂荣臻早有预感，就在当时热热闹闹签下中苏《国防新技术协定》时，他心里就很明白，从根本利益上说，我们不能指望苏联会把最先进的科学技术成果拱手送给中国。若认为苏联会对中国毫无保留地支持，那是幼稚和天真。对国防新技术产品及有关增强国家实力的产品，苏联总是有意封锁，让中国落后于他们一代，甚至两三代。这个意思早已是司马昭之心，路人皆知，中国人上当得的教训也不是一次两次了。抗美援朝时，本来就很困难的中国人民用自己的血汗钱倾尽全力捐献支持国家，把钱集中起来向苏联购买新式武器，以减少在前线作战的志愿军的伤亡。而苏联卖给中国的是些什么“新式武器”呢？第二次世界大战中已淘汰的机枪、步枪、大炮、坦克，他们甚至把1935年生产的旧坦克刷上一层新漆当成新式坦克卖给我们，认为我们都是瞎子不识货。聂荣臻幽默地对苏联顾问说：“你们这些坦克在乌克兰战场、柏林前线立过好多大功啊！”边说边将沾满坦克上新漆的手伸了出来。苏联顾问一副笑脸，手摸着脱了漆的坦克说：“这辆坦克也许是误会。”

自赫鲁晓夫回国后，按《国防新技术协定》，我国急需的一些军事装备和导弹图纸过了合同期也不见送来，经我方再三催促，苏方才回答，这批物品已启程运往绥芬河口岸，三日内到达，请我方派人准时去接收。当一分院沈辛荪等人准时赶到绥芬河预定地点，苏方又来通知说样品因途中遇大雪受阻，请再等几天。像这样的事不止一次，不能不让中国的科技人员心生疑窦。当然，不管怎么说，苏联人民及来华帮助我们的苏联专家大多数是真诚而友好的。

随着时光进入1959年，中苏关系起了质的变化，莫斯科的寒流已越过边境直达我国导弹研制的基地中心，甚至在额济纳沙漠戈壁的试验基地也受到这股寒流的袭击，中苏的“蜜月”此刻只剩下了薄薄的一层面纱。

中苏的“蜜月期”从一开始就被喜马拉雅山南麓、恒河边获得独立的印度共和国的一位哲人政治家，洞悉了其中的真谛。

1951年10月，新德里雨后初晴，炎热退尽，在印度总理官邸的花园里，印度与南洋特有的曼陀罗花灿如云霞，让花园的夜晚也飘着朵朵红云。总理尼赫鲁邀请美国外交官鲍尔斯及其夫人来官邸做客并共进晚餐。席间谈到中国和苏联时，尼赫鲁表达了和美国人完全不同的见解，他说：“从历史的逻辑和地理的现实看，中国和苏联注定是要发生冲突的。”

“可是，现实是这两个都信奉共产主义的国家，正处于他们自称的‘蜜月’时代，现在还没有任何迹象表明，他们会在共同与西方的对抗中分道扬镳。”鲍尔斯说。

“当然，他们今天已经把自己绑在了同一辆战车上。但中苏的联合不会持续超过10年。中国人在传统上瞧不起俄罗斯人，把他们看成是半开化的民族，而且苏联是现今还对若干世纪以来原属于中国的领土仍然保持控制的唯一国家。”尼赫鲁颇有深意地说，他两眼望着东方，摆了摆手自言自语地说：“同中国人打交道，苏联人在心理上有一种文化的自卑感，而且他们特别担心迅速增长的中国人口和其经济军事实力的增强，特别是中国军队对新疆、西藏历史性的驻扎会对他们的东南、西南边境造成压力。这同样会造成对印度的威慑，因此我断定苏联以至印度早晚会与中国发生对抗。”

从时间来看，1959 年以来发生的事至少已部分证实了尼赫鲁的预见。

就在尼赫鲁这场私下谈话后不到 4 年，赫鲁晓夫邀请联邦德国总理阿登纳访苏，不仅给予隆重的欢迎接待，而且在会谈中竟对阿登纳说：“目前，我们苏联人面临下列任务，首先我们必须尽一切努力提高我们苏联人民的生活水平；第二我们必须像美国一样扩充军备，保持某种意义上实力平衡；第三也是最重要的一个问题，即中华人民共和国将会怎样发展。”阿登纳对前两个问题是赞同的，但关于中国他甚感惊讶，不由地望了赫鲁晓夫一眼。赫鲁晓夫意味深长地说：“你不妨想象一下中国现有 6 亿人口，而且每年还要增加 1200 万，这将会发展到什么地步。”阿登纳沉思了一下，忽然明白地拍了拍手说：“对，这一点上帝也没法抗拒。以长远的眼光来看，他们是你们的最大威胁。”

赫鲁晓夫突然握紧拳头挥舞着说：“我们能够解决这个问题，但有时是很困难的。因此，我请你帮助我，帮助我来对付中国吧。”

阿登纳当时虽然内心惊讶，然而却又甚为高兴，这个自称为铁板一块的社会主义阵营已开始出现四分五裂的迹象，中国、苏联这样两个令西方世界惶惶不安而又苦无良策的大国将走向对峙，这是西方始料不及的，而且大有文章可做。

阿登纳回国后，立即将这意义非凡的重大信息传达给了华盛顿、伦敦、巴黎，还建议西方阵营利用苏联：“迫使苏联人放弃对西方的压力，并使个巧必要时暗暗援助一下，让苏联去对付确实威胁着他们也是我们的危险的赤色中国。”

历史是现实的一面清澈的镜子，危机在当时签订协议时就有了。凡是纸上的东西，要变成现实，都有两种可能，果不其然，我们的一厢情愿、好言善心还是刺激了苏联，他们率先出手了。看起来这与执行协定无关，但却是不祥的前奏。1959 年 2 月，苏联政府在对待中印边界第一次纠纷冲突上不顾中国政府提出的事实和历次对印度政府的奉告，有意偏袒印度，指责中国，并授意塔斯社公开发表苏联《关于中印边界事件的声明》，将中苏分歧第一次公开。紧接着 1959 年 3 月，西藏达赖集团发动武装叛乱，企图把西藏从中国分裂出去。苏联政府与印度政府则持一个立场，发布了对中国严加斥责的声明，公开表示对达赖集团的同情与支持。1959 年 6 月 20 日，苏共中央在这一天致函中共中央声称，苏联与美国等西方国家正在日内瓦谈判关于在全球禁止核武器试验条约协议，如西方国家一旦知悉他们正在国防新技术方面援助中国，有可能严重地破坏社会主义国家为争取和平、缓和国际紧张局势所做的努力。因此，信中提出：中断协定里不符合谈判协议的所有重要项目，至于将来是否执行，两年以后看形势发展再说。其信中列出不再提供原子弹教学模型和技术资料、新型导弹的样品及技术资料图纸。从此《国防新技术协定》中的这些关键性的重要项目都被苏联单方面终止，使我国正在仿制的导弹、原子弹工程陷入了困境；而且他们又把这一决定通知了援助中国的苏联专家和他们派到我国做示范发射教学的导弹营。

同时跟进的另一个重大的变化，是苏联催讨抗美援朝的借款及《国防新技术协定》中所规定的我方应付款项。比如说苏联专家为帮助一分院修建办公楼、工厂宿舍设计的图纸，是以猪肉来支付的。为多得猪肉，苏联人竟将室内安装吊灯、台灯、房灯的图纸分成三张设计图，一张图一个灯泡也想向中国要 500 斤猪肉。从 1959 年 7 月起，苏联向中国要的东西越来越多了。在这之前苏联索要的大多是些肉类、中药、良种、土特产品和手工传统技术，这会儿不仅大量索要稀有金属矿石，更为可恶的是竟开始索要我国的重大工程项目的资料，包括一些重要的水利工程、水文资料，凡是涉及中国民生国计发展的一切他全都要，巴不得一下子把中国掏空。而我们中国因为“大跃进”的失误，从 1959 年起已经非常困难了，此时的赫鲁晓夫却还幸灾乐祸地说：“中国现在过的是‘大锅清水汤，三个人穿一条裤子’的生活，还想造导弹？做梦吧！造几个大鸭蛋我看还行。”

就在这困难的关头，中央军委扩大会议确定“两弹为主，导弹第一”的方针决不动摇，三五年内要力争突破尖端。为此，中央军委写出了《导弹、原子弹应坚持攻关的报告》，经聂帅签字后，呈送中共中央。这个报告全文共 5000 字，详细陈述了“两弹为主，导弹第一”方针及攻关突破的条件、困难和拟采取的措施，驳斥了两弹应下马的错误意见，澄清我们一些同志头脑里非常危险的想法等。报告很快得到毛主席、周总理、刘少奇、邓小平同志的赞同，作为中央文件下发，并传达到正在加紧仿制“1059”“543”“542”的五院及一分院，使这场有关国家安危、国家强盛的战略决策，化作了一股强大的力量。不论是导弹研制基地——中国火箭的摇篮一分院的科学家、科技人员、技术工人，还是戈壁深处正在建设导弹试验基地的十万建设大军，全都紧急动员起来，为仿制研制发射我国自己的导弹投入战斗。

2. 代号“1059”

这是一场特殊的战斗，这是一项中国高科技的战略行动。中国是第一个敢于向茫茫天空、浩瀚星河挑战的国家，火箭的幼童是在中国的摇篮里诞生长大的，于 1300 多年前才传到了阿拉伯世界。世界上第一个圆梦飞天的突破，就起飞于明朝帝都金陵的紫金山上，虽说失败了，但志气勇气长存浩宇，英雄遗志永留人间。

苏联人也许没有想到，当新技术协定还在莫斯科谈判时，中国的导弹、火箭研究院就已宣告成立。一大批势在必得的精兵强将汇集于一分院的各个研究室。国防部五院为培养测试、操作、维护导弹的骨干，与中国人民解放军炮兵司令部共同组建了炮兵教导大队，下设指挥、技术、发射、运输四个连，其中一部分学员成为二炮部队的骨干。《国防新技术协定》签订后，苏军一个缩编P–2导弹营到达北京，负责导弹的测试、发射等操作训练事宜的传授。两发P–2导弹和一套地面设备同时到达一分院驻地。1958年1月13日，一分院所属教导大队第一期培训班开学。4月，在北京坦克靶场进行了第一次P–2导弹实战演练。一分院有关科技人员也来到现场参观学习，后又开办了第二期培训班。

国防部五院和一分院在此先后制定了第二个五年计划期间（1958年至1962年）研制工作和喷气火箭技术发展的10年规划。确定1958年的研究工作重点是学习并掌握P–2导弹资料，做好仿制生产的一切准备工作，加速进行基地建设，开展在现有条件下的各项科学研究工作。5月17日，国防部五院和国家一机部一起安排“1059”任务分配表，我国的导弹仿制工作就从这一天开始正式上马。

“1059”是我国仿制P–2导弹计划的代号。1958年5月29日，聂荣臻同黄克诚（军委总参谋长）、钱学森一起部署“1059”仿制计划。要求1959年10月完成第一批导弹总装出厂，争取于建国10周年试射，但是这个计划被推迟了。当时决定仿制工作以国防部五院为主，各有关工业部参加。6月，一分院提出第二个五年计划的工作规划，明确以研制设计工作为中心，近期以仿制“1059”为重点，配合中国科学院试制两级探空火箭，掌握火箭技术，并着手新型发动机的研制工作。当时一分院的科技人员并不多，就敢于拿出这样高瞻远瞩的开创性的规划，是非常可敬的。

为了尽快实现这个富有战略意义的规划，中央领导下令全国为一分院输送最优秀的与导弹研制学科有直接或间接关系的科学家、技术人员和技术工人。

当苏联送来的P-2导弹的图纸铺开在以钱学森为首的仿制小组的大办公桌上时，除了钱学森能看懂外，其他的人没几个懂得图上绘的是什么东西。“这枚样品全长为17.7米，最大直径为1.65米，尾部有4个梯形尾翼，起飞质量为20.5吨，以液氧和酒精为推进剂，地面发动机推力约为370千牛，采用惯性加无线电横偏校正混合式的制导系统，导弹射程为590公里，弹头装常规炸药。P-2导弹是苏联在第二次世界大战时期德国V-2导弹基础上进行改进设计的，射程比V-2提高了一倍。”钱学森一面讲解着，一面用手中的小棍敲打着这枚导弹。因一分院的导弹总装厂还没盖好，导弹就放置在一家医院的药库里。他又根据几位专家的提问，对制造导弹涉及的空气动力学、发动机、弹体结构、自动控制等专业知识与几位专家做了交流。

听着钱学森的介绍，谢光选和梁守槃的思绪飞回到了拆卸P-1导弹时的情景。那时，为了研制自己的导弹，就得从仿制别人的导弹做起。而要仿制，第一步就是拆卸、解剖导弹，将所有零部件一一分析，再重新绘制成图纸交给工厂制成产品，重新组装、试验。这是一桩非常细致的工作，来不得一点儿差错，就连一颗螺丝钉也不能走样。谁来拆卸导弹？人多了会搞乱，人少了又太慢。还有生产中每一个部件用什么材料，中国有没有，能不能生产这些材料，当时都是未知数。

据谢光选回忆，当时钱学森正沉思着，忽然目光在谢光选和梁守槃的脸上来回移动，他征询地问：“我看拆卸导弹的事，咱们这些只上过讲台的人恐怕不行，不是说咱们不懂，而是从没有摸过钳子、扳手、榔头的手，不知咋使劲。小谢（谢光选当时30岁出头)、老梁他俩都在兵工厂干过，比咱们懂行。”

“钱院长既然将话说到这份上，这活儿我是推不脱了，梁大个就咱俩接了吧！你怎么不说话呀？”谢光选边说边盯着梁守槃那长满胡须的脸。

梁守槃环顾了一下四周围过来的目光，假装长长叹了一口气说：“看来我是想推也推不了啦。不过这事儿要以小谢为主 ，我打打下手没问题。”

“行，这就定啦，小谢能者多劳吧！”钱学森高兴地拍着谢光选的肩膀说。

上就上嘛，天生不怕输，生性是条倔牛的谢光选，涉足航天的第一仗就打了个冲锋。不论是谢光选还是梁守槃，心里都很满意，这是他们有生以来第一次联手解剖外国人研制的导弹，第一次摆弄世界高科技制造的杀伤性巨大的武器。他们知道这种导弹是多个学科、百余个专业技术的复合体，牵一发而动全身。虽然在大学时代，他们都偏爱火箭知识，而且还刻意研究过这方面的著作，再加上他们本身有着较高的理论知识和专业成就，又经历过专业理论与实际联系的应用，但如今还是感到知识短缺，还需要注入新的知识。因为在今天这个飞速发展的时代，科学的进步、知识更新的速度往往就在转眼之间。为了解剖这枚导弹，他们找来《宇航工程手册》，从中找答案。为了进一步深入了解导弹原理、结构组成、单元配制、生产材料，他们每晚都把自已锁在办公室里挑灯夜战，重新熟悉英语、德语，攻读从前没学过的俄语，又自学陀螺力学、控制论、可靠性数学、计算机、低温传热学、二相流和热传递的最新进展等专业知识。白天他俩在闷热的药库围着导弹敲打扭旋，干的是体力活，也是脑力活，身和心一起动，不敢有一丝放松。那个累、那个苦是常人无法想象的，谁说科学家是动脑不动手呢？到了晚上还不能休息，得把一个个卸下的零部件在灯下铺开，一个一个研究，记在小本上。一个月下来，导弹倒是卸完了，他俩像得了一场大病，蒙头睡了两天两夜。

当谢光选、梁守槃拆卸导弹的工作接近尾声时，苏联送来了第一批“1059”导弹的图纸资料，而谢、梁对“1059”的了解、认识已超前于图纸资料到达的时间，一分院的技术人员很快开始对这些图纸资料进行译制。1958 年初，一分院的组织结构已根据形势作了更为科学的调整，原来的机关办公室、政工组、技术保障组、物资保障组，调整充实为办公室、政治部、技术保障处、物资保障处；原来的 8 个专业研究室中，总体设计研究室改为地地弹道式导弹设计部、空气动力研究室改为火箭发动机设计部，原北京飞机修造厂划归一分院成立导弹总装厂（总装厂），同时新成立发动机试验站、地空导弹设计部。

导弹仿制工作由此全面铺开。当时，研制基地的建设工程进度远远不能适应，工程所需的设备引进跟不上，国家采取了许多措施，包括从第三国快速采购，不只走莫斯科一条路。中央军委还加派工程部队，抽调空军、海军的技术力量加快工程建设的步伐。在“自力更生”的方针指引下，采用土洋结合的办法，夜以继日、三班倒，加快一分院的基本建设。但就在这个关键时刻，苏联停止了《国防新技术协定》中承诺的所有原定的材料、设备和元器件的供应。在一分院工作的苏军导弹营撤离了中国，部分苏联专家被召回国。

3. 叩响宇宙之门的困难年代

真是屋漏偏遇连阴雨。此时，我国工业基础落后，有些材料的生产技术仍未能掌握，还有些金属材料、合金钢，我们根本在短时间内无法生产或突破。而这时中国的老百姓正生活在每月 19

斤粮、2两肉、3两油的年代，广大农民连这个标准也达不到。

即使在这样的形势下，航天人也没有退缩。他们饿着肚子，勒紧腰带也要为国家造出“争气弹”。他们说，这又是一次长征，要拿出红军过雪山草地、吃草根树皮的英雄气概，战胜天灾人祸。为增强我们的国防实力，红军的后代是不会停止前进的！

压力就是动力，前进就是成功。导弹仿制、基地建设、人员增加、力量凝聚，一个大发展、大建设的新时期开始了。就在这时，党和国家领导人邓小平、彭真、陈毅等同志先后视察一分院的总装厂、总体设计部和试验室，在基建工地与大家见面。此时“1059”导弹的仿制进入了最后阶段，在一分院工作的最后三名苏联专家已接到命令奉召回国。就在他们接到撤离命令的前两天，他们依然固执地坚持我国制造的酒精不合格，不能作为导弹的推进剂。尽管国产酒精经国家检验是合格的，比苏联的酒精纯度更好，但苏联专家就是不准试车，说必须向苏联购买，否则出了问题他们概不负责。

这一天，彭真同志来到总装厂视察。总装厂负责生产的副书记冬春同志是从华北局调来的干部，抗日战争期间在延安抗大学习时就认识彭真同志。后来在晋察冀，冬春又在彭真、聂荣臻身边工作，当青年科长。进城后冬春先在北京市委工作，后调到总装厂。那时的总装厂属于北京市领导，原名北京飞机修理制造厂，是清朝宣统年间开办的，系李鸿章搞洋务运动的一个杰作。1922年该厂就生产仿造过德国制造的小型作战机，厂址就在北京南苑机场北边。据档案记载，中华人民共和国开国大典飞过天安门上空的8架解放军的战机，其中4架就是北京飞机修理厂的技术人员和工人修理好的，当时共修好了8架，还有4架作为备用机停在停机坪上。这些飞机大多是美国制造的，只有2架是苏联的“米格”。1956年，北京飞机修理厂凭自己的力量还真造出了2架教练机和1架仿造"米格-15"的苏联飞机。这是一家在北京市很有名气的有近万人的工厂，干的又是飞机修理制造，在共和国成立初期的北京那是很了不得的大厂。彭真对这个工厂格外关心，当时聂帅、贺老总和他商量将北京飞机制造厂调给五院一分院，作为中国导弹的总装厂，彭真心里还真有点舍不得，但为了生产国家的尖端武器，他还是割舍了。

1959年2月，总装厂大部转入一分院，组建成导弹总装厂，另一部分调入东北531厂。划调后彭真同志是第一次来到他熟悉的总装厂视察。厂里正在为生产"1059"的仿制部件干得热火朝天，总体设计部的设计人员都下到车间和工人师傅一起攻关、一起干活。副厂长冬春一身劳动布工装，手里提着小榔头和工人一起在新铸造的17米长的导弹毛坯上轻轻地敲着。要不是听到彭真的叫喊，他还不知道是老首长来了。他急忙放下榔头，一边在围腰上擦手，一边急匆匆跑过来，"啪"地立正敬了一个标准的军礼："首长好！""小冬，听说你当了导弹仿制领导小组的副组长，怎么还舍不得丢开小榔头呀，导弹可不是飞机翅膀、火车轮子。"彭真风趣地笑道。"老首长，你又在逗人家啦，其实导弹的毛坯身子也是能敲打鲜亮的。在这里车、刨、钳、焊、榔头全都用得上。首长，'老毛子'不给咱好看的，可咱们的工人师傅能得很呢。咱就不信中国人鼓捣不出导弹来。""小冬，别开口就是'老毛子'，对苏联专家还是要尊重啊，不能把来帮助我们造导弹的苏联专家和赫鲁晓夫扯在一起。""老首长，这我能分不清吗，可有些事还真气人，不管你怎么耐心讲道理，差点儿没跪下来求这些专家啦，可人家就是那个牛劲儿不答应，眼看着过几天就要试验，他就是不让试！""小冬，你说清楚点，什么事？"彭真怀疑地问道。冬春这才将酒精的事向彭真做了详尽的汇报，彭真笑了笑说："冬春，我给你们调解调解，你午饭时把杜得柯夫那三个专家请到刘秉彦那去，就说我和刘院长请他们喝酒，提前给他们饯个行。”“行，有老首长出面，我还担什么心。老首长在东北当书记时就练了几手高招，再加上当过防空军副参谋长的刘秉彦副院长也没少和苏联军官打过交道，一摸一个准。我这就去找他们。”冬春边说边跑出了车间。彭真同志又走到“1059”导弹跟前与工人、技术员一一握手问候，谈了一阵话，这才在一分院新来的政委张钧的陪同下，被涌来的科技人员和工人们簇拥着走出总装厂。

午饭时，冬春领着杜得柯夫等三位苏联专家走进院部的小食堂。彭真、张钧、刘秉彦已在门口等候迎接。彭真同志特地将杜得柯夫和另一专家拉到他身边坐下。高高大大洒脱儒雅的刘秉彦俨然是今天酒宴的主人。铺着洁白桌布的桌上，分别摆着一排茅台、五粮液。酒瓶都是白瓷烧制的圆鼓型，少说窖藏都在20年以上。瓶盖刚掀开，阵阵酒香就把小食堂里的人熏得摇摇欲醉。苏联专家们的脸都笑歪了，不等主人把盏敬酒，他们就自己动起手来。62度的中国佳酿，在苏联那是只有总书记宴请各国政要的宴会上才有的，今天中国领导人用如此的琼浆玉液招待他们，他们自豪、高兴又百般感激。宾主间一连三杯下来，还真应了那句民间谚语：“一口闷，感情深，三杯下肚浑身爽，政策原则杯里光，美酒才是太上皇。”

苏联专家高兴地唱起了《三套车》，蓝眼睛里充盈了泪水。他们说在中国工作生活每天都像过圣诞节，中国朋友是世界上最好的朋友；还说他们的国家对不起中国人，他们感到很惭愧，要走了不知今生是否还能来中国，看望一起工作、生活的老朋友。

“感谢就不用说，杜得柯夫同志你说说今天的酒怎么样？”冬春说。“比起你们的酒呢？”张钧好像很随意地问道。“那不能比，你们的酒在天上，我们的酒在地下，不能比呀！”

“不，杜得柯夫同志，我们的酒不行，酒精也不行，不能加注成导弹推进剂。”刘秉彦略显醉意大大咧咧地说。

“你们的酒精好，行，完全符合要求，比我想的好，完全可以用在导弹上作推进剂用。”

“可是，杜得柯夫同志，我听说你不同意使用我们中国的酒精，要用苏联的，有这回事吗？”彭真笑着问道。

“没有，我怎么会说这种话呢，你们说过吗？”杜得柯夫盯着另两名苏联专家问。两名苏联专家一起摆手争着说：“我没有”“我不知道”“我不会说这样的蠢话”。

“既然专家们都没有说过，冬春，那就按原定计划使用中国的酒精加注，进行试验。”彭真肯定地说。

“冬春厂长，就按首长的话执行，我现在就签字。”杜得柯夫边说边掏钢笔，冬春早就做了准备，立刻将报告签单递了过去，杜得柯夫上校挥笔签上了他的名字。

散席时，刘秉彦副院长把备好的礼物，一瓶茅台、一瓶五粮液送给他们，苏联专家高兴地捧着礼物向彭真、张钧、刘秉彦深深鞠了一躬离去。

晚上 11 点时，杜得柯夫上校敲开了冬春的门，把一个 16 开的苏式笔记本按在冬春手里神秘地说：“冬春厂长，明天我们就要回国了，我把这个本留在中国，对将来你们研制新的导弹或许会有帮助，再次谢谢你们对我们在中国的照顾，我们永远是好——朋——友。”

冬春一把拥抱住他，泪水流了出来：“好朋友，你再等会，咱们再干几杯。”

“不，他们在等我，我不能久待。同志朋友，祝福你，再见！”说着他竟唱起了第二次世界大战时苏联流行的歌曲——《共青团员之歌》，唱着唱着冬春也跟着唱了起来，相互挽臂走出房门。杜得柯夫唱到最后竟将歌词改了几个字。歌声在静寂的一分院刚刚栽下的白桦林中回荡：

听吧，战斗的号角发出警报
万众一心，奔向前方
我们再见啦，亲爱的妈妈
请你吻别你的儿子吧
再见了妈妈
别伤心，别难过
请你祝福你的孩子吧
再见吧，亲爱的中国
胜利的星会照耀着你们
再见吧，亲爱的战友
祝福我们一路平安吧！

最后的三个苏联专家从一分院走了，他们把心愿和智慧、祝福与希望留在了南苑，留在了即将飞射长空的导弹上！

50年后，白发苍苍早已离休的冬春回忆说，记得仿制“1059”的时候，有3800多项零部件材料需要落实、解决。别说是我们这些扛枪杆子出身的门外汉，就是读了大学的专家看了也全傻了眼。工人师傅连同技术员也恐怕有一半叫不出名。好在我们大家都听过钱学森院长的课，知道导弹的研制是一个系统工程，导弹技术是现代科学技术和基础工业成就的高度结合，它所需要的材料、工艺、技术几乎涉及国民经济的所有生产部门，大到发动机、弹体合金钢，小到一个橡皮垫圈、一个针头、一卷钢丝。所以在我们还未开始拆卸导弹时，国防部五院和一机部就共同制定了仿制计划，签发了任务分配表。将地面机械设备分别安排给了航空、电子、兵器等工业部门仿制，原材料则由冶金、化工、建材、轻工、纺织等部门去试制生产。主要承制的厂有60多个，二次协作的厂有100多个，实际上，到临近成功时，协作厂将近1400个，简直是全国大动员、大协作！所以导弹、火箭的生产，不是一个研究院、一个总装厂就能干得下来的。导弹的成功发射，首先是国家集体的力量，是千千万万群众的智慧，它承载着千千万万人民群众的心血和汗水呀。当时下达任务的重头首先落在一分院，既要负责导弹仿制的总体设计，又要完成弹道设计、弹体和发动机的研制；二分院负责控制系统的研制；总装厂承担导弹的总装任务。

导弹制造的手段跟飞机修理制造大不相同，飞机制造主要靠铆接，而导弹制造却以焊接为主，包括埋弧自动焊，合金钢、铝合金点焊及手工自动氩弧焊等，而这些工艺与工种总装厂都没有，都需从头学起。从1958年起工厂就派了数百人到沈阳兄弟厂去学习，学焊接工艺、不锈钢精加工、大型钣金冲压、表面磁化处理和精密铸造等技术。总装车间全班人马则都拉出去学习发动机燃烧室制造技术。

当时要把240名铆工改为焊工，确实面临着很大的难度，经过艰难培训学习以及工人们的刻苦钻研，他们分别掌握了埋弧自动焊、点焊和手工自动氩弧焊技术。当时培养一名氩弧焊工的费用要超过培养一名初级航空驾驶员的费用。初期国内还不能生产氩气，从民主德国进口一瓶氩气要6万元，培养成本之高可想而知。后来我国在南京加紧进行试验，刚开始试制一瓶氩气成本高达20万元，当时人们都说氩焊工的手是“金手”。为保护这些拔尖的“金手”，工厂不让他们干重活、杂活，以保证他们焊出合格的产品。工人们不负众望，一批技术过硬的“金手”焊工投入导弹弹体焊接和发动机产品部件的焊接工作，焊出了一批合格产品。

“1059”导弹仿制一上马，迎面压过来的就是三重难。

其一是图纸资料不全。苏联送来的图纸资料不配套，尤其是地面设备和整机所要的二次协作资料短缺很多：加注设备中涡轮泵的转子流量计没有图纸；遥测系统中的地面测试发射电气设备也没图纸；遥测系统只有压力过载两种传感器，其余的传感器则要自行研制；总装工艺资料也不全。这些问题虽然是局部性的，但导弹是一个完整系统，少了哪一部分都不行。可是，中国人能信这个邪吗？科技人员通过测试样品，绘制成结构图和原理图，再进行设计计算，在工人师傅实地操作的密切配合下，过了这一关，成功研制出合格产品。

其二是原材料品种规格不全，缺料太多。由于我国工业基础薄弱，导弹所需原材料有相当一部分国内无法配套生产，如冷轧薄钢板、2 米以上宽度的铝合金板材、无缝不锈钢管及一些橡胶件，除一部分可从苏联进口外，大部分需要国内自己解决。于是，由中央安排国内有关工业部门的工厂试制生产一部分，另一部分由设计研究部门努力寻找可代用材料。对于那些高精尖发动机所需的几百种不同规格、品种的材料，为解需求的燃眉之急，一分院材料专家、从德国回来的姚桐斌博士便领着研究人员分赴各地，寻访合作研制厂家。一分院先后与哈尔滨东北铝金厂、鞍钢、抚顺钢铁厂、大连钢铁厂、武汉钢铁厂、苏家屯有色金属加工厂签订了生产技术协议，还同石油、化工、建材、陶瓷生产等 20 多个单位签订了试制非金属材料的 87 项协议，很快将一批急需的材料搞到手。如型材、板材、各种铝合金棒材、专用轴承、橡胶制品、油漆、特种润滑剂等，都在反复试验后取得了成功。

其三是设备短缺。这可是个最棘手的问题。总装厂原是一个飞机修理试制厂，以铆接装配工艺为主，而“1059”仿制生产以焊接为主，工厂缺少焊接设备，又缺少生产大型钣金零件、大型模具、装配夹具型架所需的大吨位水压机、大型车床、精密机床等，尽管从苏联进口了一些，但大部分要自己设计生产。面对困难，总装厂发动群众，自制了一些简易设备，部分满足了生产需要，但有计划地进行大规模的技术改造，还得依靠各工业部门的大力支持。北京、上海、天津、沈阳、抚顺、哈尔滨、包头、武汉等地的工厂不仅提供了各类设备、设施，还主动承担了某些复杂大型零件的生产任务。

大型钣金材料的成型，是仿制“1059”中的一个关键点，需要一台大台面、复动式的大吨位水压机，苏联专家在作过一些调查后说：“中国没有条件制造箱底材料，赶快向苏联申请订货吧！”总装厂的工人和技术人员，与武汉锅炉厂协作时提出采用过渡模座的办法解决，苏联专家认为天真可笑。经厂党委研究决定先试一试，苏联专家勉强同意，但又说，可能 100 个零件只能合格 1 个，也可能 1 个也没有。工厂认为，只要有 1 个合格也是一大成功，有 1 个合格，就有 2 个、3 个，并化为无数个的可能！陈赓大将听说后亲自到武汉助阵，并告知湖北省委、武汉市委，省市委领导也赶到了现场。经过和武汉锅炉厂的共同努力，试制终于成功。那天，陈赓大将还亲自举杯为试验成功祝贺。

还有发动机试车台，这种试车台是液体火箭发动机地面试车的专用设备，是用来试验发动机方案的合理性、可靠性，检验生产质量与获得发动机性能参数必不可少的装备。1959 年初，第三设计部从消化图纸入手，参阅了大量外国资料，结合我国实际，经两个多月反复研究计算，提出了一份方案——试车台设计任务书，由试验站和设计部一起再进行设计。1959 年夏天，采取设计与施工交叉作业，开始全面施工。经一年多艰苦工作，克服了材料工艺基建方面的困难，于 1960 年 2 月全部竣工。经调试，3 月 21 日进行 P–2 导弹发动机初级点火试车获得成功。

经过这一切卓有成效的工作，“1059”进入了最后试射的冲刺阶段，于是就有了那个彭真书记与苏联专家的故事。杜得柯夫三名专家留下深厚的友谊和美好的祝福走了。3个月后，中央军委批准了国防科委“1059”导弹飞行试验的请示报告。而“1059”导弹的推进剂用的就是中国的酒精。

4. 是该我们摘丰收的果实了

1960年，中国用国产原材料成功地仿制了苏联P-2地地导弹，当报告呈送到毛主席办公室时，主席刚刚起床。他穿着宽大的睡衣刚蹬上拖鞋，一眼便看见了大办公桌上放着的带着大红标题的报告。主席今早精神特别清爽，也许他预感到有什么喜事，不然李银桥不会把这份报告放在办公桌上。以往送来的报告都是放在文件夹里搁在桌子右上方，今天却破了惯例，准是有不寻常的事。他几步走到桌前拿起了报告，只看了几眼，就拿起桌上的红色话机说：“恩来，你叫上荣臻到我这来一下。”

不一会儿，周恩来、聂荣臻一起来到主席堆满了书的大办公室。躺坐在书柜边大沙发上的毛主席手里还拿着那份报告，开心的笑浮上他宽宽的额头。他迎着两个老战友摇着手中的报告说：“是该我们摘一颗丰收的果实了，总不能年年歉收，今年的日子一定好过。”

“主席，赫鲁晓夫同志恐怕有点儿不好过啦。”周恩来笑着说，随即和聂荣臻落座在主席对面的长藤椅上。李银桥走来给两位首长送上热茶，笑着转身欲走。

“银桥，别走，听听聂帅的好消息嘛。”

“主席，我已经知道了，咱们的导弹要在天上打响啦。”

“消息很快嘛，当兵的人对这个东西敏感呀。”

“主席不是说过吗，没这个东西，人家说你不算数。”

“不算数，啊，我说过是不算数吗？”

李银桥望着主席调皮的一笑，转身忙自己的事去了。

“荣臻，找你来就为这个事，你手下的导弹兵干得不错呀，苏联专家才走3个月，你就要在他们头上放炮啦！”

“都是主席关心、领导得好。”聂荣臻压住心里的喜悦平静地回答。

“恩来，这确实是个很了不起的转折点，听说你们还不止试射一个呀。”

“对，主席，我们计划放3个。我想亲自去现场指挥发射。”

“好，我也是这个意思，你是统帅，一定要亲临现场，指挥靠前，这是我们红军的传统，而且这是我们的第一次。”

“对，是开门红。荣臻，你就赶快动身吧，我和恩来等你的喜讯。”

肩负主席的托付，1960年10月30日，聂荣臻乘坐火车，经包头、银川、兰州、清水驰向大西北，于11月4日风尘仆仆到达了大西北综合导弹试验靶场基地。他是奉毛主席的命令专程赶来指挥第一枚近程地地导弹发射试验的。虽然发射试验场他是第一次来，可他对这里的地形、地貌都似曾相识。当年红军长征时，他曾带着一军团在甘宁地区与马家军打过好多仗，也曾接应二、四方面军会师甘肃会宁，亲率骑兵师深入这片沙漠戈壁的边缘地带。至于在地图上的这片禁区，就是他圈定的点。他的老部下孙继先早已等候在30里外的弱水河畔。当时基地刚建不久，好多部队还住在帐篷里，机场也没有完全竣工，通向基地的铁路也没有完全铺上轨，只有唯一的一条公路环绕基地与各个部队驻地连接，基地司令部也才刚刚搬进新盖的三层小楼。聂帅好久没看见沙漠的壮阔、夜空的浩渺灿烂，他执意要住在发射现场的帐篷里，等待发射那天的太阳从地平线上升起，那壮丽的日出将是人间最壮观的美景啊!

11 月 5 日凌晨，滚滚的太阳车轮从天边的霞光里滚辗出了地平线，预定的发射时间渐渐逼近。聂荣臻在比他早到一天的张爱萍、赵尔陆、方强、钱学森、安东、张钧、张镰斧、林爽、冬春等陪同下，走进了由几间活动铝合金板组合成的指挥所，在中间的一张椅子上坐下。这儿离发射阵地只有 5 公里，在大漠上 5 公里距离，一眼可以透穿。中国自己制造的第一枚近程导弹就要发射了，虽说导弹是按苏联的 P–2 导弹仿制的，可导弹的材料全是中国生产制造的，这次发射对我国自己的材料、装配工艺、制造水平也是一个考验。

“1059”导弹高高耸立在发射架上，披着一层阳光的金衣，头上有几朵白云飘浮，大漠在寂静中抖动微微的波纹。指挥室内对讲机传来各项准备就绪的报告。上午 8 时，基地司令员孙继先中将就像当年在大渡河边那样向聂政委报告：“元帅同志，发射一切准备就绪。”接着，基地副司令员李福泽喊道：“报告元帅，导弹发射试验一切准备完毕，可否进入 1 小时准备。”

聂荣臻以洪亮的声音答复：“同意。”

9 时整，李福泽下令倒计时开始，……5—4—3—2—1“点火”！时针指向 9 时 2 分 28 秒，骤然一声巨响，大地颤抖，烈焰喷发，火光冲天，浓烟滚滚，轰隆隆，叶叶叶，导弹闪电般直指蓝天。火焰席卷，势如狂飙，气吞山河。聂荣臻从指挥所看见尾部喷火的导弹先缓缓上升，后越来越快渐渐化作小亮点从视野中消失，隐入云空。天边画出一条白色的飘带，宛如洁白的哈达，那是火箭飞驰洒下的烟云……

9 时 10 分 5 秒传来消息：导弹飞行正常，命中 550 公里以外的预定目标区。霎时欢声雷动，激动的人群将草帽、军帽、毛巾、手绢抛向天空，欢呼声、笑声、掌声仿佛在追着导弹鸣响。聂荣臻因发射结果与期待的结果一样而激动得拍手，向欢呼的人群频频招手致意。他走出指挥所，登上一座沙梁，招手把科学家、将军、现场工作人员、值勤的战士喊到身边，留下了中国第一枚导弹发射成功的合影。

试验结果证明，我们仿制的导弹发动机性能良好，各种控制仪器运转正常，导弹用的国产液体燃料符合要求。像孩子学步，第一步就站稳了脚跟，深扎进大地，这就是和平的希望，这就是自信的梁柱，我们站起来了！

在庆功宴会上，聂荣臻高举斟满红葡萄酒的杯盏献上祝福词，他说："同志们，我已打了电话把试验成功的消息报告给毛主席、周总理，他们听了很高兴。要我代表他们向全体参试人员表示祝贺和谢意。同时，要求大家再接再厉，争取更大的胜利！同志们，在祖国的地平线上飞起了我们自己制造的第一枚导弹，这是我国军事史上一个重要的转折点！"

"毛主席万岁！"人们高举手臂欢呼，喊声响震夜空、篝火、戈壁、沙滩。

当年 12 月，我国又试射了两枚仿制的 P–2 导弹，都获得了成功，之后代号"542"和"543"的导弹也射向天空，全盘皆胜。啊！好一个重要的转折点，它不仅表明中国拥有近程导弹这样的武器装备，而且标志着中国已经初步掌握了导弹制造技术，中国的导弹研制已由仿制转上自行研制的轨道。一分院——中国火箭的摇篮，已经哺育出了中华飞天的第一个儿女，她已经打响了敲开宇宙之门的第一炮……

第三章　大国崛起的步履

看大戈壁上霹雳声炸出蘑菇烟火
呼喊强大的中国
崛起在联合国的讲坛
是那些铸造神箭的人们
宇宙间才有了这永不消失的电波……

1. “科技肉”与“科技豆”

北京在纷飞的大雪中迎来了1961年的新年，没有震天炸响鞭炮的喜庆，也没有绣球、狮子、龙灯。

研究院铺满雪花的大操场上，从上月底才竣工的宿舍楼里，陆陆续续走出300多位科学家和技术人员。因为是按照军队建制组建的研究院，每天早晨必须进行集合列队、早点名、早操跑步，那是铁打的营盘必备的功课，谁也不敢违规。张钧政委早早就来到了操场升旗台下，依然一身军装，肩上的少将军衔在雪光的反照下格外引人注目。今天的值勤军官正好轮到总体设计部主任——导弹专家屠守锷中校。指挥员高喊口令，将队伍按室、组顺序排成了10路纵队，立正、报数。操场上响起了一、二、三、四、五、六……异常清爽响亮的声音。看来这些科学家、大学生入院时的一个月军事训练还真有成效，虽说不如正规野战军的连队按步兵操典训练得那么整齐威武，但所排队列和立正、看齐的姿势还是蛮像那么回事的。

这时，大伙看见张钧政委身旁还有一位陌生的戴着少将军衔的高级将领，从他与张政委的熟悉程度来看，可能是新来的院长吧。几个月前，钱学森院长不再担任国防部五院院长，也不再兼任一分院院长，改任专管技术的五院副院长。那么新年第一天来的这位少将，一定是新来的院长和大家见面，同时来向大家拜年的。这是解放军的传统，每逢元旦、春节，首长一早就要来部队向战士拜年，恭贺新禧，送慰问品。在这困难年代，首长带的新年慰问品要是两头大肥猪那才叫棒，大伙好久都没吃饱过，也没吃过一顿红烧肉、回锅肉，再不吃恐怕都忘了肉的味道啦。然而，首长两手空空，忽然向前走了几步，朗声喊道："同志们，新年好！大伙听我的命令，一、二、三，把手伸出来！"

"这是咋回事，大冷天的伸啥手呀？又不是幼儿园的小朋友，让阿姨检查手干不干净。"大伙嘀咕着，特别是女兵忍不住哧哧地笑，队伍一阵不安骚乱起来。

"同志们，笑什么，首长要看看你们的手得没得冻疮，谁也不准把手缩回去，一定要接受首长检查。"张政委一面招呼，一面把屠守锷、谢光选的手也从身后拉了出来，说："主任、副主任也不例外。"

这时喊大家伸出手的少将大声说话了："同志们，我是国防科委秘书长安东，今天我是奉聂帅的命令来的。聂帅听说一分院的同志们数九寒天也丢不下导弹的研制工作，大冷天夜里都在加班，还没有加班饭供应，刚修好的办公室暖气也没装上。聂帅担心大伙冻坏了手，冻伤了手，那可怎么拿笔描图、摇计算机呀。他让我来挨个儿检查一下，我们好想办法。聂帅还等着我回去汇报呀，同志们真对不起了。"

安东的话刚说完，队伍里就有人感动得呜呜哭了，特别是女兵们竟相互抱着哭了起来。

“别哭呀！丫头们，聂帅这不下了命令，要我3天内负责把你们的宿舍、办公室都装上暖气，你们也要配合我，暖气没安装好不准夜里加班。今天是1961年的新年，从今年开始，我们要自行研制中华人民共和国自己的新导弹，一分院的工作就是让我们国家的导弹事业从过去的以仿制为主，到现在的以自行设计为主的新阶段。一年更始，聂帅要我代他向同志们拜年，拜年怎能空手来呢？我知道同志们过年最想什么，就像我们当兵的说的，干上它几大碗红烧肉、回锅肉，大碗喝酒，大碗吃肉。我呀，给你们赶了两头大肥猪，牵了两头蒙古肥羊，代表国防科委向战斗在尖端武器研制第一线的同志们拜年啦！”

“啊哈，感谢聂帅，感谢国防科委的首长。”大伙欢叫着。

“别感谢我，我应该向同志们检讨，我们国防科委对大家关心不够，该感谢的是同志们！”安东激动地紧紧握住那一双双冻红冻肿的科学家的手。

元旦之夜，安东陪同中央军委新任命的五院院长、原空军司令员刘亚楼上将，常务副院长、原空军副司令员王秉璋中将，主持技术工作的副院长钱学森和一分院新任院长刘瑄大校（1961年晋升少将），政委张钧少将一起，与一院的科学家、技术人员、几百官兵，在新建的职工食堂举行了盛大的辞旧迎新、开启中国导弹新篇章的联欢宴会。据老一辈人回忆，那天喝的酒吃的肉，是20世纪60年代困难时期最多的一次，好多小伙子吃得拉肚子，还一个劲说太安逸啦！

其实并不是只有这个晚上，在后来的岁月里，党中央和老帅们时时都在关心着科学家、技术人员及研制导弹、原子弹这支队伍的冷暖饿饱、营养健康，他们的生命健康牵着党中央、中央军委的心啊！

著名的航天专家任新民在50年后接受采访时曾深情地回忆

说："当时，我是负责研制中近程地地导弹发动机的副总设计师。那年冬天，我的手也冻伤了，张钧政委带着药来看我，说聂帅听说我的手冻伤了，很着急地把他叫去说：'张钧，任新民的手冻伤了，你们怎么搞的，为什么不注意，不能由着他们的性子干，这可不是小事。你回去帮我看看他，叫任老师注意身体。对我们国家这些科学家要好好爱护，注意他们生活上的困难。'我当时接过政委送来的药和营养品、防寒的羊毛手套，眼眶都湿了。真想不到，这位共和国统管科学技术攻关的元帅，连我任新民这点小事都记挂在心上，我任新民还能说什么呢？苏联专家撤走后，聂帅说，真正强有力的领导是毛主席、周总理。毛主席的胆略与决心，是起决定性作用的，他如果下决心干，什么都搞得出来。周总理始终坚定地支持'两弹'攻关，很多时候亲自上阵指挥，搬掉一只只'拦路虎'，他所起的作用更是不可替代的。在那困难的年代，我们的'两弹'不仅没下马，而且还得到中央领导极大的关注、支持，无论人力、财力、物力，中央都是为我们一路开绿灯。"

"两弹"攻关的紧急关头，由于预先没有想到三年经济困难竟会像潮水般来势凶猛，不仅副食品供应几乎不见了，粮食供应也大幅度缩减。毛主席给自己下令不吃肉了，周总理也把自己的定量减了下来。毛主席还带头把自己的工资从 3 级降为 4 级。以后便有了 1961 年行政 18 级以上的干部均降低 1 级工资的事。高的降了近百元，低的也降了 20 多元。这表明我们的党和政府、军队干部决心和广大人民群众同甘共苦渡过难关的决心。

当时一分院属军队编制，生活标准与部队同等，当时除高原部队外，标准都降了，人称"2611"，即每月定量 26 斤（其中 30% 是黑面杂粮），1 两食油，1 两肉。这 1 两肉还不一定都是猪肉，要看当地食品公司能拿出什么供应，牛肉也是 1 两。这样的定量对老弱的人、不干活的人勉强能维持生命，而年轻人、劳动强度大的人，每天只能处于饥肠辘辘中。这样少的定量供应，不出几个月，仅一分院就有2500多人出现浮肿，严重威胁着广大官兵、职工的健康，更影响到研制工作的顺利进行。每餐1个馒头、1角钱的干菜汤，首先冲击的是生活与战斗在西北大戈壁的导弹试验基地的建设者。聂帅知道这事后，整日心忧如焚，他把基地代司令员李福泽叫到北京亲自询问。李福泽汇报说，因粮食困难加之沙漠戈壁环境恶劣，逼得施工部队撤走了，连许多科技人员也跟着走了。

聂帅的神情显得很沉重："特殊情况撤走一些人，机关少留一些人，这我没有意见，可是你怎么让科技人员也跟着疏散撤走了呢？"

李福泽回答说："我有什么办法，我拿不出粮食喂饱他们呀。我不能看着他们遍沙漠去挖老鼠吃，那是要死人的！"

"那你知道有个叫莫塞莱的人吗？"

李福泽摸着头想了好半天也想不起来他的下属有一个叫这怪名字的战士或干部，这可真是难倒了这个放牛娃出身的老红军："聂帅，咱部队没有叫这个名字的人物。"

聂帅笑了："你们部队当然没这个人呀，莫塞莱是个年仅28岁的英国大科学家，他是在原子物理学上有重大发现的年轻人。这样著名的科学家竟在第一次世界大战时被强征入伍，不到半年就战死沙场。不仅英国科学家，连世界科学家都为这颗科学巨星的过早陨落感到惋惜、悲痛、憎恨。为此事英国政府做出决定，不准军队征召科学家到第一线部队服役。"

李福泽忽然明白了聂帅的警示，在一个国家里，科学家是最宝贵的，应该让他永远坚守在最适合他发挥专长的岗位上。不管国家多么困难，都应该给他们创造条件而不是不管或放任自流。

聂帅严肃地对李福泽说："从今天起，凡离开基地的大学生以上的科技干部，必须报国防科委批准。"

李福泽一生都铭记着聂帅讲的这个故事。第二天，他飞回基地，立即派出几个小组，并亲自带队把已经疏散到全国各地的知识分子干部一个一个请了回来，并给他们创造最好的条件，把基地军、师、团干部的特别供应全部让给了科技干部，让他们生活有保障，安心地搞科研。

聂帅这边刚送走李福泽，安东急急忙忙地赶了来，向他汇报一分院的紧急情况。也是因为粮食量不够，副食品严重缺乏，营养跟不上，一分院好多研制导弹的科研人员出现了浮肿、色盲症状，有的人画着画着图一下子就晕倒了，大伙只能用糖精或盐块兑开水喂他们，让他们缓过气来。就这样，为了赶进度，加班加点的人还是有增无减。一分院和核九院的研究室、办公楼、资料室，灯光通宵达旦地亮着。多好的科学家呀，为了导弹上天、原子弹炸响，他们都不要命啦。

"刘瑄、张钧，还有核九院的院长李觉，他们在干什么？"聂帅也急了，心疼地搓着双手。

"刘瑄、张钧他们也心疼呀，一个一个办公室去劝他们。张钧还发了火，要警卫战士把他们撵回去睡觉，不走就让战士押回去。"

"这个张钧，他这个政委是怎么当的，有他这么劝人家睡觉的吗，简直乱弹琴！"聂帅拍着沙发真的生气了。

"聂帅，你可别生气，其实刘瑄、张钧他们也还是想了办法的，他俩1个月前就把全院军、师、团级干部的小灶、中灶都停了，把国家的'特供'全部放在大食堂，虽然少，毕竟还是给科技人员多少增加了一点儿营养。五院党委已派出以刘秉彦为首的工作组去京郊联系，现已得到大兴县的支持，先在高碑店开办农场，后又在河北宝坻县大中庄、黑龙江北安、甘肃甘南等地建了3个农场。总装厂还组织了一个打猎队进了内蒙古的大青山。据刘瑄汇报，他们把老底儿都拿出来了，凑了31万元，还从警卫部队、工厂、院机关抽调干部、工人及士兵200人，组建了农副业生产处，让周吉一领着干一年，到了秋收，问题就能得到解决，面包就会有了。只不过现在的难关得设法挺过去呀。”

“怎么挺，思想可以挺，可肚子挺不过呀，原子弹基地情况怎么样？”

“我听核九院钱三强说，比一分院好一点儿。”安东因为刚才说得太急直喘气。聂帅夫人张姐忙递过一杯水，“小安喝口水，再慢慢说。”安东接过水杯喝了几口，叹气道：“张姐，这杯水要是个大苹果就好了。”

“还想吃大苹果呀，老姐要是有大苹果，还轮得上你，怕早就让你的聂帅送到任新民、屠守锷、谢光选那儿了。不过，算你小安子有运气，老姐悄悄留了一个，原来是留给小力的，现在老姐就先慰问你啦，谁让老姐有你这么个小兄弟呢？”张姐从床头柜下拿出一个苹果，硬塞到安东手里。

“怎么，小安还不好意思，怕苹果咬了你的嘴？在老姐面前不准说谢谢，也不准说留给首长。”张姐硬是逼着安东把苹果吃了，聂帅望着安东被人逼着吃的样子，哈哈大笑起来。

“聂帅，一分院怎么办？他们要走出困境得等到下一个收割季节，是不是让小平政委同陈明义说说，支持一下。我听总后勤部王政柱副部长说，西藏军区生产建设兵团这几年搞生产储蓄了8000多万斤粮食。聂帅你不是和陈明义司令很熟吗，让他支持一下一分院准行。”

“不行，这个事主席也知道，还问过张国华、陈明义。他们说粮食是为一旦发生战争准备的。陈明义这小老弟很有远见，不愧是淮海战役支前司令部的司令官、总粮草官。主席说过，这个粮食谁也不准动，一旦中印开战，近10万大军作战全靠这批粮草。咱们还是另想办法吧，好在，李觉那边我们可以暂时不管。一分院深居北京大城市，你要他们到哪儿去弄粮、弄肉、弄营养品？”

“那我先到一分院，把国防科委那点东西先送过去。”安东边说边朝门外走去。病中的聂帅欠了欠身想说什么，张了张嘴竟没发出声。

安东前脚出门，聂帅就拿起红色电话要通了总理办公室。那边电话里传来了总理的声音：“荣臻，我已经让先念同志暂时调出了一批粮食、副食品给试验基地送去了。你还有什么问题吗？是不是导弹研究院、原子弹研究院呀？”

“总理呀，告诉你个好消息，我想出一个好办法啦。”

“什么好办法，听你的声音，就知道这个办法准管用。”周恩来颇感兴趣地问道。

“我想以我个人的名义，向各大军区和海军募点儿捐。”

“你是说募捐？”总理加大声音问。

“对，是募点儿捐。让他们支援一点儿猪肉、黄豆、鱼、海带之类的东西，多少能解点儿燃眉之急呀！”

周总理若有所思地停了停，说：“这个办法不错，我支持，不如你再邀几个老帅！”

放下电话，聂帅让夫人张瑞华把秘书范济生叫来，恰这时陈毅元帅走进了病房：“聂帅，不好好养病，叫秘书干吗？”

于是，聂荣臻将募捐的事和为什么要募捐，详详细细地向陈毅转述了一遍，“咱们的科学家、科研人员难呀，生活清苦，任务又重，好多人都病倒了。”

“是该为他们募点儿捐，你要募，我举双手，华东那边我给你包了，给其他军区、海军的募捐信上，一定要加上我的名字，就是我们不吃，也要保障他们起码的生活。”性格豪爽的陈老总立刻掏出笔来给南京军区的许世友、福州军区的皮定均写起信来，信写好后他要亲自去发，拦也拦不住。好一个急性人，他拍了拍老战友的肩膀，临走丢下了这样一句话：“老子就是当了裤子，也要把导弹、原子弹搞出来！”

陈毅的余音还在屋里萦绕，北京军区副司令员郑维山中将来医院看望聂帅。郑维山原是聂帅在晋察冀军区时的老部下，一见面，聂帅非常高兴地伸出了手说：“维山，你看起来气色不错呀，红光满面，是不是经常有肉吃呦？”

郑维山慌忙说：“报告聂帅，我可是好久没吃肉，没沾荤腥了。”

“哄鬼吧，没吃肉，并不能说你们北京军区没有肉，你知不知道我在急着募捐，要向你们打点秋风呢？”

“刚刚听说，怕你急，我这不就第一个来报到了吗！”郑维山嘻嘻哈哈地说。

“那就好，我可知道你们的家底，你一定要拿出一些来，带个头，可不能小气呀。”

“东西我一定搞一些，肉嘛，我去给老总打一些黄羊、野味送来。”郑维山回答得既爽气又干脆，聂帅满意地点了点头。这个郑维山走时硬把一包东西塞在首长的桌子底下，也不知是什么东西，聂帅也没看就叫范秘书给钱学森送去了，原来包的是獐子肉，是神枪手郑维山让聂帅分享的胜利果实。

郑维山一回到家就抓起电话要通了军区驻内蒙古的部队，布置他们打黄羊，还特别交代10天内送到，不准任何人动，这是保障“两弹”研制科学家生活的，要当成战备任务完成，弄得越多越好。

不到10天，从各军区和海军募捐来的东西比预料的多得多，海军，北京、广州、南京、沈阳、福州、济南各军区都出手大方，慷慨解囊，按最低价还打个对折拨给了国防科研战线一批猪肉、羊肉、黄豆、鱼、鸡蛋、海带、花生油、豆油、菜油及各种水果。甚至西藏军区也无偿送来了一批牦牛肉、青稞面和山南、林芝产的大苹果，波密的水蜜桃、核桃仁，还寄来了雪山红旗——查果拉边防队的一封慰问信。聂荣臻当然知道这是陈明义送来的，真是老战友老感情忘不了啊！这些募来的东西，在当时都是钱买不来的珍贵的好东西啊。

当安东把清单交到聂荣臻手里时，聂帅笑得病痛都减轻了，当天就下了床。聂帅夫人开玩笑地对女儿说：“瞧，你爸的面子好大呀！”

“哪是我的面子大，是科学家、尖端武器的面子大给撑起的。”

东西一批一批送到北京，送进国防科委的大院仓库，怎么分配呢？这可把秘书长安东给难住了。这问题涉及各科研单位方方面面的利益，的确是很敏感的，特别是在这个时期。聂帅看出了安东的难处，不得不亲自出面把有关人员叫来，极其严肃地说：“别看叫你们来是商量分东西，这可是一项艰巨的政治思想工作，你们要把这些捐来的东西，以中央和军委的名义，全部分配给每个专家和技术人员，领导、行政后勤等机关工作人员一律不分，包括你们今天来的领导和行政人员，一斤一两都不能分。”聂帅还有点儿不放心，又补充了一句：“我是要派人坐镇检查的。”

参加当年分东西的冬春副院长，50年后激动地回忆说：“那时我就在一分院，我亲眼看到了来领取东西的专家和技术人员在领取单上签名时那感人的场面，真是催人泪下，铭记一生啊！很多人含着眼泪排起长队，默默移动，领了东西的人不知是喜是悲，都是低着头哭泣着离开的。上千人从上午到下午在礼堂里进进出出，秩序井然。科学家、技术人员得知他们手里捧着的肉、黄豆、水果是中央和军委从全军部队募捐来专门送给他们的，感激之情无法言表，屠守锷激动地说，同志们，主席、总理都吃白菜汤，却给我们送来了鱼肉、水果，我们就是拼了命也要搞出‘两弹’来！”

“屠总师说得好呀，不搞出‘两弹’，我们这些人还有啥脸面受得党和国家如此厚待。”人群中男男女女纷纷说着，一个领取生活物资的礼堂霎时变成一个没人做报告、发号召却在给自己加码的战前动员会、接令出征会。

没过几天，聂帅果然派安东下去检查落实。在五院的会议室里，刘有光政委拍着胸脯说："要是我们的领导干部分了一两，查出来就开除我的党籍。"安东还能说什么呢？正如刘有光所汇报的那样，五院一分院从院长、政委到每一个小单位的指导员，没有一个人染指这些中央专门为科技人员送来的生活物品。

原本是历史罕见的困难之年，因为有了党和国家的关怀、惦记，日子过得再苦，一分院的人也不觉得苦了，并且把这种苦当成了人生中珍贵的记忆。50年后说起那个苦时，他们铭刻在心里的不是那个“2611”，而是那时党和国家送来的情。

“募捐”在那个年代，确实是一个共和国元帅实在想不出法子的无奈之举，但却成就了中国航天初创奠基的大业。直到今天，说起那时的“科技肉”“科技豆”“科技鱼”，航天人仍像数说家珍那样万般温馨，激情澎湃。

2.“东风二号”导弹

“东风二号”导弹，是那个年代我国国防战线的科研工作者自强奋起、扔开拐杖自行设计的第一个液体地地中近程导弹，虽然是在“1059”基础上进行改进再创新的型号，却是我国导弹技术发展史上一次大胆而有益的尝试。它的经历充满了大起大落、大悲大喜，与眼泪与欢笑一起，走过了一段辛酸痛苦、执着不屈、最终洒满鲜花的历程。

在仿制“1059”的过程中，一分院的科技人员不仅深入学习图纸资料，并下到工厂解决工艺、材料问题，处理超差代料问题，还对苏联提供的样品进行性能测试和理论计算，在此基础上进行反设计，这一切都为今后的自行研制做好了准备。当时，一分院的科研人员发现“1059”本身的推力和射程还有潜力可挖。设计部曾利用“1059”发动机的零组件进行提高承载能力的试验，证明加大推进剂的流量，提高燃烧室的压力，还可以提高发动机的推力。他们进一步对导弹的总体方案与弹体结构进行分析研究，得出结论：在“1059”基础上，再进行一些改进设计，就可以将导弹射程由550公里提高到1000公里左右。

这就提出了一个问题，自行设计的第一步怎么走？是迈大步还是迈小步？正当一分院上下围绕这个问题议论纷纷、一时难以决断时，另一个决定中国“两弹”命运的大讨论，却在北戴河召开的国防工业委员会工作会议上唇枪舌剑开展了起来。

追溯其背景，还是那个发烧的“大跃进”以及三年困难时期，导致整个国民经济比例严重失调。为此，中央被迫提出了对国民经济“调整、巩固、充实、提高”的八字方针。于是有些人就在国防工业委员会会议上说：现在国家困难重重，人民生活很苦，财力吃紧，研制“两弹”既然困难很大，不妨暂时停一停，等国家经济状况好转后，再上马研制会阻力小一些，困难也少一些，进展也许会快一些。凡事都有个先后，古人云，欲速则不达。

上马还是下马？争论之激烈就像北戴河的海一样波涛汹涌。

这件事很快就传到正在杭州搞调查研究的毛泽东的耳朵里，他特意打电话给聂荣臻，先问了问会议争论情况，然后加重了语气说：“不久前看到一份材料，说中国的工业技术水平比日本差得很远。日本现在还没有导弹、原子弹，但他们对此很重视。问题是我们中国下一步采取什么方针，值得好好研究一下。”毛泽东还打了招呼，要亲自找聂荣臻谈一下。

此时贺龙、聂荣臻、罗瑞卿以及国防科研方面的负责人方强、王铮、刘秉彦等都参加了北戴河会议。

会议上争论双方都据理阐明各自观点，意见尖锐对立。争论的温度在不断升高，这是关系着国防尖端武器研制的命运之战，当然要争个明白，争出一个正确的决策。

主张“下马”一方的主要观点是：苏联的援助没有了，加之当前经济形势不好，国防尖端武器研制经验不足，困难太多太大。而我国工业本来就很脆弱，基础差，无法保证尖端武器研制的原材料供应。搞“两弹”花钱太多，影响国民经济其他部门的发展。搞常规武器的同志也有一些看法：你搞你的原子弹，我甩我的手榴弹。

聂荣臻越听越不安，这不仅只是在困难面前对研制“两弹”失去信心，丢掉决心的问题，更为严重的是有这种思想的干部不是一个两个，甚至有掌控着国家非常重要的工业部门、军事机关和在部队身居要职的领导。

聂荣臻白天黑夜召开座谈会，找人谈话，一连几天连轴转。在冷静分析了情况并和大多数谈话的同志取得一些共识后，逐渐得出这样的结论：我国“两弹”的研制已经具有了一定的基础，射程 550 公里的近程地地导弹已发射成功，现已转入自主研制；研制队伍已经形成并有了一定的实力，是一支值得信任的队伍，这支队伍就是集结在一分院、核九院的 7000 多名大学本科以上学历的科研技术人员；一批先进的研究设备已经配备，近几年“两弹”的研制带动了相关科学技术的飞速发展，生产原子弹的铀资源也能满足需求；特别是我国已有一批世界一流的研制导弹、原子弹的爱国科学家群体，这是起决定性作用的。聂荣臻无论是在会上发言还是听汇报谈话时，都坚定地表明态度，一再强调“两弹”要继续攻关。

大会结束那天，聂荣臻作了一个较系统的讲话，他恳切地说：“国防科研方面，必须坚持‘两弹为主，导弹第一’，这个去年2月由中央军委扩大会议确定的方针，对这个经中共中央批准的方针决不能动摇，更不能背地里说三道四。我们就是要在三五年内突破尖端，现在遇到些困难，但这是历史任务，在困难面前是退还是进？我的意思一个字——进。我们搞‘两弹’，并不是排除常规武器的研制，两条腿走路，三五年内不管打什么仗，还得靠常规武器，这关系国家的安危，因此还要特别注意常规武器研制的配套，这个问题不解决，也是要犯历史性错误的。无论是尖端武器还是常规武器，上不去的关键是新型原材料、精密仪器仪表和技术力量分散的问题，这些问题不解决，就是尖端都停下来常规武器也上不去。解决的办法就是要列入国家计划，大家都来攻关，否则，事倍功半。另一项措施是，尖端（武器）和常规（武器）要想都上去，就都要缩短战线，来个任务排队。比如过河，河上的桥只有那么宽，一齐过会掉水里，那就得依次排队，否则谁也甭想过。现在是虱子多不痒，困难成堆，那就得先理一理。尖端、常规不能挤，其他就能挤吗？不行，具体问题具体分析。困难是明摆着的，我们还是要上，不管是尖端武器还是常规武器，都不要退，也不能退。”

从北戴河回来，聂帅立即派张爱萍、刘西尧、刘杰率领调查组到核工业建设基地和核九院、一分院的第一线实地考察，将考察情况写了报告向中央和中央军委提交。报告认为：“经过前一时期的努力，在各有关方面配合下，核工业建设和导弹、原子弹研制工作均有了较大进展，只要国家进一步加强组织协调，更好地集中全国有关部门的力量进行攻关，安排好所需设备、仪器、仪表和原材料的研制生产，1963 年至 1964 年发射新的中近程、中程导弹，1964 年炸响原子弹这一目标是可能实现的。”毛泽东、周恩来、邓小平同志对上述报告提出了肯定的意见。

对于导弹、原子弹，陈毅元帅以风趣的语言表示了鲜明而坚定的态度：“脱了裤子典当了，也要把导弹、原子弹搞上去。我这个外交部部长，现在腰杆子还不太硬，你们把导弹、原子弹搞出来了，我的腰杆子就硬了。”

就在“东风二号”正式上马却又在走什么路上难以抉择时，火箭专家屠守锷从设计部主任设计师走马上任一分院副院长，全面负责技术工作。面对重重阻力和困难，他只平静地说了一句：“苏联人能做到的，不信我们做不到。”

屠守锷是一个不信邪的人，少年时代就定下报国大志。他生在浙江南浔一个小职员的家庭，家境虽不富裕，父亲却希望子女能得到良好的教育。屠守锷在家乡念完小学，相继考入了浙江省立二中和江苏省立上海中学读书。日本鬼子的飞机对上海的大轰炸，使在上海就读的屠守锷亲身经历了这惨绝人寰的空中大屠杀。那天清晨，父亲到上海接他回南浔老家过春节，父子俩刚走到离南浔还有 10 多里的一座小桥，突然，天空乌啦啦黑了一片，天上传来打雷似的吼叫。他抬头看见几十架日本轰炸机一架接一架向地面俯冲，父亲拉着儿子飞跑躲在小桥底下，在躲过了第一轮日军飞机扔下的炸弹后，父亲对儿子说：“孩子，记住这个仇，咱中国人是有仇必报的。鬼子炸上海，我们也炸他们的东京，我们国家会造出自己的飞机来。”

雨点似的炸弹砸向上海的高楼大厦，滚滚浓烟中的上海，到处墙倒楼塌。炮弹将这个中国少年炸醒了，国难家仇，使他很小就明白一个国家要不受人侵略，就要有自己强大的国防。小屠守锷心里暗暗说："长大了我就去造飞机，造出好多好多飞机，看哪个外国强盗还敢在我们的天上耀武扬威，轰炸扫射。"

立下航空报国志，屠守锷发奋读书，终于考进了清华大学机械系。清华大学设立航空系后，他就转到航空系。1940 年屠守锷从清华毕业，以优异的成绩考取公费留学，进入美国麻省理工学院攻读硕士。取得硕士学位后，应聘到布法罗寇蒂斯飞机制造厂成为一名工程师，负责飞机的强度分析。他抓住了在美国飞机制造厂工作这个宝贵的实践机会，想着积累经验回去能造出中国自己的飞机。海外游子的归心，时时牵挂着患难中的祖国和家乡的亲人。1945 年，抗战刚刚胜利，归心似箭的屠守锷从美国东部的布法罗横穿北美大陆，历时 40 多天，到达了美国西海岸的旧金山。那时没有客轮直航上海，他搭乘一艘开往青岛的运兵船回到了祖国。

屠守锷曾在西南联大开设航空专业课程。1947 年转到清华大学航空系任教，为培养下一代航空人才呕心沥血。这时他开始与一些进步人士接触，逐渐了解了共产党与共产主义思想，通过在国民党统治区的所见所闻，他深刻认识到，要想靠国民党来圆自己的强国梦是不可能的。共产党给了他希望也给了他力量，于是在地下党的帮助下，他于 1948 年在清华园秘密加入了中国共产党。这是屠守锷生命中的第一个里程碑，而决定他毕生事业辉煌转折点的，则是在 1957 年 2 月。正当壮年的屠守锷，有一天突然收到聂荣臻元帅的请柬，到中南海参加中央书记处召开的扩大会议。会议的内容是如何发展我国国防尖端武器，在导弹、原子弹及航空工业方面，听取钱学森等科学家的意见。同年秋天，屠守锷随聂帅率领的中国政府代表团出访苏联，他被聘请为代表团顾问。回国后，屠守锷受聂荣臻之邀，正式调入国防部五院工作，成为钱学森院长领导下的十大研究室主任之一，负责导弹的结构强度和环境条件的研究。在既无资料也无图纸的情况下，他团结众多专家破解攻关，既当研究人员又当学生，搜集资料，摸索实践，在一间冬天墙上结冰、夏天蚊子咬人的陋室里，为中国导弹研制铺开了蓝图。

1960年前后，苏联专家撤离中国这段时间，屠守锷在率领他的设计部从开始仿制到自行设计“东风二号”的艰难历程中，逐渐成了导弹研制的行家。就是这样一个不信邪的人，他能咽得下苏联撤退专家对我国导弹科研的影响这口气吗？苏联专家们也许并未察觉在“1059”的仿制后期，我们的研制工作的重点就已开始转移到自行设计上了。屠守锷和他的同事们在广泛吸取意见、深入科研生产第一线的基础上，潜心研究制订了地地导弹的发展规划，并参与制订了其技术发展方向，还主持选定了我国中程、中远程及远程导弹的重大技术方案和技术途径。

屠守锷曾经历过导弹设计是迈大步还是走小步的争论。1961年8月14日，聂荣臻在北戴河听取国防部五院汇报工作后指示，“东风二号”可定为一个型号。难关要一个一个地过，过了1200公里（“东风二号”）的关再过2000公里（“东风三号”）的关，至此“东风二号”不仅正式确定上马研制，而且国家在“1059”（即“东风一号”）发射前就将此任务作为我国自行设计的重点进行了安排。

当时参加“东风二号”设计的科技人员，绝大部分是刚出校门、热切渴望一显身手的年轻人。虽然参加过“东风一号”的仿制，学到了不少导弹生产方面的知识，但自行设计，对于他们来说既无经验，也无可以借鉴的实物。然而，所有参加设计的人员并未因没干过而害怕，他们一个个情绪高昂，有一股“为国争光、为民族争气”的英雄气概和“舍我其谁”的使命感、责任感。他们废寝忘食，勤奋学习，不可谓不用功，不可谓没有用尽聪明才智。从书本上学，从资料上学，在实际工作中学；遇难关，个人钻，集体攻，人人奋勇争先上阵，从总体到分系统苦战三个月先后开始了全面设计。

经过努力，1960年12月，一分院完成了“东风二号”导弹的全部设计工作。总体和各分系统的设计图纸下厂，弹体、发动机开始生产。对弹体结构进行了部段的静力试验，对控制系统进行了地面模拟试验，对发动机进行了大量的组合件研究试验和系统试车。用改装的发动机推力室，进行半管结构试车以及运转试验和轴承、密封、压调器等试验，获得了发动机半管结构热试车首次成功。

1961年5月，“东风二号”从初样生产转入试样生产。

1962年2月20日，第一发“东风二号”导弹总装测试完毕。26日，国防部五院召开“东风二号”首批进场动员大会。会上宣读了《关于“东风二号”首批试验的若干规定》。27日，国防部五院党委常委会突然决定推迟“东风二号”导弹启运时间，再次进行综合检查。3月4日，导弹出厂，装上列车送往大西北导弹试验基地。这支试验队由副院长王诤带队，一分院参加这次试验的领导小组组长是副院长林爽。奉聂帅之命亲临现场视察与指导的是国防科委副主任钟赤兵中将，聂荣臻这次因病未能亲临现场观看中国自行研制的第一枚导弹穿云破雾，但他的心随着运送“东风二号”的列车，穿行在太行山区、乌鞘岭上，直奔茫茫戈壁基地。

3. 地面炸出一个大弹坑

谈起中国核试验基地和导弹发射基地，倒真有些令人神思向往。仅仅是基地所辖地区的一个个地名，就能让人想到源远流长的人文景观、历史轶事和神话传说。

核试验基地所在地，明明是一片荒凉而死气沉沉的沙漠戈壁，却偏偏在部队驻地西边洼地上飘着江南北国都难以见到的一簇簇、一片片、一点点、一团团蓝莹莹的小花，像蓝天遗落的衣衫，像天空滴洒的雨点。维吾尔族姑娘说，这是吉祥的花，是一个叫马兰的姑娘变幻的，叫马兰花。明明是古楼兰国遗址的干沟，却有着孔雀河的美名；明明是两座倒塌的城垣废墟，却被冠以孔雀东西开屏的地名；已经死了1000年的胡杨，晚上却出现了一条绿绿的磷火彩带。马兰花和原子弹风马牛不相及，但从马兰的名字，我们会想象在这里试验原子弹的人，他们向往的是马兰花与孔雀开屏所象征的和平与幸福。制造原子弹是为了彻底消灭原子弹，这就是人类战争与和平的辩证法——在原子弹爆炸的地方，人类美好的理想像花一样开放。

导弹发射试验基地的地名充满着时代特有的标志性语言，比如“东风”，还有的是只属于军人机密的代号，如7号、9号、14号、8公里、45公里等，没有任何浪漫色彩。而马兰、孔雀河、东开屏、西开屏、胡杨、火鸟则充满诗情画意和感情色彩，这可能就是孙继先与张蕴钰两位基地将军不同的个性风格、气质、文化素养所导致的差异吧。就如同这个时代既要有黄钟大吕，又需要风花雪月，金戈铁马、琴棋书画是可以共存一体的，两个基地也许正是精神生活差别的标本。

1962年3月21日，有多少亿双期待的眼睛从地球的四面八方朝这里仰望，有多少颗等待欢呼的心在这里汇聚。中南海的窗口今夜又是通宵达旦地闪亮，《人民日报》的编辑记者，今夜为中国的大喜大庆又要聚熬上一个通宵，然而这都是值得的，因为受尽欺凌的中国等这一天等得太久，太久了。

导弹发射阵地上，巍然矗立的“东风二号”像一把雪亮的长剑直指云天，像出征的先锋在等待主帅的命令。那一天随着时光的流逝，不会在人们记忆中留下什么印象，但是对于中国老一代的航天人，那一天是个刻骨铭心的日子，是一个想哭哭不出来，想笑笑不起来的日子。

随着指挥员一声点火、起飞的命令后，在一阵轰鸣中，中国第一枚中近程导弹喷出火焰起飞了。发射场上参加试验的科技人员、部队官兵刚刚发出欢呼声，就被起飞导弹的怪异模样惊得闭了嘴。看那导弹像喝醉了酒的汉子，在空中先摇摇摆摆了几下，接着翻起了跟斗。导弹尾部喷火的吼声突然停止，发动机熄了火，失去控制的导弹轰隆一声，坠毁在离发射台 680 米的地方。

随即又是一声更大更猛烈的爆炸声，像天上砸下的霹雳，把大地砸得蹦跳了起来。在发射阵地的上空，翻腾着滚滚浓烟，那是弹体内装灌的几十吨推进剂炸响后显示的巨大威力，在地面炸出了一个深 4 米、直径 22 米的大弹坑。

按指挥部规定，所有参试的现场人员应撤到几公里以外的敖包山后面，但梁思礼留了下来，因为他是“东风二号”控制系统的设计师，他留下来就是要仔细看看导弹在飞行中拐弯的情况。他没随队伍后撤，而且还约了另一个同志留在一个石堆后边观察。发射令下达后，刚升空的导弹就出现了异常，不是直射长空，而是歪歪扭扭，他心里默数，希望这种不正常是偶然现象，可是还没数完 69 秒，导弹就呼啸着倒栽了下来。

“东风二号”试验队发动机设计师于龙淮说：“当时真够吓人的，我一看导弹就在自己脑袋上，就急喊大伙趴下，于是我们几十号人趴在敖包山后，其实那时候我们都撤离了，离发射场几公里远呢，因为导弹飞得高，掉下时就觉得在自己头上。没一会儿，我从轰隆声中惊醒了，才看见离发射台仅几百米远的地方，导弹已经自毁，火光也已熄灭，只留下一个烧的黑黑的还在冒烟的大坑。”

谢光选说，这是他们导弹发射中的第一次失败。趴在地上的人把头埋在沙子里，好久好久没有抬起头来。梁思礼跪在大坑边抱着脑袋，泪水从指缝间渗了出来。总装厂制造导弹的工人师傅失声痛哭，他们想不通，为什么按总体设计部通过的图纸，他们制造出来的竟是飞不起却炸了自己的导弹。工人师傅、基地官兵的目光都盯在那一批负责“东风二号”设计的年轻大学生身上，这冷若冰霜的目光使得这批年轻的设计人员感到害怕，仿佛一场灾难就要降临到他们头上。想想1957年“反右”等接二连三的政治运动，他们是闯了天大的祸了。别说经济损失是多少，仅这消息一传到国外，就“中国共产党的导弹发射坠落自毁”这么个标题在西方报刊上一出现，那将是什么样的国际影响啊！身处如此压抑痛苦气氛中的基地司令员李福泽突然大声喊叫：“谢光选，你过来，你得赔我一个厕所。”

“凭什么？”谢光选也大声顶撞。“你那掉下来的导弹把我发射场的厕所炸毁了，你说赔不赔？”

“赔，司令员，你赔我一枚导弹，我就不打你的厕所了。”

这两个人扯起喉咙喊了一阵，像是给周围那种压抑得密不透风的气氛透了个洞，空气一下变得轻松缓和了些。

说句内行话吧，那时中国真正参加过导弹研制的只有钱学森一人，其余的无论是年轻的还是年老的都是只在书本上学过一些，实践经验一点儿没有。眼睁睁看着自己研制的东西掉下来毁了，心里那个滋味比被刀扎了还难受。悲痛、悔恨、愧疚，党和国家花了那么多钱，汇聚那么多人的心血，做了那么多试验，结果……谢光选再也不能沿着这个思路想下去了。既然是试验，失败或成功的可能就各占50%，但作为一个科学家决不能因为有这个“可能”就可以掉以轻心，安慰自己。

钱学森在第一时间听到消息就飞赴试验基地。他一下飞机，急赴现场察看导弹坠落现场和导弹残骸。恰这时聂帅打来了电话，他告诉钱学森，在这种时候气可鼓不可泄，我们既然是试验，胜和败各占一半，失败的可能性是在意料之中的，没什么可大惊小怪的，更不能追查责任。失败了重在总结经验和教训，从哪儿跌倒的，就从哪儿站起来。我聂荣臻打了一辈子的仗，胜仗败仗都打过，如果一次失败就撂挑子，不找出失败的教训、原因能以利再战吗？所以同志们，今天的事只是一个小小挫折，比起要建立的以尖端武器为主的现代国防事业，我们要走的路还很长，也许我们还会经历和今天一样的失利，但是我们不会停止，我们只能有一个出路：那就是前进！

王诤副院长又鼓励大家说："不要怕失败，失败是成功之母，大家放下包袱，还是要轻装上阵，回家后好好总结经验，咱们再干。我就不信，咱们中国的导弹不比美国飞得高、打得远。同志们，记住今天这个日子，回去苦干两年，咱们再打！"

4. 妈妈别担心，孩子会迈出第二步

就像孩子刚学走路那样，中国自行研制的导弹刚迈出第一步，一抬腿一落脚就狠狠摔了一大跤。可是妈妈别担心，孩子会再站起来，迈出更坚实的第二步、第三步……

根据聂帅的要求，参试人员对"3·21"重大导弹坠地事件进行了详细的调查，细致地判读和处理飞行试验的测量数据。试验基地技术人员从遥测参数的变化中，发现存在着横向低频振动现象；数据处理人员从光测胶片上判定了发动机舱火源故障的部位。一分院和试验基地的技术人员共同分析研究这些第一手资料，找到了失败的主要原因：一是在总体方案设计中，未充分考虑到弹体是弹性体，在飞行中弹体会作弹性振动，从而与姿态控制系统发生耦合，导致导弹飞行失控；二是导弹发动机的结构强度不够，导致局部破

坏起火。除这些技术上的原因外，在组织管理上，按研制程序办事和充分进行地面试验等方面，也存在很多问题。

1962年7月，一分院召开“东风二号”第一批修改设计项目和试验程序讨论会，确定了总体方案和试验程序，要求稳扎稳打，循序渐进。8月，“东风二号”修改设计工作转入全面投产试制阶段。11月，一分院确定“东风二号”产品地面试验项目和试验程序，要求各项地面试验一定要按照程序办事，不得随意改动。

1963年2月，一分院党委召开第七次全委会，重点讨论“东风二号”五条集合线（即综合试验、齐套、总装、合练和发射时间）的落实问题。检验修改后产品的性能和可靠性，并进行发动机性能试车、控制系统模拟试验、全弹系统综合试验、全弹振动试验等一系列大型试验。

经过两年的努力，修改设计后的“东风二号”中近程导弹研制成功，与此同时，试验基地也完成了各项试验准备工作，就在原“东风二号”起飞坠落的那同一个发射台上，历史重新谱写了新中国的导弹发射史。真是应了当年钱学森的话，“举一反三，坏事变成了好事”。从1964年6月29日开始，我国连续进行了三发中近程地地导弹的发射，发发命中目标，一个比一个打得准，全部获得成功。

3次发射都在现场的王永志回忆起那个激情燃烧的岁月时，激动而深情地说：“那个年代的人们，除了奉献，他们心中没有任何的牵挂。我那时也是30刚出头的小伙子，还挂着中尉的军衔。就在那一次改进设计后的发射任务中，我还真的解决了一个不大不小的技术难题。这事起因是天气炎热会使推进剂的密度变小，在燃料体积不变的情况下导弹射程可能达不到预定的要求。怎样才能让导弹的射程不受影响，一时间谁都没能想出什么好办法。6月的戈壁沙漠热得鸡蛋放上去几分钟就烤熟，地面烤得人脸发烫、脱皮。当时有人说再加点推进剂，让发动机多工作一会，不就能射远了么？可是导弹储箱容量是有限的，即使全部加满也加不进去多少了。突然从我脑袋里闪出一个念头，若把燃料倒出一部分，改变氧化剂和燃烧剂的混合比，通过减少燃料，使氧化剂相对增加的方法来达到产生同等推力的目的，这样导弹起飞质量小了射程就大了。经过计算，我提出了卸出600公斤燃料的方案。”

可有人站出来反对这毛头小伙的建议，还跟王永志展开争论说：“导弹本来还嫌燃料少，推力不够嘛，如果再减少燃料，射程只会更近。”

“当时没几个人同意我的方案，我心里着急，可找谁能把这件事说明白呢？只能去找最高技术负责人钱学森了，他是权威的大科学家，非他莫属了。我就直接面见钱院长，一见面，他好像知道我的来意，开门见山地说：‘小王听说你有个想法，说给我听听。’他对我提的办法一点一点追问，直到我把意见讲完，他点了点头自语着，‘行，有道理。’当即就叫秘书把总设计师请来了，钱学森指着我说：‘小王说的是对的，就按他的意见办。’”

从导弹里卸出一部分燃料，这一卸不要紧，却连中了三元，导弹打出了1000公里的骄人成绩。

也就是这件事让钱学森记住了中尉王永志。许多年后的1992年，当中国载人航天工程上马时，钱学森一再提议王永志担任总设计师。钱学森说，我之所以要推荐王永志担任载人航天工程的总设计师，因为他年轻时就崭露头角，逆向思维，和别人不大一样。直到今天，王永志每年寄给钱老的贺卡都被钱老保存在书柜里。

在“东风二号”获得圆满成功举行的庆功会上，钱学森特意将王永志拉到身边坐下，为他出的好点子、好办法敬了这毛头小子一杯。

王永志还讲到，在进行第三次发射中还出现了一次重大险情，即在加注过氧化氢时，由于阀门密封欠佳，突然发生因泄漏而向外喷射液体的故障。这种高浓度的过氧化氢溅到皮肤，会把皮肤立即灼伤，如果和其他推进剂接触，就会造成难以预料的严重后果。面对随时可能燃烧爆炸的紧急险情，操作手临危不惧，沉着处理。发射一中队操作手刘守德的衣服着火，手上顿时燎起一片水泡，但他连防护面具、橡胶手套都顾不上戴，强忍着灼伤的巨痛，迅速将手伸向正在向外喷气的阀门，一把关闭了阀门，然后迅速背对导弹，使胸前燃烧的火焰与导弹脱离接触，避免了一场特大事故。几乎与此同时，流入弹体内的过氧化氢，正腐蚀着发动机舱内的设备，操作手田发森没吭一声、喊一句，就奋不顾身地钻进导弹发动机舱里，忍住过氧化氢滴落在脖子上的灼痛，坚持操作 40 分钟，直到把溅落在各个部件上的过氧化氢完全清除干净才爬出来。

这就是我们的航天战士，这就是中国导弹试验部队的士兵，是他们用自己的血肉铸成了我们的钢铁长城。

王永志心中永远铭记着那些战士的模样，永远铭记着祖国的安危，因此他才能在 20 世纪 80 年代面对国企下马、军工转制、“造导弹不如卖茶叶蛋”的浮躁喧腾中，敢于向中央领导说出“如果一旦发生战争，我们将既无进攻之器，更无还手之力”的警示。他在中国运载火箭技术研究院承前启后、转折关键时期担任院长之职，率领研究院走出国门，创造了中国火箭事业飞速前进、令全世界都惊赞的神话。

第四章　惊天神话

我们刚刚走出了灾难的困境
我们从失败的火焰中跃起
沙漠里那一声未知的巨响
似警钟如利剑悬挂于这个世纪
因为它曾有过光辉有过荣誉
有过骄傲也预示着奇迹
我们才勇于对一切失败挫折说：不
我们相信成功胜利将伴随着光辉的崛起

1. 指向胜利的旗帜

1964 年的春天突然大雪纷飞，而大雪下的南苑一树树早开的桃花却探出了一分院的围墙，刚刚走出了三年困难时期的中国大地温度在渐渐升腾，人心也在早春的笑颜里复苏。1964 年一分院面临着一个选择，而这个选择所提供给他们的是一个更加广阔的天地，更加能施展其聪明才华的舞台，那就是要在继续追赶世界各主要强国的战斗中，力争使中国成为拥有战略导弹和核武器的大国。让中国的声音震动世界，就是要让世界知道中国说话是算数的。这是中国百年历史大转折竖起的里程碑，而一分院科技战线上的每一个人都是竖碑的功臣。

随着国民经济三年大调整任务的胜利完成，我国的国防尖端事业取得了一系列重大的突破，在成功发射了“东风二号”中近程导弹后，又全面展开了中程导弹“东风三号”的研制工作。研究院正在从专业院向更为科学的型号院转型。

光荣的事业从来都是越是艰险越要向前，谁让我们是新中国的第一代航天人，第一代尖端武器的开拓者与创造者呢？重任在肩的长征又开始了。1964 年，一分院在重点发展液体导弹技术的同时，还要尽快掌握运载火箭的技术。

还记得我国导弹事业起步时，基本上是按专业类别组建分院的，参照的是由苏联提供的一分院建设工程即“8102”工程四项任务设计书提出的组织形式。依靠这个形式，一分院在 1960 年前后开始了中近程导弹的设计工作，但很快各种问题开始暴露。当时人们并未认识到，事后通过对故障的深入分析表明，除了总体方案的失误，技术抓总不得力外，各分系统之间的不协调也是失败的重要原因。表面上看，各分系统似乎是一个整体，但实际运行起来大家是各吹各的号，各唱各的调。

导弹研制是一项庞大而缜密的系统工程，在设计、生产、试验方面，总体与各分系统既有大量技术问题需要抓总协调，又有很多管理问题需要解决。而现在总体和分系统恰恰不全在一个组织体系内，人为地将导弹研究中各分系统的内在联系分割开来，无形中给整体研制增加了不必要的麻烦。也就是说，原本是一个团队的工作，却分成好几个团队，而各个团队都有自己的指挥官，谁想办事就得找一个又一个指挥官商定，才能把整个团队拢到一起，万一有一个指挥官不同意，就得找更高的指挥官来协调。如果一分院承担几类不同型号导弹的研制工作，就往往顾此失彼，形成谁都负责，谁也负不了责的局面。一分院从实战中找到了适应大型国防科研工程研制的高度集中统一的体制，即以型号为主建立研究院的体制。这是从失败中取得的进步，从失败中寻到的制胜之宝。

经调整后的一分院，由原来只负责各类导弹的总体与弹体结构和发动机的研制工作，转型为从总体到分系统，从研究、设计、试制生产到试验，门类齐全、力量配套的主体型号研究院，这种体制一直延续到今天。它包括导弹总体、弹体和弹头、发动机、控制系统、遥测系统、地面设备、材料工艺、强度与环境、遥测技术和计量测试等门类齐全的设计部、研究所、工厂、试验站，能对导弹与运载火箭的研制实行统一领导、集中管理。体制的飞跃，为中国导弹、火箭事业的快速发展找到了一条捷径。

就在焕然一新的一分院大展宏图之时，从核试验基地的罗布泊传来了震惊世界的特大喜讯——中国第一颗原子弹试验爆炸成功。

1964 年成了吸引全球眼珠的中国年。这一年的 6 月 29 日，“东风二号”导弹第二次飞行试验圆满成功，7 月至 10 月间又连续 5 次发射成功，10 月 16 日，中国第一颗原子弹爆炸成功。这一年是中国大跨步进入世界核俱乐部的光辉年，也是中国走出困难时期后获得最大喜悦的丰收年。

在周总理和陈毅外长访问非洲时，美联社从开罗发出一篇报道说：“本周从巴黎北大西洋公约组织部长会议上传出一个消息预测，中国将在年内试验一个原子装置。”记者向周恩来提到这个消息，周恩来对此避而不谈，他说：“我对此毫无所知，我劝你还是去问那位向北大西洋公约组织提供这个消息的部长。这对我来说是一个新闻。”

美国人不死心，他们向中国上空派出了高空侦察机窥探我军事机密，而我方在导弹、原子弹基地进行了更加秘密的伪装，严防卫星从高空拍摄与监听我有关尖端武器研制的绝密情报。尽管华盛顿声称：“要使中国共产党人在核方面的研制绝育。”但中国“两弹”的自主研制却扔开了仿制的拐棍，走上了独立自主发展的大道。

美国仍不甘心，在我国周围建立了20多个监听站、30多个测向站。而苏联也害怕中国人造出原子弹、导弹，也想对我国“两弹”的研制进行阻止和干扰。一分院牢牢记住了毛主席“不见前年秋月朗，订了三家条约”这两句诗，因为它道出了美苏霸权对中国人民民族感情的蔑视与伤害，更激起了核九院人和一分院航天人以“一万年太久，只争朝夕”的大无畏英雄气概，造出自己的原子弹、导弹，打破他们的核垄断和核讹诈。

其实周总理在开罗回答那个记者的问话时，中国原子弹的设计方案早已于半年前完成，铀浓缩工厂已经生产出第一批合格的产品。聂帅向一分院布置的原子弹运载工具——“东风二号甲”导弹也完成了设计方案。

2. 第一个科学的春天

1962年下半年国防工业系统正在贯彻被邓小平同志称为科学工作宪法、由聂帅亲自主持拟定的《科学十四条》，全称为《关于自然科学研究机构当前工作的十四条意见（草案)》。这个具有划时代战略意义的文件，是针对前几年出现的对科研工作及知识分子的极左倾向，进行纠偏、拨乱反正的一个极其重要的文件，经中央批准后下发全国贯彻执行。按现在的说法就是在科研战线来一个思想大解放。这个文件的主要内容是：

一、科研机构的根本任务是出成果、出人才。

二、保持科学研究工作的相对稳定。

三、正确贯彻理论联系实际的原则。

四、要从实际出发，制定和检查科学工作计划。

五、科技人员要在工作中发扬敢想、敢说、敢干，但又要与严肃性、严格性、严密性结合的“三敢三严”精神。

六、保证科技人员每周用 5 天的时间搞科研工作。

七、采取措施，着重培养青年科技人员，对有突出贡献的科学家和优秀青年科技人员，要重点支持、重点培养。

八、科研部门要与生产单位、高等院校加强协作和交流，共同促进科技进步。

九、在人力、物力、财力的使用上，要发扬勤俭办科学的精神。

十、科学工作中，提倡自由辩论和不戴帽子、不打棍子、不贴标签的“三不主义”，允许保留意见，贯彻“百花齐放，百家争鸣”繁荣科学文化的方针。

十一、知识分子“红”的初步要求是拥护中国共产党的领导，拥护社会主义，用自己的专业知识为社会主义服务，并强调“红”与“专”要统一。

十二、要根据知识分子的特点进行细致的思想政治工作，各级行政和政工干部要特别强调为知识分子服务。

十三、领导干部要大兴调查研究之风，逐步从外行变为内行。

十四、科研单位要在党委领导下，贯彻由科技专家负责的技术责任制，基层党组织起保证作用。

文件的要点，一是落实知识分子政策，纠正政治运动和学术批判中“左”的错误，鼓励科技人员走又红又专的道路；二是整顿科技工作的规章制度，保证正常科研程序；三是改善党对科技工作的领导。

这个文件在中央政治局会议上讨论时，聂荣臻在汇报中满含深情地说：“近一年来，我老是在考虑，怎样使我们的科学发展得更快一些，现在出现的一些严重的偏向，妨碍着我们出成果、出人才，我们各级领导部门是有责任的。科学研究与生产不同，工业生产中，机器是转动的，不管怎样，干活与不干活一眼就能看出来。农业生产搞得好不好，收获时马上就能反映出来。科学研究是以探索未知为目标的创造性劳动，想法在他的脑子里，不调动他的积极性，或他本人思想苦闷，就拿不出成果来。他表面上在做事情，其实脑子在怠工，你也没多大办法。因此正确执行党的知识分子政策，贯彻'双百'方针，调动广大年老、年轻、党内、党外的科学工作者的积极性，就显得十分重要。"

那天会议毛泽东没有参加，由刘少奇主持。与会政治局委员都认为这是个好文件，给予了肯定。

李富春说："文件中所提的问题带有普遍性，不仅科研是这样，文教、高等院校里也都存在这种情况，工业上也是如此。我建议可发给工业部门试行、贯彻执行。"

邓小平说："我看是个好文件，可以试行，很有必要。试行后在实践中加以修订补充，使其成为科学工作的宪法。我只提一点意见，党的领导方法内容可以充实，怎样创造一个生动活泼、人心舒畅的局面？我看就是要老老实实当勤务员，为科学家服务，替他们解决困难。"

周恩来说："这个文件，财经、文教等系统也要发。要向我们的干部讲清楚。我们为科学家服务好了，科学家就能为社会主义服务好。总而言之，都是为了社会主义。"

刘少奇总结说："现在的问题是有偏向，有偏就要纠。党成了执政党，这是好事是成绩，但乱指挥是要跌下台的。我们的任务是进一步掌握科学技术工作的规律性，不要瞎指挥，不要不懂装懂。"

《科学十四条》在政治局会议上一致通过。经毛主席批准，于1961年7月16日正式以中央文件下发。那时正值"543"导弹一连几次打下美国制造的U-2高空侦察机，举国欢庆的日子。文件下发当即就在自然科学界乃至整个知识界引起强烈反响，其声势不亚于打下U-2飞机。第二天，聂帅在人民大会堂向五院6800

多名大学生和各级领导干部传达文件。虽40多年过去了，一院离休干部宓世湘说起当年的情景仍是激动不已，他找出当年的入场券和珍藏的记录本说："那天下着细雨，我们早早就乘车来到人民大会堂前，排列成整齐的三路纵队，由刘瑄院长、张钧政委率领走进了人民大会堂。也许因为我们是研制导弹的，被特别安排在人民大会堂前排就座。当时整个会场气氛庄严、肃穆，一万多个座位全坐满了人。陆、海、空三军井然有序，宛如一场重大战役开始前的动员大会。9时整，会议主持人、国防科委安东秘书长宣布会议开始，请聂荣臻元帅传达中央关于十四条意见的文件。在一阵阵雷鸣般的掌声中，聂帅身着海蓝色元帅服一面招呼大家一面缓步走到位于台左的讲台前，以他洪亮有力的声音吸引着会场上千万双眼睛大睁的人们。聂帅话音清晰洪亮，节奏感很强，极富有鼓动性和号召力。"

宓世湘是当年院机关的工作人员，他翻开当年珍藏的笔记本，指着写在上面的正楷小字说："仔细看吧！那都是聂帅报告的原话，我认认真真地记了下来。"

人们至今还记得聂帅在报告中非常严肃地说："目前有些单位对科技人员'红'的要求确实有些不切实际、不加区别、要求偏急等毛病，有时甚至主次不分，求全责备，乱戴白专帽子，而且只是空洞地要求'红'，忽视对'专'的要求，忽视对实际工作表现的考察，这样做效果是不好的。白专这个提法不确切，不适当，我们不开这样的帽子公司，我们也不承认这顶帽子。过去给人扣上了，现在要去掉。"聂帅接着讲了文件上规定的"红"的标准后说："对自然科学工作者，要求他们'专'是天经地义的，如果是专家不'专'，那还算专家吗？我们今天的专家不是太多，而是太少，专得不是太深而是太浅。尤其是有杰出贡献的著名科学家更是太少了，我们国家需要很多杰出的科学家。"聂帅语重心长地

说 :“全国人民都在看着我们，如果我们完不成发展国防尖端事业的重任，我们就要犯下历史性错误。同志们，不知道你们怎样想，我心里确实很着急，每想到这点，我就睡不着觉。”

宓世湘说 :“虽然这个报告已过去 40 多年了，但是历史在这里沉思过，聂帅的话不时地萦绕在我的耳边，激励着我一生奋斗在航天战线上，连我们的儿女也在这条战线继承着父辈的意愿，创造着今天的伟业。”

半年之后，聂帅在广州主持全国科学技术大会，得到一向热心科学事业的中南局第一书记陶铸同志的支持。根据《科学十四条》的精神，陶铸率先在会上宣布 :“知识分子是工人阶级的一部分。”这真是语出惊人，把天捅了一个洞，虽说是中南局的“地方粮票”，但毕竟党内高级干部有了这个了不起的认识，开了一个好头，对艰难中的聂帅是在思想上、政治上强有力的支持。第二天，周总理来到广州，正好陈毅也在广州出席军委常委会议，聂帅和陈毅见了面，并邀请他也到会上讲讲话，他欣然答应了。

1962 年 3 月 2 日，广州市政府礼堂里知识分子齐聚一堂，当时全国歌剧、话剧、儿童剧创作座谈会也在广州召开，听总理关于知识分子的主题讲话。总理一讲就是两个小时，他开门见山地说 :“现在不能笼统地称知识分子为资产阶级知识分子。知识分子首先是脑力劳动者构成的社会阶层，从旧社会过来的新社会培养的知识分子构成了社会主义的知识界。12 年来，我国大多数知识分子已有了根本的转变和极大的进步。”总理引用刘少奇主席的话说 :“知识界已经改变了原来的面貌，组成了一支社会主义队伍，”接着他又说 :“过去对同志们批评错了的、多了的、过了的，应该道歉。我代表中央，利用这个机会，再做一个总的道歉。”总理的道歉，激起了热烈的掌声。聂帅也感到振奋高兴，既然总理代表中央道歉了，科学家们的气也就该消了。

更出人意料的是第二天，陈毅应邀到会与知识分子见面。了解陈毅的人都知道他平时是不戴帽子的，可是那天他特意戴了一顶大礼帽走进会场，站在主席台前，什么话也没说，在众目睽睽之下先脱了帽，向台下几百名知识分子深深鞠了一躬。人们都被这个有儒将之称的诗人元帅的举动惊呆了。只见他把帽子放在桌上，亮开大嗓门，说出了如导弹炸响般震慑四座的话来："今天，我是来为大家脱帽加冕的，就是说脱掉资产阶级知识分子的帽子，加上劳动人民知识分子之冕。"顿时，全场掌声响如潮浪，把气氛抛上了浪尖顶峰。

广州会议达到了预期目的，甚至超越了预期效果，进一步稳定了知识分子这支大军的军心，推动了正在研制的原子弹、中远程导弹的进程。会议解决了知识分子的阶级属性问题，使到会的科学家、文艺家，包括一分院的导弹专家、核九院的原子弹专家们一个个激动得热泪盈眶，特别是曾当过国民党保密局少将的技术专家蔡金涛、家人都在西方国家的导弹专家梁守槃好几天都处于激动中，回到院里见人就说，广州会议把他们心里的大石头搬开了，轻装上阵，一定要好好大干一场，创造出中国的奇迹。

多年以后，特别是在"文化大革命"中，人们才又更深刻地认识到：《科学十四条》和广州科学技术会议在新中国知识界产生的影响是划时代的，它对我国国防尖端武器的研制发展具有里程碑式的意义。科学界的精英们至今也难以忘记，新中国建立后的第一个绚丽灿烂的科学的春天……

3. 罗布泊升起了中国的蘑菇云

为回应中央下发《科学十四条》与在广州会议上为知识分子脱帽加冕等暖心举措，中国科学界献上的第一份厚礼就是 1964 年

10 月 16 日在西北原子弹试验基地升起的中国第一朵震惊世界的蘑菇云。

核爆炸成功的知情人在欢呼兴奋后，却产生了一丝疑惑：这长国家威风、扬人民志气的天大喜讯，为何在当晚 8 点的中央人民广播电台新闻联播中没有播出？全国人民要等到什么时候才能知道这个消息？后来聂帅透露了内情，是毛主席指示说："我们先不忙于公布，等外电报道后再公布。他们可是比我们还急呀！"

当天试验现场送来报告，经各测试点的数据核实证明，我国第一颗原子弹的爆炸当量相当于两万吨 TNT 炸药。而就在当天晚上 19 点左右，西方各大通讯社用长短波同时播出消息说："美国侦察卫星侦察到中国西部地区爆炸了一颗原子弹。"当晚 10 时，中央人民广播电台郑重广播了中国自主研制的第一颗原子弹爆炸成功的重大喜讯，佐证了西方通讯社的消息。《人民日报》随即在北京、上海、天津、广州、重庆、成都、昆明等大城市同时散发了套红大字标题的"号外"。

那天夜里，数十万北京人涌向天安门广场争抢《人民日报》号外，连聂帅、贺老总、陈老总的儿女也不约而同地蹬着自行车从各自的家里，奔向天安门广场参加"争抢"。这张"号外"至今还像文物一样不知被多少家庭珍藏。朱总司令、聂帅、贺老总、徐帅、刘帅、陈老总今天都不在了，可他们子女的家里还珍藏着 40 多年前这张凝聚着老一辈无产阶级革命家和前辈科学家心血和欣喜的"号外"。

"号外"刊载的是中国政府关于中国第一颗原子弹取得成功的新闻公报，公报上写的是：

中国核试验成功，是中国人民加强国防、保卫祖国的重大成就，也是中国人民对于保卫世界和平事业的重大贡献……中国进行核试验发展核武器，是被迫而为的。中国政府一贯主张全面禁止和彻底销毁核武器。如果这个主张能实现，中国本来用不着发展核武器……中国政府郑重宣布，中国任何时候，任何情况下都不会首先使用核武器。

然而，我国第一颗原子弹的成功炸响并没有把美国政府试图遏制中国的头脑炸得清醒一些，恰恰相反，他们更加紧了对中国进行全面的战略包围。苏联赫鲁晓夫下台后，中苏关系继续恶化，甚至有人悄悄地策划对中国的核试验基地、导弹研制基地进行核打击。美国中央情报局在上报华盛顿的一份报告中分析说："中国也许需要一个相当长的时间，才能将核武器用于实战。在这一时期内，中苏关系会发生难以逆转的全面冲突，苏联势力会在中国还没有完全掌握核武器的实际应用之前，即先发制人，对中国进行摧毁性的核打击。"

中国能否尽快拥有导弹核武器，对未来的命运可说是生死攸关。

早在 1963 年中苏关系全面破裂后，苏联利用中国北部疆域战略防御纵深大大缩小的缺口，调集重兵进驻蒙古，部署核战略部队，对我构成严重威胁。20 世纪 60 年代初，美国在越南发动了大规模侵略战争，并在东南亚一些国家建立军事基地，结成旨在反对中国的战略同盟，台湾海峡的军事对峙也日益紧张。1962 年中印边境爆发战争，使我西南边陲一时间炮火连天。战争虽然以我们的军事胜利而告结束，然而 3653 公里的西南边境线仍处于战争一触即发的状态。中苏交恶后，长达 7000 公里的中苏边境线冲突不断，而中苏边境由于第二次世界大战中斯大林逼迫蒋介石接受外蒙独立，致使中苏边境到北京、长春等内地战略重镇的直线距离缩短到只有 570 公里和 525 公里。中国就好像坐在随时都可能爆发甚至可以引发一场世界大战的火药桶上。

继我国第一颗原子弹塔试爆炸成功后，仅仅6个多月，1965年5月14日，在我国西北核试验基地，一架“轰6”飞机又投下了一颗原子弹。这一次蘑菇云的飘起让西方世界的神经又颤抖了一下。然而他们依然嘴硬说：“中国的飞机落后，导航系统还是40年代的水平，不定哪个时候一丝误差就会把原子弹投向自己的城市、乡村。”

西方政客的话不值一驳，但是中国科学家心里明白，靠飞机投弹是躲不过美苏卫星的侦察视线的，恐怕我们的飞机刚起飞，就会被看不见的导弹打下去。

4. 两弹结合，令西方世界胆寒的撒手锏

中国人要想真正扬眉吐气，两弹结合才是真正令西方世界胆寒的撒手锏。美国人以为，中国研制出能够运载原子弹头的导弹大概还像梦想一样遥远，而中国就是要在不可想象的神话里来一个闪电般的跃进。

早在1963年9月，聂帅在听取刘杰、李觉、钱三强、钱学森、刘西尧、刘瑄、张钧、朱光亚的汇报时就说：“我们装备部队的核武器应该以导弹为运载工具，这是我们发展的方向。飞机很难在现代化战争条件下作为运载核武器的有效工具。”三个月后，中央专委就这个问题作了专项研究，确定核武器以核导弹为主的发展方向，责成国防工办、国防科委、二机部和国防部五院一分院立即对导弹核武器的研制工作作出全面的计划安排。

把原子弹装在导弹上，比起核航弹来，其体积和重量都大大缩小，在所经受的环境气象条件下，其要求更加复杂苛刻，研制难度确实很大。聂帅提议这项工作由钱学森、钱三强共同主持。

1964 年 9 月 11 日，中央专委就两弹结合作了部署，此时，“东风二号”中近程导弹终于发射成功，作为运载原子弹的“东风二号甲”导弹也已临近成功。

为重点发展国防尖端事业，增强国防部五院自身的试制生产能力，建立比较完整配套的导弹与火箭的工业体系，中央认为实现由研究院向工业部的转变势在必行。而迫在眉睫的两弹结合试验，促成了这一新型工业部的诞生。

1964 年 11 月 23 日，中央决定以国防部五院为基础，从第三、第四、第五机械工业部及其他有关部门和省市抽调若干工厂和事业单位组成第七机械工业部，统一管理导弹、火箭工业的科研、设计、试制生产和基本建设工作，并在年底召开的全国人民代表大会三届一次会议通过了这项决议。七机部由国务院国防工办、国防科委归口管理。

国防部五院一分院由此改称为七机部一院，按“以型号为目标，以专业为基础”的原则，建立了科研与生产相结合的管理体制，进行了一系列的机构调整与充实，总揽了各种战略导弹及各种运载火箭的研制与试验生产任务，初步奠定了今天具有世界先进水平和国际宇航公司模式的中国运载火箭技术研究院的基础。

不久，中央专委会议决定由二机部、七机部共同组织两弹结合试验方案论证小组，由七机部抓总，七机部副部长钱学森、二机部副部长钱三强为组长，一分院导弹专家谢光选为“两弹”结合技术协调组组长。会后，中央专委成员、副总参谋长张爱萍上将召开了专题会议。会上，谢光选等专家提出把原子弹装在导弹上，好比为一个“啰唆汉”丈夫“娶”了个“娇滴滴”小姐。为啥有这个比喻呢？因为导弹起飞前要有起竖、粗瞄、垂直测试、火工品安装、燃料加注、精瞄等一连串的啰唆事。而原子弹却是个怕热、怕冷、怕潮、怕振动、怕过载、怕冲击、怕静电、怕雷电的娇贵的“小姐”。导弹、原子弹同属于尖端技术，但由两个系统分别研制，双方互相都不了解，“联姻”难度确实很高。“两弹”从“恋爱”到“结婚”，有一个相识、结合的复杂过程，有大量的工作要做。谢光选说到这里，忍不住抿起嘴巴觉得好笑。张爱萍副总参谋长听得哈哈大笑起来，边笑边把两手一握风趣地说：“我就要当‘啰唆汉’和‘娇小姐’的介绍人，硬要把他们撮合在一起欢欢喜喜拜天地，我要当他们的证婚人，给历史做个见证。不要怕美国人说中国是‘有弹无枪’，我们就要枪好弹好，打出一朵朵漂亮的、有声有色的蘑菇云。”钱学森插话说：“当然，搞两弹结合是非同一般的事情，美国从原子弹到两弹结合搞了13年，苏联搞了6年，我们暂定3年‘结婚’，或者再提前1年，那就要我们在座的介绍人加把劲。还有一个问题也是一道关口，怎么过关就看我们的弹道专家咋个唱戏啦。中央专委已经给大家把台子搭好了，这个台子就是我们辽阔的960万平方公里的国土。美国人在海洋上搞导弹核武器试验，那是因为他们有海上霸权，有20多艘航空母舰和几百架飞机，他在海上打靶，世界上哪个国家敢干涉他。苏联有2200多万平方公里的大疆域，不需要到大海上去。苏联的原子弹、导弹试验是在地广人稀的西伯利亚进行的，试验的风险很小。我们试验既不能到海上，因为大海大洋的出入口都被美国封锁了，更不可能到西伯利亚，只能在自己的国土上进行‘两弹’结合的飞行试验。为避免不幸事件发生，弹道设计一定要准确无误，所以产品必须是质量最高、最可靠的，二机部、七机部都要采取严格的措施。特别是担负具体设计制造任务的一院、核九院更不可有一丝一毫的疏忽。只有追求永远的成功，这一对夫妻才会和谐美满。”钱学森的话令在座的科学家肃然起敬，更感国家使命的庄严，肩上责任的重大。

经会议审慎研究，做出了一个非常明智的有备无患的决议，由二机部负责对核弹头进行撞击和发生燃烧等异常状态的严格的地面模拟试验，确保核弹头在未解除保险时，即使发生各种情况也不会发生核爆炸。由国防科委组织一院和试验基地在正式发射前进行若干次不装核装置的飞行试验，在确有把握的基础上，再装上核装置进行热试验。由总参谋部、国防科委切实做好疏散居民和参试人员的准备工作，特别是在甘肃柳园“两弹”飞过的地方，那里有 5 万居民。周总理十分担心居民安全，从一院弹道设计确定后，总理就多次询问这件事。尽管弹道设计专家余梦伦经过多次计算，得出的结论是导弹落到柳园的概率是十万分之六，可在发射那天，总理还是问到了此事，可见周总理的心牵挂的尽是老百姓的安危啊。

6 月 18 日，国防科委确定两弹结合试验的发射阵地在东风基地进行，采用野战方式发射。东风基地很快研究提出了发射方案，并开始选择发射阵地的位置，抢建了临时地下指挥控制室和人员掩体等工程。马兰核基地也勘探出弹着区的位置，进行了相应的防辐射工程的施工。

作为原子弹运载工具的“东风二号甲”导弹，是在“东风二号”的基础上改进的中近程导弹，发动机的推力从 405 千牛提高到 455 千牛，比冲从 219 秒提高到 223.3 秒，导弹采用全惯性制导方案。它列入了一院“八年四弹”的发展规划，即在 1971 年完成中近程导弹、中程导弹、远程导弹和洲际导弹的规划。

正当两弹结合发射试验进入最后冲刺阶段时，“文化大革命”在神州大地上搅起了满天风云。主持中国国防尖端武器研制的聂荣臻排除一切干扰，于 1966 年 9 月 5 日召开两弹结合试验前有关单位的责任人会议，听取试验准备情况汇报。当许多发言人不断提到“文化大革命”对试验的冲击干扰时，他紧皱眉头果断地说：“这个试验关系到国家安危、国防的稳固，一定要认真搞下去，决不能停下来。如果因受到冲击思想不集中，影响产品质量导致试验失败，那是对国家、对历史的犯罪！”

随后这个问题反映到周总理那里，总理立即召开中央专委会议，详细了解各个部门对两弹结合试验的准备工作以及存在的困难后，语气沉重地说：“要百分之百地保证，百分之百指一切试验结果都没有问题。从今天起，要一心一意抓好这件事，不能三心二意。”

盛夏的戈壁滩，马兰基地一条简易公路上有一辆苏式吉普来回奔驰着，驾驶室里李觉副部长对司机大声说：“快一些，再快一些，颠得再高些。”

司机闷着头不吭不哈一脚把油门踩到底，车像发了疯一样晃荡、乱窜，仿佛散了架似的轰响颤颠。就这样李觉还嫌不过瘾，仍然喊着：“再颠得高一点，越颠越好。”司机也豁出去了，索性开得让车轮像跳舞一样，冲前倒后，几乎不沾地地腾飞了起来。

疯车疯人，这是逼出来的，因为这车上装的是一颗货真价实的核弹头，就是要来接受这种振动、碰撞，甚至自毁燃烧等一系列异常状态下的模拟试验。这项试验本来是核九院院长朱光亚安排给技术安全负责人苏光耀的，然而二机部李觉副部长不放心，非要亲自来试验。就像当年打鬼子，他在冀中军区兵工厂当厂长时，对每一批新制的炮弹，他都要抽检能不能炸响，有没有瞎火的，直到抽检合格才交给部队使用。

试完了车载，他又和苏光耀一起进行综合静力、噪声、底部压力、脉冲试验，以确保弹头在解除保险之后即使发生异常情况也不会发生核爆炸。

李觉曾说：“小振动分步分次在振动台上做了后，我们在没有大振动台之前就上汽车上干，看看核弹头能否经受得住这个振动考验。就这样拉一拉，跑一跑，土办法照样会让咱心里有数。要百分之百的可靠呀！同志，这是在咱们自己的国土上搞两弹结合试验，不容易呀！总理一开始就非常谨慎，毛主席虽说准备付出一些代价，能承受这个代价，可咱们是具体搞的人，就是要强调确保安全，保证核弹头万一掉下来也不会爆炸，咱们要给毛主席顶起这个担子呀！"

那次是李觉和钱学森一起去向总理汇报，总理却老是有接不完的电话，好不容易回到座位上劈头就问："二位，怎么样？"

钱学森挠着头皮说："我们保证导弹不掉下来。"

李觉跟着说："我们保证核弹头就是掉下来也不在地面爆炸。"

总理点了点头严肃地说："二位一定要做到万无一失。"

在本土上进行导弹、原子弹结合的"热"试验，其风险之大，那是可想而知的。在两弹结合"热"试验进入倒计时的20天内，为了确保万无一失，先后进行了三次"冷"试验。第一次试验在东风基地新建的导弹发射场实施，"东风二号甲"中近程导弹载着模拟核弹头拔地而起，喷着玫瑰色的火焰，向预定方向飞去。敖包山后观察的参试人员都显得格外轻松，好像一点儿也不担心万一有个闪失，因为这次试验是实际检验导弹安全自毁系统的飞行试验。导弹起飞后，弹上与地面所有设备全都运转正常，导弹起飞50秒时，地面安全系统发出了炸毁指令信号，只听"轰"的一声，弹头在先、弹体随后凌空爆炸，炸毁的弹体残骸碎片"噼噼啪啪"掉在几十公里范围的地上。这是我们故意炸掉的一枚导弹。这场试验在人们的欢呼声中证明导弹飞行正常，安全自毁系统可靠。

在同一时间，罗布泊弹着区也按正式试验程序进行了合练。

随后，东风基地又成功地进行了两次"冷"试验，发射区和弹着区均按正式试验程序展开工作，从而进一步验证和完善了"热"试验前的各项准备。

10月8日，周恩来总理主持召开了中央专委会议，听取国防科委副主任张震寰关于两弹结合“热”试验工作和安全问题的汇报。

听完汇报后，周总理神情严肃地强调说：“这次两弹结合的试验，安全问题是一个关键，美国是在海上搞，苏联是在西伯利亚搞，法国还没有搞，我们是在自己的大陆上搞，不能出乱子。试验弹要严格检查，一切工作都要百分之百没有问题才行，各种因素都要考虑到，核弹头要用专列运输，武装保卫，弹着区要保证安全，人员尽量撤远一些，这次试验由国防科委张震寰负责，李觉、钱学森参加。”

导弹核武器试验期间，“文化大革命”的烈火烧得各地各行业陷入了动乱，红卫兵大串连，造反派横行。在导弹、核弹头运往东风基地时，周总理下令发了一个专门布告，这趟专列不许任何人登车，不准随便靠近和检查。

由于导弹核武器发射的危险性，除东风、马兰两个基地外，还有二机部、七机部一院、空军、总参气象局等十几个大单位数千人员参加，是东风基地历史上规模最大的一次试验任务。整个试验队伍犹如一台大机器，必须大力协同，紧密配合，紧张而有序地运转。为保证安全，经慎重研究决定，由东风基地第一试验部队政委高震亚、司令部参谋长王世成、二中队长颜振清等7人，定位于地下控制室操作发射。他们心里都非常清楚，这次试验一旦失败，将是什么后果。他们更记得1960年10月苏联在拜科努尔发射场进行导弹发射时，因导弹在发射台意外爆炸，在现场主持发射的苏联国防部副部长兼火箭部队司令涅杰林元帅等数十名将校级火箭专家当场罹难，其景象惨不忍睹。而那次爆炸的只是常规弹头导弹，我们这次试验的是核导弹，一旦爆炸，整个东风基地将不复存在。虽然已采取严密的安全措施，但谁也不能保证绝对不出意外。

鉴于此情，七位勇士将自己的生死置之度外，并郑重写下了他们称之为“遗书”的决心书，保证做到分分秒秒坚守岗位，勇敢执着，无论是扳一个开关，还是读一个参数，都绝对向党向人民负责。

10月20日，最后一次有关两弹结合试验发射的中央专委会议在人民大会堂福建厅召开。周恩来主持会议，与聂荣臻、叶剑英、杨成武等一起听取了两个基地几次“冷”试验的结果和“热”试验准备情况的汇报。有关部门负责人、一院和核九院的专家，对整个试验的准备情况和安全问题再一次进行全面检查。

叶剑英用手中的铅笔敲了下桌子说：“这次试验搞成功会在国内外引起很大的震动，过五关斩六将，‘热’试验是最后一关，绝不能掉以轻心。”

周恩来翻看面前桌上摆着的一份介绍美国、苏联进行核试验的资料说：“赫鲁晓夫诅咒我们20年搞不出原子弹，结果我们只用了4年多一点时间嘛。后来外国人说我们虽然搞出原子弹来了，但是没有运输工具，这是在嘲笑我们有弹无枪啊！麦克纳马拉说中国至少要10年才能掌握导弹核武器，现在才多长时间，两年不到，我们就要搞一个给他们看看，让他们重新认识一下中国人民的智慧。”周总理站了起来，来回走了几步。聂荣臻接过总理的话对谢光选和龙文光说：“这几天巴黎正在召开一个西方国家的禁运会，美国还传说寒春和阳早在帮助我们制造原子弹，怀疑我们偷他们的技术，所以提出要封锁我们。这次两弹结合我们要让他们彻底明白，我们中国人并不比他们少一个脑袋。”

当屠守锷、谢光选、龙文光几位专家提出在试验中可能出现的问题和具体对策后，周总理加重语气说：“你们要记住，这次试验是空前的大会战，只许成功，不许失败！因为只能进行一次，一定要百分之百地完成，从领导到每个人都要更加细心，保证地面没问题，操作中不出问题，坚决消灭人为的误差。工作检查好了以后要注意让参试部队、参试科技人员、工人师傅好好休息，搞好伙食。”

“从当前准备情况看，我们一院、核九院的设计工作是做得很扎实的。中近程地地导弹已经发射了 16 次，次次成功，证明性能可靠，发射成功率经得住考验。”聂帅站起来接着说：“两弹结合的试验虽然要冒很大的风险，但这点风险值得冒。毛主席说当年我们要是不放弃延安，冒点儿风险在陕北和胡宗南转山沟，能打败蒋介石吗？这风险我们冒了，不但延安收回来了，我们还收获了一个新中国。所以这次实弹试验发射必须进行，即使打破了一些瓶瓶罐罐也在所不惜。我这次就要学主席，虽然我身体不太好，但我觉得我应该到第一线去！就这两天去发射阵地，到现场主持这次试验。”会场上响起了一片掌声，人们站起来向聂帅鼓掌。周恩来深情凝视着这个与自己共同战斗了 40 多个春秋的老战友，默默地点了点头说：“聂帅，如果身体允许的话，到现场去也好。老帅亲自坐镇，定能鼓励三军士气为此一搏，胜利在望嘛。”

就在这天下午，聂帅刚回到家，就传来了聂帅最得力的助手、国防科委新上任的副主任安东同志遇车祸身亡的不幸消息。聂帅久久凝望着桌上安东与他在五台山上的合影，热泪盈眶，几乎昏厥，幸好秘书来了才将他扶坐在沙发上。“安东，我的好战友，可惜你已看不到我们的核导弹爆炸了，你为此倾注极大心血的神州核导弹就要震惊世界啦！”聂帅喃喃自语着，其声之哀，其情之深，那是只有烽火硝烟中同生死共患难的战友和同志才会有的血肉亲情啊。遵照安东生前的愿望，聂帅亲自将他的骨灰埋葬在东风基地的烈士陵园里。

安东，四川阆中人，生于 1918 年，14 岁跟随路过家乡的红四方面军长征。拜别父母的少年安东踏上革命征途，南征北战屡立战功，从一个刚谙世事的少年，成长为一名共和国的开国将军，位居总参谋部军务部副部长。1955 年，37 岁的安东被授予少将军衔，是开国将军中最年轻的将领之一。

从聂荣臻任代总参谋长时，安东就一直辅佐聂帅，是不离左右的总长办公室主任。1958 年成立航委会，聂帅特地将安东调来航委会任秘书长。后航委撤并到国防科委，安东仍任秘书长，后来又升任国防科委副主任，是聂帅领导国防科技、统领尖端武器研制工程的得力助手。安东从小聪明好学，机灵敏捷，协调能力强，很得聂帅器重。在聂帅主持全国科技工作的 8 年里，安东侧重抓国防科委与五院一分院的协调联络，为国防科研事业做出了重要贡献。他身为将军却常常骑着一辆破自行车，来往于北海三座门与南苑之间，任劳任怨，始终保持着一个老共产党员、老红军艰苦朴素的本色。正值壮年的安东走了，留给一院人的是绵长的思念，深切的悲悼。

5. 不可思议的神话

参加完安东的追悼会，刚从八宝山归来，聂荣臻就随周恩来、叶剑英一起驱车赶到沉浸在一片蒙蒙夜色中的钓鱼台，向毛泽东主席做有关两弹结合试验的详细汇报。为了准备这个带有决策性的汇报，他昨夜又是一夜通宵伏案，迎着曙光才落下了最后一个标点符号。

汇报中，主席听得非常仔细，还不时插话提出些问题，尤其对汇报中有关靶场的准备工作非常满意。他说：“这是古今中外前所未有的啊。”主席一边感叹，一边顺手从身边茶几上拿起一支烟，贴着鼻孔闻了闻，拿起火柴点上了，深深吸了一口，吐出一串淡蓝色的烟雾，他摆动手臂在空中划了一个圆圈说：“谁说我们中国搞不成导弹核武器，看看，现在不是搞出来了嘛。”

“主席，根据试验准备情况和天气预报，试验部队提出就在这几天择机发射。”周恩来指了指聂帅和叶帅说：“我们几个已经一起开会研究过，这个方案可行，现在就请主席最后下决心了。”

“我同意，时机成熟就不要犹豫，就像当年我们打三大战役时那样。”毛泽东从靠背沙发上站起身，挥了下手臂果断地说。他朝聂荣臻指了指：“还是你去现场主持指挥发射吗？”

“是，主席。我已经安排好了，明天一早就过去。”聂荣臻又像当年接军令状似的站了起来，立正回答。

“好！坐下说。我知道你是一贯打胜仗的常胜将军嘛。”主席风趣诙谐地笑了笑，伸手拍了拍聂荣臻的肩膀，“不过，这次试验可能打胜仗，也可能打败仗。这次让你去要准备打败仗，打了败仗也不要紧，搞试验那是要冒风险的，赢得起也要输得起嘛。”主席紧紧地握着聂荣臻的手说。

两弹结合试验就这么定了下来。主席起身把他们三人送到门口时，又一次将聂帅拉到身边，极其郑重地再次叮嘱说：“你要有个思想准备，准备打败仗。”主席说这句话是笑着说的，从他炯炯有神的目光里，聂荣臻读懂了另一层意思。就像当年长征抢渡大渡河时，主席向他和林彪交代任务时所说的也是这样的话：“你们要有思想准备，要准备抢渡失败。”今天的情景与“大渡桥横铁索寒”时的长征年代多么相似啊！

1966年10月25日上午9时，从北京南苑机场登机的聂荣臻一行8人经3小时穿云破雾翅拍蓝天的飞翔，降落在旭日中天、战云密布、戒备森严、似有大战一触即发的东风基地刚刚竣工的飞机场上。

这是聂帅第二次亲临东风基地。6年前的10月，他来这里主持中国第一枚导弹“1059”发射试验时，这个地处内蒙古额济纳旗的基地，还是黄沙弥漫的一片荒漠，而今天呈现在他面前的是绿水泛波、树木葱茏、鲜花簇拥的现代科学试验城。尤令元帅感到欣慰的是，这里所有的建筑物上没有悬挂“文化大革命”时代的标语横幅。东风基地宛如世外桃源，局势平静如水，机场、试验楼、兵营秩序井然，从基地伸向大漠深处的一排排纵横几千里的电线杆，也像尽职的哨兵一样忠实地守卫着祖国的安全，保卫着核导弹即将飞跃过的每一寸土地的安全。

住进基地招待所的聂帅只匆匆擦了一把脸，就立即招来二机部副部长李觉，七机部副部长钱学森，国防科委副主任唐延杰、张震寰，东风基地司令员李福泽，一院副院长张镰斧、技术协调人谢光选等，举行试前的第一次紧急会议，听取导弹核弹头测试、试验情况和气象部门关于近 3 天气象走势的情况汇报。

时值深秋，是大漠一年中气象走势相对稳定的一段时期。然而气象部门却预报了一个紧急情况：25 日夜即发射当天 22 时，发射场区将受到一股冷空气的袭击和风速为 20 米 / 秒的大风侵扰，直接影响两弹结合运转程序的顺利进行；26 日风速还会增大，最大可达 25 米 / 秒以上；27 日零点风速开始减低；28 日 8 时后，风速可下降到 5 米 / 秒以下，天气开始转好。

“根据气象走势，聂帅，我看基本可以把正式发射时间定在 27 日。”李福泽肯定地回答了正向他转头征询意见的聂帅。

聂荣臻在得到了基地司令这个带有决定性的肯定回答后，果断地以他惯有的军队主帅的姿势挥动手臂大声说：“既然现在发射的一切准备工作已全部到位，发射场弹着区和场外的一切工作可以按这个时间展开，按程序进行。”聂帅下达命令后，以严肃的目光环视着在座的每个人继续说：“同志们，我临来基地前，毛主席、周总理都和我谈了话，主席、总理非常关注这次试验。我们前三次试验是很成功的，这次真刀真枪刺刀见红的‘热’试验一定要更加谨慎，组织更加严密，工作要更周到，动作要更准确，一定不能出现差错，我再重申一遍总理的指示，‘严肃认真，周到细致，稳妥可靠，万无一失’。”

紧急会议后，全场区在李觉、钱学森、李福泽的亲自督促下，进行了最后一次系统的联试检查。走进核弹头系统联试宽大的厂房里，到处笼罩着凝重肃穆的气氛。闪烁的氖灯，跳动的波形数据，起伏的口令声，营造出一种不可言喻的神秘气氛，宛如一层看不见的面纱，在默默地飘舞着，移动着……

再过几十个小时，核导弹即将发射升空。时针滴答地走着，分分秒秒地逼近那伟大的时刻，人们的神经处于千钧一发时特有的绷紧状态。突然一声崩响，一个意外发生了！那是引信发生的误动，这一小小的误动宛如炸雷，正打在指挥桌边的电子学家彭定之、火箭专家谢光选的头上，他们当然知道问题的严重性，引爆系统是整个核弹头的中枢神经，是最关键的也是最担风险的部位，稍有差错，整个试验将……是不是太过于紧张引发的误动？彭定之的手指无意识地敲着桌面，围向引信机的科技人员在小声议论，做着测试、查找、分析。这时谢光选突然向彭定之做了一个动作，这动作好像是个神来的启示，打开了彭定之的思路，一个奇想出现了：会不会是测试引信机头体分离后发生的引信误动？彭定之、谢光选两人会心地一笑，双双来到引信机前又反复进行模拟试验，结果证明这一判断的正确，引信机重又进入正常的运转。真的是一场紧张过度的虚惊。

10 月 25 日，夜幕掩盖下的大沙漠，果然如预报所说气温降到零下十几摄氏度，随着强寒流的到来，发射场刮起了大风，风卷黄沙折腾了一夜，天亮了大风也没停止呼啸。门外天昏地暗，屋内人们揪紧的心都提到了嗓子眼儿上，然而指挥部仍然镇定如山，铁定的发射时间像楔子一样钉在了 27 日 9 时。

26日下午，李福泽、高震亚、张镰斧亲自率领部队和试验队，分别从两个技术阵地将导弹和核弹头转往发射场。风沙遮天蔽日，能见度只有十多米，李福泽下令打开转运车所有的大灯和小灯，沿着路边的一排排电线杆慢慢行进，50多公里路程，竟走了三个多钟头才安全到达目的地。

几十年后，张镰斧回忆起当时的情景时，情绪依然是那样激动，仿佛他还在那个特殊的战场上搏斗。他说："我这一辈子是第一次看见中国核导弹的发射阵地，那是什么样的阵地，其实就是一片无遮无拦一眼看不到边的空旷戈壁。狂风呼号，飞沙走石，平时柔软温暖的黄沙，一旦飞起来砸在人的身上就像刀子割、钢针扎，疼得人心尖儿颤抖。咱们一院的试验队配合基地部队顶着狂风黄沙，急速地展开设备，开动起重机进行吊装。大风中虽有十多个人在弹体两侧牵拉绳子，防止导弹摇晃，可是导弹刚吊离运输车，就在空中摇摆起来。"

"张镰斧，别硬干，风大就停一会儿。"在现场指挥的李觉副部长在怒吼的大风中靠近运输车，扯开喉咙一通大喊大叫，张镰斧才听见，他大声回答："李部长，没事，我们会小心慢慢吊，一刻千金，咱耽误不起呀，这样干，不会出事的。"

为防止导弹与地面设备相撞，李觉叫高震亚重又组织了一批生力军支援，他们又加了两根绳子，三四个人拉的拉、扶的扶，还有专人给操作的金班长提示。总装厂修配过各种飞机、组装过各种型号导弹的技术能手魏文举，在吊车之上准确而细心地操作着，用最慢和最稳的速度，一毫米又一毫米将导弹安全平稳地转吊到托架上，然后起竖导弹，使弹体准确稳妥地固定在有4个月饼般大小的支撑盘的发射台上。

19时左右，疯狂肆虐了一天一夜的狂风沙暴好像吼累了，声势渐渐减弱，发射阵地上除了指挥员及给弹头引爆装置调温的几个人外，其余在场的人一律疏散到了指定位置隐蔽待命。

热闹折腾了一整天的现场，此刻变得格外寂静，就像退潮后的沙滩，曲终人散的剧场。唯见东风基地和总装厂的两个操作手还在小心翼翼地进行导弹与核弹头的对接。为了操作轻便，他俩不怕严寒脱去皮衣手套，半蹲半跪在导弹与核弹头相隔仅 50 厘米高的夹缝间，按平时练熟了千百遍的动作要领，准确地做着一个个动作。他们双手之熟巧，仿佛天女散花信手拈来，令在现场观看的人目不暇接，竟看不到他们手中花落何处。虽然严寒使温度计水银柱都结上了一层薄冰，两个操作手却已不知什么叫冷，两双魔术师似的手，仅 10 多分钟就先后完成了弹头引爆装置和调温系统的检测、安装，固定住各个软管和电缆，实现了历史性的两弹结合。

30 分钟后，两名操作人员从容地走下发射架，一双热乎乎的大手朝他俩伸了过来，把他俩几乎冻僵的手紧紧地握住了。一股暖气直透心底，他俩抬头一看，原来是聂帅温暖的大手，“同志，辛苦啦，快到炉子边烤烤吧，别冻坏了。”聂帅一句暖心的话说得两个人眼睛湿润润的——原来聂帅一直在看着他们干活呀！

在潜伏着危险的现场，聂帅和李觉、钱学森、张震寰、李福泽、栗在山这些领军的首长一直就没有撤离，他们坚守在自己的岗位，注视着两弹的对接、通电和测试。当时大家多少次劝说聂帅，而他的回答是：“你们什么时候搞完，我们就一起离开。”元帅和士兵的心在一起跳动，所有生命的脉搏同时振荡在一个点上。

21 时，核导弹巍然竖立在发射台上。各系统操作人员在万无一失的信念中又仔细地对所有系统进行了三次检查，均为百分之百合格，他们才高高兴兴地和首长一起，在对面敖包山下的临时营地看了一部名为《冀边府战役》的电影。电影放映完后，聂帅和首长来到一院试验队，和队员们一起品尝了张镰斧做的拿手好菜——正宗的河南胡辣汤。其实，张镰斧本是山西忻县南胡村人，1937年参加八路军打日本侵略者，1960年他从朝鲜前线负伤后回国，5月调进研究院，可他当团长、师长所在的解放军二野12军35师，大多数官兵是河南人，连他的军长肖永银将军也是从小喝胡辣汤长大的。张镰斧一当兵就在这个部队，天长日久，那胡辣汤就成了一日三餐必不可少的美味佳肴。他是从军长那儿学会了做胡辣汤的绝招，而且把它先带进总装厂，又普及到了全研究院。后来，在研究院兴建的长征宾馆的菜谱中，胡辣汤就成了首屈一指的拿手招牌菜，但凡有重要的客人来访，院长、书记必点的“院菜”就是它了。

刚喝完胡辣汤走进指挥所，聂荣臻突然接到原子弹试验基地的报告：“弹着区刮起六七级大风。”气象变化对弹着区的安全造成了很大的威胁。聂帅沉思了一会，随即要通北京周总理的电话，报告了这一突发情况。

话筒中传来总理清晰的声音：“你是现场指挥，无论发生什么情况，一切由你决定。”

聂帅放下电话，又接通了马兰基地。这时马兰基地司令员张蕴钰已经组织基地气象人员作了实时观测和严格计算，判定这阵大风将以50公里/小时的速度移出弹着区，27日8时左右，天气可以转好。同时，他们已从最坏情况出发，紧急组织弹着区人员作好迅速转移的应急方案。

聂帅叫来李觉、钱学森和指挥部成员紧急研究，仍然决定发射程序不变，按时加注推进剂。张震寰拿起阵地直通周恩来办公室的电话，向周总理请示：“总理，一切正常，准备加注，按时发射。”

27日清晨5点，按程序准备加注推进剂结束后，张震寰总指挥请首长离开现场。聂荣臻转身对李福泽说：“要撤离了，我们再看望看望部队，给大家鼓鼓劲。”

李福泽下达命令，基地操作部队与一院试验队迅速在发射场坪上整队集结完毕。基地参谋长王世成转身立正，向聂荣臻大声报告：“发射部队整队完毕，请检阅。”

聂帅举手还礼，走到队前激动地喊道：“同志们好！”

“首长好。”

“同志们辛苦了！”聂帅亲切地再次喊道。

“为人民服务。”部队发出山呼海啸般洪亮的声浪，划破大戈壁沉寂的夜空，脚下茫茫的沙海似腾起了浪潮。

“同志们，你们这支从朝鲜胜利归来又一脚踏进大沙漠，站在国防尖端前沿的队伍，是一支攻无不克、战无不胜的铁军，还有一院参加试验的队伍同样是一支有着艰苦作战、英勇奋斗的光荣传统，有着严肃认真的作风，有着无私无畏、勇于奉献精神的团队。你们现在要做的是一件功垂史册的光荣事业。希望大家要发扬成绩，在最后的关键时刻，认真做好各项工作，打一个漂亮仗，向全国人民，向毛主席党中央报喜！”

大戈壁响起雷鸣般欢呼声、口号声，聂帅、李觉、钱学森在一片欢呼声中走到地下控制室，在高震亚引见下同坚守在地下控制室的7名勇士一一握手话别。

王世成、颜振清等到所有人员全部撤离后，再一次查看了气源、电源和高速摄影设备。此时整个发射场一片沉寂，他们仿佛感到自己的心跳正随着导弹共振，“咚咚咚咚”地在发射台上跳动着，拍击着。他们最后看了一眼导弹，迅速地进入了地下控制室，关闭了密封门。

这个发射控制室离发射台只有近百米，深入地下4米，是个很危险的地方。当7名在地下室操作的勇士全部进来后，大家突然发现多了一个人，原来是司令员李福泽也跟着进来了。此刻，发射已进入 1 小时准备发射程序，地下室的空间非常狭小，十几平方米内还摆着许多仪器设备，因为这里危险，经专家领导慎重研究才确定留下 7 名操作人员，一人一个岗位已将室内塞得满满的，哪里还有司令员的位置。大伙一下急了，恳切请求司令员，“你来为我们助威壮胆，心意我们领了，但是这里太挤了，多一个人不好操作，容易出事，你还是赶紧离开吧。”

李福泽仍坚持不走，高震亚急了，这一急却想出了办法：“司令员，你不走就要推迟发射的时间，咱们怎么向中央交代呀？”

李福泽一听没辙了，这才起身和七勇士一一握手话别，走出了地下控制室。可是，这个李福泽走出地下室，却又跑到发射台下坐着，两眼放光呆呆地凝望着发射架上的导弹出神，直到发射进入最后 30 分钟准备时，他被张总指挥的电话怒喝了一通，这才依依不舍地离开了发射阵地。

此前，东风基地已安排了专列，让家属全部随车转移。

在罗布泊弹着区，在核导弹将要飞过的甘肃柳园镇，几万居民的撤离转移工作正在井然有序地进行着。虽然只有十万分之六的可能性，周总理还是决定把全镇的百姓全部迁移，只留一个空镇给那个极小的概率。

地下的发射控制室里，各种设备通电后散发的热量，使室内气温升到 50 摄氏度，一阵阵闷热，令人呼吸困难。8 时 45 分，指挥员王世成下达 15 分钟准备口令，敖包山后的指挥所立即用密语向周恩来报告：“卫要武，戴江身体健康，可以出发。”

这时走出地下室的高震亚又到阵地检查了一遍，回到地下室，领着全体人员朗诵了一首具有那个时代特色的诗：“主席思想举红旗，雄心壮志搭天梯，为了革命搞试验，誓把生死抛一边。严阵以待静如山，关键时刻更勇敢，巨龙腾空震五洲，春雷砸碎帝修反。主席思想捧彩霞，四海欢腾红旗展。”

高震亚在7人中职务最高，年龄也最大，他沉着地向大家动员说："我们要发扬孙司令当年抢渡大渡河的英勇气概，为发射'两弹'一不怕苦，二不怕死。"他一边说着一边拿出国防科委赠送的毛主席像章，庄重地缀挂在每个勇士的胸前。这时电话传来"1分钟准备！"的口令。

9时10秒，随着点火口令响起，七勇士之一的佟连捷果断地按下了发射电钮。发射台上载着原子弹头的导弹随即轰鸣，在大地震颤中腾空起飞。地下室里七勇士凝神屏气，大气不出，只有心脏发出的"嘭嘭"跳动声，空气也像在导弹的威力下凝结成一团团白烟……

随后，传声器里不断传来各观测站报告的声音。

"程序转弯""跟踪良好""飞行正常"……

9分钟后，罗布泊弹着区发来报告先是"发现目标"，随即大声宣告："核弹头在靶心上空预定高度凌空爆炸成功。"

在敖包山上，李觉看着从北边升起的导弹，身边的人们都在跳跃欢呼，但他既不欢也不呼，他后来回忆说："导弹起飞了，我站在那里看着，像个木偶，心里在默默祈祷：导弹千万不要掉下来，原子弹千万不能落地啊！我这样心事重重地想着，心都要跳出来了，直到那边传来成功爆炸的信息，我才长长出了口气。"

谢光选说："发射那天早晨，当装有核弹头的导弹起飞100秒后，我因劳累加感冒再加之神经处于紧张状态，穿着皮大衣，身上的汗水一直顺着脊梁骨流。那是我一生中第一次体验人一生最紧张的时刻，真正尝到了汗流浃背的味道。"

总之，中国自主研制的"东风二号甲"导弹携带原子弹头，从东风基地起飞，飞行了1000多公里，准确在预定地区成功实现了核爆炸，罗布泊上空升起巨大的蘑菇云，标志着中国继美、苏、英、法后成为世界上第五个能使用自己的导弹发射核武器的国家。为了纪念这个难忘的日子，所有参加两弹结合试验的人员，都被聂帅叫到身边，在敖包山飞扬的国旗下照了一张核导弹之家的合影。聂帅高兴地抱着钱学森、李觉的肩膀说："你们两人，在新中国的大地上，掀起了一个新的'二七'风暴啊！"

试验成功回京的聂荣臻在向毛主席、周总理的汇报中说，在自己的国土上用导弹进行核试验，并且一次就百分之百地成功，这在国际上是一个重大的创举。从第一次核爆炸到导弹发射小型核弹头，美国用了13年（1945年至1958年），苏联用了6年（1949年至1955年），我们只用了2年，比美国快6倍，比苏联快3倍。正如美联社评论员文章所说："这是不可想象的闪电般的进步，不可思议的神话。"

第五章　天上响起“东方红”

宇宙间响彻一声划时代的福音
萦绕着敦煌石壁伴乐起舞的飞天女神
丝路花雨洒下几千年古国梦的执着眷恋
一旦展现碧空却又令世界惊喜得难以置信
终于，白云间洒下“东方红”的乐曲
化成照耀大地和谐幸福的今夜星辰……

1. 毛主席伸手指着头上的天

多少个夜晚，站在南苑大地耸立的一幢幢新楼前，航天人眺望着繁星满天的夜空，目光是那么真诚，那么渴盼，那么执着，然而天上却没有中国的星星。

20 世纪 60 年代以来，中苏间兵来将往，针锋相对，日益频繁的边境流血冲突，险些酿成一场一触即发的大战。从 1969 年起，苏联频繁地向太空发射间谍卫星，监视中国的卫星数量激增。

对此，一位美国的资深记者克拉斯在《航空周刊与空间技术杂志》上撰文指出：“西方虽然难以深入了解这两个共产党大国之间的关系为何如此剑拔弩张，视如死敌，但苏联间谍卫星的频频发射，却为西方提供了一张可供长期观察的晴雨表。这两个共产党大国之间的差距是十分明显的，因为现在太空还没有升起中国的侦察卫星，所以中国对苏联可能发动的军事行动或突然袭击是不清楚的，即使有所察觉预感，也不知从哪些地方用什么样的作战方式来进行有效的防御和反击。西方的观察家从而认为，中国在其导弹技术长足进步，实现了两弹结合试验成功后，必定会发展自己的卫星，以此捍卫国家领土、领空的安全。”

克拉斯的判断基本正确，就在他的文章刊发8个月后的1970年4月24日，中国就向太空发射了第一颗卫星，结束了天上没有中国卫星的时代，而且中国的卫星把中国人民心中的歌声，通过卫星发射出去，透过白云，撒向了全世界。

其实，早在20世纪60年代初，继苏联、美国卫星上天之后不久，中国研制卫星的计划及发射卫星的时间表，就已写进了国防科委下达给七机部一院的任务书里。

中华民族是最早向往遨游太空的民族。先秦时代的中国人就曾用管杆窥视观测星空，找到北极星定位，从而发现了天体运行的规律。三国时代产生的火箭，后来托起了明朝万户于紫金山上身捆火箭升空飞天的壮举……纵观世界科学史，源头之火点燃于人类梦想的殿堂，而这源头之水则流自中华古国。

历史走进了1957年10月4日，苏联哈萨克加盟共和国境内丘拉坦群山环抱中的火箭发射场上，骤然升腾的一声轰轰的巨响，一枚巨大的火箭在团团烈火滚滚浓烟喷涌里化身一条火龙冲向浩瀚苍穹。人类第一次借助科学的威力，向太空送去了一颗闪亮的星球，这是地球人向神灵所在的太空送去的一份大礼，为星星家族送去了一个兄弟。这就是苏联发射的世界第一颗人造卫星。慌了手脚的美国航天部门仿佛挨了当头一棒，在总统的斥责及军界一片不满的责骂声中，才匆匆于1957年12月6日在加利福尼亚的空军基地发射了一颗卫星，可是刚刚点火，火箭就地爆炸，引来了举国的奚落和指责。然而美国的科学家就有那么一股不屈不挠的西部牛仔劲儿，2个月后的1958年1月31日，他们硬是成功地发射了“探险者一号”卫星，虽然只有8.2公斤，像个甩上天的鸡蛋，但毕竟天上升起了一颗美国的小星星。而在这之前苏联则又把一颗卫星送上了天，这颗卫星比美国的小星“探险者一号”重50多倍，于是便有了11月17日毛泽东在苏联接见中国的留苏学生时，信手拈来古典名著《红楼梦》第八十二回中所写的“不是东风压了西风，就是西风压了东风”，毛主席对大家说：“世界的风向已经变了，形势越来越不利于帝国主义阵营。现在不是西风压倒东风，而是东风压倒西风。”

在当时那个特殊的国际背景下，天上有了苏联的星星，其影响之大是难以估量的。对中国来说，从共和国的领袖到科学家和一般科技人员，都已深深感受到科学的力量，从中得到了极大的鼓舞。于是就有了1958年5月17日中共“八大”二次会议前夕，许多党内外的科学家纷纷建议，希望党中央做出决策尽快开展中国自己的航天技术研究工作，天上不能没有中国的星星。

党的“八大”二次会议开幕的第二天，一位代表领头提出中国人造卫星的研制问题。话题一提出，代表们就你一言、我一语纷纷发表了意见和建议，会议气氛仿佛因卫星、火箭的升空沸腾了起来。然而，主席台上的毛泽东一边不断地抽烟，一边笑眯眯地听着代表的发言，直到烟头燃尽烧着手指时他才察觉，他忙丢掉烟头站了起来说：“看这样子，人造卫星把我们的人搞得不得安生了呀，苏联抛上去了，美国也抛上去了，我们该怎么办？”

会场一下寂静了，代表们都目不转睛地盯着自己的领袖，听他那带着重重的湖南口音的大嗓门会说出怎样的伟大决策：“我们也要搞人造卫星。”毛主席边说边伸手指着头上的天，然后又将手掌朝外一推，提高声音说：“当然啦，我们应该从小的搞起，但是像美国鸡蛋那样大的我们不搞，要放我们就放它个两万公斤的。”

毛主席仿佛也被自己说的“两万公斤”激动了，霍地一下站了起来。代表们也跟着呼呼地站了起来，情不自禁地为领袖的决策报以长久的热烈的掌声。毛主席发话了，天上就一定要有中国的星星挂着。然而讲究务实的科学家们从热烈的掌声落下后，便冷静地发现：中国要走向茫茫太空的征途，要叩开宇宙之门，尚处在实实在在的起跑线上。路漫漫其修远兮，我们只能赤手空拳，从零开始，上下求索。

但是中国人民的志气是会感天动地气冲云霄的。就在毛泽东发出“我们也要搞人造卫星”号召的10多天后，主持国家科技工作的聂荣臻元帅立即遵照周恩来的指示，召开了专门会议，责成中国科学院和国防部五院负责人张劲夫、钱学森、王诤组织有关专家拟定人造地球卫星的研制发射计划。

考虑到发射人造地球卫星对未来航天科学发展必将产生重大影响，中国科学院和国防部五院将人造地球卫星的研制列为1958年第一项重点任务。成立了以钱学森为组长，赵九章、卫一清为副组长的领导小组，并筹建了三个设计院，分别从事人造卫星和运载火箭的总体、控制系统、空间物理和卫星探测仪器的研究、设计和试制工作。1959年，邓小平针对当时情况，听取了张劲夫、钱学森等人汇报后，果断地说：“现在发射卫星与我们的国力不相称嘛，不能一口就想吃成胖子。看来，你们的空间技术研究任务需要做一个调整，没有一个从小到大、循序渐进的过程是不行的，纸上谈兵是兵家大忌，要老老实实地从打基础开始。”

科学院按照邓小平的意见，对卫星发展规划作了调整，提出以探空火箭和高空物理探测为基础，不断探索卫星发展的步骤。在随后的几年内，研制人造卫星的科学家们步步为营，利用上海机电设计院研制的探空火箭进行高空环境参数的探测和高空生物实验工作，获得了许多有价值的资料。为卫星安排的一批预先研究课题和设备研制任务，如空气动力学、轨道运行理论、热控制技术、火箭发动机与推进剂、技术姿态控制技术、无线电与空间电子学、空间环境模拟设备、空间物理学及航天医学工程等方面也取得了不小的进展，为人造卫星工程做出了必不可少的技术准备。

后来因“大跃进”、三年困难时期，以及国内外出现的一系列严峻形势，我国国防的主攻方向放在导弹、原子弹的研制发射，以及两弹结合飞行试验方面，对人造卫星的研制稍稍放慢了脚步。继两弹结合飞行试验成功后，我国又于1967年6月17日在罗布泊上空成功地爆炸了氢弹，进而完成了实战化的研制程序，并将氢弹核武器装配上中远程导弹，使我国成为国际上具有一定核打击、核威慑力量的国家。基础奠定后，人造卫星的发射才具有了战略延伸的重要地位。

2. 摇篮里飞出中国第一枚火箭

早在1959年，我国的科学家就已意识到要想把卫星送上天，首先得要有运载工具，这个工具就是现代火箭，而这个火箭是由尖端武器的中远程导弹、洲际导弹演化而来的。虽然中国是古代火箭的故乡，但我们在1959年拥有的火箭技术依然还是中国最早发射的一种十分原始的探空火箭，射程不过8公里，还没有美国U−2高空侦察机飞得高。

中国的第一颗人造卫星的发射计划延至1965年后才正式制定出来。当时正在研制的导弹的运载能力尚不足以把卫星送入太空，所以需要在二级导弹的基础上再增加一级固体发动机加大推力。

航天第四研究院在克服了数不清的困难后，于1968年1月26日进行固体发动机试车。然而当点火指令发出后，一条火龙冲天而起吼声如雷，吼到30秒时，试车台底部突然冒出一股烟火，发动机带着一身烈火飞离了试车台掉在地上。当时还没有先进的摄影机，为了能清楚观察试车情况，科技人员在试车时都尽可能站得离试车台近一些，当落地的发动机像火龙似的在地上乱窜时，那情景可真吓死人啦。从那以后，经过一系列改进，才使固体发动机的研制获得了成功。

"长征一号"是为发射我国第一颗人造卫星而研制的运载火箭，而最初接手研制任务的却不是一院。在中央专委十三次会议上批准1965年4月国防科委提出的10年内我国的航天奋斗目标时，就已决定争取在1970年前后发射中国第一颗人造卫星。10月至11月，中国科学院受国防科委委托，召开了第一颗人造卫星方案的论证会，代号"651"会议，初步确定了总体方案。运载火箭的总体设计由上海机电设计院承担，同时七机部又确定发射第一颗卫星的运载火箭，第一、二级选用一院正在研制的中远程导弹，有关改变飞行程序和弹道设计的工作由一院承担。1966年8月，运载火箭正式命名为"长征一号"。

"长征一号"运载火箭的起飞质量为81.5吨，起飞推力约为104吨，箭长为29.46米，最大直径为2.25米。火箭的一、二级和控制系统是在中远程导弹基础上作适应性修改而成的，主要增加了一个第三级固体发动机，火箭有相对独立的滑行姿态控制和动力系统。这样，不仅运载能力满足了要求，使成功的可能性增大，并可省下大量的科研经费，缩短了研制周期。新研制的第三级固体发动机，装药量由过去的0.9吨加大到1.8吨。三级自旋去掉了笨重的旋转平台，改用自旋火箭。二、三级用爆炸螺栓固定连接的转接锥代替包带活动连接的A形支架，由爆炸螺旋解锁反推分离代替花瓣式分离。经过这些改进，"长征一号"方案更为简单可靠，更为完美。就在"长征一号"运载火箭投入生产时，中国科学院组建的以赵九章为院长的卫星研究院已开始运转了起来。他们按照中央的批示，将中国的第一颗人造卫星定名为"东方红一号"，并确定卫星播放歌曲"东方红"，让全世界都能听到中国卫星播放的声音。

卫星在国防建设方面用处很大，记得几年前我国的原子弹还没有爆炸，美国的卫星就侦察到了，确实很厉害。但人造卫星的作用还不只是在军事方面，在对地观测、广播通信、气象预报等民用方面用途更为广泛。有了人造卫星技术，载人航天的前景也就更为广阔了。1961 年 4 月，苏联将航天员加加林送入太空，人类实现了首次载人航天飞行，当时中国科学院就已意识到这个问题对未来科学的走势将产生怎样的影响。对于正在迈向世界大国征途中的中国，拥有世界最先进的宇航技术，就能在太空占据一席之地，否则世界的天域将永远对我们封闭。科学家的超前意识，首先在裴丽生、钱学森、赵九章那儿反映了出来。他们在加加林上太空的第三天，就分别主持了以此为主题的持续了 12 次、长达 1 个月的星际航行座谈会。这次会议后，我们的原子弹爆炸成功，圆满实现了两弹结合试验，人造卫星研制中一些新技术课题获得了突破性的新进展。

而正当运载火箭、人造卫星研制步入关键之际，“文化大革命”的风暴扑进了研究院。各级领导被罢官、批斗，组织瘫痪，科研生产受到了严重破坏。特别是两派发生武斗，航天材料及工艺研究所专家姚桐斌惨遭毒打致死。姚桐斌是我国导弹和航天材料与工艺技术专家，导弹与航天材料工艺技术研究所的创建者，1922 年 9 月 3 日生于江苏省无锡黄土塘镇，毕业于交通大学唐山工学院矿业系，获工业学学士。1946 年 10 月公费留学英国，在英国伯明翰大学工业冶金系攻读研究生，并做实习指导员。1951 年毕业时，以《对于液态金属及合金的黏性与流性的研究》论文答辩，获工学博士学位。之后，留英国伦敦帝国学院矿冶系继续深造并作实习指导员，后又以《对于液态金属在铸模中流动的垂直运动研究》论文获帝国学院博士文凭。1954 年 2 月受聘联邦德国亚琛工业大学冶金系室任研究员兼助理教授，由英赴德。1956年姚桐斌在瑞士伯尔尼中国驻瑞士大使馆加入了中国共产党，1957年9月回到祖国。1958年1月他被安排在国防部五院一分院工作。姚桐斌是一个才华横溢、学识渊博的青年科学家，怀着献身祖国导弹与航天事业的雄心壮志，开始从事导弹与航天工业材料工艺的研究工作。当时在我国这是一块从来没有人开垦过的处女地。姚桐斌率领着科技人员、技术工人在这张白纸上谱写下新中国航天材料工艺研制的新诗篇，使我国在这一领域迈开步伐创造了奇迹。姚桐斌先后历任一分院材料与工艺研究室工程师、主任，一分院材料与工艺研究所所长，并于1961年被授予技术中校军衔。国防部五院改为第七机械工业部后，他仍任材料与工艺研究所所长。

姚桐斌是中国航天新型材料、新型工艺的开拓者，是这一领域的杰出科学家。他在回国后走上导弹与航天战线岗位时说："我回来是为了把学到的知识贡献给祖国的社会主义建设，为我国的运载火箭和卫星上天贡献我的一切。"就是这一诺言指引着他在我国的导弹与航天材料工艺技术的创建上铸造辉煌。无论是研究室与试验室的设置，科研人员的选拔培训，研究所的发展方向、规划，攻关项目的确定，还是科研工作方法的传授，科研作风的培养，设施、设备的创研购置，他都倾注了巨大的心血，献出了智慧学识。他力主建立一个集中性、综合性的导弹与航天材料工艺研究所，其主要任务是把导弹、火箭与航天型号所需的新材料、新工艺清理出明细科目，大部分提请国内有关的科研单位、生产部门研制生产，而自己只搞极少数特殊的重要的新材料、新工艺的尖端研究工作。他领导的研究所负责对各有关部门和单位研制出的新材料、新工艺再进行应用性研究，使之适应导弹与航天型号的要求，成功地应用于型号。而这一远见卓识、超前的思维已被后来的发展证明是正确的。正是他奠定了今天材料与工艺研究所发展的基础，为该所的发展起到了举足轻重的作用。至今，我国长征火箭上所用的新材料、新工艺都记录着姚桐斌的创新与发明。他抓的预先研制结出了累累硕果，他主持了500多项高新材料的研究课题都获得成功，包括高强度钢、高强度铝合金、难熔金属、高温钎焊合金、新型不锈钢密封件材料、复合材料等课题，以及焊接新工艺、化学铣切工艺、金属软管工艺、蜂窝结构工艺等，真可谓花开满国，硕果累累，填补了我国工业领域的许多空白。其中，高强度铝合金、复合材料、化学铣切、蜂窝结构工艺等，至今仍在导弹、火箭与航天型号的研制中发挥着巨大的作用。

世界的多样性也像地球万物，并非只有严寒冰霜，而没有春风绿草。大科学家钱学森在回忆“文化大革命”那段历史时说，“文化大革命”中我们有一批科学家能有幸存活下来，那是因为有风浪中挺身屹立、如同中流砥柱的周总理。要不是周总理伸出巨人的手呵护，我们这些人恐怕也会同姚桐斌、赵九章一样早已不在人世了。那时我们都是被“军管”的，才没有落入林彪、江青反革命集团支持的造反派手里。那时负有保护之责的军管会每天都要向总理汇报一次。总理对进驻七机部的军管会副主任杨国宇（时任海军副司令员兼参谋长）说：“凡是这名单上的每个人，你们都要保护好，出了问题我就找你们！”

杨国宇当然知道这个名单的重要性，他当时主管导弹、火箭、卫星这些尖端科研部门的科技工作。一谈起当年“文化大革命”的事，几乎被保护的每一位科学家谈到杨国宇都感激万分。杨国宇这个红军时代的无线电专家、刘邓大军的机要处处长、第11军参谋长、人民海军的副司令，在“文化大革命”中忠诚地执行了周总理的指示，成了中国科学家的保护神。

1967年，周恩来亲自过问卫星研制的事和“长征一号”火箭的情况，从组织上对研制单位采取了更有效的保护措施。在这两个尖端科研单位成立了由科学家参与领导的技术负责制的“三结合”革委会，从而使卫星、火箭的研制工作得以顺利进行。

3. 动乱中顶风前进

曾担任一院总体设计部副主任、后任空间技术研究院院长的孙家栋，在回顾那段历史时感叹地说：“造卫星，没有一支人马你怎么造？ 1968 年空间技术研究院刚成立的时候，人员一部分来自七机部一院，包括我在内，这些人都参加过一院主持的导弹研制，具有系统工程经验，但缺乏卫星方面的理论基础；另一部分人来自中科院，他们虽然在理论方面有一定基础，但又缺乏工程研究经验。这么两支队伍要尽快融合在一起，不是一件容易的事。而上面给我们的时间又特别短。我这个卫星研制的总设计师是第四任，前面三任都被‘文化大革命’打倒了。要在短时间内做成这件大事，大力协同、无私奉献的航天精神起了关键性的作用。仅以一个小小的卫星的电连接插头为例，十几个针一样小的插头，国内能制造的企业几乎没有，我们只好带着总理办公室的介绍信，去上海找‘革委会’主要负责人，再找到上海无线电五厂的几个工人老师傅，他们说试一试，而工厂没有设备，我们带着老师傅到了一院总装厂。在总装厂老工人顾大明的车床上反复探讨、试验，才将这只有几厘米的卫星上用的插头造了出来，那时做一件事可真难啊！”

当时担任国防科委副主任的刘华清回忆说，(20 世纪）70 年代的第一个春天，我国第一颗人造卫星发射成功，叫“东方红一号”。这是中华民族聪明智慧的体现，但却被视为是“文化大革命”的伟大成果。实际情况正好相反，正是“文化大革命”给卫星研制带来了许多不应有的困扰和麻烦。

“我不懂卫星也不分管这项工作。1968年‘东方红一号’卫星研制遇到了问题，各分系统文齐武不齐，不协调，不配套。为了保证1970年的发射，空间技术研究院领导和设计人员在原方案基础上进行了合理的修改，但这一修改却找不到拍板的人。卫星总体主任设计师孙家栋带着方案找到我，他说话很直率：‘你懂也得懂，不懂也得懂。你们定了，拍个板，我们就可以往前走。’听了他们的汇报，问了有关情况，我心想这个不能拖，总得有人承担责任。便对他说：‘技术上你负责，其他问题我负责，我拍板。’那个时期，七机部也没有人管事了。关于卫星的事，后来我又听过一次机关汇报，也到现场看了看。对方案的若干修改和简化我就拍板了，我当场表示还要向党中央、周总理和聂帅报告。后来，我把卫星方案的若干修改和简化情况报告了聂帅，聂帅也批准了，卫星计划才得以进行下去。回想起来，当时这么干除了有一种强烈的责任感外，也有一种傻大姐的味道。”

1969年10月，“东方红一号”卫星初样基本告成。有一天，孙家栋接到通知，晚上去中南海向周总理汇报。钱学森早就等在总理的办公室里，他首先汇报了卫星研制工程总体情况，然后又把40岁的孙家栋向总理作了介绍。周总理高兴地起身握着孙家栋的手说：“这么年轻的小伙子就是专家了，很好嘛。”

孙家栋是第一次见总理又受到总理当面称赞，脸都红了，心里咚咚地跳，不知该从哪回答才好。总理一眼就看出他的窘态，拍了拍他的肩膀示意他往下说。

汇报中最让孙家栋感到为难的是卫星上放不放毛主席像章，当时是为了突出政治，其实这种对突出政治的机械教条式的理解，确实让专家们左右为难。孙家栋的苦恼也由此而生，但他还是鼓起勇气说：“总理，不知从什么时候开始，有人在卫星内许多仪器上嵌了毛主席像章，大家的心情可以理解，但这样一来增加了卫星的重量，影响卫星的散热，给卫星飞行姿态带来了不利影响，也增加了火箭的运载负荷。我觉得这么搞不合适，可是我……”

周总理举手打断了孙家栋的话，表情严肃，语气沉重地说：“搞那个干什么，万一掉下来人家会说怪话。你看我们的大会堂也不是到处都有毛主席的像。政治挂帅目的是要把工作做好，而不能庸俗化。搞卫星一定要讲科学性。你回去把这个道理给大家讲清楚，我想就不会有什么问题了。”

正在我们为卫星上挂不挂毛主席像章争论不休时，美国的载人飞船于 1969 年 7 月飞上了月球，美国航天员阿姆斯特朗的脚印也已留在了“吴刚伐桂嫦娥起舞”的月宫。

人造卫星的麻烦在总理的过问下减少了，而发射卫星的运载火箭“长征一号”却问题成堆。原本我国火箭技术一直走在原子弹、氢弹、人造卫星的前面，可“文化大革命”带来两派争斗，规章、程序脱了轨，许多机器设备趴了窝，食堂的桌椅板凳搬了家，总装厂里长了草，运载火箭的研制基本处于停滞状态，使中央本来预定在 1968 年发射卫星的设想化成了泡影。

1967 年至 1968 年，七机部和一院两派的武斗升级，各自建立山头堡垒引起了中央的警觉。周总理派粟裕大将乘直升机到南苑，传达总理的命令。而一院两派的群众却封堵了工厂出入口，使厂区里要拉出去进行试验的“长征一号”火箭专列无法出门，“长征一号”的试验问题竟闹到中央高层。周恩来总理连续 4 次召开紧急协调会议，又找两派群众组织头头谈话，谈了不止 10 次，劝说两派群众暂时放下对立的观点，为国家安全大局着想，为出厂的火箭试验让开一条路；还委派钱学森副部长协同七机部军管会副主任杨国宇全权处理相关问题。由于周总理的崇高威望，再加上军管会奉命派出了部队护卫，事件总算暂时缓和了下来，专列终于载着“长征一号”火箭开出了厂门。

早在1966年，人造卫星“东方红一号”的研制就开始了，当时“文化大革命”还没有发展到全国大乱的态势。11月两弹结合试验成功后，聂帅从东风基地飞到马兰核试验基地视察。离开马兰，他没有直接飞回北京，仿佛对当时的形势有一种心灵感应，他又带着钱学森、张震寰等人飞回了酒泉东风基地，时间只有6天，正好是11月17日。他这次来没有向任何人说是为什么，只有钱学森猜测出他是为将来卫星的发射来的。

东风基地的李福泽、栗在山、张贻祥都很吃惊，聂帅为什么才走3天又杀了个回马枪，一定有什么要紧的事。在当天召开的紧急会议上，聂帅忧心忡忡地告诉他们：“‘文化大革命’把科委机关和在北京的各个研究院搞乱了，为了不影响卫星发射的进度，我决定把卫星地面观测站台的筹建工作交给你们基地统管。我回京后，让总参发个文件，各个台站的工程建设由所在的各大军区组织实施，站址勘探、设备安装、业务工作都由你们负责。你们要抽出骨干，到各个台站负责技术工艺性建设和设备安装。科学院的‘701工程’现已无法正常运转，也要交给你们，你们也要先做一些准备工作。”

李福泽面露难色，不像过去那样只要是任务绝不说一个“不”字。他说：“聂帅呀，不是我不想干，而是没法干！科学院的‘701工程’属于地方单位，在这个时候，部队插手接管会引起不必要的纠纷和矛盾。”

钱学森一听还真的急了，忙说：“李司令，你不知道科学院的领导已被打倒靠边站了，哪还能静下心来搞科研，自身都不知道有了今天还有没有明天，卫星的事恐怕一年半载也难走上正轨。”

“老李，你们就先吃后吐嘛，这也是没有办法的办法。不管现在会遇到多大的困难，我们人造卫星的发射一定要如期实施。现在不抓紧卫星观测站的建设，就赶不上了。”聂荣臻几乎是在恳求他，话声里带着一丝丝哀伤。

李福泽认识聂帅几十年了，还从没有见过老首长像今天这样对他说话，于是豁出去了，管他什么“文化大革命”，中国要放卫星是压倒一切的政治任务，国家安危，守土有责。他朝聂帅点了点头说：“聂帅，你别说了，咱们基地干！天塌下来了，也顶着干！”聂帅也激动地握着他的手说：“李司令员，我们大家拜托你啦。”

1967 年刚过完春节，东风基地副参谋长遵照李司令员的命令，率领基地和由基地接管的中国科学院“701 工程”处，联合北京工业设计院、北京邮电设计院等单位的有关科技人员组成勘察组，先后在全国各地进行大规模的勘察，确定了各卫星地面观测站的站点，并确定将陕西渭南作为基地卫星测量部的所在地，还成立了东风导弹试验基地卫星测量部，统一负责全国卫星测量台站的规划建设及建后的使用管理。至此，中央军委下令，将从事卫星测控研究和从事导弹靶场、火箭测控工作的两支队伍汇集在一起，在这个混乱年代里，开始了卫星测量控制网站的建设。

与此同时，聂帅在中央军委会上，建议将各国防科研院、所，以及中国科学院承担国防科研任务的科研机构，均由国防科委实行军管。此建议得到了毛主席的批准。正是这个决定，使中国的卫星研制在“文化大革命”的动乱中坚持了下来，站稳了脚跟。

4. 危险的核打击逼近中国

就在这个时候，克里姆林宫准备下手了。

1969 年 8 月 20 日晚 8 时，华盛顿。苏联驻美国大使多勃雷宁刚刚接完勃列日涅夫从克里姆林宫打来的电话，便迫不及待地抓起直通美国国务院办公厅的电话，要求紧急约见国务卿基辛格。

放下电话的大使一刻不停地火速驱车赶到皮埃尔酒店，与在那里会见法国客人的基辛格进行了一次让基辛格都感到惊心动魄的谈话。谈话中，基辛格不由想起了一年前的今天，苏联红军的坦克兵团突然越过边境直扑捷克首都布拉格。自称是社会主义老大哥的苏联就这样一夜之间占领了同一阵营中小兄弟的领土，践踏了共产党国家共同宣言的主权独立。多勃雷宁的大嘴裂开喷着唾沫："中国对苏联的战争挑衅已经到了令我们无法忍受的地步了。面对从珍宝岛开始的入侵，我们是一忍再忍，可现在他们一再违反美、苏、法三国关于禁止核试验的条约，迅猛发展核武器，最近又将在中国西北核试验基地试射超过2000公里的核导弹及其军事卫星，若再不禁止，可就势如洪水了。为此苏联政府准备对中国的一些战略目标做一次外科手术式的核打击，以便一劳永逸地消除中国对世界和平的威胁。我奉命征求贵国对这一行动的意见。"

基辛格听罢，霍地从沙发上站了起来，两眼直盯着多勃雷宁那张肿胀的鱼鳔脸，仿佛要从他那张蠕动的脸上，看出一场核大战即将迸溅的毒烟火花。尽管有西方资深外交家之星美誉的基辛格博士心里认为中苏交战不是不可能，然而要对中国打一场可怕的核战争，这可是人类的大灾难呀，就是我们美国人也不敢冒这个让世界震怒的险啊。

"太可怕了，太可怕了，这不是开玩笑吧，大使先生，今天不是美国的愚人节呀，这个计划太……"

"国务卿先生，我们只是攻击军事目标，不会造成全球污染，也不会破坏生态平衡。"多勃雷宁大使有点言不由衷，浑身不停地抖动着说："我们这样做是希望美国能理解，也是符合我们两国共同战略利益的。"

两个人又闲扯了一会儿，基辛格这才郑重地回答说："大使先生，这件事我会立即报告总统的，请等待我们研究后的意见。"

基辛格匆匆赶到白宫向尼克松做了报告，尼克松笑了笑，说："美国也好，欧洲也好，有一点我们必须清醒，我们最大的敌人不是红色中国而是苏联，只有苏联能与我们抗衡。"

尼克松是一位很有远见卓识的政治家。他出访欧洲的目的是在寻求机会结束打了5年之久、难以脱身的越南战争，并以此为契机谋求与中国建立一种双方都能接受的新的关系。

尼克松从沉思中抬起头说："那就由你出面召开一个会议吧。"美国人办事的效率还真的是分秒必争，基辛格在白宫成员紧急磋商后，还真想出了一个既维护美国世界战略长远利益，又不与苏联正面交锋有失和气的绝妙计策。基辛格让一个美国非官方的报社电台把这个事捅了出去。

8月28日，《华盛顿明星报》刊载了标题醒目的"苏联欲对红色中国做外科手术式的核打击"的头条新闻——据可靠消息，苏联欲动用中程巡航导弹，携带几百吨当量的核弹头，对中国的导弹基地、核基地，以及北京、长春等重要目标发动外科手术式的核袭击。

随即《好莱坞明星报》《纽约时报》等报同时转载，英国BBC电台也播出了这则消息。

苏联人气疯了，勃列日涅夫跳起脚大骂美国的背叛："美国人都是骗子、流氓！"

消息很快传到了中南海，其震撼之势，好像中苏核大战大有一触即发黑云压城之势。而坐在丰泽园大书桌前手拿报纸的毛泽东笑了笑，向匆匆赶来的周恩来说出他应对的九个字："深挖洞，广积粮，不称霸。"前两句直白是针对苏联的，后一句，则含义甚深。周恩来深刻理解了这后一句的深意以及所指，同时明白了中国对世界的承诺。

毛主席的话除了表明中国在国际事务中的一贯立场外，也给美国吃了一颗定心丸，使美国人放心地从越南撤离。3年后，尼克松在基辛格打前站的精心安排下，飞越大洋，悄悄地来到北京，两个巨人漫长的25年间敌对的僵局消融了，一面是美军从越南撤出，一面是毛泽东与尼克松在中南海握手对话。

而林彪却囿于苏联的核威慑，命令总参谋长黄永胜、副总参谋长吴法宪在京西宾馆召见东风基地的栗在山政委、张贻祥副司令员、曾凡有参谋长，并对他们说："军委对你们基地目前的处境非常担心，基地试验任务很重，但战备工作一定要抓紧。"黄永胜话音刚落，吴法宪就单刀直入主题：由于中苏交战在即，林总已下达了军委一号文件，北京以及全国都已开始紧急疏散，你们那个地方，敌人从地面进来很方便，已成了第一线，如果打起来，首先就会打你们。你们要赶快撤离，除留下必要的试验部队和设备外，其余人要赶快搬出去。还有新疆的反导弹基地也要停下来，另选一个地方。基地首脑机关、技术人员和设备要一分为二，图纸资料一齐搬走，不能让敌人搞走。

黄永胜还下令，情况紧急时就按预先制定的最坏打算，取出基地炸药库存放的炸药，炸毁发射场和基地一切重要设施，不给苏联人留下一个还能继续使用的基地，对马兰核基地也同样在搬出后全部炸毁。

幸好黄永胜按林彪口授的几个要点整理的这个绝密文件下达后只几天，就被毛主席发现，并下令撤销，这才保住了两个基地的正常运转，那些正在忙于疏散的部队、技术人员才又重新组织起来，振作精神，迎接第一颗人造卫星的发射。

此时，"长征一号"火箭专列，载着几百人的试验队到达了东风基地。

5. 失踪的火箭惊动了周总理

发射卫星的“长征一号”火箭是以中远程导弹为基础加上一级固体发动机改制而成的。但是，导弹首次飞行试验没有成功，这给火箭的研制增加了困难。

中远程导弹是在“文化大革命”的1968年至1969年研制生产的，又是为赶时间匆匆进行首次试验。导弹运到发射场后，周总理还在北京专门召见了参加这次试验任务的领导和科技人员，详细询问了发射前后的准备工作，并严肃地说：“这次发射不同寻常，以往我们的试验不论成功或失败都是在自己国境内搞，而这一次射程很远，必须控制住，一定不能让导弹飞到国外去。”周恩来所说的国外就是不要打到苏联去，所以他才特别关心飞行试验的安全，反复叮咛，那言外之意，参试人员心里是非常明白的。

钱学森后来回忆说：“在正常情况下，导弹是不会飞出国境的，因为导弹上装有超程控制器，一旦火箭超程飞行，不按规定时间关机而有可能出境，控制器会先发出信号，使导弹在空中自毁。即使导弹发生飞行故障不能保证这个仪器正常工作，地面安全指挥人员还可以发出指令将导弹炸毁。”

那么这次试验的失败是怎样发生的呢？

1969年11月2日，基地发射中队控制分队进行电爆管测试。分队长周明在地下控制室指挥，技师胡世祥操纵发射台，吴广照操纵自动化测试台，另有4人在塔上仪器舱、一级尾端操作。

发控台加电后，自动化测试台对导弹电爆管进行自动测试，突然从火箭二级尾段部位传出一阵“噼啪”声，随即“咚”的一声巨响，围观的人与操作人员都吓得惊叫起来，操作手张本堂忙抓起电话，调度室立即传回：“40号报告，二级发动机蹦出来了。”

“什么，再重复一遍。”刘庆贵一把抓过调度电话大声喊道：

“上述报告有误，是遥测系统记录硬回收装置弹射了出来，打在勤务塔上。”

“断开电源。”胡世祥一把断开了发控台的总电源开关，在断电同时，陈宪章听到火箭舱内仍有“噼噼啪啪”的响声。他立即报告说：“可能是发动机电爆管爆炸了。”

导弹一级尾段发生了发动机电爆管爆炸，弹射出来的二级段遥测磁记录装置，竟然将勤务塔上一根30厘米粗的工字钢柱打弯了。

钱学森摇了摇头说：“好危险啊，要是有人在这里，准砸成肉饼啦。”

李福泽问道：“钱部长，这个弹射装置肯定报销了，它会不会影响到整个发射任务？”

钱学森仔细看了看躺在工作平台上的弹射装置说：“没关系，这次不用它就是了。舱盖砸瘪了，敲打敲打，只要能盖上就行。可一级发动机电爆管的事就很麻烦，必须换发动机部件才行。”

李福泽当即下令测试停止，部队撤出，发射团原地加强警戒，下午召开试验任务领导小组会议。

会议上，七机部试验队一位技术人员率先发言说：“今天的事故原因基本已查明，主要是我们编写的测试细则有误造成的。细则规定，遥测系统和控制系统的连接插头在总检查后就连接上去，从现在分析看，这两个系统的连接插头本应该在电爆管测试后才能插上去，但是插头却在电爆管测试之前就插上了，这就相当于给遥测系统一个错误的信号，将里面的部件弹射了出来。控制室在断开发控台电源时，为什么会引爆一级发电机电爆管呢？我们经过初步分析，认为是测试控制路线有不合理之处，继电器断电先后次序有问题。”

现场年龄最大、资历最老的火箭专家任新民接着诚恳地检讨说：“我们试验队还需要进一步分析事故原因，尤其是一级发动机电爆管的引爆问题。从线路上看，继电器断开时间不一致时，要有十几二十几毫秒的差异，就会造成给电爆管加上电的机会。这件事与基地同志无关，完全是我们一院没做好工作。本人作为一院试验队现场负责人和‘长征一号’火箭的技术总师，愿为此承担责任。”

李福泽摆了摆手说："现在不说责任，要说责任，是我的责任，因为我是基地司令，又是现场总指挥，试验领导小组组长。今天不说什么责任，主要讨论下一步怎么办？"

基地副参谋长江萍出了个主意，建议先将导弹拉回技术阵地。他又问一院试验队能不能就在基地更换一级发动机，任新民当即说可以。

11 月中旬，一院试验队在技术阵地对 01 号导弹的发动机电爆管部件进行了更换改装，同时又对 02 号导弹进行测试。

1969 年 11 月 16 日 17 时 45 分，02 号导弹点火发射，飞行正常。人们纷纷从敖包山后、从地下室里跑出来，观看中远程导弹飞行的壮观风采。发射参谋举着小蓝旗不断给大伙报出飞行时间"……80 秒，90 秒，100 秒……"

阵阵轰鸣声中，从发射场升起的导弹喷射着夺目的火光向西远去，渐渐地发动机喷出的火焰越来越小，最后无声消失。基地技术参谋胡志康从紧张中舒了口气说："一级关机了。"

但刘庆贵仍在盯着西天那边消散的云烟，听到胡志康的喊声后不禁一惊，心想不对呀，一级关机与二级点火应该是同时，为什么看不见火光灼燃，他急忙跑进地下室。地下室作试处参谋正在电话里大声询问落区："你们看见目标没有？什么，没有，你大声点……啊？没有发现……"

"154 报告，有一个情况，好像不太正常，我们发现落区显示屏不动了，是不是出了问题？"

“不是还在天上飞吗？怎么就不动了？”

试验似乎到此已经结束。154 系统观测站长何荣成带着满腹疑问，给在发射阵地上参试的老同学打电话：“怎么样，任务完成得好吗？”

对方回答：“任务已经完成，现在各单位敲锣打鼓的队伍正在向发射阵地走来，看样子是要在这里开庆功会。不过钱部长、李司令好像已乘车离开阵地回基地司令部了，这里好像有点不对劲呀。”

钱学森、李福泽的车一进司令部大院，便一头扎进作战室拿起电话向落区测量站询问，落区参谋长报告：“到现在，全站没一个人发现目标。”

李福泽惊得脸色变白，手里的电话也落了下来，他好像有一个不祥的预感，导弹出事是肯定的了，是自毁，还是飞出了国境，到底偏飞到什么地方，也许中途掉了下来。这几种情况都可能发生，但愿……

最糟糕的后果是飞出了国境，因为这时中苏冲突处于一触即发的态势，这枚导弹射程可达 5000 公里，为防落入苏联境内，才改为短程飞行试验。如果导弹真的失去控制飞出国境，必然引起涉外事端，其后果不堪设想，这可是周总理事前就反复叮嘱，最为担心的。一定要找到导弹的残骸，不管它落到哪里。

此时，周总理从北京一连打来 3 次电话，把李福泽从基地党委紧急会议上叫了出来，严肃询问导弹到底掉到哪里了，一定要抓紧时间把导弹的落点看清楚，先沉住气，别慌也别紧张，万一真的打到国外去了，我已做好了去莫斯科说明情况的准备，请务必尽快找到这枚导弹。

此时 154 系统观测站的何荣成赶到紧急会议会场，向李福泽、钱学森报告，他先是从绘图板上看到的说起，然后以肯定的语气说：“这枚导弹是在一级关机后出了故障，落在离发射阵地约 680

公里的地方，我们认为没有飞出国境。”

钱学森又根据实际飞行曲线的计算结果作了分析，点了点头：“好，你把刚才汇报的情况整理一下写出来。”

李福泽又拿起直通电话，将这个新的情况向等在北京牵挂着急的周总理做了汇报。

何荣成刚刚走出司令部大楼，基地副参谋长江萍追上来对他说：“你先回去休息一会，然后赶到14号机场，你和另几个同志一道去寻找导弹残骸。”

凌晨4点，何荣成和基地三个参谋登上一架“伊尔14”飞机。何荣成发现机组人员中除机械师是男的，其他4个同志都是女的，全都穿着飞行员的皮夹克，显得英姿飒爽，既威武又漂亮。20分钟后，飞机飞到了预定区域，透过舷窗看见，11月的戈壁沙滩，布满一丛丛橘黄的骆驼刺，干涸的河道泛出的一层层白碱，远处展现一片星星点点的黑色、蓝色。飞机在无边无际的沙漠与戈壁的上空搜索了两天，一无所获返回基地。但飞行员和何荣成并没有气馁，也没有失去信心，越是寻不到的东西，越是能激起人的执着，就像世上的珍宝都埋得很深很深，人们还是在不断地寻找。

第三天，飞机降低了高度。快到中午时，女飞行员突然对何荣成大叫了起来：“快看呀！飞机前方有一堆黑乎乎的东西，何师傅，你看像不像导弹的残骸呀！”

何荣成举起高倍望远镜，顺着女飞行员手指的方向，果然看见了那一堆东西，忙对驾驶员喊：“请把飞机高度降低一些，这会儿还难以分辨。”

飞机急速下降，几乎是贴着一座座沙丘、沙梁掠过。何荣成终于看到了沙丘旁边的那一堆东西，就是一、二级没有分离开的导弹。女飞行员用无线电将这一弹落准确点的方位通报给了随飞机搜索的地面部队。

事后查明，导弹飞行失败是由于一个程序配电器发生故障，二级发动机未点火自毁坠落。

完成了导弹残骸搜索任务的飞机降落在新疆哈密机场，大伙儿走下飞机想轻松一下，相约来到出产世上最甜的哈密瓜的哈密城。果然满城瓜香，满街都是美丽的维吾尔族、哈萨克族姑娘，一个个美的就像歌里唱的“阿拉木罕在哪里，吐鲁番西三百里。她的眉毛像月亮，她的眼睛像湖水，她的脸蛋像太阳。”女飞行员们嘻嘻哈哈闹了一路，飞行装的口袋装满了从商店买来的琳琅满目的玉石、头巾、手绢、洋娃娃、彩裙、花衣，好像要把一个缤纷如霞的哈密城搬回基地。何荣成一路笑着感叹着女同志就是不一样，不然上帝怎么会造出爱美的女人呢？

东风基地配合一院对中远程导弹采取了一系列的改进措施，两个月后的1970年1月30日，再次组织飞行试验，获得了令人满意的成功。这次试验的成功，使中国多级火箭技术取得了突破，为“东方红一号”人造卫星的成功发射打下了基础，创造了条件，也增强了航天人对自主发展火箭事业的信心和决心。

在“长征一号”火箭初样阶段研制工作即将结束时，由一院副院长任新民等继续主持中远程导弹和“长征一号”运载火箭的技术研发工作。

当时在一院工作的张贵田回忆说：“我当时任火箭发动机副主任设计师，二级火箭发动机是我国第一台高空发动机，工作在60公里以上高空，如何保证发动机高空点火启动，如何提高发动机的比冲等技术，都是我们大家付出了很多心血才攻克下来的。出事那天，我们心里就像刀绞似的难受。为了保证第一颗卫星上天万无一失，1970年1月用新研制的中远程导弹，先发射了一枚试验弹。从监测数据看，二级发动机高空点火、启动、关机等环节的工作情况正常，但为了进一步掌控二级发动机上天工作情况的第一手资料，必须找回原来试射的那枚导弹掉在落点的发动机残骸，以便分析评估其可靠性。”

“我找到了任新民，说了自己的想法，任新民沉默了一会说：‘小张，眼看春节快到了，你想去的落区在新疆南疆，那地方可苦了。’我说我只想看看上天工作过的产品的情况，以便将来定型改进有针对性，不再犯原来的错误。任新民想了想，最后还是同意了。”

农历大年三十，张贵田、任吉杰、李香保及508所的小高硬是在鞭炮声中从北京赶到了酒泉。匆匆跑到酒泉机场，才得知飞机春节停飞，要等到初二才有飞乌鲁木齐的航班。他们无奈地待在机场招待所，听着窗外一阵阵鞭炮声，心里想着的却是掉在沙漠里的发动机残骸会不会又被风沙埋掉，据说那沙漠的风，一夜能移走好多沙山呢。

眼睁睁盼着初二的太阳升起，总算菩萨保佑准点飞到了乌鲁木齐，然后再转机到达南疆。一下飞机，他们就赶班车转经和田，直到初七晚上，汽车才颠簸着到了民丰。匆匆闭了4小时眼，大伙爬了起来，随即找到去沙漠的驼队。在维吾尔族向导的引领下，十几个人骑上骆驼，一路驼铃叮当，一路黄沙漫漫走进了沙漠。那年春节他们是在路上过的，连饺子、汤圆也没吃上一碗。到了沙漠，大伙人与人之间相距10多米，一字儿排开，按图寻找，就像一排侦察兵去摸敌营，整整折腾了一天。直到晚上，在星光下，他们终于发现了目标。大家高兴得连滚带爬扑了过去，就像看见了久别的亲人，瞧，那个二级发动机的燃烧室还连着机架，静悄悄地坐卧在沙丘上，沙漠的风已吹尽它们身上的尘沙，像个赤裸的胖娃娃。大家搂着它，爱抚着它，翻来倒去检查着，从天上掉下来是不是摔伤了，骨架散没散。瞅瞅发动机依然亮亮的，被高温、高压烧蚀的一点痕迹也被沙漠打磨得一点儿也看不出来。

大家把发动机装进大旅行袋，又找到了导弹上的程配器等组部件残骸。随后，大家在沙漠里找个背风处架起篝火，吃着从北京带来的大米豆角罐头，开始还因颇佳的战绩说说笑笑，可禁不住眼皮打架，众人就裹着老羊皮袍子斜躺在篝火边。后来管加柴火的任吉杰不知啥时困倒了，没人管的篝火渐渐熄灭，大家被沙漠夜里的严寒给冻醒了，再想加火已经没有柴草了，只好手拉手围着圈跑，让跑出来的热能支持身体再在沙上睡一会儿。后来，几个人索性把沙子盖在身上，就像蜷缩在沙堆里的沙老鼠，哆嗦着熬到大漠日出才又爬上驼背，一路摇摇晃晃走出了沙漠，把胜利的喜讯带回了北京。

6．“东方红”举起强国之旗

4月1日，经过改进的“东方红一号”卫星和装配一新的“长征一号”运载火箭搬上了伪装好的专列，在警卫战士的护卫下，一路奔驰，穿过沉沉夜幕，悄然抵达酒泉东风基地。第二天，基地对卫星、火箭进行了各种测试，虽经长途奔波，卫星、火箭均完好无损。

同一天下午，周恩来总理走进人民大会堂，和中央专委领导一起在福建厅听取卫星与运载火箭情况的专项汇报。

汇报中，神情专注的周总理向钱学森详细询问了苏美两国发射卫星的情况以及运载火箭第一级的落点位置。年过古稀而又病痛缠身的周总理趴在地毯上铺开的地图上，与钱学森、任新民、杨南生、孙家栋一起查看地图，测量卫星飞过世界各个城市的时间，并提出将一些非洲国家的首都写在预报的方案中，他说：“这是我们第一次发射人造卫星，意义很大。不仅要把卫星送入轨道，还要对我国卫星飞经非洲各国首都上空的时间作好预报，比如乌干达、赞比亚、也门、坦桑尼亚、毛里塔尼亚等国家，鼓舞第三世界的人民。"

由于"文化大革命"，之前一直领导主持卫星、导弹、火箭国防尖端事业的聂荣臻元帅已被林彪、江青一伙打为"二月逆流"的干将，后又被一纸备战令疏散到河北邯郸，发射卫星的事只得由总理亲自来管。操劳过度的周总理身体越来越虚弱，说话的声音略显沙哑。科学家们都心疼总理，可谁又能减轻总理工作的负重呢，"文化大革命"造成的一片混乱使他到处"救火"，疲于应付各方面涌来的问题。最令科学家们痛心的是，按原中央军委的计划，中国两年前就有能力发射的卫星一直拖到现在还没完成测试，而原落后于我国的日本却抢先在一个多月前发射了一颗还不到10公斤的卫星，成为继苏、美、法之后第四个发射卫星的国家。周总理此时此刻最担心的是我们的运载火箭能否让卫星准确进入空中轨道，卫星入轨后，地面能否及时预报卫星的运行情况，并且还不能让外国先于中国做出预报，这对卫星的测控系统是一次重大的考验。当时最突出的问题是通信线路、通信设施的落后。从北京到西北各省的通信线路只有十多条，基地到北京的线路只有区区3条，而设在敦煌、海南等地的3个卫星观测站根本无法进行无线电联络。从发射场区到各观测站的指挥通信和数据传输，也主要是靠电线杆拉的明线完成，只要有一根电线杆出事，通信就会全部中断。为了防止人为的破坏和自然灾害造成的中断等现象，中央专委才想出这么个没有办法的办法，即下令总参谋部组织有关省、市、自治区出动几十万民兵沿线一字儿排开站在电线杆下，不论日夜，无论刮风下雨，每一根电线杆下都站着一个值勤的民兵或战士，防止敌人的破坏，确保信息传输通畅。这种原始的人海战术，在当时特定的国情条件下，有力地保障了卫星发射时指挥信息的畅通无阻。

基地从通信人员中排选出了10个技术尖子，在卫星发射前3

个月进行战前练兵，一练就是几个小时。每天深夜训练课堂依然灯火通明，好多人练得食指、中指磨起了血泡。为了抢时间，很多人为了减少理发，甚至剃了光头。

卫星发射的测控及电讯等准备工作基本就绪后的4月14日晚，周恩来、李先念、余秋里、李德生、吴法宪等在人民大会堂召集会议，听取从东风基地专程赴京的钱学森、杨国宇、李福泽、任新民、杨南生、戚发轫等人做关于卫星、火箭测试情况的汇报。在京的卫星技术总负责人孙家栋也被叫去参加。

当晚19时，周恩来匆匆走进大会堂福建厅，一边走一边向大家招手说："从发射基地来的同志到前面就座，过来，前面坐。"总理嘱咐工作人员照顾好从一线来的同志，特别是工人师傅和战士要坐在前排能与总理直接说话的位置。参加会议的人中有些总理是认识的，有的则是第一次见面。刚落座，周恩来就拿起一份来自发射场的人员名单，一一点名对号，对上一个，他就问多大年龄，是哪的人，哪个大学毕业或参加工作多少年了，从事哪一种技术工作等，又热情地站起来和每一个人握手。

37岁的戚发轫是与会人员中最年轻的卫星专家，此次由他来汇报卫星情况。周恩来刚点到他的名字，他就迅速地站了起来，总理笑着点头让他坐下。

"你是哪里人？"

"我是金州的。"

"怎么听你的口音有点儿天津味呀？"

戚发轫有些发愣："我怎么没这个感觉。"

总理忽然转换了话题说："你们研究所闹派性吗？"

"闹。"戚发轫这才从刚才的紧张中轻松了下来说道。

"那你是哪一派的？"总理又问道。

戚发轫摇了摇手大声说："我没有派。"

“没有派，那就是逍遥派啦？”总理笑了。他又指了指孙家栋说：“你们俩是不是一个派的？”

“不是。”

“那你们俩打不打架呢？”戚发轫支支吾吾难以启齿，脸也红了，这时坐在钱学森身边的国防科委主任王秉璋出来解困说：“他们俩不打。总理，他们俩工作能搞到一起，为了卫星研制，团结得很好呢。”

“好，不闹派性就好。主席说要团结，我看你们俩就是听毛主席话的好同志。”周恩来拍着戚发轫的肩膀说。

这一下戚发轫也笑了，凝望着总理，咧开厚厚的嘴唇笑得像个孩子似的。

汇报是事先做了安排的，按拟定的程序进行。会场之前的肃静气氛被总理风趣的问话调节得轻松和谐有生气了。钱学森率先汇报了火箭、卫星进入发射试验的概要情况。李福泽司令汇报了发射场各系统的准备情况。任新民详细讲述了火箭第一级、第二级的测试，因为他所在的研究院研制的“长征一号”火箭是中国现代火箭摇篮里诞生的第一枚火箭。他着重从研制谈到火箭与导弹的区别，并进一步论述了中国火箭发展的方向，以及一院对火箭发射卫星采取的有力措施。周总理对他的发言点头赞许。

接着一院的火箭副总设计师汇报了火箭第三级送卫星入轨运行的可靠性和安全性的技术保证。接下来轮到戚发轫汇报卫星了，他站起来先整了整衣帽，从上衣口袋里拿出红宝书，周总理突然摆了摆手说：“你就直接讲吧，毛主席语录我看就不念了，抓紧时间嘛。”

戚发轫听总理这么一说，只好打住，可能是因为第一次面对面向总理汇报，而且是在中央专委的会议上，戚发轫这年轻小伙子哪见过这种场合，心里紧张那是必然的，好在总理善解人意轻声轻语引导他，使他的汇报取得了在场首长们的好评。

几十年后，戚发轫回忆道：“当时我负责汇报卫星的测试结果和质量情况。周总理对卫星能不能入轨，入轨后能不能播放《东方红》乐曲，问得非常仔细，还问了轨道参数、卫星重量、测试哪些空间物理参数等问题，我都一一做了回答。总理边听边在笔记本上记着，勾着，划着，后来他又问我卫星可不可靠？我根据已作过的一系列测试试验结果作了肯定的回答。这时有同志问总理，发射卫星的运载火箭要通过‘蒙修’的上空。总理不以为然地说‘什么蒙修，这上空还能修了，通过蒙古就通过蒙古嘛，叫“蒙修”难道蒙古的领土也修了？不要什么地方都讲修呀修，这不好嘛。’后来，任新民提到卫星上装不装自毁系统，有人说万一卫星出了故障，星上的《东方红》乐曲会坠入大海。周总理思忖了一会说‘这个问题，我今晚向毛主席报告，在你们的飞机明天返回发射场起飞前我通知你们。’第二天一早，李福泽接到总理办公室通知，经毛主席批准，卫星上不安装自毁系统。”

4月23日发射阵地测试工作全部结束，指挥部决定将第一颗人造地球卫星的发射时间定在4月24日21时，李福泽、栗在山和钱学森分别在发射任务书上签了名，中央专委当晚批准了这次发射。

4月24日凌晨5点45分，火箭发射中队加注分队在发射塔上就位，连接好加注管路和连接器，4名战士也在加注库房就位。

10点35分，运载火箭一、二级推进剂加注完毕。15点30分，电话中又传来周恩来总理的声音：“23日已向毛主席报告，主席批准发射，希望大家鼓足干劲，仔细地做好工作，要一次成功，为祖国争光。”

20时整，发射阵地指挥员杨桓下达一小时准备口令。

此时发射场上空云层仍然很厚，李福泽不时抬头望着天空，命人将气象处长叫来，脸色阴沉地问道："这乌云一小时能消退吗？"

"没问题，司令员，云层很快就会过去，我们随时都在观察。"气象处长彭凤绍肯定地回答。

"这可是你说的。"李福泽依然黑沉着脸："到时云没退，我就让你自己上天去把云赶走。"

李福泽对走来的试验部副部长石荣屺说："老石，你还有什么不放心？"

"要说不放心，还真有点儿不放心，可要我说，也不知道哪个地方不放心，心里着急呢。"

钱学森这时也站在发射台边，迎着他俩望了一眼，李福泽忙靠了过来说："钱副部长，你是大专家，你说说咱们这次卫星发射的把握究竟有多大？"

"应该说把握还是很大的，但第一次发射不排除可能失败、可能成功两种结果。司令，我直说吧，心理上得有失败的准备。"钱学森笑着说。

"会是哪种失败？是在发射台爆炸，还是飞出后出问题？火箭能不能将卫星推进轨道？"石荣屺看着发射架上高耸的火箭担心地说。

"在发射台上出问题的可能性非常小，要我说怕就怕在三级火箭上，这是几年来我们研制导弹时从来没有做过的。"

"从来没做过，现在不是研制出来了吗？对于发射不成功，我们已经有了预案，我对卫星发射倒是蛮有把握的，不然咱俩打个赌。"李福泽和钱学森开起了玩笑，也许这是为了让彼此的紧张心情轻松一下，弦儿别绷得太紧了。

"赌就赌，石副部长，你来作证，赌什么？"钱学森兴致也来了，开怀大笑豁出来了。

"两瓶茅台或五粮液。"

“一言为定，不准反悔。”司令和大教授就这样为成败与否押下了注。

恰这时杨国栋从地下控制室跑来向李司令报告：“卫星应答机对地面应发信号失去反应。”

“啥时候啦，简直乱弹琴，还不快快检查想办法。”此时地下室一片混乱，李福泽拉了把椅子坐在地下室中间问：“排除故障得多少时间？”

“如果顺利也得三四十分钟。”孙家栋回答。“不行，你必须20分钟内把这个问题解决掉，要不会影响卫星跟踪测量的精度和预报准确性。”李福泽边说边拿起直通北京的电话。真是一波三折好事多磨呀。李福泽没辙了，万一30分钟还找不到故障原因，那就得把发射时间往后推，一个作战最注重时间准确性的将军，最怕的就是这个。而这时中央专委的电话来了，恰恰又在这时，故障找到了，原来是地下触发信号源性能下降，功率太低，造成触发不良，故障已在几分钟内排除。电话里周总理说：“关键是工作要准确，不要慌张，要沉着应对，要谨慎，司令官不要首先乱了阵。”

“是，总理，故障排除了。”

“还需要推迟吗？”

“总理，不用了，我们按时发射。”李福泽放下电话，走出地下室。

此时发射场上空荡荡已无一人，周围的大聚光灯把场坪照得亮如白昼，载着卫星的乳白色“长征一号”火箭挺立在高高的发射架上，如战机待命起飞。发射场上空的云层果然已消退，显得星光灿灿的苍穹更加高阔明亮，仿佛伸开手臂，等待中国的星星飞来。这是来自东方的第一星，它已经不知等了多少个千年啦。也许从天体混沌初开的那一刻起，神明就预知会有今夜的东方之星，从沙漠戈壁上飞来！

当地下室里东风基地第一试验部长吕试华沉着地下达了“牵动”和“开拍”的口令后，发射场区和各种测量、记录设备立即同时开动，光测仪器设备开始拍照……随着倒计时器闪现出的数码，一声“点火”的口令响起，操作员胡世祥沉着迅速地按下了点火按钮。

大地在瞬间震颤发出山呼海啸般的轰鸣，发射架上的“长征一号”运载火箭喷吐着橘红色的火舌，甩开发射台，徐徐升上天空，渐渐地从人们仰望的视野中消失。此时遍及全国各地的观测系统台站开始工作，在总场区调度参谋的一连串口令中，场区各种光测设备立即紧紧抓住了目标，大容量的遥测车收到天上、地面发出的遥测信号，单脉冲雷达和多普勒测速仪也捕获了目标。5分钟后，湘西站首先发现目标，随即南宁、昆明、海南站相继发现、跟踪上了卫星。全国各站向东风基地控制中心站报告：“星箭分离，星箭分离”，指挥所下达的跟踪密语，随电波传送到全国各地，返回的报告不断重复“跟踪良好”“遥测信号良好”“乐曲声清晰明亮”。飞行14分46秒后，计算机算出卫星入轨成功了。李福泽将这个天大的喜讯上报到北京。指挥所里，发射场区，灿灿星光下一片欢腾，大沙漠上响起了上万指挥员、参试人员如浪的欢呼。

“毛主席万岁！毛主席万岁！”

“成功啦，天上有中国的星星啦！”

东风基地遍设在海南、湘西等地的测量站也和基地的计算机中心一起接收到了卫星传回的“东方红”乐曲信号。歌声来自云霄外，蓝天上，每一朵白云都撒下了“东方红”的乐曲。

“东方红一号”卫星在绕地球运行一圈后，两次进入中国西部上空，基地喀什站当即捕捉到目标，并将轨道参数传至基地。经计算，基地向北京报告了卫星飞经中国及世界244个城市上空的时间和飞行方位。

那天夜里，刘明山将从苏式接收机里收录的“东方红一号”从天上播出的乐曲的磁带送到基地广播室播放，霎时，“东方红一号”奏响的乐曲旋律一遍遍在夜色中响彻航天城上空。

当天22时，周恩来高兴地向毛主席报告第一颗卫星发射成功的消息。一小时后，新华社把准备公开发表的新闻公报送到总理办公室。周总理边看边说：“先放一放，把公报中的有关参数搞准确了，等美国公布后，作个比较再公布。”在仔细审阅公报后，总理提笔把原稿上“坚持自力更生，艰苦奋斗”的方针，改为“独立自主，自力更生”，郑重地在新华社的发稿单上签上“周恩来”三个字。

24时，总理急匆匆飞往广州参加第二天（25日）由越南、越南南方、老挝、柬埔寨领导人召开的“三国四方”会议。

4月25日，“美国之音”抢先向世界公布了中国发射卫星成功的消息以及卫星入轨的参数，结果与中国的参数吻合无误。“美国之音”还承认了他们从卫星上收录到“东方红”乐曲。周恩来一走进“三国四方”会议的会场，就高兴地说：“为庆祝这次会议的成功，我带来了中国人民的一个礼物，这就是昨天中国成功地发射了第一颗人造地球卫星。”

天上有了中国自己的星星，地球上的人们可以用肉眼看到，也可以用耳朵听到，中国天上的星星实现了华夏古国千年的期盼!

1970年五一劳动节，中央办公厅通知任新民、杨南生、孙家栋、戚发轫、虞利章以及东风基地参与发射卫星的战士、干部、工人代表参加在天安门城楼上举行的庆祝晚会，并安排他们乘坐专机到北京。通知上特意要求他们穿最好的服装，那时哪有漂亮的服装啊！幸好国防部五院曾是部队编制，发过礼服军装，这衣服样式在当时是挺时尚漂亮的，很多人回家翻箱倒柜找出来穿上去参加国家的晚会。

孙家栋回忆说："我是第一次参加天安门城楼上的庆祝晚会。站在天安门上，仰望满天星斗，有那么多发光的小星星从西边往东南方向走，夹在其中的'东方红一号'一般人是难以认出、找到的，可我们是干这一行的，一抬头就看见了，找到了。当时那心情不知道该怎么抒发、表达，如果我是学文学的，一定能找到世上最美妙的语言描绘出当时的心境、灵感，可我不是诗人作家。卫星在天上光亮晶莹，确实是我生命中情感升华的最亮点。"

"东方红一号"卫星重 173 公斤，比苏联第一颗人造卫星 83.6 公斤、美国第一颗人造卫星 8.21 公斤、法国第一颗人造卫星 42 公斤、日本第一颗人造卫星 9.4 公斤这 4 颗卫星的重量加起来还重。卫星的跟踪手段、信号传递方式、星上的试验系统也都超过这些国家第一颗卫星的水平。我们实现了毛主席的愿望，要放就放个大的，不像美国抛上天一个"鸡蛋"。

20 世纪 70 年代的第一个国际劳动节夜晚，中国的卫星赶来参加盛大的庆典，天安门上空，传来了"东方红"乐曲。当晚，毛泽东、周恩来、西哈努克亲王都走上天安门城楼，研制和发射卫星队伍的代表就列队站在天安门城楼右侧的长廊上。毛主席来了，由周恩来总理引导着来到队伍前，总理向毛主席介绍说："主席，他们就是放火箭、卫星的。"

毛主席高兴地走了过来，和队伍中的每一个人握手。这位开创了新中国、改变了世界格局的世纪伟人，微微笑着舒展眉头，那深邃睿智的目光缓缓移向北京春夜沉静的夜空。也许这个时候，老人家想起了十多年前他在八大二次会议上说过"我们也要搞人造卫星"那句话。那句话已经变成了现实——星辰辉映的银河上，终于有了属于中华民族的第一颗闪光的会唱歌的星星。

就在这一年冬天，莫斯科白桦林树叶纷纷飘零时，那个叫尼基塔·赫鲁晓夫的老人悄悄地走了。

就在第二年，纽约联合国大厦前升起了中华人民共和国的五星红旗，中国恢复了联合国的合法地位。

啊，“东方红”，你是幸福之星，你是中国迈向世界大国的英雄之星，你是航天人谱写的中华历史长卷上最光辉壮丽的诗篇。

第六章　飞向太平洋的闪电

轰响的春雷唤醒熊熊烈火中涅槃的彩凤
有人不相信已遍体创伤的大国还能崛起
骤然，从大西北飞向太平洋的惊雷闪电
让冲天而起的百米浪高
面向世界竖立起又一座伟大的丰碑

1. 从军队的指挥员到火箭的总指挥

“如果20世纪60年代以来中国没有原子弹、氢弹，没有发射卫星，中国就不能叫有重要影响的大国，就没有现在这样的国际地位。这些东西反映一个民族的能力，也是一个民族、一个国家兴旺发达的标志。”当我们今天回忆起邓小平同志在改革开放初期的这一段至理名言，我们会更加深刻地认识到，为什么在20世纪的五六十年代，毛泽东、周恩来、邓小平、聂荣臻、陈毅、刘伯承、徐向前等老一辈无产阶级革命家会在那样困难的年代做出关系中华民族千秋万代、幸福繁荣、根基永固的英明伟大的决策，并全力铸就此辉煌。

毛泽东同志在新中国刚刚建立时就说过：“我们正在做着前人所没有做过的事业。我们的目的一定要达到，我们的目的一定能够达到。”毛泽东50多年前的话，已经变成我们今天的现实。

“反革命集团”被粉碎后，江山多娇的神州大地迎来又一个向科学大进军的春天。为了挽回被耽误的10年时间，1977年秋，中央军委副秘书长、国防科委主任张爱萍亲临七机部一院，宣布了中央军委的重大战略部署，下达了三项任务：一是在 80 年代前期完成向太平洋发射由我国独立自主研制的远程运载火箭；二是向 36000 公里高空发射地球静止轨道通信卫星；三是潜艇水下发射固体燃料火箭。三项任务，简称为“三抓”。1979 年 1 月，中央下达了研究院新领导班子的任职命令：任命李明实为七机部副部长兼一院党委书记，张镰斧为七机部副部长兼一院（即后来的中国运载火箭技术研究院）院长。后又任命方永仁、冬春为副院长，杨亚中、陈度为一院党委副书记。

具有伟大战略意义的“三抓”任务，历史性地落在这一届一院领导班子肩上。1986 年中国社会科学出版社出版的《当代中国的航天事业》一书中，有这样一段文字介绍张镰斧：“原第七机械工业部副部长、运载火箭研究院院长张镰斧，这位在革命战争的硝烟烽火中锻炼出来的军事指挥员，在组织、指挥火箭的研制生产、发射试验中，那种深入实际、熟悉情况、稳定果敢、身先士卒、关心下属、尊重专家、敢于承担责任的作风，使在他身边工作的专家和技术人员深受鼓舞。”张镰斧在充满火药味，炮弹、炸弹、导弹狂飙的飓风中，从军营到导弹研究院，从挺进太行山到弹飞太平洋，在轰隆隆的炮声、爆炸声中经历了风风火火的战斗历程。

如今 85 岁高龄的张镰斧，虽然已是一头白发，却依然剑眉高挑，两眼炯炯，身板直挺，头脑清晰，声音洪亮，仿佛随时都在向他的师团下达出击进攻的命令。张镰斧 15 岁投军抗日，卢沟桥炮响刚 3 个月，他在山西忻州，那里是国共合作共同抗日进行的第一典范之战的太原前线。他说，“我当八路军走进的第一个部队是韦杰团长率领的 386 旅 687 团。我的营长就是百战将星肖永银，后来是我的军长，率领我所在的 12 军 35 师坚守在中外闻名的朝鲜上甘岭上。"老军人一提起当年就滔滔不绝如数家珍，他的后颈、腿上、胳膊上还明显留着一个个没有消失的枪弹伤痕。他说"仅上甘岭那一战，咱们师挨的美国炮弹，比三年解放战争我带的那个团挨的国民党的炮弹加起来还要多。我就是被美国佬的炮弹炸醒的，是从炮弹的暴雨下懂得落后就要挨打，国弱就要被欺这个道理。"张镰斧的坦率直言，使人懂得了这位老战士为什么几十年如一日扑在研制、发射导弹和火箭的前线，献身航天事业创造了无数辉煌。

"我们就是要把中国的远程运载火箭打到太平洋上，让美国人看看，咱们中国也有核威慑力量，我们的国防实力、军队装备，已经不是朝鲜战争那个时代啦。"这一副自豪的神气，更显出这位出身军旅的研究院院长的干劲。

可有人却"揭发"说：老张从朝鲜负伤回国后就进了北京万寿山下的高等军事学院（即国防大学前身），1960 年还差 5 个月毕业，就被总政干部部召去谈话，说军委决定调他到国防部第五研究院一分院去工作。这个五院一分院是干啥活计的，他也不知道，他才不愿意离开咱解放军的王牌主力 12 军呢。那时正好他的顶头上司，12 军副军长尤太忠、李德生都在军事学院高级指挥系学习。老张来学习前两年就接任了李德生副军长在 12 军时的 35 师师长的职务，他怎舍得离开咱二野挺进大别山，打遍中原无敌手的王近山、肖永银率领的 6 纵 18 旅呢（1949 年 2 月，中野六纵整编为二野第 12 军，现为南京军区第 12 集团军）！他从总政一回来就去找老师长李德生叙说不去一分院，坚决请求回老部队，求老师长帮他找总政首长通融一下。李德生一听火了，一拍大腿嚷着："好你个张镰斧，美国佬的炮弹还没把你脑瓜子炸开窍呀，你知道五院一分院是干啥吃的吗？我告诉你，五院是咱国家导弹、火箭研究院，一分院就是专门研制导弹和火箭的。在朝鲜战场，你不是发过誓吗？我们要制造炮弹，为咱死难的战士们报这个仇。现在好了，组织上满足了你的心愿，你还打退堂鼓，想回12军。回来了我和老尤还有肖军长也得把你赶回去，你别给12军丢人啦，乖乖地给我背起背包上任吧！咱12军等着你的导弹装备部队呢。”

“老师长好一通训斥，倒把咱老张训得哈哈大笑起来。那天晚上回来，我问他老师长怎么说，他说咱们明天就报到。军情紧急，一刻不得停留。‘娃他妈，咱这是去为国家造导弹、火箭呀！’他一高兴提上了两瓶茅台，又去找同在一校学习的老师长和尤太忠副军长及他在冀南军区当营长时的军区参谋长、时任西藏军区司令员的陈明义喝告别酒去了。”张镰斧夫人如是说。

1960年6月，张镰斧来到他兼任厂长的总装厂。在他的几个副手中，有两个是从华北军区及总部调来的师团级干部。他上任时，正是一分院总体设计部与全厂上下齐动员仿制苏式P–2导弹的关键时刻。指挥惯师团作战训练的张镰斧，一放下行装就把车间当作了连队一头扎了进去，和工人师傅、技术人员一起劳动干活，在劳动中了解情况。但是和图纸打交道可不容易，那些图纸不是他熟悉的作战地图，横着竖着折腾好一阵也看不懂，认不全那些图上的道道线线、圈圈点点，心里那个急甭说有多难受了。可他想，作为指挥员不懂行，决策时怎么拍板？党把自己放在这个位置上，那就要当个称职的能打胜仗的头。张镰斧下决心钻进去。1938年当兵那会儿，他连步枪、机关枪也不会瞄，扳机也不会扣，手榴弹不揭盖儿不拉弦儿就扔出去了，十几年下来不也能指挥千军万马逐鹿中原，饮马长江吗？学技术，钻理论，向专家请教，向工人师傅学习，从最普通的机械图纸开始，几个月下来，高深的导弹图纸也弄明白了。38岁的厂长，正当年轻力壮、精力充沛、脑瓜子灵活之时，拼搏驰骋在这没有硝烟的战场，岂能卸马丢枪。张镰斧的习惯是一马当先，两军相逢勇者胜，当年刘邓大军强渡汝河，开路的不就是18旅的那个张镰斧吗？瞧，此时发动机上的一个零件迟迟不能过关，就像突击队被暗堡里射出的火力封住了路，卡在冲锋的路上，怎么办？张镰斧奔向车间亲自率领三结合攻关小组，奋力扫除障碍。经过500多次的反复试验，终于过了关。苏联政府撕毁协定把专家都撤走了，可张镰斧在院党委的支持下，团结全厂职工，在全国各有关单位大力协同下，继续发扬我党我军英勇善战、勇于闯关、敢于胜利的光荣传统，排除困难，终于完成了“争气弹”的仿制任务。张镰斧在全厂大会上说：“仿制一个导弹已经是非常不容易了，但自主设计研制的大头还在后面排着队等咱们呢。”

张镰斧在自行设计的“东风二号”从失败走向胜利的两年中，亲身在第一线经历了中国航天事业最艰难的创业历程。在这一历程中由于他的虚心好学、刻苦钻研，和工人师傅、技术人员建立了深厚的感情。他把部队官兵亲如一家的传统美德在与工人师傅、科技人员、专家共同生活相依为命的岁月里，进一步升华、净化，赢得了全厂以及一分院职工的爱戴，他的战友异口同声赞誉他是共和国培养的第一代导弹管理专家。

张镰斧对工作的严谨认真在一分院是出了名的。1964年2月，他在一发试车弹出厂复查中，发现一颗螺丝钉下落不明，这是不可小视的严重问题。经报告，上级决定推迟出厂后，他立即组织相关人员用了25天逐项分解，几乎把整个导弹都拆卸开逐段检查，这一查竟发现很多部件组合中都有多余物，小至头发、别针，大到铜丝、抹布和量尺等。张镰斧抓住这一产品质量的严重事件，进行质量安全的政治思想教育。在此基础上，他会同院、厂各职能部门制定了控制车间现场多余物和工具管理、三检制以及班前会等10项制度；在工艺技术方面，他严厉批评了不经审批想改就改的无组织行为，重新整顿工艺程序纪律，为产品的质量控制，建立了一套至今仍行之有效的规章制度体系。

在攻克技术难关中，张镰斧指挥导弹大军一次次突出重围。在一次研制生产中，产品的轴承滚珠刚度成了一大技术关键，他会同惯性器件研究所副所长奔赴哈尔滨轴承厂共同协作攻关。10多天身先士卒，不分日夜地和工人、技术人员一起奋战，终于攻克这个技术难题，使轴承的刚度达到了产品要求。中程火箭研制初期，材料迟迟不达标，影响发动机研制进度，他又亲自上阵与材料研究所所长姚桐斌赶赴上海铜仁合金厂，与工厂领导和技术人员交底，共同协作，经几十次试验，材料终于达标。张镰斧在兼任总装厂厂长4年期间，除了到上级机关开会汇报外，在厂里要想找他，就只有到车间的生产装配现场。他是大校，而大校的工作则在士兵中间，在战斗最激烈的前线，在生活最艰苦的地方。随时随地，都能看见张镰斧和工人们滚爬在一起，战斗在一起。三年困难时期，张镰斧下令停办全厂的干部食堂，把国家为这一批干部特供的粮、油、肉等食品，全部投人大食堂和工人一起开伙。那时张镰斧的战场还在大食堂、养猪场和瓜果蔬菜地，他的进攻方向就是消灭工人的浮肿病，改进厨房工艺，提高出饭率。他还远赴燕山、大青山打猎，弄回了不少野兔、黄羊、獐子、狍子、青鱼、蘑菇和野豆角。按张镰斧的话说，那时他眼中的好干部就是不能让一个工人、一个战士饿着肚子干活，更不能让一个人得上浮肿病。那时的北京对9级以上的高干都配有一部分特殊的物品，而配给张镰斧的，他不仅自已不看不吃不要，连他的夫人和孩子也没沾上一点点，因为他早已向行政后勤下了命令：凡是国家配给他的食品，不必告诉他，直接送到厂里，分给住院的病人。他每天在大食堂排队就餐，啃着玉米、青菜窝头和杂合面蒸的馒头。猪场年底杀猪分肉，他和工人一样，一律3斤。张镰斧说："共产党的高级干部也是普通一兵，咱当兵时的团长韦杰现任大军区司令，可他给我来信说他又回到咱老三团当兵了，每天都啃窝头。他还告诉我说，在这个困难时期，咱们更要记住咱部队的老传统和革命者打江山的本色，这是咱太行山的传家宝。”张镰斧不仅说到做到，而且是想到做到。整整 3 年，他和普通工人战斗、生活在一起，携手走出了那个困难的年代，把自主设计、研制、生产的导弹“东风二号”，打到预定目标，打出了国威军威。

1965 年初第七机械工业部成立不久，张镰斧不再兼任总装厂厂长，转而负责主管全院的科研生产。那年 3 月，一院在周总理的亲自过问关怀下，广泛发动群众，发扬技术民主，张镰斧组织了 2000 多名技术骨干，参加导弹技术发展方向的大讨论。综合这场大讨论所取得的成果，院党委向七机部党委上报了“八年四弹”的发展规划，经中央专委批准，这个规划成为推动我国航天事业稳步快速发展的战略规划。在规划实施过程中，张镰斧担起了生产和器材的保障重任。正当一院放开手脚万众一心为实现“八年四弹”英勇奋斗时，“文化大革命”风暴汹涌而来。七机部和一院这些高级知识分子成堆的地方，首当其冲被卷入漩涡，受到严重的冲击。

1967 年，中央军委下令对一院进行军事管制，同时决定张镰斧为业务班子的负责人，协助军管会主管科研生产。而一院正常的科研生产秩序早已被造反派打乱，院机关陷入瘫痪，停止了运行。张镰斧只能挨门走访请出部分机关干部，幸好一院的骨干专家均被总理点名保护了起来，张镰斧一个个登门拜访，对一些憋了一肚子气的科技骨干动之以情，晓之以理，几番周折才把生产任务安排了下去。为了协调、落实各项科研生产任务，军管会派不出车，他就坐公共汽车来回奔波，经常是吃了早饭出去跑到天黑回家。夫人问他吃中饭了吗？他竟忘了是在哪儿吃的，其实他根本就没有吃。即使这样艰难地安排科研生产任务，造反派也没放过他。

那年隆冬，一个大雪纷飞的夜晚，张镰斧在一院失踪，整整八天，军管会和家里找不到他的踪影，第九天下午才发现在一辆卡车上站着光着头、脖上挂着大黑牌的张镰斧，他被造反派从顺义游斗回来。当他踉踉跄跄回到家，只见家门大敞，夫人和儿子不知去向，家被抄得七零八落一片狼藉。那一夜他喝了碗冷水，蜷缩在床边冷得浑身颤抖，一直到天亮，军管会的人才来了……

张镰斧挺过来了，沧海横流尽显英雄本色，逆风狂吹唯松柏挺立。打不倒、斗不垮的张镰斧，拖着“文化大革命”留下的遍体鳞伤，仍然坚定地投身于两弹结合的试验发射，他带着一院的试验队圆满完成了发射任务，为实现“八年四弹”的规划，为“长征一号”火箭成功发射“东方红一号”卫星，尽到了一个共产主义忠诚战士的责任。

“四人帮”倒台后，老八路征甲未卸，又领命出征，七机部部长郑天翔宣布任命张镰斧为飞向太平洋远程运载火箭研制工程总指挥。

为确保胜利完成我国第一枚远程火箭的全程飞行试验，需要做一系列周密、细致的充分准备。张镰斧紧密协同远程运载火箭总设计师屠守锷，紧紧抓住为全程试验创造条件的国内发射场 6 次飞行试验及运载火箭的投产和技术关键问题。

1979 年初，中央军委副秘书长张爱萍召见张镰斧、屠守锷和东风基地新任司令员徐明，传达中央专委的指示，明确要求 1979 年 12 月 31 日必须完成全程飞行试验的各项准备工作。指示传达后，研究院进入了临战状态，张镰斧受命出征，他又像战争年代一样进入了前哨阵地。

2. 导流槽与远洋测量船

远程运载火箭试验，除了火箭本身的研制工作外，发射阵地的建设尤为重要。我国东风导弹基地原有的两个发射场，在初期的导弹发射试验中发挥了良好的作用。当中国导弹的发展已进入新阶段时，原有的发射设施已不能满足试验的需要。国防科委确定东风基地立即组织扩建新的发射阵地，启动远程火箭试验和发射任务的“138 工程”。由基地副司令员张贻祥、远程运载火箭总设计师屠守锷和王大均组成“138 工程”领导小组。

工程的关键是新建一条长 73 米、宽 35 米、深 23 米的导流槽及深埋于地下 13 米的发射控制室。因发射远程火箭从发动机里喷出的火焰温度高达 1000 多摄氏度，能将邻近阵地的一切建筑物体引燃，燃气冲出喷口的速度为 3000 米 / 秒，不仅有巨大冲击力，还能将附近的空气搅动起来产生破坏作用。发射台下的导流槽，其作用就是把发动机点火的燃气导引到较为安全的地方，以便保护火箭本身的安全和发射场地及周围的设施不受破坏。

导流槽需向地下深挖 23 米，为降低水位，必须抽排地下水，即围绕导流槽周围和中心部位，钻几十眼 250 毫米口径以上的深井，将施工部位的地下水抽离，仅这一项的耗电量就使基地发电厂无力负担。为此，基地派出工程处长赴京向国防科委汇报，申请调发电列车现场发电。

国家水电部接到通知后，派保定第 49 列车电站前往支援。然而列车却被列车电站的造反派扣押。“怎么办？”国家水电部向基地来的工程处长汪远继提出了一个建议：“由你们部队派人带调令去保定列车电站基地，好好做一下工作，说明这是国防工程，是毛主席批准的，一刻都不能耽误。我们部里也马上派人过去，专门办理手续，兴许能行。”

“好吧，没办法了。正规的渠道走不通，就得采取绕弯弯。”按这个办法做还真的成了，几天后列车电站开进了工地。

列车电站开进来了，而施工现场却又起风波。全面展开的现场一旦动工，那是一个环节扣一个环节，可有些来自地方的施工单位却提出“停工闹革命”，逼东风基地负责现场指挥的基建部部长韩恩山支持他们的革命行动。

一个施工队队员指着韩恩山，一上来就念了段“革命不是请客吃饭，不是做文章，不是绘画绣花……”的语录后，逼韩恩山表态。“你到底支持哪一派？这是个大是大非的问题，解放军更不能躲躲闪闪，对我们的革命行动一定要表态。”

韩恩山目视这一批血气方刚的年轻工人，尽管心里火气直冒但也得压着。他柔里带刚地说：“同志们，你们的行动都是革命的，但是前提是所有的革命行动都要集中到全面完成施工任务上。因为我们正在干的工程是伟大领袖毛主席和周总理亲自批准的一项有关国家安全的国防工程，谁要影响工程的进度，谁就是不听毛主席的话，这难道是真的革命派吗？我说同志们，听毛主席的话，咱们就干起来吧！你们看毛主席派来的发电列车已经到了。”仿佛是配合韩部长的指示，刚到的列车“呜呜”拉响了汽笛。

一声声汽笛长鸣后，两派的小伙子们也回到了工地，抄起自己的施工家伙干起来了。韩恩山心里高兴地想，工人毕竟是工人，是有觉悟的。就这样在克服重重困难后，“138 工程”按计划于 1970 年 7 月圆满竣工，东风基地的试验能力有了跨越式的增长，不仅能承担近程、中程火箭的发射，而且能完成远程火箭和人造卫星的发射任务。

飞向太平洋的全程飞行试验，是跨越国土的大型综合性系统工程。火箭起飞，从陆地到海洋，要飞越千山万水和茫茫长空，规模之大，技术之难，都是空前的。为此，我国必须建立以船舶为平台的海上活动跟踪系统。其实，早在远程运载火箭刚进入设计研究阶段的1965年，周恩来总理就在人民大会堂主持召开了中央专委第13次和第14次会议，研究了研制远洋测量观测船的问题，并责成国防科委立即着手研制规划，提出具体的实施方案。国防科委将这个任务交给东风基地策划。

这一天，李福泽刚从北京飞回基地，一下飞机就对秘书说："去把沈荣骏给我找来。"

沈荣骏毕业于北航大地测量专业，于20世纪50年代东风基地建设初期来到了荒凉的大戈壁，现任基地航测处处长。他奉命走进司令员办公室，看见司令员敞开上衣，双手叉腰，全神专注地凝望着贴在墙上的世界地图。

"远程火箭全程试验，二级和再入段的测量跟踪要到海上解决，中央已把这个重大任务交给了我们。"李福泽厚实的手掌在地图上太平洋那片区域拍了三下，转头对刚走进来的沈荣骏说："你干了好多年测量，先给我搞个论证出来，把现在手里的事放一放，先干这个。"

"司令员，到海上搞测量，咱们从没干过，再说测量船涉及很多学科，牵涉各个部门，基地要搞技术论证，得组织一套人马，集中力量进行讨论。"其实在这之前沈荣骏也了解到院里有在海上建立活动跟踪测量系统的设想，作为基地航测处长，他也曾和几个干事谈论过这方面的问题，可没想到任务来得如此之快。

李福泽猛抽了几口烟说："这样，你找找资料，组织几个人一起论证。有关问题可去北京找钱学森他们，听听他们的意见。首先你要有信心，我在北京时对总理讲了，困难肯定是很大的。不过，看看我们这么多年，哪一件事不是从无到有干成的。这个测量船挡不住咱们的路，基地的老兵能让困难吓倒吗？"

听司令员这口气，沈荣骏是赶鸭子上架，不干也得干，干还得干好。这远洋测量船完全不同于一般的客轮和货轮，船上不仅要配置测量系统、通信系统、船位态势测量系统、气象系统、船舶动力系统等设备，还要有相应的工作环境和生活设施，绝不是简单地把陆地上的测量设备装在船上就行。因此，研制远洋测量船是一项技术先进、高度复杂的综合性大型系统工程。经过两年的调研、论证，基地于1967年3月提出了研制意见。

根据这个意见，国防科委于7月18日会同总参、国防工办、海军、中国科学院、七机部一院和几个机械工业部研究提出了远洋测量船研制计划报告，定名为“718工程”，呈报中央。1968年6月17日，毛泽东、林彪、周恩来和中央军委批准了这个研制计划。

1967年9月，东风基地从机关和测量设备研究所抽调38个干部和技术人员，组成“718工程”工作队，开始前期准备工作。1970年12月15日，中央专委在周恩来主持下，听取了“718工程”研制进展汇报，决定将“718工程”列为国家重点建设项目，作为专案予以保证，并成立了以李作鹏为组长，罗舜初、陈华堂、周希汉、李如凌为副组长的工程领导小组。然而，在“文化大革命”日甚一日的动乱中，研制工作摆脱不了重重干扰，进展缓慢。“九一三”事件后，李作鹏被扣押审查，有人对“718工程”发难，甚至说“718工程”是林彪搞的，远洋测量船是“贼船”，致使工程建设岌岌可危。这时周总理挺身而出，委托叶剑英出面为“718工程”正名撑腰。

1972年4月8日，叶剑英主持召开军委办公会议，听取工程进展的汇报。钱学森从专家角度说：“远程运载火箭射程远，不同于我们以往的试验，虽然已进行过几次高低弹道短射程试验，但如果不经过远程试验，就无法检验火箭的实际性能，而要全程试验，没有远洋测量船是无法进行的。”

而张春桥却在此时横插一杠说："钱教授讲了上马的理由，也讲讲下马的理由嘛。"

李先念当即顶了回去，说："远洋测量，不是讲下马，而是要研究一下，要不要这么多，这么快。"

张春桥阴阳怪气地咳了几声说："测量船既然大家趋向于要搞，那放在上海不是很合适。上海任务重，将大部分船舶放在上海地区干，困难很大呀。"

叶剑英手按桌面站了起来，严肃地说："这个工程是毛主席批准的，是国家重点建设项目，决不能下马，要硬着头皮搞，各单位务必抓住不放，不管有多大困难，都要坚定不移，哪个环节都不准误事，现在就定下来，上 5 个型号 6 条船，一定要搞好。"

1973 年周总理审批了调整后的测量船工程研制报告，确定各系统分工，决定"718 工程"领导小组由国务院、中央军委直接领导。海军副司令员周希汉任组长，钱学森、余秋里任副组长，领导小组办公室设在海军司令部。到 1975 年，各型船舶相继开工建设，经各方面努力，到 1980 年初，测量船的设备安装、调试和全船总体联调校飞工作全部结束。远洋测量船建成时，毛泽东已逝世。钱学森提议，用毛主席的手迹，分别命名两艘远洋测量船为"远望 1 号"和"远望 2 号"。两艘船在山东沿海进行了综合性动态联试和性能校飞，利用"轰五"飞机作目标，进行实战模拟试验。当飞机从青岛胶县刚一起飞，船上的各种测量设备就开始相继报告："发现目标，跟踪目标。"

全船各大系统的连接匹配和信息传输以及工作的协调性全都正确无误，完满地达到总体设计的要求。成百上千的科技工作者为测量船的研制付出心血，终于使之成功下水驶向大海。中国第一次远程火箭全程试验加快了步伐，开始进入紧张而有序的倒计时阶段。万事皆备，只待东风。

3. 大三线崛起在红军根据地

这时的张镰斧，正奔走在大巴山崇山峻岭间的三线基地，这里是当年徐向前总指挥打退川军六路围攻，粉碎刘湘百团进剿，指挥数万红军突破嘉陵江，北上接应中央红军长征会师的红四方面军总司令部所在地。

谈起三线建设，张镰斧以战略家的口吻述说着这一段彪炳青史的壮举。

20 世纪 60 年代初在我国北部、西北部数千里边防线上，一个超级大国陈兵百万，而在西南边疆也一度发生了武装冲突。东部、东南部海洋、陆地布满了另一个超级军事大国的基地，对我国形成了半月形的包围圈，两个超级大国的军事威胁如箭在弦。而我们过去一直视为战略大后方的东北、内蒙古已成战备前沿。周边局势日趋紧张，潜在的军事挑衅时有发生，战争威胁迫近，为保卫我国领土的完整，维护民族尊严，中国在加强国防建设的同时，必须重新建立可靠坚实的战略大后方。苏联之所以能最后战胜德国，就因为他们背靠西伯利亚战略大后方的支撑，坚持到欧洲第二战线的开辟，迎来大反攻战机的到来。建设战略大后方，不仅是为备战，最主要的是有利于开发工业基础薄弱甚至是空白的内地、边疆，使全国整个工业布局趋于合理平衡。

为什么叫三线建设呢？1956 年毛泽东主席在一次国务会议上所做的《论十大关系》报告中有以下精辟的阐述：从战略需要出发，按我国地理区域的位置划分一、二、三线。沿海工业发达地区为一线，中部地区为二线，在一、二线还有各自的小三线；而大三线则为全国的战略大后方，包括四川、贵州、云南、陕西、甘肃、青海、宁夏等 7 个省区，湖北、湖南、河南、山西的西部。鉴于战争威胁的逼近，毛主席在听取国家“三五”计划汇报后，反复强调制定计划要考虑打仗，要搞战略大后方。三线基地建设军事工程，一、二线也要搞一点，重点是三线，立足于早打、大打，甚至是核大战。当时，苏联的导弹部队布置在我北部边境，而美国在太平洋、关岛已进行了以我国为假想敌的三次核演习。我国主要工业都集中在大城市和沿海地区，不利于备战，而且仗一打起来，这些地区会首当其冲遭敌打击。我们要抢时间把一、二线的重点工业迁到三线。毛主席还说："现在不搞三线，就如同大革命时期不下乡，是革命不革命的问题。三线建设不起来，我是睡不好觉的。钱不够，把我的工资稿费全拿出来，没有路骑毛驴去。"中央的决策是建立在对战争爆发的可能性和紧迫性估计比较重的基础上的，因而具体工作就带有强烈的战备意味。一分院遵照中央指示精神，从 1964 年 9 月开始，派出副院长周吉一率领组建三线队伍，投入大量的人力、物力、财力，在陕西宝鸡地区和四川达县地区建立了两个研制生产基地，经过近 10 年的奋斗拼搏先后竣工投产，为航天事业增强了实力。"文化大革命"期间，北京的研制基地、生产基地处于混乱时，一院将某型号发动机的研制生产放在三线基地的山洞里进行，周吉一等一批得力的领导干部和专家被派到三线基地工作。

曾经在三线基地战斗、生活了 17 年，担任过 3 个型号和"长征二号丙"火箭总指挥，创下过"13 战 13 捷"辉煌的原 062 基地主任袁连启这样说："20 世纪 70 年代初，我奉命到四川达县山区建三线，走时，张镰斧副院长要求我必须在规定时间内拿出国家需要的产品。我知道要去的地方是红四方面军开辟的大巴山革命根据地，那里山多、高且林密，峡谷深长，环境恶劣，交通闭塞，地瘠人贫。要在这样的环境里建厂盖房，打造出研制生产现代火箭的基地，无异于痴人说梦。可是，中国共产党一生下来就是一个创造奇迹的党，而且我们的新中国就是从井冈山、大巴山、大别山这些穷山沟里打出来的。就说大巴山达县这个点吧，还是邓小平同志否决了一院最早去选点的勘探组提出的天水市甘家场、街子口那个按‘靠山、分散、隐蔽’原则定的点，要我们搬到达县去。其原因是天水地区地质结构不牢靠，是个地震多发区，每隔几十年就有一次5.5级上下的地震。搬到大巴山地震倒是没有了，可一望无边的高山密林从哪儿选点打下界桩呢？”

袁连启虽然心里一片茫然，但作为共产党员，只能有一个选择，党的需要就是你的生命，你的人生之途。他二话没说打起背包踏上三线建设的征途。袁连启担任一院三线导弹总装生产厂革委会副主任，主管生产、技术、设备、财务等方面的工作，后任代厂长、厂长、基地主任，一干就是17个春秋。

那是大巴山南麓的一条偏远的山沟，工厂就修建在山沟尽头一个大山洞里。建设大军住的是简易树棚、泥屋，吃的是苞谷、红薯，每人每月半斤咸肉，还要到县城去拉；青菜瓜果得由陕西那边的马帮运过来；一到雨季，就只好请山里的“背二哥”帮忙应急，电影上那些当年老百姓为红军背送粮食的镜头隔三岔五地出现在现实中。雨季里，喝泥汤水那是经常的事。这些生活上的困难不算啥，日子久了也就习惯了，想想当年大巴山上的红军不也是这样走过来的吗？也许我们比他们还强一点呢，至少没有刘湘、田颂尧这些军阀部队的围剿吧！但是，工作任务压下的困难不是忍一忍就能过去的。从厂房的设计、修建，到道路的开通，这些基本建设的工程比起北京不知道要艰难多少倍。一是要在大山里掏出两个大山洞，二是在洞里要修起带通道的两万多平方米的厂房，而且打地基、挖山洞、盖厂房，缺少各种建筑材料，就连盖厂房的砖瓦都得从外地县乡运来。就在这样困难的条件下，袁连启率领几千名职工和省市派来的施工队，首先铺通了与达县、南江县、苍溪县连接的100多公里的简易公路，把建厂的材料物资抢运进来，作好生产准备。然后，一面走出去招聘、培训人员，一面紧急着手工艺装备的设计和制造，以及标准设备的订货运输、安装调试、配套组合等工作。在“先生产后生活”的方针指引下，人还没有安顿好，机器就在山洞里日夜旋转了起来。

基础建设刚一完成，就得按规定的时间拿出符合国家和院里要求的产品。这是一项比开山放炮、盖房、修路更难的工作。袁连启和从一院来的同志们，没有被困难压倒，也没有后退一步，大伙儿都鼓足干劲，迎难而上，像大庆的铁人，一个个挺立在大巴山，一个个冲锋在科研战线的前沿。半年一年不回家，不能和妻儿团聚都是小事，因为他们身上肩负着国家使命，他们不能让毛主席睡不好觉，更不能让毛主席骑着毛驴儿进山来。

据说世界第一流的攀枝花钛铁矿的发现，就是抗战时期一个从美国回来的地质学家叫常隆庆的，在骑着毛驴儿从西昌去泸沽的途中发现的。因为埋藏铁矿的山上长了一片片攀枝花，常隆庆教授在地矿发现的日记上，为这一座座铁矿山岩取了一个通名叫“攀枝花”，并将这一神奇的发现报告了民国政府。民国政府为此在重庆成立了西南地质所。1949 年后，人民政府接管了这个地质所，接收了常隆庆为攀枝花建立的档案。当攀枝花市在西南大三线正式成立后，市政府在中心广场为攀枝花铁矿的发现者——常隆庆塑造了永久纪念的铜像。传说毛主席要骑着毛驴儿来三线的典故，就出自这个故事。

袁连启一定知道这个典故，你看他在这里硬是建成了三线第一个现代化的导弹、火箭总装厂。厂区跨度共有 10 公里，每公里是一个区，其长度比首都总装厂的总装车间还要深长。一旦任务紧急，或是技术攻关的关键时刻，袁连启也像当时全国搞会战一样，把大伙拉出去搞比赛。每区分成组，员工比着劲干，争夺红旗班组，既鼓舞了士气又提高了工效。

一个颇具规模的三线导弹和火箭生产基地建立起来了。张爱萍为此题词：加强三线建设，巩固国防基地。

在“文化大革命”的一片混乱中，三线基地保证了一院研制的产品又好又快地送去作发射试验，完成了国家交给的研制任务。那时山洞工厂没有派性，干群和谐，团结同心，艰苦奋斗，为增强国防实力，大家一次又一次在规定的时间里完成了院里下达的导弹产品生产任务。

奋战三线 17 个春秋，袁连启没休过一次探亲假，每次只借去北京开会的机会回家看一看。基地的员工有的几年回一趟家，有的全家迁往三线，有的夫妻双双长眠三线。他们是献了青春献子孙，大城市北京仿佛只留在他们美好的回忆里。

从风华正茂到霜染两鬓，有多少航天儿女几十年无怨无悔。他们虽然有人晚年退休回到了北京，然而他们把最美好的青春时光献给了茫茫云山中的三线。

三线建设集中体现了“热爱祖国、无私奉献，自力更生、艰苦奋斗，大力协同、勇于登攀”的“两弹一星”精神。

1979 年 5 月，七机部工作会议确定 062 基地和 067 基地不再隶属一院。这时 062 基地已有员工 7600 多人，067 基地有近 8000 人。但是 062 基地的战略武器生产工作和技术要求仍由一院统一计划，统一管理。

4. 东风基地突遭强震

飞向太平洋的飞行试验进入直接准备阶段后，国防科委对各大系统明确提出了要求，首区试验部队要确保火箭质量万无一失，保证打出去，落点准；远洋舰队要安全开出去，胜利返回来；测量部队要把各种数据测出来，处理好；通信部队要保证通信畅通无阻。

1980年3月初，张爱萍、李耀文发布远程火箭全程飞行试验发射阶段动员令。为加强发射场区的领导，东风基地、七机部联合成立了试验临时党委，由基地司令员徐明、政委刘绍先，七机部副部长、一院院长张镰斧，远程运载火箭总设计师屠守锷，基地副司令员石荣屺、副参谋长杨桓，一院党委副书记刘家声等11人组成，徐明任书记，张镰斧、刘绍先任副书记。国防科委副主任马捷、七机部副部长任新民为发射区正副代表，在一线坐镇指挥。

然而，就在第三枚远程火箭从达县地区刚刚运抵基地时，基地内发生了一起重大爆炸事故，虽然没有波及远程火箭的安全，却使基地遭遇了重大的人员伤亡和财产损失，直接影响了执行发射任务官兵的情绪。

1980年3月7日，基地铁管处因施工需要炸山取石，21名战士在军械助理员申广东的带领下，去发射场30多公里以外的一所弹药库拉运炸药，存放50多吨炸药的炸药库却意外发生爆炸，“轰”的一声整个炸药库瞬间消失，进入炸药库的21名战士全没了踪影。事后有人在距离炸药库1公里远的地方发现了躺在沙丘上负重伤的战士，一问才知道是司机，他没有进入库内，爆炸冲击波将坐在车上等候的司机连人带车掀翻在戈壁滩上，3辆汽车全部被炸毁，当时整个基地都感到了强烈的震动。

眼看远程火箭就要发射，这巨大的爆炸，早不炸晚不炸偏偏在火箭到达时炸，不得不使人联想到，会不会是人为的破坏。

基地工兵营几百名战士闻声赶到现场，只见一片废墟上遗留的是战士们被炸得粉身碎骨的残骸，安葬这21名战士的棺木里装殓的都是烈士生前的一些遗物。烈士陵园一片肃杀，阴沉沉传来嘤嘤的哭泣。

国防科委组织的事故调查组来时，炸药库已荡然无存，找不

到一点儿蛛丝马迹，现场只留下一个巨大的深坑，几乎无从寻找有价值的线索。经现场调查仔细取证，排除了人为破坏的因素。原来是因为这批炸药存放时间太长，戈壁的炎热使其温度上升引起自燃自爆。那时的弹药库尚无空调，也无自动调节库温的设备。各方面调查均表明此事故不是冲着导弹发射来的，也不是人为破坏。这个结论一公布，使紧绷着神经的基地领导和参试负责人放下了心，他们又率领试验队伍全力投入到火箭的发射准备工作中。比起远程火箭的发射，这个重大事故在人们心里也渐渐被淡忘了。

张镰斧这个试验队，是由部、院和京内外50多个单位、450多人组成的，1980年3月底全部到位。这么多人一下涌进了“138工程”基地，别说住，连吃饭都成了问题，几乎三分之二的人仍住在专用列车上。为照顾年近花甲的张镰斧，试验队后勤部门设法在基地招待所内给他安排了一个单间。但他来时，却让秘书把两位总师请到自己的房间，自己一转身回到列车上和大家挤在了一起。车上卧铺窄小，车厢里气温又高，中午高达35摄氏度，这样的环境，别说年近花甲浑身5个伤疤的院长，就是小伙子也休息不好。大家劝道，为了发射成功，你这个总指挥不能先倒下啊！可张镰斧爬到靠窗户的卧铺上一躺，说啥也不动，还直嚷嚷，我是一个勤务员，发射导弹总师们才是关键，他们休息好了，发射才不会出问题呀！

大伙总担心院长睡不好觉，可张镰斧一躺下就打起了呼噜。其实这根本不是呼噜，只有秘书知道，院长的枪伤又发作了，他在用呼噜声掩盖呻吟。

5. 张镰斧眼前闪出一条滚滚大江

明天就要进入阵地，一代虎将张镰斧能趴下吗？他手按腰椎骨，额头上的汗水顺脖子往下流，眼前闪出一条滚滚的大江，大江上浪柱林立，硝烟滚滚，耳边炮声隆隆。也是这样一个沉闷的夜晚，时光倒流31年。张镰斧率领他的12军35师104团，以急行军的速度向长江枞阳地区进发。伟大的渡江战役即将打响，西起江西湖口，东至江苏江阴，千里沿江战线，我百万雄师集结，强渡长江天堑，突破国民党80万大军苦心经营三个多月筑垒强守的立体防线。张镰斧作为第二野战军前锋部队奉命在枞阳地区强渡长江，35师是12军的先锋，104团是35师的前卫团，是先锋伸出的一把尖刀，射出的第一支利箭。当他率全团赶到枞阳镇南渡口，看见副军长肖永银屹立在渡口码头。张镰斧还没跑到副军长跟前，就听副军长大声喊道："张镰斧，你过来！"肖副军长边喊边带着张镰斧进入了一个港汊，指着夹江与长江汇合处突出的一片沙洲，那里密密麻麻的野战工事和炮台、碉堡，像一把铁钳夹住了长江进出的通道。我军从枞阳向南强渡，很难躲过沙洲上敌人炮兵的迎头轰击，即使部队冲进了江口，沙洲上敌人火力也可侧击我军，这是一颗钉在江口的楔子，必须在渡江战役发起前拔掉。

"张镰斧看清了吗？"肖永银收起望远镜，下令道："立即率领全团，1小时内把那个沙洲给我夺过来。"

"副军长，能不能让炮兵团支援一下，先打他个晕头转向，便于我团出其不意攻上沙洲。"

"你想得美，一打炮，敌人就会认为我们渡江战役开始了，老子什么炮也不打，就要你悄悄地干掉他。你们团都还是旱鸭子吗？"

"老首长，旱鸭子能在水上飞起来吗？今天夜里我就表演个千只鸭子水上飞给老首长开眼。"

"张镰斧，你给我记住，拿出咱们老18旅强渡汝河的铁军威风，两军相逢勇者胜嘛。"

“是，副军长，你就等着沙洲上的照明弹划破长江之夜吧”，张镰斧“啪”地一个立正，向后转，朝集结在江边芦苇丛里的部队招了招手，顿时芦苇丛里卷起一阵阵旋风，直朝夹江口扑去。

不一会儿，肖永银的望远镜里，一队队剪翅的“鸭子”贴着江面向江口沙洲“哗哗”地漂浮了过去。骤然间，沙洲上枪声大作，火光闪闪，漂浮在水面的“鸭子”霍地站了起来，变作一群群出山的小老虎扑向敌人。小老虎们手里的机枪、冲锋枪吐出如雨的子弹，织成了一道道火网，只见敌兵惊慌失措，乱作一团，穿着裤衩赤裸着上身从碉堡里跑出来。104团在密集的枪声、手榴弹的爆炸声和刺刀闪电的“霍霍”声中，将沙洲上敌人的一个机炮团网了进去。104团几乎无一伤亡，全歼了沙洲上的守敌900多人，敌炮兵阵地上的30门榴弹炮全转动了炮口方位，直对着江南岸敌军的防线。张镰斧的通信兵立即向天空发射了3颗红色照明弹，站在35师渡江先锋船队指挥艇上的肖永银抓起报话机命令：“全线开炮！开炮！”

集结在枞阳地区北岸的12军、18军、16军的炮兵群500门大炮发出了天摇地撼的吼声，一排排炮弹尖啸着喷着火焰飞过长江，在敌人阵地上如连续的炸雷掀起一团团的火焰……

张镰斧“霍”地从卧铺上跳起来，赤脚踩在地上，嚷着“开始了，开始了！”大伙全惊醒了，呼啦啦跳下了床。张镰斧领头跑了出去，抬头一看大沙漠碧空如洗，只一片弯月斜挂天边，满天星斗，一片沉寂。

张镰斧笑了，引得大伙也跟着他笑了起来。

天亮了，张镰斧领着近一个营的试验队伍迈开步伐，在他“一二一、一二一”的口令下走向“138”发射阵地。

那天是4月5日，第一发远程运载火箭开始进行单元测试，这次发射任务是连续作战，第一枚运载火箭进入总检查，第二枚运载火箭又开始测试。正当测试工作向前推进时，东风基地司令部收到总装厂一个传真，发现该厂一台备用发动机的推进剂导管里，落进一条鞋带状的多余物，原因待查，提请发射时注意排险。

这一个消息引起在前方指挥的张镰斧的高度警觉，他下令对所有试验运载火箭进行里里外外的彻底复查。复查一遍后，除了两个不易复查的部位外，都没有发现多余物。但是，这两个不易复查的部位还是让他放心不下。第一个可疑之处是密封的燃料箱，体积虽然大，却仅有一个细小的圆形口，很难查。张镰斧当即穿上工作服顺着圆形洞口往里爬，大伙七手八脚又推又拉，才使他从这个小口侧身进入箱内，直到他和另一个老工人一起仔细清查了一个半小时，没有发现多余物，这才爬了出来。第二个疑点集中在发动机输送推进剂的导管上，这儿不仅人钻不进去，就连手也插不进，既看不到也摸不着。这真是老虎吃天无从下口，即使明知在那也弄不出来呀！ 张镰斧急了，他抬头求救般地望着站在发动机边的任新民，指望大科学家能想出一个高招。还真让张镰斧摸准了，任新民突然灵机一动说：“院长，可不可以用医院里的胃镜来检查呀！”张镰斧眼睛一亮：“行，我看行。”大伙也觉得这办法或许有效。可基地医院条件差，哪有胃镜呢？但这点儿问题比起运载火箭简直是小菜一碟。这儿没有，打个电话呀，张镰斧抓起电话要通了北京。当天下午，国防科委就火速从北京调来了一个主任医生带着全套胃镜设备乘飞机赶到现场，立即就给发动机导管内腔拍了照片，洗了出来，科技人员经过判读认定里面清洁度良好，没有任何隐患。一场虚惊后，大伙都放心了。

部长钻入运载火箭的肚子里，医生用胃镜为运载火箭检查身体，曾作为一个好笑的故事在航天人口中流传。也许这是中国航天童年的笑话，但它却表现了航天人对事业极其认真负责的精神。

试验时，远程运载火箭要飞出国境，飞行于公海之上并落在太平洋里。为摸清太平洋试验海区的水文地理气象等情况，国家海洋局4次出海进行综合调查，最后经国防科委组织论证，选定以东经171度33分、南纬7度0分为中心，半径130公里（70海里）的圆形海域，作为远程运载火箭全程飞行试验的落区。1960年苏联在太平洋试验洲际导弹时，禁区划为500公里×300公里的矩形水域，而中国划定的落区海域大大低于这个数字，这是一种技术上胸有成竹的自信。

6．飞向太平洋的惊雷闪电

1980年5月1日，中国远洋测量船与护航舰共18艘船，在海军副司令员刘道生、杨国宇的率领下，从舟山集结起航，下午2时驶向阳光灿烂波浪滔滔的东海，两艘乳白色的测量船拉响了汽笛，向送行的战友、亲人告别。

这两艘“远望号”测量船，每艘有十几层楼高，共有9个舱室，船上电力可供30万人的中等城市使用，是海上的一座流动城市，所带的各种物资储备可供船上人员持续作业100个日夜，具有世界同等级船的水平。

船队还未出海，公安部门就破获了一起泄密事件。有人向香港特务机关写密信，说中国即将在太平洋进行远程运载火箭的飞行试验。海军副司令员刘道生刚一上船，外电就播出了这一消息。船队刚驶进公海，众多的外国军舰、飞机就在我船队四周及空中进行骚扰。虽然我国政府事先分别向澳大利亚、新西兰、日本、美国等国打了招呼，国家主席李先念还专门到邻近试验海域的有关国家进行访问。然而，还是有一些国家对我远洋船队表示出极大的兴趣：数十架侦察机跟踪飞临船队上空，进行低空拍摄，投放探测设备；众多舰船利用公海的自由航行权，不时逼近我航线，驶入预定海域甚至以电子设备对船队实施强烈干扰，使得船队在进行正常测试测控任务时，还要与这些不速之客在海上斗智斗勇，展开较量。

一切的干扰、骚乱都是无用的，飘扬着五星红旗的中国远洋舰船依然乘风破浪，高歌前进！

1980 年 5 月 9 日新华社授权向全世界发布公告：

中华人民共和国将于 1980 年 5 月 12 日至 6 月 10 日，由中国本土向太平洋南纬 7 度、东经 171 度 33 分为中心、半径 70 海里圆形海域范围内的公海上，进行发射远程运载火箭试验。中国舰船和飞机将在海域进行作业。为了各国过往船只和飞机的安全，中国政府要求有关国家政府通知本国的船只和飞机，在试验期间不要进入上述海域及其上空。

中华民族迈向世界军事强国的时代已经降临。5 月 18 日凌晨，张镰斧眺望着灯火辉煌的发射场，两枚远程运载火箭矗立在相距 400 米的南北工位的发射台上。他长长舒了口气，临近 60 岁的将军已到了解甲归田之际，这是他作为一个现役指挥官打的重要一仗，他要以此回答当年李德生军长、肖永银军长送他离开军事学院奔赴尖端武器研制战线时的临别赠语。

“张镰斧，你要把咱们老 18 旅敢打、敢拼、两军相逢勇者胜的英雄气魄带到研制导弹的战场上去。张镰斧，我们在等着你把运载火箭打到太平洋！”

“老首长，张镰斧今天可以在这大西北发射台前向你们报喜了！”张镰斧飞速登上“138”发射台，和发射试验队的战士、工人一起井然有序地对运载火箭作了最后一次测试检查，为运载火箭进行了精确的瞄准。

3时30分，第一枚运载火箭加注完毕。8时整，马捷、任新民、张镰斧、刘绍先、石荣屺在发射现场作完最后检查后，分别在发射任务书上签了字。

9时30分，发射程序进入30分钟倒计时，地面人员开始撤离。发射指挥长石荣屺沉着冷静地检查运载火箭的脱落插头、紧急关机插头、电爆管短路插头、舱盖和导流槽板等临射操作项目，确定无误后，即进入地下发射控制室的指挥岗位。发射控制室呈现出一派紧张的战斗景象，操作手们全神贯注地按照零号指挥员下达的一项项口令，执行预定的发射程序，并根据各种仪表的指示变化，准确报出执行结果。

执行这次发射任务的是曾发射导弹核武器和“东方红一号”卫星的二中队。这是他们在东风基地执行的最后一次任务，任务完成后，他们将调往新建立的西昌卫星发射中心。在这之前曾发射过中国第一枚近程导弹的一中队，已于1968年调入太原卫星发射中心。

发射顺利进入“1分钟准备”程序。

此时，发射场上空万里如洗，春风徐徐，万籁寂静，人们可以听到彼此的心跳声。从大西北到南太平洋，上万参试人员的心扣着秒针的“滴答”声跳着，两眼紧盯着发射台一动不动，等待着最后时刻的到来。

随着刘庆贵一声亢奋的口令，操作手崔吉俊“啪”地按下点火按钮，他的手刚刚松开，一声轰鸣仿佛撕裂了沙漠的胸腔，从大漠深处喷出火山爆发般的岩浆火焰，大漠刮起一股山呼海啸般的强劲飓风，火焰流从远程运载火箭的底部向上喷射迸发，滚滚浓烟一下吞没了发射台。运载火箭就从这滚滚烟雾中拔地冲起，呼啸着冉冉上升。几秒钟后，运载火箭按弹道设计程序转弯，沿着预定轨道，宛如一道闪电划破长空，向东南方向飞去，渐渐掩没于天际，留下一条哈达似的银烟……

布设在发射场区的光学无线电测量设备迅速捕获跟踪目标，将运载火箭起飞和初始飞行的参数传到发射指挥中心。通信系统迅即将运载火箭起飞时间、弹道参数和遥测参数传到渭南测控中心、太原基地和北京指挥所。所有设置在中国大陆上的各种测量台站准确地接受渭南中心传递的测位定速信息，并引导测量设备，紧抓住目标，精确地测定、记录、传递着远程运载火箭每一瞬间的姿态、弹道参数和遥测参数。

“二次关机，头体分离。”

远程运载火箭风驰电掣，势不可挡，飞越银川、太原、石家庄、海南等城市上空，跨越辽阔的波光闪闪的西太平洋，直向预定海域飞去。

此刻，太平洋上空，蓝天像海水洗过的锦缎，朵朵白莲花似的云朵缓缓移动，仿佛笑望着蓝得耀眼的大海抛起起伏的波浪。远处测量船如浮现的海市蜃楼压过波浪，收到运载火箭起飞信号两分钟后，甲板上航测直升机像几只绿色的大蜻蜓拍翅扶摇而上，进入待命盘旋状态。10分钟后，遥测直升机飞抵预定位置，等待捕获目标。“远望号”船上的中心计算机接受从陆地、海上传来的所有测量数据，引导船上各测量设备的天线摇曳等待着“远方的来客”。

“发现目标”，随着测量船上操作人员的报告，人们将目光投向西北天空，一个小小的亮点浮现于西北天际，亮点穿过一团云雾，变得越来越大越来越亮，这是弹头和二级弹体再入大气层时显出的景象。

此时雷达的荧光屏上立即有了显像，一瞬间越飞越近的亮点闪了一下，化作一个燃烧的大火球，像是天安门上空节日的焰火迸溅盛开。过了一会，火球钻出云层，拖着一条发光的尾巴，呼啸着扑向了大海。

突然，从运载火箭裙部弹出的数据回收舱，被“哗哗”地打开的降落伞吊着徐徐下降。运载火箭在飞行了30分钟后，顺利地溅落在预定的海域。冲天而起的水柱浪头足足有100多米高，好像孙悟空从龙宫中举起巨大闪光的定海神针，又像从海底冲出的一条白色蛟龙。回收舱里绿绿的染色剂，将方圆几公里的海面染成了一片翠绿，恰似大沙海托出的一片绿洲。翠绿之洲上摇落着一朵盛开的白莲，那是随波荡漾摇曳、红白相映的降落伞，伞下就是弹头数据回收舱。

打捞队员刘志友从直升机的软梯上纵身一跃跳进了太平洋。

听话的数据舱像妈妈的乖娃娃，入海后也不跑远，只在水里打着转转，好像在跳圆舞曲，等待着在预定海域上空执行打捞任务的直升机。航测机长王愉首先发现了数据舱，他迅即对准数据舱，急停在离海面30米的空中，潜水员从机上沿着软梯跳进海里，用吊绳钩住数据舱，只5分钟就把数据舱拉到直升机里，圆满完成了任务。从大西北到太平洋，中国发射的第一枚远程运载火箭全程试验获得了圆满成功。

当天从始至终都坐在北京指挥中心观看现场发射试验的华国锋、胡耀邦、赵紫阳、邓小平、徐向前、聂荣臻等党和国家领导人高兴地站起来热烈鼓掌，并当即通过调度室向所有参加试验的工程技术人员、解放军指战员，表示亲切的慰问和热烈的祝贺。

胡耀邦激动地挥舞着双臂大声喊道：“同志们，我们胜利了，人民胜利了。”

在现场的所有人跟着一起欢呼着，一双双高举的手臂与神州大地上此起彼伏的森林般的手臂一起向远程运载火箭挥舞致敬。

此时此刻仍在东风基地发射场的张镛斧却在抱着发射台边的

柱子哭。红肿闪亮的眼睛里浮现出在运载火箭发射征途上一幕幕难忘的图景，一件件铭心刻骨的往事——

从1960年“1059”仿制导弹的550公里，伸延到1980年飞向太平洋的9000公里，20年的风狂雨猛，20年的火焰硝烟，20年有多少亲人离去，20年有多少英雄辈出……自己的人生就是在中国迈向世界强国的新长征路上一步一步踏踏实实走过来的呀……

7. 决战36000公里太空

长征的路没有尽头，航天的路才刚刚开始。张镰斧不能歇息，发射地球静止轨道卫星的任务在召唤他，党交给一院20世纪80年代前期的“三抓”任务，作为院长，他才抓了一项啊！决战又转向了36000公里的太空。

掌握地球静止轨道卫星发射技术，发射地球同步通信卫星是中国航天技术的一个宏伟目标，是中国航天人走入世界航天科技先进行列的崇高使命。

地球静止轨道，是指距地面约36000公里、与地球同心、与赤道同面的轨道。卫星在这样的轨道上绕地球一圈需24小时，与地球自转的时间相同。由于卫星与地球没有相对的运动，从地球上看，卫星好像是静止的，因此叫静止卫星或同步卫星。利用地球静止轨道上的卫星进行通信，具有超常的优越性。但研制成功能发射静止轨道卫星的运载火箭并掌握其发射技术的，当时世界上只有苏、美等少数几个国家。

当1970年“东方红一号”卫星上天后，国家就将研制通信卫星及运载火箭的任务提上了议程。由于“文化大革命”的干扰破坏，使这一系统工程迟延到1975年3月才由中央军委正式批准上马。卫星通信工程由运载火箭、通信卫星、发射场、跟踪测量控制系统、地面通信站五大系统组成，运载火箭命名为“长征三号”，由一院负责研制抓总。“长征三号”是一枚三级液体运载火箭，一、二级使用常规发动机，第三级使用低温高能液氢液氧发动机。上海航天局负责承制一、二级，一院研制第三级同时负责火箭总体设计。“长征三号”火箭能够将1500公斤的通信卫星发射到地球同步转移轨道。

以液氢液氧为推进剂的发动机称为氢氧发动机，它的研制是一项世界级的课题。我国“长征一号”“长征二号”运载火箭都采用常规推进剂，而“长征三号”火箭的第三级研制急需攻关的液氢低温密封技术，我们无法从国外资料得知，只能白手起家。液氢阀门的密封材料需采用低温工程塑料，而我国却没有。一院一方面向材料研制部门提出研制任务，一方面在国内寻找现成的材料。经过多方调研，得知我国新研制的工程塑料聚酰亚胺的低温密封性较好，于是购进了一些原料。在材料专家协作下，进行液氢阀门密封结构的设计研究，用了一年时间，很好地解决了多种液氢阀门低温密封结构设计问题，大大推进了氢氧发动机各种部件的设计研制进程。为攻克这项世界级的课题，张镰斧果断地把“文化大革命”中被发配到北大荒军垦农场的朱森元（现为院士）调回北京，并委以氢氧火箭发动机研究室副主任设计师的重任，由他领头攻关。朱森元1949年进入中央大学航空系，后又毕业于莫斯科机械学院，他和同事王之任、刘传儒集中众多科技人员、工人师傅的才干和智慧，以“三结合”的方式，走出了科学研究与生产实践相结合的新路。在研制过程中，朱森元的三结合攻关组先后攻克了数十个技术难关，其中最关键的是涡轮泵轴承强度关、液氢泄漏起火关、次同步共振关、缩火关等。当时，“长征三号”火箭是卫星通信工程的“短线”，氢氧发动机则是“长征三号”火箭的“短线”，它既涉及低温、绝热、高空发动机第二次点火启动的技术难题，也有和分系统之间许多认识不一致的问题。

为加强对氢氧发动机研制工作的统一领导，在远程运载火箭飞向太平洋任务胜利完成后，七机部部长郑天翔对刚从发射场凯旋归来的张镰斧发话了：“老张，我看这件事还得由你牵头，抓出个眉目来。”张镰斧二话没说，就挑起这个担子。他同技术专家卢庆骏、朱森元，总指挥苗逢辰，发动机研究所所长刘传儒、副所长王桁和王之任一起，召开多次工程“诸葛亮”会和三结合会，群策群力，日夜奋战，制定了10项综合治理措施，使一个个重大的难题被攻克。

1983秋天，“长征三号”火箭三子级发动机在试验站试车。试车就是发动机固定在发射台上点火但不飞起来，此时如果发生爆炸，其后果不亚于一颗重型炸弹爆炸。总指挥苗逢辰在张镰斧的支持下，沉着、自信、镇定地指挥着。

氢气遇一点儿火光就容易爆炸，可怎么预防谁也没有经验。设计人员经测试后发现，人体因摩擦产生的静电在瞬间可达到4000伏，因而在试验现场随时可能因人体静电而导致爆炸。怎么办？这个问题不解决就不能进入下一个阶段。张镰斧、苗逢辰在听取了技术安全部门和总体系统的意见后，决定让技术安全部门去购置能保证安全的防静电服、防静电鞋。在保障参试人员安全的前提下，保障试验进度，也为今后的同样试验找到规律。

在国外，加注液氢液氧都是通过地下储存管道输送，而我们限于条件，只能用两台加注车现场加注，当然存在一定的危险。液氢在常温中会迅速挥发成气态氢，气态氢在空气中达到一定比例就会引起爆炸。明知现场加注的危险，可张镰斧却搬个板凳，在操作现场一坐就是三个小时。他是为操作人员壮胆，要大伙不要怕，如果真出问题，我张镰斧首当其冲。苗逢辰劝他、拉他到地下室观察，他不干，坐在那稳如磐石，直到安全加注结束，他才和大家离开。

1983 年 12 月，“长征三号”火箭的研制工作基本完成。航天工业部领导又让张镰斧挂帅出征，担任试验通信卫星发射队长。他知道这是他在导弹、火箭战线上的最后一次出征了，在誓师大会上，他激动地挥动着手臂，就像当年挥手举枪率领 104 团攻占长江天险沙洲那样喊道：“同志们，这是背水一战，只能成功，不能失败。”队伍出发了，张镰斧身上却装着两瓶安眠药，这是为对付日夜战斗的失眠症而准备的冷静清醒剂。

火箭还在向西昌卫星发射中心转运的征途上，张镰斧就在他的队员们呈交的每一份决心书上写下了：“一切服从发射，一切服务于发射”的口号式批语。

然而，当火箭转运到发射塔架时，接连发生了几起发人深省的小事故，比如，安全帽从发射塔的 9 层平台落到 4 层平台，操作手腰上掖的扳手也掉了下来，垫片掉进卫星整流罩，安装仪器舱碰伤卫星支架。为此，张镰斧下令停止操作，对这些看似小事的问题进行严肃处理，以此敲响警钟。周总理“严肃认真、周到细致、稳妥可靠、万无一失”的 16 字方针被提到卫星发射成败的高度，火箭发射试验队展开了战前讨论。

在进行氢保险测试时，又出现了“尖叫声”。发射基地要求更换阀门，而火箭技术骨干却提出相反的意见，他们说更换阀门，不仅操作相当不便，而且还可能使火箭的可靠性降低，带来新的隐患，权衡利弊，决定不更换。基地把这个问题反映到北京指挥所，领导打来电话数次催促张镰斧更换阀门。“将在外，君命有所不受”，但有的同志还是劝说张镰斧别坚持啦，既然上级叫换那就换吧，出了问题有人负责。张镰斧心也动了，可他再到现场仔细看了看，并找了技术骨干再次研究、认真思考后，决定不换。他又按照操作规程和实际情况向北京呈送了报告，签字画押作了保证。张镰斧之所以这样做，是凭借他对部属的了解和信任做出的决策，体现了他作为第一线指挥员的胆识。实践证明，他的决策是正确的。

1984年1月29日，“长征三号”火箭首次发射由于三级发动机高空二次启动出了问题，卫星没能进入预定轨道。这次故障并非阀门更换引起的，而是因为氢氧发动机的设计还不完善。张镰斧为查找故障具体原因，找来火箭总设计师谢光选，会同设计师、发动机参试人员反复讨论，查找数据，分析问题的症结，在准确定位的基础上制定了排除故障的对策，并下令在西昌的发射队和北京的研究院停止春节休假共同行动。他签发了加急电报直接发给在北京的主管副院长苗逢辰和有关负责单位的所长、厂长、站长和党委书记，要求后方（北京）积极配合攻关。他坐镇西昌，实施前后方统一指挥、调度，同时又派得力人员回京组织设计、生产、试验。全院上下24小时连轴转，先后进行了5次发动机试车，10次点火。3月26日，在北京改装好的发动机件完工，空运至西昌，立即在第二枚火箭的改装部位上安装，人们把这一段时间的苦干奋战称为“闪电行动”。

为确保质量，取得第一手资料，张镰斧身穿工作服，第一个钻进改装好的发动机舱里检验察看，就像当年在朝鲜战场作为师参谋长一夜之间巡查全师的每一个掩体、每一个炮位、每一个出击的集结点。

钻进机舱的他当然知道这是一项牵一发而动全身的作业，机舱狭小，环境恶劣，密不透风，还充满令人窒息的惰性气体气味，虽然戴上了潜水用的呼吸阀，他仍感到憋气、恶心。当他爬出舱时，已一脸乌紫，浑身滴答着汗水，但他依然神色严峻地对随后进舱作业的工人师傅双手抱拳连声地说：“师傅们，拜托了，拜托了。”工人师傅凝望着面前这位时年已62岁的老院长，抹了抹欲滴的泪水，一句话没说爬进了机舱。

像这样在现场改装一枚具世界先进水平的火箭，其效率之高、质量之优、速度之快、渠道之通畅，创造了一院建院以来从未有过的速度，也是世界前所未有的奇迹。张镰斧的最后一班岗，为老八路战士的航天生涯画上了一个圆满的句号。

4 月 8 日 19 时 20 分，“长征三号”火箭托举着中国试验通信卫星，在一阵阵轰鸣声中喷吐着橘红色的火焰，拔地冲刺直上九天，在遥远的天际甩下了一条洁白的哈达献给仰望的世界。在 36000 公里的高空，中国的第一颗通信卫星在浩瀚的银河里，用自身的光辉承载着中国与世界的对话。

跟踪遥测传回了同一个信息，改装后的氢氧发动机工作正常，卫星已准确进入地球静止轨道。

从 1 月 29 日第一次发射受挫，到 4 月 8 日第二次发射圆满成功，前后仅用了 70 天，一院航天人的闪电行动，创造了中国航天史上的一个历史纪录。

4 月 30 日，在党中央、国务院隆重召开的庆祝我国试验通信卫星发射成功大会上，国务院总理赵紫阳激动地说：“这是我国社会主义现代化建设的一个重要成就，标志着我国运载火箭技术和卫星通信技术已经跨入了世界先进行列。”

张镰斧听到领导的赞誉，他欣慰地笑了。张镰斧实现了他对张爱萍将军的许诺，在完成“三抓”任务后光荣离休，安度晚年。

8. 黄纬禄放飞“玲珑一代蛟”

谈到潜艇水下发射固体燃料火箭的研制，我们不能不想到它的总设计师——中国导弹总体和自动控制技术专家，中国导弹与航天技术的主要开拓者，誉满华夏的新中国四大导弹火箭专家之一的黄纬禄。

黄纬禄1916年12月18日出生于安徽省芜湖市。父黄藻，又名黄慎阕，为清末民初秀才，任教于私塾与小学，一生治学严谨，对子女求学上进甚为关怀。童年的黄纬禄就读于芜湖市芜关学校，在父亲严谨治学态度的影响下发奋读书，初中毕业后以优异成绩考入江苏省扬州中学高中部。1936年8月考进南京中央大学电机系无线电专业。1937年“卢沟桥事变”后随校搬迁至重庆，1940年8月毕业获工业学士学位，直接分配到国民政府资源委员会无线电器材厂重庆分厂，历任助理工程师、工程师。1943年5月赴英，在英国标准电话及电缆公司和马克尼无线电公司实习，1945年考入英国伦敦大学帝国学院无线电系攻读研究生，1947年毕业以《双路无线电通信》论文获硕士学位。

黄纬禄1947年10月回国，在资源委员会无线电公司上海研究所任研究员。上海解放后，在华东工业部电信工业局电工研究所任研究员，1952年10月调入北京解放军通信兵部电子科学研究院任研究员，1957年12月奉命转入国防部第五研究院，从此开始了他献身中国导弹与航天事业的战斗生涯，踏上了中国通向太空的新的长征之路。

从一个现代通信技术的研究专家踏上我国导弹自动控制技术研发的创业之路，迎接他的第一个挑战就是从事由苏联引进的液体近程弹道导弹的仿制工作，他主管控制分系统。控制系统是导弹的重要组成部分，在一个工业基础薄弱的国家，科学技术也相对落后，因而，导弹控制方面的技术难关比比皆是。作为控制专业的设计部主任、导弹控制分系统仿制负责人的黄纬禄，深知责任重大和国家使命的严肃性，凭借自身扎实而深厚的技术理论基础，以及在国外博览群书的所见所识，再加上从小养成的刻苦钻研勤奋而严谨的治学风格，他硬是率领着有关科研技术人员从原理分析着手，拿出设计方案并经过各种试验，圆满地完成了仿制“1059”任务，还带出了我国最早的一支导弹控制系统的设计队伍。

在我国第一个自行设计的液体中近程弹道导弹的研制中，黄纬禄被任命为“东风二号”的副总设计师兼控制分系统的主任设计师，直接主持和参加了控制分系统和总体设计整个型号的研制、试验工作，特别在该型号首飞失败后，他毫不气馁，积极参加故障分析工作并再次主持对控制分系统进行更深、更细、更准确的分析、计算、仿真试验和综合试验，根据理论分析和试验结果，重新修改设计，解决了导弹飞行中弹体弹性振动对控制系统的影响问题。他对发动机、弹体结构等系统也都进行了大量的分析、计算与地面试验，从中找出其规律性，并进行相应的设计修改。在他和同事们艰苦卓绝的努力下，第二枚经过修改的“东风二号”导弹飞行试验获得了圆满成功，从而揭开了我国导弹与运载火箭发展史上新的一页，也奠定了他作为中国第一代导弹、火箭专家的地位。

黄纬禄又先后参加和负责我国中程、中远程、远程液体弹道导弹控制分系统研制工作，他带领科技人员从理论上对捷联式惯性制导系统进行了系统研究，提出了一整套变参数线性自动控制系统的外干扰安全补偿理论，纵向采用捷联式制导系统，横向采用陀螺背向系统，姿态控制采用速率陀螺，实现了用比较简单的惯性器件组成比较精确的控制系统的设计，保证了“长征一号”火箭 1970 年 4 月 24 日发射“东方红一号”卫星的成功。

作为控制研究所所长，黄纬禄参加和领导了远程运载火箭和由此演变而成的“长征二号”运载火箭初期的研制工作，主持了分系统控制系统采用平台的计算机方案，使我国运载火箭的控制分系统又开创了一条新的技术途径，保证了控制分系统有很高的可靠性，使“长征二号”火箭得以按期研制成功。

我国第一代潜艇水下发射固体燃料火箭的研制成功，则集中体现了黄纬禄的成就和贡献。潜艇水下发射固体燃料火箭是和黄纬禄的名字连在一起的，是我国火箭从液体燃料转换为固体燃料的新纪元的开端。这一固体火箭的研制一开始就越过了单级阶段直接进入了两级的研制。

黄纬禄是20世纪70年代初开始主持这一火箭研制试验工作的。1977年9月，这项研制任务被列为我国导弹与航天事业80年代前期三项重点任务之一，即“三抓”之一，他被国防科委任命为潜艇水下发射固体燃料火箭的总设计师，而这一火箭所涉及的学科和技术领域，有些在国内尚处于空白或薄弱状态，一些设施、设备条件也未完全具备。知难而进的黄纬禄率领广大科技人员和工人师傅发扬“自力更生，艰苦奋斗”的精神，边进行技术方案的论证设计，边进行关键技术的攻关和技术基础的条件建设，攻克了一系列技术关键，例如：弹体结构的小型化、控制系统小型化等技术，耐高压全密封弹体结构技术，聚能爆炸切割蒙皮式级间分离技术，三轴稳定液浮陀螺平台的研制及其在运动基座上的调平、瞄准技术，耗尽关机技术，尾罩密封环技术等，创造性地研制成功了我国第一代潜艇水下发射固体燃料火箭，填补了我国的空白。此后为将这一火箭移植到陆基，他又主持成功研制了火箭运输、起竖、发射的三用机动车，解决了火箭的发射技术等关键问题，成功研制了陆基固体弹道导弹武器系统，使我国的国防实力进一步实质性地加强。

潜艇水下发射固体燃料火箭是黄纬禄主持研制的我国第一枚固体潜地火箭。这项任务从1968年立项后一直由一院负责，到1979年，一批试验弹即将齐套，通过大量试验，已基本掌握了水下发射技术，为完成潜艇水下发射固体燃料火箭的海上发射试验及以后开展的工作打下了基础。此时，上级决定潜艇水下发射固体燃料火箭研制任务划归二院抓总，一院只承担弹头与遥测设备的研制任务。1982年10月12日，我国进行潜艇水下发射固体燃料火箭取得成功。中共中央在贺电中指出："这是党的独立自主、自力更生方针的又一胜利，它标志着我国固体火箭技术又有了新的发展！"

第七章　负重奋进

雪落在南苑的土地上
梦在寒冬里孕育着春天的花
追逐黎明太阳的车轮
滚动在中国改革转型的路上
黑夜收起覆盖山川土地的帷幔
群星在天空一颗颗地散去
号声悠远地流淌漫向无边无际
我们走出去，拥抱全世界的姐妹兄弟

1. 王永志的人生之旅

当中国经历了一场长达10年的“文化大革命”，还没有走出那梦魇般的怪圈时，在西方一股反思人类文明发展模式的思潮影响下，一部震惊世界的关于人类已陷入自身发展困境而不得不寻找新路的前瞻性理论研究杰作《增长的极限》问世了。作者在书中宣告一种沿袭了整个资本主义时期经济增长模式的破产。传统的掠夺和对大自然的蔑视与践踏已经进入穷途末路，人类面对世界自然王国的迅速崩溃却是那样的束手无策。而东方在摆脱了梦魇后渐渐苏醒，当这个巨人从亚细亚五千年崇尚皇权的土地上站起来，迈着蹒跚的脚步去追赶世界的先行者时，才猛然发现，这个世界已是面目全非。这个被称之为人类摇篮的地球留给自己的空间变得狭小了，地球上本来属于自己的资源和财富，并不像我们自己想象得那样“地大物博，物华天宝，取之不尽，用之不竭”。贫困仍然像驱不散的浓雾弥漫在大地山川，中国还停留在工业文明起步的初始阶段，农业文明仍然是我们赖以生存的根基，与世界发达国家的差距竟拉开了约50年的时段。泱泱大国，千百个行业，除了航天这一行业与世界先进水平相近外，其他的一切行业都拉开了很大的差距。幸运的是中国新的时代开始了，而它又迫使我们必须做出一个伟大的抉择，杀出一条追赶世界先进国家快速发展之路，杀出一条实现中华民族腾飞的具有中国特色的社会主义道路。

“三抓”任务胜利完成，新中国自己培养的导弹、火箭专家成为了新时期国防尖端科技战线的领军人物。1984年，一院领导班子里的李伯勇、沈辛荪、王永志、于龙淮、王德臣等一批新中国培养的中青年导弹、火箭专家被任命为副院长，走上了领导岗位。两年后，王永志接任院长，与党委书记沈辛荪一起，带领中国运载火箭技术研究院近三万航天战士组成的军团，面对挑战，知难而上。这就是王永志、沈辛荪走上新的长征之路时所面临的国际国内形势。

曾有一篇描写王永志的文章，标题是《天降大任阔步行》，王永志的人生之旅确是伴随着中国航天起步的。在这个已闻名世界的中国现代火箭的发祥地，中国现代火箭的摇篮里，深深地烙印着王永志前进的坚实脚步。

王永志，一个中国农民的儿子。王永志，中国载人航天工程的首任总设计师。他人生之旅蕴涵着什么？他要诉说什么？

王永志诞生在中国最富饶肥沃的黑土地上，而这个婴儿降生后向世界发出的第一声哭叫，却是伴着“我的家，在东北松花江上……”的凄凉歌声。他生于战火硝烟之中，长于日寇铁蹄蹂躏之下。小学毕业的王永志迎来了进军东北、收复失地的中国共产党。虽然东北地区仍处于解放战争的前线，国共两党为争夺东北战略要地集中了百万大军展开了激烈的争夺战，但在党中央的战略布局下，东北广大的县乡都建立了巩固的根据地。解放了的辽宁昌图县昌北中学，向广大贫寒人家的子弟敞开了教育之门，在全国首开先例免费招收家境苦寒的工农子弟入学深造。王永志赶上了好时代，幸运地获得了继续学习的机会。天性聪慧而又勤奋好学的王永志让学校老师非常喜爱。1948 年年底，东北全境解放，王永志以全校前几名的优异成绩初中毕业同时加入了中国共产党。还不到 17 岁的共产党员王永志被保送到沈阳东北实验中学读高中。这个出身于农民家庭的孩子，从小就对生长在东北黑土地上的农作物、植物、矿物、动物有着天生的浓厚兴趣，对老师上课讲的摩尔根遗传学理论、米丘林学说、达尔文的进化论着了迷，梦想将来也要当一个生物学家，改良黑土地上的物种，使其能像江南一样稻花飘香，鱼戏荷塘，花开四季。少年的梦刚刚起飞，朝鲜战争爆发，美国佬的飞机、炸弹炸断了少年的梦。沈阳东北实验中学在美军的轰炸声中搬家迁移，搬迁的学校刚刚重新上课，在临近沈阳的北陵机场上空，王永志欣喜地看见一排排苏联的米格喷气式战斗机组向鸭绿江方向飞去。随后，美国佬的飞机再也没在学校的上空出现过，而志愿军空军英雄张积慧、王海击落美军王牌驾驶员的英雄事迹传遍了学校和全中国，这唤起了王永志神往蓝天战鹰的梦。一个爱做梦的孩子，常常潜伏着天才的奇想、天才的潜质，不然为什么世界上所有的伟大发明和创新奇迹，都是从梦开始的。怀着对蓝天的幻想，对神鹰战机的崇尚，高中毕业的王永志，从田野上的一切生物被敌机肆意轰炸而无力摆脱悲惨命运的图景，得到朦胧的启示，他毅然放弃原来的初衷，报考了清华大学航空系飞机设计专业。数十年后，王永志谈起他青少年时代的这段往事，还由衷地说："我得感谢美国的飞机让我选定了今天的事业，做出了人生中一个重大的抉择。”

人生往往就是在那意想不到的机遇中迈出了那有决定意义的一步。1952年全国高等院校调整，王永志成为清华的首届学生。又是因为优秀，他被选送到北京外国语学院留苏预备班学习俄语，1955年初，被派送到莫斯科航空学院飞行器系飞机设计专业学习。就在留学期间，一件震动世界的大事发生了，王永志的人生之旅又处于一个梦与现实的转折点。1957年世界上第一颗人造地球卫星上天深深地震动了王永志，而这一次震动的启示，对王永志来说已不是梦境，而是一种报国壮举的冲动，是在心中构建的强烈的责任感。从他心中蹦出来的是这样一句无声却宛如雷鸣的话：“中国能用自己的火箭把中国的卫星送上天吗？”千年神话里的嫦娥和敦煌飞天能起舞广寒，把琼楼玉宇化为现实中国科学的腾飞吗？机会不仅来了，而且幸运地又一次落在他的身上。从北京传来信息，祖国要求一部分还在留苏的学生转学火箭设计研制。王永志又一次改变了自己已研习有成的专业，向祖国期待的方向迈出更加坚实的一步。一定要把火箭技术学到手，精通于心，创新于世，把中国的卫星送上太空去！

几年寒窗苦读，在莫斯科郊外的白桦林，王永志的梦想成熟了，沿着红莓花开的河岸，王永志的青春之花结了硕果。1961年，他取得了莫斯科航空学院优秀毕业生文凭及工程师称号。王永志的恩师，苏联科学院米申院士在他的毕业论文《洲际导弹设计论》答辩会上说：“这是你第一次当‘洲际导弹总设计师’，但愿这不是你最后一次当设计师。”

这个预言表达了一个院士从逆向思维出发求证的相反结果。

历史正是沿着这个逆向思维的方向，一次次论证了老院士的得意门生所创造的足以令人震惊的辉煌。今天的王永志已经是世界闻名的国际宇航科学院的中国院士，但他深深记住了另一个伟大科学家的话：我们所有的科学高峰，都是踩着前辈成就的阶梯而攀登的，而科学的高峰是无止境的，宇宙所有未知的探求，还在我们看不到的山峰之上。

王永志回国了，他心里揣着难以数计的探索求知回来，他厌烦那句流行于世的谎言——“学成回国”。他说人在世上，就永远不会有什么学成的圆满。大千世界，浩瀚宇宙，我们知道多少呢？面对天地万物，我王永志永远是学生。

回国的王永志穿上了他少年时就曾期待的军装。中尉王永志昂首挺胸走进了军营——国防部第五研究院一分院的导弹总体设计部。从此他就与导弹、火箭捆绑在一起，情深谊重，生死相依，度过了风风雨雨、轰轰烈烈激情燃烧的岁月。走进他的办公室，一个巨大的地球仪伫立在大办公桌前，洁白的粉墙被一幅五百万分之一比例的世界大地图占据，令人不由得冒出了一句话，“山临绝顶我为峰，有容乃大属汪洋。”足见其人心胸的宽阔，志向的高远。

2. 走近王永志

关于王永志，当你走进中国运载火箭技术研究院巍然伫立的大门，踏进中国现代火箭摇篮那片土地时，仿佛就能感到一种立体的震撼。

晶莹的大理石广场就铺砌在从前农家的猪圈与荒草丛生的泥沙上，原先杂草丛生的荒野如今矗立着一幢幢抗八级地震的一院办公楼，如同托尔斯泰故居样式的长征图书馆就建在广场右侧过去的荒坟堆上，面对着办公楼的中华航天博物馆宛如古希腊城堡，高耸入云。中国“长征”系列火箭在博物馆里排列成历史之柱，而从太空返回的飞船则在巨大的航天港里歇息，如同待命再次出

征的勇士。在这儿你可以和唐朝以竹笛作推力的烟花火炮、宋代的火箭、明朝万户飞天的风筝、敦煌飞天的壁画，以及现代“长征”系列火箭的12个兄弟一起，做着飞天的古梦，重温飞向太空的历史。当你梦醒之时，航天博物馆会告诉你，这不是在古代而是在21世纪——中国起飞的新时代。

一院广场正中，宛如火箭发射架般的高高旗杆上，飘扬着一面五星红旗，环抱着它的是航天人展开于太空的蓝旗。

看几十里绿树成荫，一条银带似的公路穿插环抱着数十幢乳白色大楼。厂房林立的城区里，夜晚有万盏灯火与星空辉映，白天有车川流不息鸣笛如歌。地上的绿草漫过每一寸土地，楼台亭阁，水榭长廊，似苏州的园林，更似睡莲盛开、芙蓉花曳的喷泉瑶池。不然中华总工会怎会把“全国模范职工之家”的牌匾、银牌悬挂在老一辈革命家住过的将军楼前，挂在老一代科学家的瓦屋、草棚故居。

走进研究院，从数以千百计的一院几代航天人的言谈中，你都能听到一个被赞扬的名字，这个名字就是王永志。

好一个王永志。米申院士在你的毕业论文答辩时说的那一句“但愿这不是你最后一次当设计师”的话，使你踏上了回归祖国的征程。老院士期望的“设计师”称号恰如伴随着你人生之旅的幸运女神——从我国自行设计的第一颗中近程导弹起，中国多种导弹的设计图上都签署着王永志的名字。也许是上苍冥冥中的安排，也许是你的每一根血脉里都燃烧着祖先飞天之火的激情，从青春岁月直到今天烈士暮年、壮心不已的王永志，当过许多战略、战术导弹的总设计师，火箭总设计师，系列总设计师，载人航天工程总设计师……从王永志的脚步里，可以看见中国走向太空的艰难坎坷崎岖不平的道路；从王永志的身上，可以看见中国在迈向世界强国的征途中不畏艰难，不屈不挠，勇于攀登，无私奉献，特别能战斗，特别能攻坚的英雄气概。

从 20 世纪 80 年代起，王永志就成为中国跨世纪研制的新一代火箭技术的领军人之一，是他提出火箭型号研制要形成系列产品，是他在中国载人航天工程这一划时代的壮举中，提出了三步走的宏伟设想。

他曾风趣地对人说："我这辈子总是干新型号，是个喜新但不厌旧的男人。"

有"中国火箭之父"美誉的钱学森对来看望他的中央军委领导自豪地说："我推荐的现任载人航天工程总设计师不错吧，年轻时就崭露头角，他大胆进行逆向思维，很懂得科学的辩证法，和别人不一样。"可王永志无论在什么时候，不管取得了多大的成绩，他铭刻于心的是钱学森、任新民、屠守锷、黄纬禄、梁守槃、谢光选等老一辈科学家对他的言传身教。他从这些开创新中国高科技事业的先行者大师们的身上懂得，作为一名科学家，他所有取得的成就都是踩着前辈科学家搭起的阶梯向上攀登的。在王永志的心里永远铭刻着这个信念。

王永志说，也许是我的运气好，一干型号就置身于大师们呵护慈爱所营造的氛围里，他们用双臂举起我向科学的山峰攀登。还有人说，"王永志神呀，仿佛上帝也对他另眼相看，总是在天上呵护着他，在咱们院里参与主持各种大型飞行试验没有失败经历的人可说是凤毛麟角，恰恰王永志就是凤毛和麟角。"可他却说干航天这一行，虽然一辈子都在提心吊胆，但是有一点一定要记住，用百分之九十九的智慧来消灭失败，剩下的就只有一个词——成功。也许这就是王永志的斗争哲学吧。

人都有困惑的时候，人生这幕大戏也不会总在高潮上上演。王永志就是一个躲着高潮的人，他非常喜爱毛泽东的诗句："待到山花烂漫时，她在丛中笑。"

坐在世界地图下的办公桌前，转椅上的王永志，有着一张被大西北沙漠的风刀沙针雕刻的脸，宛如罗丹著名的雕塑《思想者》。这位饱经了世纪风霜、沐浴过几十年靶场火焰云烟的人腰身挺拔，依然那么威武。有着黑土地上走出的东北汉子特有的刚强，从他那炯炯有神的眼里透露出赤诚坦荡。有人问他："王院长，在你的人生中有没有感到累的时候，有没有陷入过低谷的压力？有人说你是个天生的乐观派，压力越大弹力越强，干劲越大，这话当真？"

"这都是重担子给压出来的。一句话，国家使命的责任，不干不行呀。要说累，航天人搞型号几天几夜不合眼，是人都感到累。要说低谷，不仅我有，我们整个研究院都曾陷入过低谷。我这一生总感到累，这种累是心累，是一时想不出走出低谷困境办法的心累，那也是一种压力呀，压得我吃不下饭，睡不着觉，那个压力比让我去设计世界上最先进的导弹、火箭都难呀！"

那是什么样的压力，压得他坐卧不安呢？

"当院长嘛。"王永志深沉地说了一句，仿佛有一种难言的苦衷，这话里蕴涵着的是一个历史时代翻滚大浪的风云，是一个时代在转型期中的大起大落。翻阅一院的院史，王永志出任院长的时间是 1986 年，中国正处于计划经济向市场经济转型的关键时期，中国的改革开放正在探索中前进，火箭研究院作为一个几十年"吃皇粮"又受到计划经济特别宠爱的国防科研部门，要逐渐摆脱计划经济转向市场，那就是说，几万人的衣食住行、生存发展，不找国务院，也不找航天工业部，而是要到市场去寻找出路，这对于王永志、沈辛荪和一院都是不可想象的。一个制造尖端武器的关系国家安危的科研单位，突然被推向市场，这个变化犹如在一院人的头上炸了一颗原子弹。作为院长的王永志，肩上的压力比泰山压顶还要沉重。一院好像一下子从当年事业有成的顶峰陷落进四面铁壁合围的低谷，怎么突出去？怎样走向振兴的康庄之路？王永志在这沉重的压力下面对上万战友渴盼期待的目光，深深懂得了2000多年前的屈原为何要喊出“路漫漫其修远兮”。摆在他面前的路只有一条，中国航天技术要走向世界，必须背靠国内国外两个市场，从困境中走向世界，杀出一条血路来。

有人问：“王院长，听说你担任院长前，进行民意测验，你得票数最多。”

“这都是转型期逼出来的中国特色嘛。”王永志风趣地挥了挥手说，畅快地向我讲述了这一段令人惊叹欣喜的往事。

1984年初夏，中央政治局在北戴河召开会议。邓小平同志在会上做了重要讲话。他说：从当前世界形势来看，美苏之间的冷战在降温，双方都向着缓和的方向迈出了一大步，战争的危险正在向和平转化。估计15年内，世界性的战争打不起来，因此我们原来的立足于早打、大打的方针必须改变，以便集中一切财力、物力、人力，以经济建设为中心发展建设好社会主义，实现国家四个现代化。

在小平同志讲话后，中央军委对全国的国防科委所属科研院、所、厂等军工企业提出了新的指导方针，即军民结合，平战结合，军品优先，以民养军。在军工系列开展了军转民的二次创业，由过去单纯的国家任务型向国家任务型与市场导向型转制。于是院党委召开紧急会议，研究怎样走出困境，看来“大锅饭”是吃不成了，“皇粮”也在大幅度地减少，“等、靠、要”的思想理念必须铲除。我们已经不再是国家养着的科研事业单位了，更不是过去意义上的国家干部了，一定要横下一条心像邓小平同志说的“杀出一条生存发展的血路来”。

院党委一班人在取得共识后制定出一条“军品立院，民品兴院”的发展战略方针，在全院破除“等、靠、要”的老观念。

一个长期封闭的以单一研制生产运载火箭为主的研究院，无论从思想观念、组织机构、管理模式、规章制度，还是其出发点，都构建在极为严密的计划经济的框架里。几十年来不管国家遇到什么困难，都要想尽一切办法首先保证其生存发展的研究院，宛如大家庭里最受宠爱的孩子一直受到最佳的呵护，在潜移默化中这些天子脚下的时代骄子们，做梦也不会想到，这个社会突进的大转型来到时，他们也会被抛进市场的大海中。

早在1980年，一院党委班子就已意识到商品经济的大潮必然会成为社会发展的主流，他们在完成“三抓”任务的前提下，发挥自身拥有的科研实力和生产能力去投入民品的开发。在参加了当年北京市场技术交易会后，院党委号召全院干部职工行动起来，大搞民品，托关系，找路子，能干什么就搞什么。首先从商品的流通领域进入，搞了一些见效快的生产经营，如加工装配音箱、风扇、落地灯等家用电器，有的职工摆摊设点卖日用百货和食品，干了一阵却见效甚微，这种遍地开花、户户冒烟、无目的折腾所形成的混乱，从另一个侧面给院领导一个启示：为什么我们忘记了所有的经济活动必须结合一院几十年已形成的技术优势和专业特长，找到更适合一院的独具优势的民品开发出路呢？很多人认为搞民品是解决临时困难的权宜之计，是业余找点钱，并未深入军民结合、以民养军这个代表未来发展趋势的境界。一院为从思想上解决这个带有根本性的问题，于1980年2月召开了民品工作会议，从战略的高度对民品工作进行统一规划，将转轨变型提高到一院生存发展的高度，作为一个方向性的问题在全院展开讨论。

王永志以超前意识和全球视野，提出了研究院的发展经营既要面对国内，更要在改革开放中打开国门走出去，走向世界。搞火箭的就要找国际上业已形成的商业卫星发射市场，要横下一条心挤进去，打破欧美对这个市场的垄断控制。

面临的形势是严峻的。建国初期从国外回来的专家们都已年近古稀，建国时期参加工作的干部、工人、研究人员都已临近退休年龄，队伍的老化，那是不以人的意志为转移的规律。1949年后的第一个退休潮不仅仅是涌向研究院，而且是卷向整个中国。军队的百万大裁军，上千名红军、八路军时期的高级将领纷纷离休。研究院的第一代领导张钧、张镰斧都已离休，大批的老专家退居二线，老工人、老干部、老科研人员、技术骨干都退了下来。十年“文化大革命”，整整耽误了一代青年知识人才的培养，各个学科的人才断层，遍及全国各科研部门。而50年代初来院的那一批大学生大都50多岁了，却没人能接下他们的工作。加紧培养那是要时间的，更令人着急的是科研设备的老化，这些四五十年代生产的在当时还算先进的仪器、仪表和机床与欧美发达国家相比整整落后了一代甚至两代。更令人着急的是研究院连人头经费都要找米下锅，国家下达的战略战术型号导弹的任务也进入了更新换代期，那是要用钱来研制的呀！社会上的一些人士甚至一些高层官员，还说搞导弹、原子弹、火箭把国家搞穷了，为了加速国家建设，应把投入这方面的钱投到国民经济的急需项目上，这样也许会让我国的经济发展更快。这些瞎胡想的不负责的言论和不了解现实情况的猜疑指责，多么像1960年北戴河会议上关于尖端国防工业上马下马的激烈争论啊！

1986年研究院已断了百分之八十的“皇粮”，经济困难把王永志和研究院逼上梁山。

3. 语惊四座与走出国门

要不要发展国防尖端武器，增强国家防卫实力，这是有关国家存亡的大事啊！改革开放，要开放到连国家的主权、民族的尊严也不要了吗？鉴于当时那一股对尖端技术指责、藐视，对下海捞钱一片叫好的浮躁喧嚣的潮流，有中国火箭元老之称的屠守锷、梁守槃、卢庆骏、谢光选、陆元九及研究院第一代领导张镰斧联合上书中央，陈述当前国防尖端技术的情况。此上书得到邓小平的高度重视，当即批示给国务院总理。小平批示是："请紫阳同志酌处。我认为这是一件重要的事情。"

随即国务院会同航天工业部召集了有关部委负责同志来研究院实地视察调研，后又在中南海举行座谈会。作为航天工业部的代表王永志在会上首先发言，他在简要介绍了我国航天事业、国防尖端武器研制的情况以及中国航天发展的必要性后说："我国28年投入国防尖端武器的经费只有28亿元，只相当于美国1984年一年投入此项事业经费的30%，苏联1984年一年投入的25%。28年时间与美苏投入经费的30%，我们就是用这么一点钱，建立了自己现代的国防威慑体系，建设了众多航天工程，从而让中国拥有了小平同志所说的在世界上有影响力的大国地位，不仅换来了20多年的和平建设时期，还恢复了在联合国的合法地位，中国航天也成了世界宇航联合会的成员国。虽然当前世界形势趋于缓和，但任何一个国家也没有麻痹到不设防的地步。在美苏两国都着力于提高武器技术性能，增大威慑力的情况下，如果我们把军转民简单理解为只搞民不搞军，而不致力于提高武器的性能，到时候一旦国家有事，就会既无招架之功，更无还手之力，我们怎么向人民作交代呢？"

"讲得好，如果现在没有'两弹一星'，中国会是什么样子，我们可不能得而复失啊！"张爱萍老将军敲着拐杖激动地第一个挺身而出支持王永志的发言。著名政治经济学家许涤新说："我国航天工业经过了30年的努力，已跃居世界先进行列，已经成为我国工业体系中的支柱产业。为壮大我国工业体系，我们必须继续大力发展这个支柱产业，在我国数以千计的工业领域，我们只有一个半领域达到世界先进水平，航天就是唯一的一个。”

宋健同志说：“社会各界有一些流言蜚语说三道四的话，多半是因为对我国航天事业的发展不了解，不知情，这也难怪，一旦他们知道了，那些话自然就消失了。航天战线是对国家做出了杰出贡献的一条尖端战线。”

“对，对，我们今后再也不听那些话了，我们更要多多交流、理解，相互沟通，皆大欢喜呀。”座谈会一些专家们说着道歉的话，会议开得非常成功，与会者们达成了一个共识，还向国务院领导提出了支持推动航天事业发展的很多好建议。

不久，一些重大航天工程纷纷立项上马，被中止的一些型号又恢复研制，而一院自筹资金启动了“长二捆”火箭的研制工作。

随后，王永志提出了“火箭研制走基本型、系列化”的道路。此后，型号一改过去发一颗卫星就研制一种火箭的老办法，火箭的研制向横向配套发展，走基本型、系列化的道路成为一院技术创新的指导原则和根本方针。一院的科研生产进入既节省时间又节省经费的高效良性循环。

1986 年 9 月国务院座谈会后，王永志开始实施他重整队伍、培养人才的宏伟计划，在全国率先成立了研究院并自己建立航天专业研究生院，实施干部职工的终身培训、知识更新制度，而且他亲自上课讲学，带研究生。

1986 年底，王永志、沈辛荪、王德臣、于龙淮等人组成了一院新领导班子，他们兵分两路向国内、国外市场展开了大进军。

王永志为一院制定的“军品抓住管好，民品放开搞活”的一院工作指导原则，大大激活一院员工的积极性和聪明才智。他们知道一院的优势既在国内更在国外。王永志说我们要制造生产的民品是以世界先进技术为依托的，要做到产品国内只此一家的名牌，我们不与行业争利，不端人家的饭碗，我们也不要向国内市场争利，堵住同类产品企业的财路。我们要制造的是国家还没有、唯有我们能研制出的产品，比如风能发电配套设备、高能发动机、液氢液氧发动机等这样的产品。

为打开国外卫星发射市场，大推力火箭的研制将是中国挤进国际市场的撒手锏，是中国在国际市场占有一席之地的保证。“长二捆”大推力火箭的研制，是王永志、王德臣、于龙淮有一天相聚在一间办公室里策划出来的，就是这张新策划的图纸，打开了国际卫星发射服务市场对东方禁闭的大门。

也许上帝也不愿地球东西方相隔，两边都是上帝的孩子，不应彼此陌生而戒心重重。创造了五千年文明历史的中国文化应该是东西方整个人类引以为豪的共同财富。世界不能没有中国，中国更应该拥抱世界。同在一片星空下，同在一个太阳的怀抱中，信仰、理想是人类有别于万物的圣灵之光，也是人类精神的倚天长柱。一院的航天人在这一年真真正正地走向世界，冥冥中的上帝的祝福也为王永志的雄心壮志带来了机遇，为中国火箭的横空出世涂抹上一层太阳的金光。

1986年，魔鬼撒旦降下了灾难。1月28日，美国的“挑战者号”航天飞机在发射升空73秒后，突然在空中爆炸，这震惊世界的一声巨响，使机上7名航天员无一生还，其中还包括一位要以太空作课堂为她的学生上课的女老师。航天飞机爆炸后，美国紧急启用“大力神”和“德尔塔”火箭进行卫星发射，以保住其世界卫星发射市场的霸主地位，但这一年“大力神”和“德尔塔”都不争气，刚刚点火上天就接连失事葬身大海。一些亟待发射卫星的用户，眺望着肯尼迪发射中心上方那片浓烟未散的天空，不知该将目光投向何处才能找到合适的天梯。他们把目光投向欧洲，可是欧洲航天局的王牌“阿丽亚娜”火箭于同年5月13日在飞向大西洋的瞬间化为灰烬，落入大海。1986年是世界航天历史上一个令上帝也不忍目睹的灾难之年。由此表明，在人类探索太空的未知中步步是风险，这是一个至今也未被人类驾驶的高风险的事业。

灾难中偏偏有喜讯从亚细亚天空升起，宛如彩霞中的驼铃敲醒大洋彼岸的一双双期待而又疑惑的眼睛。

2月1日，中国新研制的“长征三号”火箭从西昌卫星发射中心腾空飞起，将“东方红二号”实用通信卫星送入了地球同步轨道。中国的星星占据了36000公里的“制高点”。中国这一划时代的成功，使那些渴求发射卫星的西方国家迫不及待地把目光转向中国火箭的摇篮——北京南苑，这个他们第一次听到就顿觉颇具东方特色而又蕴含着现代文化的地名。是否换一个方向去寻找这个陌生的伙伴谈谈合作事宜呢？尽管心里还有疑虑，但这些讲究现实利益的西方人，不得不向中国伸出手来。

而此时为研究院的发展奔波在外的王永志，正坐在飞往香港的飞机上。他的战友王德臣、于龙淮，此刻正精神百倍志在必得地奔走于欧美各大卫星公司之间。

自1985年10月中国政府宣布将“长征”系列运载火箭投放国际市场以来，中国向国际发射市场的推进可说是进展缓慢，处境险恶，步履艰难。当时中国的新闻只报喜不报忧，只重结果而且必须是好结果，不重过程，所以没有结果的过程，即使是世界最精彩的壮举，中国的报纸也不会留意，以至于王德臣他们再难再苦也没人知晓，只好泪往肚里流，自己安慰自己吧。

航天发射是当代高科技的极端体现，具有这种实力的国家从这个极端的风险里获取了巨大的效益，所以这一领域从一开始就被西方欧美垄断，要想从他们的盆中分享一杯羹，其困难艰险可想而知。

无论是著名的欧洲阿丽亚娜航天公司，还是美国的麦克唐纳·道格拉斯公司和通用动力公司，对刚刚起步从事中国涉外航天商务活动的中国长城公司都不屑一顾，处处摆出一副盛气凌人、高傲蛮横的霸主做派，指手画脚故意设置一些关卡障碍，甚而操纵一些别有用心的人指责诬陷中国企图打着对外发射卫星的幌子，窃取西方的高科技核心秘密。美国政府更是百般刁难阻碍中国的航天商务活动，下令没有美国政府发放的许可证，任何卫星公司不得和中国签订发射协议。

1988 年 6 月 16 日，美国的卫星制造商休斯公司首开与中国合作的先河。澳大利亚奥赛特公司在有 4 个宇航集团参加的第二代通信卫星发射招标中，选择了由休斯公司提供卫星和火箭发射的一揽子发射服务方案，而休斯公司提供的火箭则是中国的长征火箭——由王德臣带去的中国“长征二号捆绑式”火箭的图纸被休斯公司看好，它将为澳大利亚发射两颗由美国休斯公司制造的卫星——“奥赛特 B1”卫星和“奥赛特 B2”卫星。

在此次招标中落败的几家西方宇航公司特别是欧洲的阿丽亚娜航天公司，事后竟悻悻嘲笑奥赛特公司说：“你们是在走高空钢丝。如到时候中国打不成，你们再找我们，即使出比现在高 3 倍的价钱，我们也要考虑考虑。”阿丽亚娜航天公司说的不是笑话，他们果真为将来备好了一份合同，只等预言成真！

中国虽然只取得了第一回合的胜利，可是人们却没有想到，由于世界保险界的冷漠，使中国保险公司在为落实这笔巨额保险而犹豫不决，他们不得不考虑万一发射失败所要承担的巨额赔付，而刚刚起步的中国火箭还没有力量为自己的实力佐证。当时，中国拿到的还只是一份协议书，正式发射合同并未签订。更让人担心的是作为发射澳星运载工具的“长二捆”，在王德臣手里只是几张由他和王永志在办公室里勾画的原理草图，那是纸上谈兵，真正的火箭还是一片空白。人们对此产生怀疑，那是很正常的。

中国有句俗话：没有金刚钻，别揽瓷器活。王永志、王德臣他们是胸有成竹才敢放出话来的。看看这三员大将手中究竟有什么样的金刚钻吧！一院研制的“长二捆”究竟是一种什么样的能将3吨以上的澳星送上天的火箭？王永志、王德臣要放飞什么样的神箭闯进国际发射市场的禁地呢？

4. 好一个震惊天下的中国创举

让我们回到研究院王永志、于龙淮、王德臣三位院长、副院长相聚的那间办公室，窥探一下他们悄悄酝酿的这件震惊天下的创举吧！

当时在场的还有一个人叫黄作义，有幸参与了这三位中年专家的讨论，并动手画了一张“长二捆”草图。“长二捆”火箭是在成功率很高的“长征二号丙”火箭基础上加长箭体作为芯级，再在原有的第一级箭体上捆绑四个液体火箭助推器，构成一个两级液体火箭。这是实现王永志长征火箭型号系列化研制迈出的第一步。这张草图今天已成为见证一院辉煌50年的珍贵文物，收藏在中华航天博物馆里。

王德臣在王永志院长的支持下，担任了“长二捆”火箭的总设计师。

王德臣有一张黑黝黝的脸庞，是个一身豪气、开朗坦荡、心地纯朴、忠厚刚强的东北汉子，他不仅仅有强壮的体格，更有着先祖努尔哈赤一往无前、敢于拼搏、敢于胜利的作风。他是一院的老资格了，1962年就陪同钱学森出差东风基地。初来不知导弹火箭是啥样的他，一步一个脚印，风吹雨打几十年不畏失败，今天则敢怀揣还未出世的“长二捆”闯出国门，走进世界卫星发射的殿堂。

被全院同事称为“王铁嘴”的他，带着火箭草图，凭借自己的三寸不烂之舌与久经商场的外国人唇枪舌剑抢市场，虽不是天方夜谭至少也有点现代传奇。可纸上的火箭能在18个月飞起来吗？美国人像听神话般发出不可置信的笑声，还说："你是在编故事哄小孩吧。即使在美国，造这样的火箭最快也得三四年，或者更长的时间，何况你们中国人的田野上还离不开耕牛呢。"

王德臣也笑了，笑声中显示了专家特有的超然自信，他以行家的语言与美国人进行了技术探讨。谈判桌上的王德臣俨然以主讲人的身份侃侃而谈，敏捷的思维，深厚的理论功底，严谨的推理测算，昂扬的气势，风卷残云般将美国专家提出的问题一扫而光，简直把一桌的美国人都侃晕了。一个小时的答辩解释无一处缝隙可钻，滴水不漏的逻辑使美国同行惊得瞪大了眼睛，他那一口流利的英语，竟让美国朋友误以为他是美国培养出的华裔科学家。其实，从他身上时时飘溢出的黑土地特有的大豆、高粱香味就足以说明他的出身来历了。

此时，王德臣在众目睽睽下大讲起了故事。他说："前不久你们美国'大力神'火箭的副总师史密斯先生来到中国考察，听说我们要在18个月内完成'长二捆'火箭，他也和你们现在一样惊讶不相信，而且郑重对我说，王德臣我要提醒你，研制这样一枚火箭，在我们美国至少也得三四年，现在你们说18个月就能完成，你们中国人是不是又吃了鸦片烟在说胡话？我回答他说，史密斯先生，18个月后，我要特别请你来看发射。"

好一个王德臣，硬是把休斯公司的总裁，奥赛特公司的首席执行官说得眉开眼笑，连连点头，爽快地在合同协议上签了字。

国外的关打通了，"长二捆"在美国拿到了发射的许可证，然而在国内却掀起了一场比在国外还令人难以想象的轩然大波。王永志把研制大推力火箭"长二捆"的报告呈送到航空航天部，航空航天部领导非常赞赏一院这一敢想敢干的创新举措。可是研制大火箭的钱谁出，那可是一笔几亿元的研制费呀！20 世纪 80 年代的几亿元相当于今天近百亿呀，别说是航空航天部拿不出来，就是报到赵紫阳总书记那里，他也是心有余而力不足。赵紫阳当然知道火箭研制成功后，中国航天将会迈上一个新台阶。

钱呢？几个亿那可是一个中等省份一年的财政收入呀。赵紫阳签了意见将报告转到国务院总理李鹏那里，请他召集国务院有关部门负责人商讨一次，可否拿出一个可行的解决方案。

王永志见报告迟迟未批下来，就向当时的航空航天部领导建议，由一院向银行贷款，研制成功后用发射卫星赚的钱来还债，部领导研究后觉得这也是一个办法。可银行贷款那是需要担保和用相近价值的动产、不动产抵押的。一院的财产是国有资产，银行不会要。一院本身也没有权力动用国有资产作抵押，因为这是一笔即使卖了部机关大楼也资不抵债的巨额贷款呀！而当事人王永志是心中有数的。在他上任之初，他就将科研经费的 10% 投入了设备的改造换代，为即将展开的大推力火箭的研制奠定了开发的物质基础，也对“长征”系列各个型号的研制做出了长远的、有预见性的科学规划。在一个型号投产的同时就进行下一型号的研制，同时对再下一个型号进行预研，也就是一个型号刚投产另两个型号已上马，在同一时间段有三个型号同时推进。全院科研人员分三批次进入三个型号的生产、研制、预研论证和方向性的探讨，没有钱就自己贷款。王永志破了一院几十年来靠国家拨款搞科研的先例，研究院一次性向银行贷款 4000 万元，又和国内的用户、贸易公司签订项目开发合同，开发出来由贸易公司负责销售给钱，没开发出来由一院负责赔，卖不出去由贸易公司负责赔偿。把研究院的利益和用户、贸易公司捆在一起，方向明确，责任共担，人心齐泰山移。

研究院集中抓住几个主要的民品，如与一汽签合同负责供应汽车零部件配套中的科技含量最高的产品，与玉溪卷烟厂签约供应高新技术的烟草配套机械、自动化生产线，发展创新型电喷技术，包揽全国特种车所有用户的产品等。总之，用一院的高新技术开发国内企业生产不出来的创新产品。研究院把军品、民品、三产企业分开，在全院员工中实行双向选择，在发展生产中不断提高职工的工资福利，对技术骨干、老专家、老干部、老科研人员、老工人实行生活待遇、工资待遇的倾斜。在此基础上，一院对仪器、仪表、车床等设备实行技术改造，更新换代，购买新设备，建立数控中心，大大提高了全院员工的积极性，使他们看到未来前景的美好，充满了工作生活的幸福感。

要干就要大干，命运就掌握在自己的手中。一个拥有这么多国家精英的研究院，一个在中国乃至世界都享有盛名的研究院，如果生活在“搞导弹不如卖茶叶蛋”的穷困中，那只能说明我王永志无能，一院领导班子不称职。杀不出通向富裕的血路，我王永志有何脸面去见江东父老和与我并肩战斗生活的战友亲人。

王永志心里着急得很，他看到在“长二捆”的背后，有一个充满无穷潜力的世界卫星发射市场，仅眼前就有 24 颗亟待上天的卫星，它关系着五大洲多少国家多少亿人民的通信广播、音视讯输送和国家安全。

“机遇诞生在世界突发的空间灾难年里，灾难把卫星发射市场连带世界人民的期盼都推到了我们一院的面前。抓住机遇，我们就能冲出困境，走向世界。同志们，一个机遇就是一个胜利的台阶，丧失了这个机遇，中国航天又将在低迷中不知要徘徊多少年。我王永志请求同志们，一院不能再徘徊观望了，下决心背水一战，我们要带着‘长二捆’火箭走向世界，占领国际卫星市场应该属于中国的一席之地。”听，这是多么激昂而充满英雄气魄的发言！王永志在院党委会上的讲话精神引起全院震动，上万员工围绕着

“长二捆的研制上马”“国际卫星发射市场的开拓”以及贷款问题展开了一场大辩论。

不同的声音也有，“我们是国家最大的火箭研究院，几十年来都是国家重点保护单位，现在为什么不保护我们了？外国的卫星市场对中国的加入是百般刁难，就说这一次吧，王德臣是拿回了一个合同签了订单，但合同上的先决条件是中国方面必须在签约后 1 年半即 1990 年 6 月 30 日前，用新研制的火箭进行一次成功的飞行试验。请问王院长签了合同的‘长二捆’在哪呢？只是一张草图，火箭能在这么短的时间搞出来吗？时间一到，火箭没搞出来，就得赔，即使发射又有几分把握？若失败那就是 3 倍的赔款给对方，还不算我们借的钱。王院长，搞科研可不能头脑发热呀！”

然而党委一班人却倾向于干，虽然要担很大的政治、经济风险，但他们决不能放过这个可以让一院走进世界卫星发射市场的机遇，而且中国的火箭若不能在国际市场占有自己的地位，前景将是可悲的。王院长的这一行动，不仅仅出于经济利益考虑，更重要的是代表着国家形象，是我国航天事业进入世界先进行列的政治声誉和科学标志。在全院干部员工的积极支持参与下，少数人也包括一些专家的意见被否决了。航空航天工业部领导也参加了这个讨论，结论是以航空航天工业部名义，再次向国务院领导呈送紧急报告。

时间不等人啊！王德臣这时已带着合同引领着美国休斯公司和奥赛特公司的一个联合考察组从美国启程来中国北京了。而我们的火箭研制还停留在报批阶段。

王永志的希望之光终于闪亮了。1988 年 12 月 14 日，李鹏总理亲自主持国务院办公会议，批准航空航天部关于一院研制大推力火箭“长二捆”的请示报告，并列为国家重点工程，责令国家银行以无息贷款的方式满足其研制经费。姚依林副总理在会上发言，说国际市场不是进不进的问题，而是要挤，只有挤才能进。

有国务院的坚强支持作后盾，一院沸腾起来了，拥有两万多名员工的研究院立即召开了大战 18 个月攻下“长二捆”的战斗动员大会。王永志在会上下达动员令说：“从今天开始，全院进入了一个非常时期，要打破所有计算工时工效的规矩，要把决战期间的 180 天变成 360 天或 420 天，取消非常时期内一切休假。研制只能成功，我们已没有了退路。横下一条心，背水一战，拿下‘长二捆’。不管是苦仗硬仗我只要一个最后时限即 1990 年 6 月 30 日‘长二捆’矗立在西昌卫星发射中心基地的塔架上。”

“长二捆”的研制是一院建院以来拼搏攻坚夺胜最严峻的考验，两万员工身上如“长二捆”一样捆绑着国家使命、民族尊严、政治风险和经济风险，就是死也要站着死！人的潜力是巨大的，世界最发达的计算机永远都算不出人类潜质所焕发出的智慧、才能、胆略、力量、精神……中国人民的胜利曾经让世界震惊不已，国民党几十万大军围追堵截中的十几万红军竟能创造出二万五千里长征的人间奇迹；在祁连山积雪里滚了一个多月的西路军战士居然自己爬了出来，以骆驼草塞满肚皮跋涉过沙漠、黄河回到延安。这就是我们的长征前辈给今天的我们树立的榜样，而今天正在向太空进军的新长征路上的航天战士，这支被党中央称誉的“特别能吃苦，特别能战斗，特别能攻关，特别能奉献”的航天队伍，前进吧，夺下“长二捆”阵地！

5. 铸造“长二捆”的日日夜夜

从动员令下达的那一刻起，一院就没有了白天黑夜的界限，厂、所、部、站及车间的负责人经过精心计算列出了时间表，可王永志连看也不看一眼，甩出一句话："我只要'长二捆'，不要你们的计算呀，困难呀，都回去吧。真正的力量，时间工效都蕴藏在群众之中，我们一院的人不是花名册上的单个人头，而是所有一院人的家庭成员，你们算是多少人、多少工时，他们能拉着多少天的太阳不下山。"王永志说着，"啪"地一声推开了窗子，只见火箭大院灯火辉煌，亮如白昼，好一个拉着太阳不下山，当年的"大跃进"都没有这样的真情似火团结战斗的场面。一院的姑娘、媳妇们提着饭盒来了，抱着被盖床毯来了。18个月参战的科研人员、技术工人们决定不回家，他们的亲属都来到"长二捆"战场，做好了比过年过节还丰富充裕的后勤保障。平时他们在家里也难以吃到的美食、难以体会到的温柔，今天今夜都带着笑声来到身边。

总装厂陈钟盛接过老伴送来的家乡普洱茶，抹了把脸上的汗说："老伴，今天你咋变得这样体贴人呢。"

"老陈头，看你美的，我这是为了'长二捆'呀。"

全国青年技术能手，特级焊工师高凤林刚刚结婚的妻子，把一条写有"为了长二捆"字样的白毛巾搭在高凤林的脖子上说："凤林，我今夜就在这给你当下手，外带当个尽职的好媳妇照顾你，渴了端茶水，饿了给你一张大大的油饼，帮你擦汗，可有一个条件你得答应。""啥条件我都答应。""那敢情好，我的条件就是你的焊枪不能停火，火箭箱筒、发动机喷管焊得要找不到一丝缝隙。"

"行呀，媳妇你还真变成内行啦，从哪儿学的？"

"那还不是为了'长二捆'，逼得跟你学的呀。"

"行呀，快去库房抱一捆焊条来。"多么风趣贴心的夫妻对话，这都是火箭闹的，哈哈……车间里响起一串串笑声。

瞧，那边举着少先队红旗的一院长征小学的孩子们来了！他们抬着一筐筐苹果、香蕉、葡萄，在老师的带领下给总装厂的工人叔叔、伯伯、爷爷、奶奶送水果献爱心来了。一个 8 岁的小姑娘举起右手，行少先队队礼后说：“叔叔，伯伯，爷爷，奶奶，你们为了‘长二捆’日夜奋战在前线。你们辛苦了，我们长征小学少先队向你们致敬！”听！号声响起了，孩子们拉开了一条横幅，上面绘着孩子们精心构思的画，好多好多的小火箭围着中间标写着“长二捆”的大火箭，箭上绘着五星红旗，背景绘的是蓝天碧空，闪烁的小星星。

工人师傅和科技人员们一个也没停下手中的活计，眼里饱含着泪水。爷爷、奶奶、叔叔、阿姨们哭了，孩子们禁不住拥到他们身边，亲了亲，又秩序井然地喊着口号“为了‘长二捆’，打个大胜仗。”离开了车间厂房。

在总装厂，在发动机车间，在一排排车床前，在数控中心，在焊枪闪闪的蓝光下，在置放着火箭箭身的台床边，几乎每一个角落都撑着帆布行军床或搭着地铺。上万名员工已经忘记这 18 个月中还有日夜之分，他们只是在累得眼皮打架时，才在床上躺一躺闭一闭眼。王永志也是一身工装泡在研究室和车间，他转头问了问还在机床前干活的车间主任，幽默地说：“陈主任，你计算的工时对不对呀？”

“不，王院长，是我算错了。”

“不会吧，你是计算机六级，这种小学生都算得出的题，你会算错？”

“王院长，你才是真正的行家，把人身上所有能发挥的看不见的潜力都算出来了。”

“不是我算出来了，是群众中蕴藏着创造奇迹的力量。不然日本军国主义怎么会淹没在人民战争的海洋里。陈毅元帅说，淮海大战的胜利就是人民用小车推出来的。”

“王院长，我这会儿才明白了，咱广大员工家属中潜藏的伟大智慧和爱心的软实力，是我们的制胜法宝，是了不起的无形资产。”

“时髦话又来了，你们这些70年代的年轻人身上缺乏的就是这种东西，好好向老专家、老工人师傅学习吧！不管时代怎么变，共产党的传统不能丢。相信党，相信群众这一条原则，一万年不能变。”王永志拿起一颗螺钉又说：“困难还是很多的，在技术上第一次采用捆绑会引起一系列的技术配套问题，如结构力学、液体助推火箭的连接分离、大直径整流罩、推进剂利用系统、级间段排焰技术、高空大喷管发动机技术、制导稳定与综合控制软件系统以及承重800吨的发射台等，在国内都是首次采用，必须攻关，限期解决。只要3个月时间设计部拿出5000张图纸，我看照现在这个劲头，工厂是完全可以干下来的。你看大家人心齐不就泰山移了吗！”

“王院长，你倒好了。我回来布置任务，老师傅把我围了起来，说这么短的时间，你这是啥计划，还讲不讲理？我说师傅们，王院长对我说，‘长二捆’的研制生产是非常时期，非常时期就不讲理，原来的那个理，现在废除了。工时短就努把力，三天的活一天干。冲锋号一吹，是战士还会讲价钱吗？不消灭敌人，那是不能躺下来歇歇气的，别忘了咱们航天人是穿过军装的兵，脱了军装也是战士。谁叫咱干的是国防尖端火箭呢，命里注定就是特殊部队。”

“陈主任说得好，进步不小，这一仗打下来，像你们这批70年代的年轻人，就懂得什么叫老红军、老八路的传统了。30年前我也是这么懂得的，小伙子，这里是你们立大功的战场啊！”

好一个王永志！不仅是新中国培养的第一代导弹火箭专家院长，还是一个满有口才的“政委”呢。

打破了一切程序规章以适应非常时期需要的一院，利用现有的基础技术作保证，三步当着一步走，尽量使用30多年来已被实践证明了的成熟技术和工艺，确保“长二捆”的研制生产。“长二捆”研制的18个月，实际上是30年积累的经验，是几代人的智慧奉献。在18个月里，人人张口闭口都是“长二捆”，全院100多幢办公楼、宿舍楼、厂房彻夜灯火辉煌，设计楼的楼道都摆放上了绘图板，计算机吐出的数据纸和复印机传出的图纸、表格，都堆到了天花板。王永志说：“我们一院搞‘长二捆’挣的是国外市场的钱。这是我们的优势，同志们，干吧，前途无限光明啊。”

18个月转眼过去了，王永志、王德臣领着一院试验队扎进了大西南一条神秘的峡谷。

中国人兑现了承诺。新的发射工位在原来卵石杂草丛生的荒滩上巍然矗立，各种配套设施均已建设到位落成，用于发射澳星的“长二捆”大推力运载火箭如期总装出厂。战斗了18个月的一院两万多员工、上万家属，在喧天的锣鼓声和纷飞的彩旗中，目送南苑专用铁路线上一辆绿色的专列载着49.8米长、直径3.35米的“长二捆”火箭缓缓启动驶出大门，向着巴山蜀水群山起伏林谷深幽的西昌发射中心奔驰。“长二捆”于1990年7月16日首飞成功，火箭将一颗与澳星重量相当的模拟卫星和一颗巴基斯坦科学实验卫星送入了预定轨道。

火箭发射前，在发射中心宾馆门厅，美国“大力神”火箭副总设计师、休斯公司特邀的技术顾问史密斯，对“长二捆”火箭总设计师、研究院副院长王德臣说：“王先生，我现在要特别向你道歉，去年在这里考察时，我觉得你们不可能在如此短的时间研制出新型火箭，还说……”

“不，你别忙着道歉，史密斯先生，两年前你说了些什么，我已经不记得了。”王德臣笑了笑说：“现在还没发射，你还是等发射有结论再说吧。”

“不，这塔架和火箭就已经证明了你们非凡的能力，看来，中国人的确是善于也敢于创造奇迹的人。”

6. 生命热血谱写奇迹之歌

1990 年 7 月 16 日，西昌卫星中心发射架矗立起“长二捆”火箭，首次亮相的“长二捆”不负众望准点起飞，火箭运载能力和技术达到了世界一流水平。休斯公司和澳大利亚卫星公司的代表忍不住大声称赞：“太棒了！太棒了！”

然而，这份胜利的果实是多么的来之不易——那年的 7 月，西昌卫星发射中心下起了大雨，已经加注了推进剂的“长二捆”火箭出现了意外情况——出汗，就像夏天将啤酒瓶从冰箱里取出，过一会儿就会出现冷凝水一样。12 日，技术人员发现竖立在发射架上的火箭助推器上的脉动压力传感器出现渗漏。为了排除故障，30 多名工人和技术人员组成了排除故障小组。一名老工人和一名高级技师带好防毒面具，穿好防护服，抢着钻进火箭尾舱。当第一个传感器被卸下时，整个舱内立即弥漫出有毒的四氧化二氮气体，每吸进一口就增加了一分生命危险，随时都可能使人窒息。舱内什么也看不见了，只能用手摸索着进行排险。1 分钟、2 分钟、3 分钟，他俩在抢修着……5 分钟过去了，他们还没有下来，仍紧贴箭身跪伏着抢修。突然一个工人师傅中毒昏迷过去，被扑上来的抢险队员抬出了，在被送往基地医院的途中，他的嘴蠕动着，极力睁开眼睛，断断续续地说：“快，快救火箭，快去把阿宏拉出来。”此时基地救护车正向医院飞驰，但伤势过重的老师傅大张着嘴巴停止了呼吸。他好像还有话要说，然而这个无情的世界再也听不到他的声音了。那大张开的嘴巴还凝固着刚才说话的口形："保……住……火箭！把阿宏拉……拉……出……"

他就这样走了，以生命与鲜血的代价谱写了我国航天的历史篇章。他是谁？昨天还看见他凝视着耸立的"长二捆"笑容满面。他是谁？刚才还把一束达玛花挂在发射塔架上。他是谁？怀里藏着儿子英俊的照片。他是谁？女儿的爸爸去了神秘的山谷。他是谁？孙儿说爷爷把火箭送上天空去游玩，像孙悟空一样腾云驾雾。他是谁……他就是一院总装车间老装配工、国家特级技师、一个在航天战线战斗了30多个春秋的共产党员——魏文举。又一个血染蓝天的英雄，他是太空的丰碑，他是蓝天的彩霞。他临终喊叫的阿宏是谁呢？是他的搭档，总装火箭的装配工人——陆阿宏。他因中毒较轻，抢回了一条性命，荣立一等功。如今陆阿宏虽然已经退休了，但在他安度晚年的时光里，还常常在梦中听到蓝天的呼唤。

两年后的1992年3月22日晚，是正式发射"奥赛特B1"通信卫星的日子。这个日子让中国航天人铭心刻骨地记着。

蒙蒙夜色中突然漫山遍野响起了一阵阵尖啸刺耳的吆喝声，一群群披着斗篷、穿着花裙的山民彝胞，携儿带女，根本不听警卫的劝止喝令，一窝蜂地爬上了与火箭塔架很近的山岭坡头。男女山民从未见过这么一个大家伙——火箭，乳白色的箭身闪着亮光，他们以为是天上菩萨送来的小白龙，到这儿呼风唤雨摇头摆尾拽下天河大闹波涛呢！他们梦里也想不到如同美国"挑战者号"航天飞机爆炸的悲剧会降临凉山。他们嗷嗷地欢叫着，像是呼叫小白龙飞起来泼洒雨水！谁也不能让彝胞们安静。

而此时应邀前来发射现场参观的多位港澳人士和许多外国友人也翘首注目等待发射时刻的到来。不少信奉上帝的西方人还念念有词，祈祷着发射成功，上帝保佑，阿门！

但无形无影的上帝对谁也不偏爱，不管你是中国人还是美国人。也许刚刚起飞的中国在向国际空间迈进时注定要承受一些磨难，继3个月前发射“东方红二号甲”通信卫星失利后，挫折又接踵而至。

“奥赛特B1”卫星在18时40分点火，操作手按下按钮，但火箭只抖了一下，冒出了一股橘黄色的焰火，随即发动机自动紧急关机。而那一股橘黄色的焰火化成浓浓的黄色烟雾，正在向全国直播的中央电视台的转播车立即切断了转播画面。不知当时全国守在电视机前的同胞们、观众们是怎样的一种震惊与失望，只知道基地与一院的发射队在于龙淮副指挥的口令下，紧急投入了抢险战斗。那天，发射队员们恨不得用双手把火箭托举起来……

这次发射受挫，是火箭本身设计制造存在缺陷，对技术认识不到位造成的。表面原因是火箭配电器上的一个触点落下了一片铝质的粉末，造成电路短路致使火箭点火后紧急关机，深层次的原因则是设计技术没有吃透规律。

事后，尽管奥赛特公司和休斯公司很快发表声明，表示理解这次发射失利，无意改用其他国家的运载工具，但中国只能把这一表示看作是外交礼节的客套。奥赛特公司对卫星能否在预定日期内上天运转比中国人还着急，因为他们几年前发射的一颗澳星寿命期限已到，如果不在预期内发射一颗新的卫星上天，澳大利亚的通信电视转播将全面瘫痪!

而为此陷入困境的一院人，除了尽快在用户要求的时间内赶制出一枚新的“长二捆”运载火箭将澳星顺利送入轨道，还有其他选择吗?一片粉末般的铝屑造成如此重大的事故，使一院不得不以此事为契机开始严格规章制度、操作规则的整顿。从此，每一个程序、每一道工序的完成，必须由操作员、检查员具名画押才准离开现场，并对所有的配电器进行拆卸大检查，对当事的操作人员、负责人进行了严肃处理。航空航天部为此向部属各单位发了通报，重申牢牢记住周总理关于航天产品质量的16字方针。

4个月后的1992年8月14日，西昌卫星发射中心发射架矗立起一枚仅用4个月时间赶制出的新“长二捆”火箭，火箭载着“奥赛特B1”通信卫星于7时准点起飞，推力约600吨的“长二捆”轰隆一声直上九重天，终于将澳星准确送入预定轨道，入轨精度超过了曾被世界航天界认为“最好”的“亚洲一号”卫星，又是一个世界一流水平。

这颗澳星发射完成了，但中国还只完成了合同的一半，只有再成功发射第二颗澳星后，中国的首批对外发射任务才算圆满完成。

沈辛荪的闪电行动开始了，在第一颗澳星发射成功后的第三天，中国运载火箭技术研究院召开全院动员大会，拉开发射第二颗澳星的序幕。2个月后，用于发射第二颗澳星的第四枚“长二捆”火箭正式出厂。4天后装载“长二捆”的专列于1992年10月20日安全抵达西昌发射场。

1992年12月21日晚，按正常发射程序，“长二捆”火箭载着“奥赛特B2”卫星发射升空，在火箭起飞47秒后，位于火箭顶端的“奥赛特B2”突然起火，将卫星的整流罩炸开，造成了卫星部分损坏。

“奥赛特B2”上天后失踪，各国专家得出共识，并不是中国的“长二捆”火箭的性能误差所致，中美专家也都观察到在“奥赛特B2”的预定轨道上，有卫星的残余部件，估计为卫星的发动机部件，而把“奥赛特B2”残余部件送入预定轨道的是“长二捆”火箭的第二级。

专家特别强调说，当卫星意外爆炸产生振动后，在有效载荷重量减轻的情况下，中国“长二捆”却能自动调整好姿态仍按原计划程序正常飞行，将“奥赛特B2”爆炸后的残余部分送入预定轨道，非常了不起。

1994 年 8 月 28 日，“长二捆”火箭终于把“奥赛特 B3”成功送上太空。至此，中美双方在 1988 年 11 月签订的发射澳星的合同，胜利完成。

“长二捆”的研制成功，代表我国首次突破助推火箭的捆绑技术难题，首次研制成功的推进剂利用系统和大型发射台等 36 项关键技术，为我国的运载火箭进入国际市场起到了重要的推动作用。

然而，“长二捆”带给我们的还不仅仅是这些，由于它首次采用助推器捆绑分离技术，大幅度提高了运载能力，以此为基础，中国航天人最终研制出用于载人航天的“长征二号 F”火箭，中国从此进入了一个崭新的航天时代。

7. 航天人心中的王永志

1992 年 9 月 21 日，中国的载人航天工程立项上马。经中国火箭之父钱学森大力推荐，王永志被任命为中国载人航天工程总设计师。

王永志调离后，一院航天人念念不忘地说，王永志在任一院院长的 6 年中，是一院走出困境、走向世界，建院历史上发展最好的时期。研究院的第十任院长吴燕生说：“在我的任期内只要做得和王永志院长一样好，一样有成绩，就是我今生最大的愿望了。”

“七五”期间王永志在一院主持工作，在院党委领导下，团结率领两万多名员工，高举毛泽东思想、邓小平理论的伟大旗帜，按照一院第二次党代会的要求，将一院建成具有世界先进水平，有自我发展能力的弹道导弹和航天运载器的研制基地，军民结合、多种经营的科研生产基地，取得了令人惊叹的成果。

一、“长征三号”火箭 4 次成功发射国内通信卫星，成功发射国外用户的“亚洲一号”卫星；“长征二号丙”火箭 5 次成功发射返回式遥感卫星；2次分别为法国、德国提供搭载服务。

二、新研制的“长三甲”火箭完成五大系统的匹配试验，获得氢氧发动机试车等高端技术的突破，为研制大型大推力火箭开拓了道路。

三、开拓了国外卫星发射服务市场。同澳大利亚、阿拉伯国家、瑞典组织签订了长期合作合同，这些合同已开始执行。

四、民品生产从找米下锅到建点上线。汽车电控喷油系列研制成功，与一汽签订开发协议，烟草机械成交额超过亿元。根据国家与市场需求，调整产品结构，向行业化、系列化、高效益方向发展。

五、大型火箭、小型航天飞机完成概念研究。为国家决策提供了重要的参数依据。

六、为解决队伍老化问题，5年间接收、培养研究生456人，大、中专生1702人，青年工人5043人，选送青工培训4230人。其中28人被破格提升为高级工程师，33人被破格晋级升职提拔。5年投入技术换代设备改革资金3.37亿元，重点放在配套型号的技改项目上。先后完成振动塔、计量塔、设计科研楼等42个单项工程。

七、自筹资金2596万元，新建宿舍楼3000多套。建成沿街街心公园、厂区休闲公园，绿化厂区面积61万平方米，解决全院宿舍楼的生活用气，使两万职工告别烧煤。一步到位解决职工乘车难，打电话难，子女入托难等问题，增强全院人心的凝聚力。从出口收益的利润中拿出一部分钱，修建长征宾馆、图书馆、中华航天博物馆、青少年活动中心、足球场等设施，改造了院区、厂区几道营门和公路。

“七五”期间是一院型号研制摆脱困境走出低谷，坚持航天为本、面向全国、走向世界、开拓进取，全面发展的五年，是初见成效的五年。

王永志虽然离任踏上了新的更重要的统领中国载人航天工程的岗位，但他发自内心留给一院的临别赠言，却铭记在一院职工的心中：把导弹、火箭搞上去，在世界高科技领域永占一席之地。

第八章　铿锵铁军

火焰呼啸腾起大漠的尘暴黄沙

蓝天白云上响彻铁军的拼搏喊杀

月光沉寂把湿润轻飘的雾撒下

诉说一支铁军向太空进军的风采

1．集结在伟大的事业下

草原，如梦如幻的绿波上荡漾着如银如雪的月光，远处有悠扬的牧笛声声，风像一双温柔的手梳理着大地孩子的发丝，一片片、一团团色彩缤纷的花朵，宛如天边飞来的云霞铺在草原起伏的胸脯上。沿着穿过草原的小河，有一个只会用眼睛凝望观察天空与大地的老人，缓缓移动着蹒跚的步子时停时走。人们说这位老人是个奇才，他听不见世上的任何声音，但他却知道这世界上所发生的事情。人们又说他是个疯子，因为他可以和太阳、月亮、星星对话，说着一些人们只有在梦乡里才能听到的美妙而有趣的神话故事。他说了讲了，却不需要也不要求你回答，他旁若无人地说给自己听，也讲给茫茫的天空。也许有那么一天他会飞起来，飞到上帝住的地方，也许有一天他说自己从上帝那儿回来，像孩子心目中的圣诞老人，披着月亮一样银光闪闪的长袍，手里捧着金苹果，他走遍了草原——这美丽的草原就是老人的故乡。他邀请乡亲们来到自家的小院，那小院在一座凸起的草丘上，小河环绕着草丘上一幢白桦树皮盖建的小楼。楼前小院里长着一排山毛榉、几棵海棠树，一片蓝色、白色、红色的小花园砌成的星座，对着夜空亮闪的金、木、水、火、土星定位坐落的方向。

老人拿出家里最好吃的果品、面包和苏打水招待应邀而来的男女老少。他让乡亲们像他一样抬头凝视着迷人的星空。忽然一颗、两颗、三颗闪着蓝光的流星，闪电般从乡亲们的头顶眼前掠过，划过的三条火焰尾巴消失在天际。老人笑了，笑得那么慈祥而又天真，就像安徒生童话里的圣诞爷爷。他深情而充满渴望地说："地球是人类的摇篮，但人类不能永远生活在摇篮里。他们不断争取着生存的世界和空间，起初小心翼翼地穿出大气层，然后就是征服整个太阳系。"

人们睁大了眼睛，望着老人笑时蠕动的满脸皱纹，惊得喊出来：这老头疯了，想当上帝，疯子，一个十足的疯老头……

不，老人没有疯，他说出了一个伟大的真理，他是第一个向宇宙发出战书的科学家。100年后这又聋又疯的老头，被世界人民赞誉和崇拜，有着"航天之父"的美名。他就是俄国大科学家齐奥尔科夫斯基，草原的老人开拓了通向宇宙的航天之路！

那句"地球是人类的摇篮"的名言唤起了人类宇航科学的飞速发展。一支支从地球摇篮出发向太空进军的队伍，风起云涌般集结在俄罗斯美丽的草原上，集结在马克思故乡的柏林山上，集结在太平洋东岸新兴崛起的美利坚合众国。

20世纪50年代，一支铁军集结在新中国万里蓝天白云下，将其风采展现在向太空进军的长征路上。新中国一代代英雄辈出的航天儿女用他们的热血汗水、勤劳智慧、英勇不屈、无私无畏，乃至青春、生命化作血染碧空、志在九天的导弹和火箭，铸造了中国崛起的丰碑。

伟大的事业孕育伟大的精神，仅仅半个世纪的奋斗前进，我们这支铁军不仅创造了新中国航天事业的非凡业绩，而且铸就了

“特别能吃苦，特别能战斗，特别能攻关，特别能奉献”的载人航天精神。这精神是我们伟大民族精神在新时期发扬光大的生动体现。这支铁军所展现的时代风采不仅唤起了一个民族的腾飞，而且在不断地升华着民族的灵魂，在中华儿女的精神世界里，保留与滋生着一片纯洁高尚的净土，就像隆起于青藏高原的珠穆朗玛峰一样，为地球保留了唯一一片净土、一座圣山。

在中国航天事业辉煌的历程中，始终高举着一面旗，贯穿着一条线，即高举马列主义、毛泽东思想、邓小平理论、“三个代表”重要思想的伟大旗帜，贯穿着政治思想工作的生命线。从50多年前建院初期沿袭的人民军队的政治委员、指导员政治工作体制到建立党委制，始终贯彻着党的绝对领导，政治思想工作是研究院一切科研生产工作的灵魂及生命线。自1960年成立了以政委张钧同志为党委书记的研究院第一届党委会后，院党委在举什么旗、走什么路、带出一支什么样的队伍上是非常坚定而明确的，为以后的历届党委做出了表率。以老红军、老八路为主组建的第一届党委把我党我军在长期的革命战争中所培育建树的“井冈山精神”“长征精神”“延安精神”“西柏坡精神”带进了研究院首届党委，以后的历届党委和他们一样，团结带领全院干部、科研专家、技术人员、工人为新中国的崛起和强盛，向着浩瀚太空进行新的长征，创造了中国历史上从未有过的惊天动地的丰功伟绩和彪炳千秋的“两弹一星”精神、载人航天精神。

50多年浴火的风雨征程，这支铁军经受住了胜利与挫折的严峻考验，实现了战略导弹和运载火箭从无到有，从小到大，从弱到强，走出了一条自力更生、创新发展的有中国特色的尖端科技事业的胜利之路，走进了世界航天的先进行列。

从院党委召开第一次党代会到第五次党代会至今已过去几十年了。但几十年来，研究院的历届党委都矢志不渝地坚持党的政治领导，不断加强党组织自身的建设，充分发挥党组织在这个特殊的国有企业的政治核心作用，严格"遵循"党管干部的原则，为推进中国航天事业的不断发展，实现其科技强国强军的奋斗目标，为中华民族的伟大复兴，为探索宇宙空间的奥秘及和平开发利用宇宙空间，为中国火箭摇篮出成果、出人才、出效益，发挥了重要的保证作用，做出了杰出的贡献。

回顾历史，研究院的历次党代会都在研究院的历史上有着闪光的定格，谱写着又好又快发展的历史宏图，而且每一次党代会的召开都是在研究院发展的关键时期，为研究院的新发展指明方向，确立指导思想，制定奋斗目标，为研究院科学持续健康跨越式发展奠定了坚实的政治基础。研究院历次党代会有如下几个鲜明的特点，一是始终把发挥党的核心作用和加强思想政治工作作为首要的工作；二是把两级党委班子的建设作为工作的重点；三是准确判断当时所面临的形势和发展趋势，认识规律，把握规律，认真分析自身的优势和特点，制定有针对性的发展战略目标和方针；四是充分认识人才队伍建设和人力资源的重要性，把出人才、出成果作为一项基础性工作常抓不懈。

那么我们就来看一看50多年的每一个发展关键时期，历次党代会的召开对研究院的发展、队伍的建设、铁军的铸造起到了怎样的统一思想、明确任务、指引方向的作用。

研究院第一次党代会是在仿制"1059"导弹首飞成功后，国家迫切要求我国导弹事业分秒必争快速发展，要以新型号研制工作为中心，力争在1961年至1963年前后相继完成"三设五仿"任务时召开。大会对于研究院在导弹自行设计为主的新阶段进一步加强党对科研工作的领导，加快研制基地的建设，迅速完成各项科研生产任务起到了重要的推动作用，顺利完成了从仿制到自行设计的重大转折，开创了中国式的导弹研制道路。

由于历史的原因，研究院的第二次党代会是在26年后的1987年4月14至15日召开的。26年里中国社会经历了巨大的跌宕起伏，迎来了社会主义革命与建设的新时期。当时研究院面临的是全面改革、经济转型、战略方向转移的调整。虽然过去的26年研究院胜利实现了院党委提出的经中央批准的“八年四弹”的规划和“三抓”任务，但是新时期的全面改革开放，国门大开，国内、国外两个市场同时出现的新形势，促使研究院加速战略转变。面对“七五”计划及后一段时期的战略任务，研究院第二次党代会不得不认真地研究、制定今后5年的总体奋斗目标：深化改革，理顺关系，确定目标，抓好基础，用6年时间开发三箭、研制四箭，跟踪世界高技术发展，抓紧大型火箭、天地往返运输系统和先进防御技术的论证、预研工作，抓好13项专业技术的发展，坚持把改革放在首位，逐步把研究院建成具有先进技术水平，有自我发展能力的航天运载器的研制基地，军民结合、科研生产经营的实体，综合型工业总公司；大力改善经营管理，努力开发民品，积极开拓国际市场，实现战略转变，为后10年的腾飞扩大基础，顺利实现研究院由单一的军工体制到军民结合新体制的转变。

1993年7月5日，研究院召开了第三次党代会。会议在总结与充分肯定二次党代会后6年所取得的成就和基本经验的基础上，审议通过了《中国运载火箭技术研究院1993～2000年8年发展规划纲要》以及《研究院深化改革的总体方案》。

大会通过的决议指出，从现在起到20世纪末，是研究院发展的重要时期，研究院的经济发展速度以1992年为基数每年增长10%以上，职工收入翻两番；运载火箭技术力争世界先进，并更多地占领国际发射服务市场；大力发展第三产业，使其成为院的支柱产业之一；实现“八五”和“九五”期间政治工作规划，加强精神文明建设，保证持续拥有一支思想作风过硬，能攻技术难关，具有奉献精神的职工队伍。

新世纪的曙光升起，世界沐浴在21世纪灿烂的阳光下，研究院第四次党代会迎着新世纪的阳光胜利召开。2000年8月2日至3日，274名正式代表，42名列席代表，590多个党支部的书记以及全院各个厂所级领导齐聚在灯火辉煌的院礼堂，这是建院以来到会党员代表最多的一次聚会，它标志着航天事业蒸蒸日上的勃勃朝气，也显示出研究院党员队伍空前的团结。

在这隆重而庄严的党代会上，除通过了党委书记王宗银同志做的党委工作报告外，更令人振奋的是全体代表审议通过了研究院“十五”综合规划及2015年的远景目标，确定了研究院在21世纪初的发展蓝图及今后5年的工作任务。其指导思想是：“以改革统揽全局，以市场为导向，以经济效益为中心，以技术创新为动力，以人为本，坚持军品立院，民品兴院，把一院建设成为具有国际竞争力的高新技术企业。”

会议明确提出今后5年的总体奋斗目标：完成一个转制，达到两个翻番，建立三个体系，加速四轮运转，实现五个突破。即通过科研机构的企业化转制，组建一个集团，建立现代企业制度；院总收入比“九五”期间翻一番，职工收入比“九五”期间翻一番；建立灵活有效的科研生产体系，优质高效的科研生产体系和规范科学的经营管理体系；实现型号研制、运载火箭、民品三产、资本运作四个轮子协调快速运转；在三项制度改革、生产布局建设、产品结构调整、融入首都经济、企业文化建设等5个方面实现突破。

这次党代会的胜利召开，为实现研究院在21世纪的腾飞发展，圆满完成中央下达的以“三弹一箭”为代表的型号研制生产任务，努力开创经济快速发展的新局面，抓好体制改革、资产重组和机制创新的攻坚战起到了巨大的推动作用。

党的领导是如此坚强，蓝天白云下这支铁军劲旅将焕发出前进、胜利、再前进的夺目风采，将谱写下壮丽的英雄篇章！

2. 航天铁军群英谱

此刻，举国上下都在庆贺中国“神舟五号”“神舟六号”载人飞船发射成功。杨利伟、费俊龙、聂海胜已从太空胜利归来，走向鲜花的海洋，走进中国人梦圆时刻欣喜欲狂、泪如雨下的欢笑长河。

中国航天伟业圆了华夏儿女五千年的梦想，从嫦娥奔月神话到敦煌飞天散花，从烟花爆竹二踢脚到多级火箭升空，从万户飞天梦到杨利伟、费俊龙、聂海胜走出飞船，打开了一个更深远、更辽阔、更神秘的希望世界。同时我们更看到了把航天员送上天的铁军中那些不被人所知，也没有抱着鲜花、接过琼浆玉液夜光杯的英雄群体，他们才是“待到山花烂漫时，她在丛中笑”所说的最值得拥抱和爱恋的春天。

中国航天青年领军人——张庆伟

2007 年 8 月 20 日，十届全国人大常委会第二十九次会议决定：任命中国航天科技集团公司总经理张庆伟为国防科工委主任。张庆伟，这个从中国运载火箭研究院里成长走出的“长征二号 F”火箭的副总设计师，成为国家部委中最年轻的部长之一。当《人民日报》公告传到研究院时，研究院老中青三代人都兴高采烈地传诵着这个信息——从咱们研究院又走出了一个国防科技领军人。就像 50 多年前钱学森在研究院成立大会上的讲话一样：我们将永远引领中国航天的未来，年轻的科学家将永远代表中国航天事业的希望。

与张庆伟一起在研究院战斗了十几个春秋、度过4000多个难忘的日日夜夜的战友、同事、工人心中，还铭记着20年前从秦川高原上走来的那个年轻健壮、还带着一脸稚气的西北工业大学毕业的研究生。那是1988年金秋时节，张庆伟走进了中国运载火箭技术研究院总体设计部，时年27岁。

在精英荟萃、群贤毕至、专家如云的中国运载火箭技术研究院，仅中国科学院、中国工程院院士就有二十多位，有着总指挥、总设计师、总经理等“老总”头衔称号的有上百人。然而在型号研制、型号指挥、企业管理经营三大领域都有建树才能超群的人却不多见，全才更少，张庆伟便是其中的佼佼者。而与他先后进入研究院总体设计部的还有两个年轻人，一个是后来担任研究院院长的吴燕生，还有一个则是从部队转业自学成才的现任研究院党委书记的梁小虹。

张庆伟1961年11月出生在吉林省吉林市，1978年高中毕业带着童年飞天的梦想考进了以航空航天为专业特色的西北工业大学，1982年本科毕业分配到航空工业部西安飞机设计研究所工作。3年后，张庆伟回到母校攻读飞行器设计控制理论及应用方向的硕士学位。张庆伟在1988年4月航空航天两部合并成立航空航天工业部时，也许是受到两航联姻的影响，他做出了影响自己一生的选择，迈进了中国运载火箭技术研究院总体设计部的大门，在总体设计部总体研究室参与了火箭的研制。

20世纪80年代末90年代初，中国航天进入一个突破性的发展期，“长征”系列火箭开始进入国际卫星发射服务市场，中国的载人航天工程也在党中央国务院关怀下上马了，张庆伟恰恰赶上了这个好时期，一下子便进入了被称为研究院参谋总部作战部的总体室工作。

1989 年 1 月 23 日，研究院签订了“长征三号”火箭发射“亚洲一号”卫星的合同。这是我国“长征”火箭历史上第一次发射外星。“亚洲一号”卫星是由美国休斯公司制造、香港亚洲卫星公司拥有的卫星。休斯公司研制的卫星与国产的卫星在入轨方式上有所不同，美国卫星在星箭分离时，要求火箭给卫星一个起旋的动力，而中国的卫星则自行起旋，这无疑是给“长征”火箭提出了一个新课题。

中国航天的铁军是专为攻关而存在的。在总体设计部召开的论证会上，刚到岗工作的年轻设计师张庆伟初试宝刀便崭露头角，他大胆提出用计算机建立仿真模型的设想，立即引起会议主持者的兴趣，问道：“你来干行不行？”坐在后排的张庆伟毫不犹豫地回答：“我可以试试”。这一问一答之间，机遇向张庆伟张开了双臂，也一下把小伙子从预备队推到了突击队，而这个推他的人就是主持“长征三号甲”系列火箭研制工作的总设计师龙乐豪。

张庆伟凭借自己在计算机辅助设计方面的过硬功夫，很快推导出了数学公式，编制好程序，并在计算机上建立了仿真模型，完成了星箭起旋方案。然而自傲的美国人从骨子里就不相信中国人能让星箭起旋。面对压力，作为星箭起旋方案的设计者，张庆伟于 1989 年 11 月随研究院代表团来到美国洛杉矶，同休斯公司进行最后谈判。谈判桌上的张庆伟好像变了一个人，他从容镇定，口若悬河，词锋犀利，指出美方在技术问题上的错误。不认输又好面子的美国人，虽然羞得面红耳赤，仍抛出了几个方案，让张庆伟计算论证。张庆伟爽快地接过美国人抛来的方案，两天后，带着计算结果出现在谈判桌前。美方代表接过计算结果，惊讶地望着张庆伟脸上浮现的从容与自信，伸出大拇指喊道：“好样的，中国，OK！”我方的方案获得通过。

1990 年 2 月 4 日，“长征三号”火箭在西昌卫星中心发射“东方红二号甲”卫星时作了成功的起旋试验。4月7日，“长征三号”火箭在西昌卫星发射中心发射“亚洲一号”卫星一举成功，并创造了休斯公司已发射的32颗同类卫星中入轨精度最高的纪录。

因“长征”火箭首次国际商业卫星发射服务的成功，承担了开创性工作的张庆伟也因此从一院众多的同龄人中脱颖而出，被破格晋升为高级工程师，开始了他在航天领域建功立业的新天地。

“亚洲一号”成功发射后，我国第一枚大推力捆绑式火箭——“长二捆”进入研制的最后冲刺阶段，作为主要技术人员的张庆伟参与了火箭助推器捆绑分离技术的攻关，负责助推器分离过程的分析。他在没有翔实材料、国内也无先例的情况下，结合现有条件，建立了助进器/芯级火箭分离动力数学模型，在计算机上进行仿真研究，终于使该项技术一次试验即获成功，为“长二捆”火箭18个月研制成功，争取到了宝贵的时间。

1990年7月16日，“长二捆”火箭首飞成功，在一定程度上促使中央领导下决心立项中国载人航天工程。张庆伟因在“亚洲一号”卫星发射和“长二捆”首飞任务中显现出的非凡的创新才能和出色表现，被委以重任。31岁的张庆伟被任命为“长征二号F”火箭的副总设计师，一跃成为当时航天领域里最年轻的副总设计师。

作为分管火箭总体设计的副总，张庆伟深知科学严格的工作规范对火箭研制这一大系统工程的重要性。他亲自动手编写了“长征二号F”火箭设计准则，制定了“长征二号F”火箭研制流程，对火箭研制的每个阶段、每个环节、每个步骤，都做出了规范性要求。准则和流程的出台，虽然保证了工作的有序进行，但预料中的“硬骨头”依然需要一个接一个的技术攻关。逃逸塔的设计，助推器的加长，整流罩的减重……每一个攻关都是一场“战役”，而在这一场场战役中，张庆伟都是身先士卒冲在最前面的人。

比如研制难度最大的火箭栅格翼，中国设计师仅仅在国外的刊物上见过图片，但对它究竟由哪些部件材料组成却一无所知。研究院也曾经想走捷径从国外引进图纸资料，但对方一开口就要上千万美元，让负责谈判的张庆伟打了个寒战，上千万美元对于资金紧张而且还要还贷款的研究院是一个什么概念？俗话说人穷志不穷，难道凭我们的聪明才智会解决不了吗？干！我就不信造不出一个栅格翼。

后来他从国外找来了一本厚厚的资料，以此起步"自学成才"，再精再难的栅格翼在求实求精的航天人的强攻下，终于呈现出了它的原貌，在张庆伟眼前解锁了秘密。而真正让张庆伟思想负担最重、最恼火的是中国航天自进入1996年后遭遇的一个接一个的失败。1996年也许就是航天人的克星，不仅在中国，在欧美航天界也仿佛重演了1986年世界空间灾难年的同一台悲剧。

1996年2月15日和8月18日，"长征"火箭两次发射外星失败，先是"长征三号乙"首飞坠地爆炸，后是"长征三号"未将卫星送入预定轨道。6月4日，全世界的亿万观众又一次从电视屏幕上目睹了世界航天史上一场可怕的灾难：欧洲空间局经上万人10余年的努力，耗资70多亿美元，被寄予厚望的新一代大型运载火箭"阿丽亚娜5号"点火升空仅飞行了30多秒，便响起惊天动地的大爆炸，火箭在3500米高空化作一团团烈焰，烈焰中洒下一阵"陨石雨"。这砸向地面的雨点就是价值3.5亿美元的4颗太阳风观测卫星与火箭同归于尽后的碎片。

一时间，欧盟、北京袭卷起一阵阵热浪，街头巷尾、城市乡村到处都是对航天灾难事故的指责、惊愕及咂舌。甚至还有人说，你们是想钱想上天惹怒了老天爷。而正在经受磨砺的中国航天人更是战战兢兢谈"天"色变，他们更加谨慎地严把质量关，尽力消除因自己工作中的失误而导致的隐患。

两次失败，使进入国际市场立足未稳的中国航天声誉受到重创，部分已与国外签订的合同被取消或停止执行。

也就是在这个关键时刻，党委书记王宗银在研究院政治工作专题会上敲响了“再也失败不起，再也没有退路，只能成功，确保成功”的警钟，他再次强调要坚持“加强管理，确保成功，深化改革，提高效益”的工作方针，把发射成功的目标放在一切工作重中之重的首位。专题会后，党委又召开各单位、各个型号试验队党委书记座谈会，探讨适应形势变化的新举措，在求深、求广、求精、求实上下功夫。围绕发射失利的教训，强化质量意识教育，把“质量第一”提高到航天事业成败的战略高度，展开全院大学习、大讨论。研究院充分利用报纸、电视台等宣传媒体，在院属的长征报、长征台上开辟专栏刊发了“厂所长访谈录”“厂所长谈质量”“质量曝光台”等专栏文章和专题节目，及时通报院内外发生的重大质量事故问题，以引起全院警觉。开展质量形势教育，强化“质量第一、质量立院”的思想。利用失利后重整雄风的“长征”系列火箭50次发射这一契机，举行发射出征前的“升国旗”仪式和举办“航天之魂”的展览活动，在全院干部职工中进行以“长征火箭，民族骄傲”为主题的爱国主义教育。王宗银再次重申“失败不起，没有退路，只能成功”的形势没有改变，要求全院干部为了下一个50次发射再接再厉，牢记周总理的16字方针，万无一失地完成任务。研究院在人民大会堂举行“回顾与展望——纪念中国长征火箭第50次发射胜利”座谈会，缅怀老一辈革命家对航天事业的关怀，进行航天传统精神的教育，增强全院干部职工新长征的自豪感、责任感、使命感，彻底扭转了1996年以来火箭发射失利的被动局面，重振了军威。

此后不久，王宗银代表一院党委提出“我为重点工程做贡献”的号召，宣传了一大批爱岗敬业、无私奉献的干部职工。院党委以“胜利迈进新世纪”为主题，在全院开展航天精神传统教育，编发了6万多字的系列教育材料，对学习贯彻院党代会精神和“十五”规划做了进一步的阐述宣讲并贯彻执行，还不失时机地抓住建院44周年和首任院长钱学森90寿辰这两个具有历史意义的日子，开展了以“爱祖国，爱航天，爱科学，爱一院”为主题的宣传教育活动，抓住院颁发《质量手册》的时机更进一步加强质量意识教育。王宗银还为《航天长征》报上的漫画专栏题写了“画说质量”，把漫画这一群众喜闻乐见的形式引入具有战略意义的质量教育上，起到了警钟长鸣的作用。

此时，35岁的张庆伟被任命为中国运载火箭技术研究院副院长。半年后，担起“长征三号甲”火箭发射“东方红三号”通信卫星责任人及发射队队长重任。这是张庆伟首次率队远征太空，也是1996年两次发射失败后，研究院恢复火箭发射的第一战。来自国外的媒体评论说：“中国的航天人依然说他们这支铁军是打不败的，今又重整旗鼓在西昌孤注一掷，但愿上帝保佑。”如果这次发射再失败的话，意味着中国航天大军将会倒退到10年前的起跑线上。

临危受命的张庆伟深感国家使命责任重大，这次出战关系着中国航天在世界已占据地位的稳定，关系中国航天大军的威严雄风，没有退路，没有失败。如果上帝给你一千次选择，你就只能一千次选择负重拼搏和胜利成功！

1997年5月12日，“长征三号甲”火箭托举“东方红三号”通信卫星矗立在大凉山神秘的山谷。按规定应留在6公里外指挥大厅的张庆伟，却毅然来到发射前沿阵地，给突击队的战士们以巨大的鼓舞。前线永远属于果敢、有胆魄和精诚团结的指挥员与战士，一个手势、一个眼神都可能决定士气的高低。张庆伟和他的同事终于将我国新一代通信卫星“东方红三号”送入了预定轨道。

航天发射涉及上百个环节的配合协作，是一项庞大的系统工程，其失败往往来自一个细节的疏忽，甚至是一个人偶尔的闪失，比如忘了拧紧一颗螺丝钉、一片铝盖等不起眼的小事。高度的责任心，严格的纪律，强有力的集中领导，铸造出一支队伍的战斗风格。张庆伟是一名年轻的领导者，他的下属、队伍骨干都比他年长、资格老。在中国这个讲究论资排辈的社会，年轻的领导应怎样树立可信、可敬、可畏的权威呢？权威不是上级的一纸命令或个人的职位树立，权威就是关键时刻敢拍板，敢决策，敢决断，敢负责，敢身先士卒，冲得上去也退得下来。如果你拍板决策的事被实践证明是正确的，你就获得了大家的信任，权威就建立在信任上。而决断的对错就在于你掌握了多少信息，信息则来自过硬的技术功底和卓越的组织才华。领导是什么，是向心力、凝聚力，是团结战斗力。张庆伟就是凭借着这样独到的认知和勇往直前的风格，在一次次成功中树立了权威。虽然他来院时间不长，但他接触与访问过很多老同志、老专家、老领导，从他们的身上，从他们的业绩中，他看见了一条中国共产党人杀出的血路。他从张钧老政委、张镰斧老院长身上感受到老一辈革命者的高风亮节，特别是他们性格中的英勇顽强、压倒一切、两军相逢勇者胜的精神。从 1997 年到 1998 年，由他负责的火箭发射任务都取得了成功，六战六捷，为挽回中国航天在国际上的声誉，重建信任和威望做出了重大的贡献。

1999 年世纪之交，国家需要大批跨世纪的领军干部，38 岁的张庆伟被破格晋升为中国航天科技集团公司副总经理、党组成员，曾是“长征二号 F”大推力火箭副总设计师的张庆伟更进一步与载人航天结伴前行。他与屠守锷、孙家栋、王永志、吴燕生等老中青三代中国火箭专家一起，率领载人航天工程的铁军，于1999年11月20日发射了“神舟一号”试验飞船首战告捷，“长征二号F”火箭胜利亮相国际宇航界。1年后，中国第一艘按载人要求全系统配置的正式飞船——“神舟二号”又发射成功，新世纪的太阳给中国带来了吉祥的好运。

2001年12月，张庆伟出任中国航天科技集团公司总经理、党组书记，同时被任命为中国载人航天工程副总指挥。

2002年，“神舟三号”“神舟四号”飞船先后发射升空，后又成功地返回地面，中国航天人在新世纪起步的长征路上捷报频传，让国际宇航界惊羡中国的航天伟业，创造了一年两次飞船成功往返于天地间的佳绩，从而宣告中国载人航天从试验阶段进入了载人飞行的实战。浩瀚而美妙的天空，仿佛已做好了迎接东方古国来客的准备。中国人几千年的飞天之梦，随着中国对世界越来越重要的影响力与地位一同攀升。党的十六大最年轻的中央委员张庆伟又一次风尘仆仆地来到了大西北酒泉卫星发射中心，身着工装的张庆伟又像第一次当试验队长一样身先士卒，忙碌在他亲自抓总研制成功的专为载人航天定制的英雄火箭“长征二号F”旁。在一身乳白绘制着中国航天与五星红旗的神箭下，他为神箭的起飞送行，向飞船舱中的航天员挥手，祝福他的太空之旅一路平安。“向嫦娥问个好”，张庆伟在心里默默地说着，不知道为什么他的眼里含着泪水……

中国运载火箭技术研究院取得的每一个成就以及在航天征途上迈出的每一步，都离不开党中央、中央军委的亲切关怀和鼓励支持。在“神舟”飞船每一次发射期临近时，都传来了党中央和中央军委的重要指示，春风般的深情厚望，宛如震撼天宇的冲锋号角、进军战鼓，激荡着执行任务的每一名队员的心，给予他们必胜的信心、决胜的力量。

研究院的同志们永远忘不了2003年9月24日晚“神舟五号”发射前，他们欣喜地收到了中央军委副主席曹刚川上将和总装备部部长李继耐上将从北京发来的电报。学习军委的重要指示后，大家更加明确了要把“双想”的重点放在后期工作的预想上，要抓住重点，把工作做深、做细，特别是要注意改进工作作风，把对载人航天工程重要意义的认识，化为对事业的责任，落实到具体工作中。

2003年10月15日9时整，“长征二号F”火箭在一声令下后准时点火升空。经过587秒的飞行，准确地将我国第一位航天员杨利伟乘坐的“神舟五号”载人飞船送入了预定轨道，发射取得了圆满成功。翱翔太空的飞船经过21小时35分的畅游，于16日6时23分安全返回，着陆在我国内蒙古大草原上。鲜花和歌声簇拥着太空英雄杨利伟胜利归来，完成了中国千年的飞天梦想，带着月亮的笑容、星光的灿烂，来到了圆梦的草原上、欢腾的人群中。这时，我国载人航天工程总指挥、总装备部部长李继耐满面春风掩不住心底的激动，大声而郑重地向世界宣布：“中国自主研制的‘神舟五号’载人飞船任务获得圆满成功！”

举国欢腾中，研究院的同志们忘不了在载人航天工程奋战的岁月里，作为总指挥的李继耐同志对工程的顺利进展所付出的心血、倾注的热情关怀和鼓励。

张庆伟此刻抑制不住内心的自豪、喜悦和激动，他默默地回过头，深情地凝视着跟随他前进的中国航天铁军，这支英姿飒爽“特别能吃苦，特别能战斗，特别能攻关，特别能奉献”的铁军队伍，正朝着太阳乘着东风，昂首阔步走向未来……

还记得2001年11月1日，研究院党委召开了建院以来的第一次技术创新大会。会上，院长许达哲做了题为“与时俱进，勇于创新，为促进航天事业的持续发展而努力奋斗”的主题报告，院党委书记王宗银宣读了对在“九五”期间预研与创新工作中做出突出贡献的同志进行表彰的决定，并颁发了院技术创新的最高奖“长征奖”。时任总装备部政委的李继耐等领导及用户代表出席了大会，李继耐和院领导一起向“长征奖”的获得者颁了奖。

2003 年，研究院进一步强化型号管理工作，在继续执行《中国运载火箭技术研究院质量 60 条》等各项质量规章制度的基础上，深刻学习领会总装备部李继耐部长针对全院质量管理工作提出的“三个吃透”和“三个再认识”的指示精神，通过对典型案例的剖析和型号工作经验的总结，出台了“方案正确可行合理，设计简捷正确可靠，系统匹配兼容，试验充分覆盖有效，产品受控合格稳定，操作准确协同无误”的型号质量工作的六项原则，及时固化了各型号质量管理的先进经验，为日后的质量管理工作提供了指导性依据，也使研究院质量规章建设再上了一个新台阶。

金牌火箭的铸造者——龙乐豪

50 年白手起家，系牵着五千年古国悠悠飞天梦，举步维艰坎坷崎岖；50 年探索，拼搏进取、艰苦奋斗、自主创新硕果累累。这需要什么样的毅力和坚韧，什么样的心胸气魄？

龙乐豪就是敢与天公比高低，呼唤神箭穿云空的领军人物之一。他的一生宛如托举神箭穿云破雾的多级火箭，前仆后继，薪火相传，永远燃烧着对事业的挚爱，对祖国的忠诚。龙乐豪永远也忘不了，是党和国家给了他成功的机遇，才使他实现了报国的梦想。有人说龙乐豪的一生是和“长征”火箭的型号一起走过来的，“长征”火箭不仅是他生死相伴的战友，更是与他骨肉相连的亲人。

1963 年 8 月，龙乐豪从上海交大毕业，被分配到国防部五院一分院工作。这一年对龙乐豪来说，可以说是一个硕果累累的金色的秋天。第一次来到北京的他兴冲冲地下了火车就赶上了去南苑的公交。贴在车窗边的龙乐豪被北京富丽典雅王者之都的风范吸引住了，好一阵心跳激动高兴。而当他从遐想的幻境中抬起头来，楼台、牌坊、依依垂柳、碧波小舟却全然不见了。车在黄土公路上颠簸，窗外景色竟是他熟悉的生活了十多年的乡村风光。牛在田里，羊在坡上，一大片苍莽荒凉的黄土地上，孤零零地耸立着一幢幢俄罗斯风格的低矮楼房，夹杂着北京古老质朴的四合院平顶泥屋。只那么一会工夫，他的热劲儿全消失了……他没想到首都的郊野村庄还没有他的江南故乡美丽亲切呢。

那时，坐落在京郊南苑的研究院正处创建时期，由于苏联的毁约，失去了唯一外援的中国导弹事业陷入了困境。1962 年 3 月，中国第一枚自主设计的导弹——“东风二号”在酒泉发射场刚升空 69 秒就栽了下来，这个打击使研制人员两年多的心血化为浓烟。

就在这时候，龙乐豪走进了中国导弹队伍，一起和新结识的战友们寻找解决问题摆脱困境的出路。血气方刚，学有所成，满怀报国志的龙乐豪和研究院的热血青年一样坚信，离开了“老大哥”的中国一定能飞起来。失败算什么？正如聂帅所说，共产党就是从失败走向胜利的，这只不过是个小小的挫折。千年前的中国就造出了世界上第一枚火箭，千年后的中国也同样能乘着火箭飞向太空。

当然那时的基础和条件不能同今天相比，龙乐豪回忆说：“现在我向青年学生做科普报告时讲的内容，都比那时讨论的难点深得多。那时，我这个火箭专业科班出身的人，学的都是纸上谈兵。实际呢，连什么是舱机、陀螺仪、尾翼，喷管长什么样都没见过，怎么办？不懂就学，边干边学，遇到问题，大伙琢磨讨论，群策群力。设计生产试验相结合，领导干部、技术人员、工人相结合。这套国外直到 20 世纪 80 年代才总结出来的‘并行工程管理方案’，我们早在20多年前就已开始实行了。当然对老一代航天人，每攀登更高一级的技术台阶，都需要攻克大量的技术难关。因为那时我们没有外援，也没有国外先进技术传进来的渠道，国门紧闭没开放呀。”

生活上既没加班工资也没夜餐，可是奇就奇在那时的人有一种精神，它能将人的潜能挖掘成神圣的灵火。当时，每天晚上办公大楼灯火通明，到了11点半，政委、指导员得挨个办公室巡视，苦口婆心劝大伙回去休息。为了写好一份论证报告，需要计算数据，可那时连个计算器也没有，哪有今天能进行千亿次计算的计算机呢。今天一两分钟能解决的问题，那时就得在一种刻有标尺的简陋的计算尺上拨弄一两天。后来就用手摇计算机，摇得抬不起手臂，拨打算盘拨肿了手指。龙乐豪说：“要不想落后，那就得追就得干，付出上百倍上千倍的代价，也得咬着牙关干，不能辜负国家的培养，要为国家争气争光。一进研究院，我上的第一课就是把以国为重的价值观在心里栽下根。一旦生了根，再苦再累也就不觉得啦。”

逆境催人奋进。毛主席当时就说过，应该给赫鲁晓夫送个一吨重的大勋章，多亏了他撤走了专家，不然我们现在还跟在苏联后面呢。不能忘记三年困难时期，我们用许多的粮食生产出的几十吨燃料酒精被宣布为不合格时的痛心；不能忘记苏联专家借科学之名，在导弹的一种垫片上非要用3岁小公牛屁股上没有挨过鞭子的皮时我们的无奈。没有了束缚，终于可以放手一搏了，坏事变成好事。中国的航天人就是不信邪，不崇洋，不服气，将自力更生与求实创新密切相连，从基础原理开始一步步分析、钻研，通过一次次的地面试验，不断修正、改进，既积累了技术和经验，也锻炼了胆量。咱们一步接一步的胜利就是这么走过来的。原子弹的爆炸成功地把赫鲁晓夫轰下了台，“两弹一星”把尼克松请到了北京，实现大洋两岸的中美握手对话。靠什么？靠的就是以国为重，靠的就是以爱国主义为精髓的伟大的民族精神。

几十年航天征程的拼搏，已是中国工程院院士、“长征三号甲”系列火箭总设计师的龙乐豪，最难忘的是“长征三号甲”首发火箭的试车过程。这是我国首次使用大推力液氢液氧发动机的火箭，如果成功，将为进一步开发更大推力的火箭打下坚实的基础。可它的试车却一波三折。第一次试验，仅短短几秒，发动机就熄火了，按规定这台发动机应拉回院里进行问题分析，可这样就得3个月后才能进行下次试验。龙乐豪经分析，认定问题出在发动机上。那是1993年春节，龙乐豪一直不能忘记那天的情景，数九寒天大雪纷飞，试车台上一个50多岁的女操作手，顶着四五级西北风露天作业，身上的军大衣随风摇曳，那女操作手抓起几根稻草当作腰带，将掀起来的军大衣捆扎了几下了事。可是，大伙八天八夜不休息等来的第二次试车，居然又因为紧急关机系统太过灵敏而再次失利。此时，我国已经对外签订了卫星发射服务合同，火箭却接连出问题，急得大伙心都提到了嗓子眼上，幸好背水一战的第三次试车终于成功，同时开创了用一台低温推进剂发动机连续三次进行试验的先例，不仅使火箭的研制缩短了1年左右的时间，还为国家节约了几千万元的研制费，不气馁不放弃的坚持终于赢得了胜利的笑声。

“一箭双星”首传捷报，八年鏖战定乾坤。龙乐豪回想，当初毅然拍板火箭不拉回院原地检修的决策绝不是单纯的冒险。创新，除了要有一定的经验积累，更要有一定的胆识，关键得靠技术扎实、根基牢靠。

走进龙乐豪的办公室，最引人注目的是主人为之自豪、凝结着他一生心血智慧的结晶——一排整齐矗立的火箭模型。这记录着当年血气方刚的青年，而今已满头霜染的龙总师40多年的峥嵘岁月、沧桑沉浮、苦乐哀荣。

当你漫步在南苑中华航天博物馆的花榭园林，仰望蓝天下中国航天旗迎风招展时，你会看到旗帜上凝结着老人的心血，旗帜里留下了他一生战斗的足迹。蓝天白云，书写了一代龙的传人对祖国奉献的忠诚，蓝天白云展现了一代铁军战将的风采。

航天神刀——顾大明

他是谁？航天铁军里一位银发如霜的老兵——顾大明。他是与新中国一起走进北京南苑的老兵工战士，今天的航天人叫他顾爷爷。

顾大明生于1931年10月，小学毕业，1947年参加人民解放军，由农民、军人转为新中国第一代兵工战士，先后在徐州兵工厂、株洲兵工厂工作。1956年调入北京飞机修理厂当了一名机械工，1959年转到国防部五院一分院总装厂，成为制造中国火箭的第一代工人技师。随着中国第一颗导弹飞行，第一枚火箭升空，他一干就是40多年。40多年，他年年都是厂、院、部、市、国家的革新能手、先进生产者、十佳职工、劳动模范、技改标兵，曾获得“全国劳动模范”称号和全国五一劳动奖章，多次被评为优秀共产党员，是中国共产党十三大的正式代表。如今早已退休的顾师傅是一家企业聘请的技术顾问，每天他都要到厂里看看走走，一方面是活动活动筋骨，另一方面帮帮街道小厂出出主意，向一些年轻工人传授车床、刨床技术。每当顾师傅向来访者谈起中国火箭走过的50年风风雨雨的历程时，他心底储存的青春岁月、美好回忆会一下子涌现。这时，他的老伴会从屋里抱出一个皮箱，说：“咱老顾这一辈子的辛劳、理想都珍藏在这箱子里啦。”

啊，满箱整齐地摆放着的是顾师傅40多年来获得的奖状和30多个金光闪闪的奖章，代表老人一生的心血、勤劳和朴实。这些奖状和奖章实际上就是一部中国航天的英雄史诗。提起奖章的故事，顾师傅铺满沧桑皱纹的脸上显现出专注的神情，他笑了笑说：“那是 1990 年院里大战‘长二捆’火箭的非常时期奖励的。”原来在“长二捆”火箭产品所需地面试验工装项目中，有一个直径只有 16 毫米的球体，内圆球和外圆球设计要求公差非常小，精度要求比头发丝还细，加工难度非常大，几乎无人能胜任。没办法，工艺员与设计人员商量后只好降低要求，将公差改为 0.04 毫米。这事恰好被路过车间的老顾知道了，他问了问，感觉事关重大，这是为发射卫星用的，直接关系国家的荣誉和火箭的安全，质量第一决不能改。可全车间工人谁也没这本事干，顾大明挥手说：“我来干”。经过一天一夜的球磨试车，凭他几十年车工的精湛技术，终于找到了窍门，硬是把这两个圆球车出来了，公差仅为 0.01 毫米。领导和外国专家都认为这是世界级的优秀产品，后经国家计量单位鉴定，产品完全合格，技术十分精湛。为此，“长二捆”指挥部为顾大明颁发了二等功奖章。

全国五一劳动奖章背后的故事就更精彩啦，可顾师傅却说：“这都是我分内的工作，就像当年我当兵本来是要去打老蒋，可领导说小顾你去造枪造炮吧，造得越多，咱前方就越不会弹药吃紧。那时正好淮海战役在徐州地区打响了，双方都是几十万军队开战，得用多少弹药呀？我一想领导说得对，枪无弹不就是一根吹火筒吗？咱干啦。这个奖章是为‘长征三号’发射中国第一颗进入 36000 公里地球同步轨道卫星获得的，领导说我为火箭发射成功立了大功，所以给我申报了全国五一劳动奖章。”

另一枚奖章源于顾大明攻克“长征三号”火箭低温推进剂箱部件磨削加工椭圆体球面关键技术的事迹。据国外资料介绍，这项技术是在注水冻结后采用切削法完成的，而我们的具体情况是不允许注水，更何况我国也没有国外资料介绍的那种庞大的加工设备和场地条件。当领导找到顾大明时，他大胆采用了磨削加工法，设计了一整套砂轮装置，突破了这一重大技术关键。顾大明的攻关走出了一条适合我国国情加工此类产品的新路子，为运载火箭的成功发射立了一个大功。

顾大明还攻克了导弹头部玻璃窗口加工短线难题，变手工操作为机械化操作，不但提高了工效，还把车间几十个工人从手锉作业中解放了出来。以前这一工序靠人工来回搬运大箱底总共要翻 7 次身，需工人们 3 个星期加班加点还常常因任务紧干不完，影响总装车间不能按期交付。顾大明看在眼里，急在心上，他设计出一套加工铣切装置，把工人从繁重的体力劳动中解放出来，将几十个人的劳动简化为只需两人、两天就轻松完成 1 个端头，既提高生产力又确保了产品质量，节省人力 90%，为导弹生产又立了一大功。

完成固体发动机外壳和复杂型面的发动机六星机芯的加工，是顾大明的又一功劳。机芯是固体发动机的心脏，六星型机芯型面复杂，加工极其困难，不但精度高，周期也短。顾大明设计采用新的加工方法改装了设备装置，提前完成了任务。

攻克潜艇水下发射舱加工难关，顾大明又一马当先。此产品直径 1.4 米、总长 6 米，两端面加工产品件大，要求周期短，如送外地加工一是难保进度，二是运输困难，能不能加工也难保证。顾师傅打破常规自制了专用旋刀盘，在小设备上用蚂蚁啃骨头的办法干出了大工件，满足了海军的要求。顾大明有“中国航天神刀”“神铣”“神车”的称号，导弹火箭上所有需要车、修、磨、锉的关键地方不管多难，只要老顾一来便会神奇地化解。连卫星生产中涉及车、刨、磨、铣等技术难题时，只要找到顾大明他都有办法，在图纸上画个样标明用途，他就能给你捣鼓出来。比如卫星照相机平板切削打光加工，卫星总装厂到处求援，找到了我国最好的光学仪表仪器厂都无法解决，然而找到火箭总装厂“顾神刀”后，他自制一套专用的铣槽装置，完全达到了预期的设计效果，清晰度达到极佳水平，再经飞机航测实践，完全合格，他这一自行设计发明的工艺流程，使我国卫星摄像技术跨入了世界先进行列。顾大明看起来是一个健壮、高挺、大大咧咧的人，五大三粗的汉子伸出双手来疙疙巴巴的，但干起活来却比大姑娘的手更柔软，活儿比绣花还精细，一个小学毕业的大男人，竟在几十年间练就了一手绝活，成为我国火箭总装厂的万能技师。他被航天人赞誉为一把解忧排难的“万能钥匙”，无坚不克的“活电脑”。认识他的全国总工会、市总工会的领导们都叫他“土专家”，而火箭总装厂的同事们又叫他“智多星”“实干家”。

铸铁冷焊首创人——陈钟盛

同顾大明一样，闻名于航天大院的还有一位白族老人，他的名字叫陈钟盛。

老人年轻时可不是蝴蝶泉边唱情歌、赶着马帮贩卖普洱茶的白族小伙，他是寨子里飞出的鹰，高黎贡山射出的一支响箭。白族人的聪慧水灵真诚都集中体现在这个远离家乡苦读求知的昆明工学院毕业的青年身上。他是中国航天的第一代知识精英，中国火箭总装厂铸铁冷焊专家，一个被国家领导人请到国庆宴会上的客人。他头上罩着很多光环，但他只是一个普普通通的人，走在街上人们会认为他是一个南方来的乡村干部，都什么年代了，还是一身蓝布中山装，一双平底胶鞋，一顶毛式八角帽。这个让宁夏各民族人民夹道欢迎的师傅，让省委书记握手送别十里长亭不愿松手的实干家，就是全国闻名的铸铁冷焊专家，全国劳动模范——陈钟盛。

看见陈钟盛似泉水般明亮的眼睛，令人想起一首曾经广为流传的歌："大理三月好风光，蝴蝶泉边好梳妆，阿妹梳妆为哪桩，阿哥啊，只想回家乡。"随着这支歌的流传而离开大理走进北京南苑的陈钟盛，是否在他的心中也有一个在蝴蝶泉边梳妆的姑娘？在一个远离故乡的老人的心中，无时不在怀念那一片故土，那一条小河，那是花开的土地、彩云的故乡啊！

陈钟盛 1955 年毕业于昆明工学院，可人们都说他是自学成才的火箭制造专家。在学校，他学的是机械专业，来到北京火箭总装厂后，主要从事测绘设计工作，职务是机械技术员。也许上帝冥冥中在他绘出的成堆成捆的图纸上给了他选择人生的启示，他发现在自己所绘制的图纸中，工厂车间所有生产设备的零部件都是由铸铁制造的，这些零部件一旦损坏都不能焊接修复，损坏了只能报废重换新的。

制造铸铁部件，要经过测量、绘图、做木模、翻砂、浇铸、机械加工一系列复杂工序，周期长、成本高、浪费大，对机械修理任务完成相对不利，尤其是绘图纸，一干少则几天多则一个月，劳累的程度他是深有体会的。他总是在想，如果铸件也能焊接修补该多好啊。然而，学校的教材与工厂的实践都告诉他：冷焊接技术复原大件极少有成功的先例。也有人不信邪干过，但焊口会产生白口裂纹。不过，陈钟盛由此产生了一个想法，能不能在焊过的白口裂纹上攻关，敲开铸铁也能焊接的大门。

他一个学机械的，要去敲打铸铁谈何容易，这也不是他技术员分内的事。机械加工行业是冷加工，而焊接是热加工，俗话说"打铁卖糖各干一行""隔行如隔山"。可是上帝既然给了他启示，他是不会甘心放弃的。工作时间不用说，下班后他就去找和他志趣相投的焊接师傅，一边跟着学焊接，一边和师傅交心向师傅请教，师傅觉得这年轻人有思想不简单，是块有出息的料。受他的感染，师傅也和他一起琢磨这个问题。这一学一商讨的猛劲儿就持续了7年。实践出真知，日久现端倪。7年里，虽还没有解决焊接问题，但陈钟盛学到了很多焊接知识，其技术水平已达到四级焊工的技术标准。他心里很高兴，这人呀多个手艺就多条门路。咱阿爹不就是既会赶马帮，又会种茶烧窑吗？天荒饿不死手艺人，这话的确很有一点世事沧桑洞悉人生的社会哲理。

1969年，陈钟盛索性把办公室也搬到生产现场。白天工作，晚上搞试验。古人说不入虎穴焉得虎子，铸铁冷焊就是虎穴，陈钟盛在里面摸爬滚打。一次、两次，失败促使他走进图书馆、书店，寻找他需求的知识。为向一个厂里的焊接师傅求教，他一早骑了20多里的路，到了师傅家却没见到人。回来吧，天下大雨路又滑，只好在屋檐下等了6个多小时才见到师傅。精诚所至，金石为开。陈钟盛拜师求教，大有刘皇叔三顾茅庐的汉代遗风，师傅也感动了，留他在家里整整谈了一个晚上。

就这样不懈努力干了10多个春秋，陈钟盛终于从一个不懂焊接的人成为专家，敲开了铸铁冷焊的门，攀登上一座具有自主知识产权的冷焊技艺高峰，展现了航天人坚韧不拔，特别能攻关的精神境界。一个中国的冷焊专家诞生了。

几十年的攻关钻研，陈钟盛的脚步留在了大江南北。由他研制出的焊条，其功能满足了冷铸焊接所有的需要，经他手焊接的大小铸件无一不起死回生，完好如初。人们说陈钟盛的冷焊技术是中国冷焊界的一绝，并将他制造的焊条称为“陈氏焊条”。他还创造了一整套用于普通铸件与高精件铸接的工艺操作程序，可用于导弹火箭，也可用于大型的机床设备。1972年，南京铁路轮渡所一艘5000吨的火车轮渡船——“江苏”号主机大型缸体严重裂损，如不及时修复将危及南北火车畅通和南京大桥的安全。南京港四处求援，找到了好多厂矿单位都无法接修，换铸件国内没有，到国外买，时间得一年半载，而且需要几十万美元的外汇。南京方面向交通部紧急求援，而交通部却派不出能焊接这样高难度铸件的技师。部里有个干部突然想到火箭总装厂是焊接导弹火箭的厂，一定有这方面的高技术人才，于是派专人到厂里求救，正好那天陈钟盛在办公室值班，一听说，就爽快接下任务乘车赶到南京。对方恳请陈钟盛修复要快，轮渡已停半个月了，大量的物资积压在渡口，他们感到压力很大，而且还要求不能卸下缸体，只能立焊仰焊，还要保证缸体的气密性和强度，陈钟盛一一点头答应。他看了看现场，确实是一块硬骨头，破损裂口很难焊合。明知山有虎偏向虎山行的陈钟盛，横下心来说了声："干！"他和南京轮渡所派出协助的工人同心协力，吃住在工地，日夜奋战，终于在一个星期内用"陈氏"焊条工艺，让这艘搁浅的轮船拉响了汽笛。

1980年，银川化肥厂合成氨车间一台高压机缸体破裂，停产一天即损失72吨合成氨，直接影响宁夏、青海两省区的农业生产。陈钟盛应邀来到化肥厂，刚下飞机就来到现场，什么也没说，带着工具侧身爬进缸体内部气缸和水套的连接处开工，身子蜷缩在三尺宽的空隙里，不能翻身挪动。银川天气闷热，缸里的陈钟盛全身汗流不止，脖子、胳膊被缸体磨压得酸麻使不上劲儿。骤然间，一小片锈片在振动中不小心溅入眼中，可他不吱声，咬着牙一锤锤地敲打着。当他爬出缸体，守在缸体外的厂领导才发现他的眼睛在流血。厂里紧急请来省里最好的眼科医生为他动了手术，取出锈片后眼睛还蒙着纱布，他就离开医院领着工人们干了起来。凭借他练就的冷焊绝招，把这部高压机缸体焊接如新，让化肥厂重新投入了生产，让上百部等在厂外装货的汽车奔驰在六盘山下的塞外江南。

陈钟盛的事迹上了《宁夏日报》。宁夏回族自治区党委书记霍士廉亲自把酒为陈钟盛送行，在银川古西夏国的十里长亭依依垂柳下手拉手与他道别，同时将一面绣有"精湛技艺，铁人精神"

的锦旗送到了火箭总装厂。

这样的事对陈钟盛来说简直数不胜数。陈钟盛走到哪，就把航天人的精神风采美德品格留在哪。航天铁军的风采，像云霞花朵洒落在陈钟盛走过的闪耀着蓝色焊花的工厂矿山。人们说陈钟盛的手中一朵焊花一支歌，让我们就再来听听这焊花下的歌声吧！

陈钟盛不顾长途行车的劳累来到云南汽车修理厂，下车后直奔现场拿起焊枪，修复被人认为只能报废的机床汽缸等冷铸件，在闪闪迸溅着的焊花中，人们看到了希望……

昆明焊管钢管厂 100 吨冷剪机支撑碎裂，下陷 100 毫米。陈钟盛来厂后，还未喝上一口水、吃上一顿饭，就投入修复工作。夜深人静，仍能看见车间里蓝光闪闪映着陈师傅的身影。天都快亮了，昆明焊管钢管厂的同志再三请求他休息，可他却说夜间干活电压稳定，对焊接的质量有利也有保证……

《中国职工劳模列传》中有这样的叙述：据不完全统计，从 1962 年到 1972 年，陈钟盛为部内和部外企业修复铸件 2900 多件，其中大型部件 320 多件，办学习班 35 次，向 6500 多人传授技术，发表论文 18 篇……

《航天群英》刊载：陈钟盛 1973 年为戚墅堰发电厂修复一台德国进口的汽轮发电机缸体，价值 500 多万元；1978 年为武汉重型机床厂修复一台 32 吨球墨铸铁床头箱，价值 80 万元；1982 年为佳木斯发电厂修复一台发电机缸体，挽回了 1200 万元的损失……

陈钟盛是一位名人，是国家权威的冷焊专家，又是一个只知实干而淡泊名利的航天战士，他朴实如同老工人，一身工装就是他的形象。也许在人们的想象中他应该高大伟岸，衣着考究，而现实中的陈钟盛只穿过 3 次老伴给他特制的蓝色华达呢中山服。前两次他穿着这身像新郎官似的衣服走进人民大会堂分别参加了周恩来总理、华国锋总理举办的国庆国宴。还有一次是代表航天铁军去看望 90 大寿的老领导聂荣臻元帅。聂元帅拉着他的手说：“陈钟盛，是你说过外国人能干的，我们中国人照样能干吗？”陈钟盛连连点头说：“我是照您的指示干的。”“好，好。”聂帅拉着他的手，在家里的院子里漫步谈了好久，直到把他送到家门口才依依惜别。一个共和国的元帅和一个从高黎贡山走来的白族航天人是如此的亲切知心，笑颜留在了那天两个老航天人的合影上。

陈钟盛为自己订了“约法三章”，出门不让侍候，不吃请，不受贿，不利用工作之便游山玩水。他 5 次去武汉，却没登过黄鹤楼；多次去杭州，却说不出西湖的断桥在哪；到新疆，主人送他一床和田细羊毛毡，临走时他放回在宾馆的床上；到上海主人安排他乘火车软卧铺，下车时在软卧车厢找不到他，主人急了，他却背着黄帆布包从前面硬座车上下来。

好一个陈钟盛，难怪人说你哪像中国第一冷焊专家。像什么呢？宾馆花园里的老花工？工厂车间里的老焊工？什么都不像，你就是铁军里的一名老兵。

神技天焊——高凤林

铁军的老兵们都退休了，然而他们没有遗憾也没有担心和忧愁。人总要老的，长江后浪推前浪，青出于蓝而胜于蓝，革命自有接班人。他来了，英姿勃勃，朝气如日出东方，他接过陈钟盛手里蓝光闪闪的焊枪，走进了铁军的队伍，依然是一朵焊花一支歌，我们的队伍向太阳。他，就是被誉为中国航天神技天焊的火箭总装厂的青年工人技师，全国青年高技能人才楷模高凤林。

高凤林手里的焊枪承载着国家的使命，闪耀着民族的尊严。当一个青年焊接工人站在高耸入云的火箭发射架上，仰望他的人生之路通向蓝天白云时，他意识到自己手里握着举起的焊枪是如此崇高而又如此沉重，这是一种什么样的开阔而远大的视野和理智信仰的奋斗境界。从他的身上可以看见航天铁军新一代所展现的英雄气概和时代风采。正如胡锦涛同志所说："伟大的事业孕育着伟大的精神。"在高凤林人生之旅新的长征路上，一个个镜头的定格呈现出航天铁军新一代的贡献。

郊外某试验场上，"长征三号乙"火箭发动机即将试车，当加注推进剂时，一个没想到的意外发生了，发动机喷管在搬运时因撞击而受伤，停止了程序。消息传回了研究院，指挥部召开紧急处理会议，专家们提出了各种方案，但因为没有百分之百的把握而被否决了，在思索和提议中天空迎来了一轮新月，会场陷入一片沉寂。此次发射的最高指挥员航天部副部长刘纪原小声地问身边的总设计师龙乐豪："高凤林怎么没来开会？"

其实发射一停，高凤林就知道了。当刘纪原这么小声一问时，早已站在会议室门外的高凤林立即进来。不等部长开口，他就提出了自己的意见："受伤的喷管可以使用，不需再进行补焊，我到现场看过了，火箭起飞后喷管不会在飞行中开裂。"

"你说什么？"刘部长瞪了他一眼。高凤林打了个冷战，知道自己有些冒失了。一个小小的焊工，真不知天高地厚，那么多专家围在一起开会都束手无策，而你却说没关系，可以不补焊。万一发射上天出了问题，你负得了责吗？高凤林哪有资格负责，他只是阐述自己在心里慎重考虑好了的想法。然而科学是需要论证的，论证在哪呢？刘纪原突然站了起来说："高凤林，给你两天时间，不，三天，你给我拿出试验数据来。"

高凤林从会议室出来直奔工厂，在车间一角开始着手做着各项试验。这时有电话打来说他妈妈打开水时不慎烫了腿脚，住进了医院。高凤林5岁死了爹，是妈妈含辛茹苦把他们兄妹几个带大的。妈妈此时痛苦地躺在病床上，泪水盈眶，不时地念叨着儿子，可就是不肯轻易让媳妇给儿子打个电话。

母子心连心的天性把儿子召唤到妈妈的身边。儿子抚摸着妈妈被纱布裹得严严实实的腿说：“妈，疼吗？都怪儿子不好，只知厂里忙，没好好照应您。”高凤林惭愧地凝视着妈妈慈祥的脸说。妈妈仿佛从儿子脸上显露出的焦急不安里看出了什么，问道：“凤林啊，是不是火箭出了大事，妈算了算，你都好几天没回家了。”

“别担心，火箭好好的。妈，我给你洗一把脸吧。快一年了，儿子也没给妈洗过脸。”孝子高凤林忍住眼中的泪水转过身端来一盆水放在病床边，一边扭干毛巾一边说：“妈，等火箭发射上天了，我就回来陪您，一步都不离开。”

“妈，洗脸吧，别担心，这两天就让媳妇陪着您，厂里有点事，我要回去了。”高凤林细心地给妈妈洗完了脸，又拿出刚发的出差补助给了妻子说：“给妈买点好吃的，我走了。”

这一走又是两天。第三天早上，两天两夜没合眼的高凤林带着他和同事全面精确的试验数据，走进了总指挥的办公室。一周后，高凤林随同试验队在发射现场目送“长征三号乙”运载着菲律宾“马步海”大型通信卫星呼啸升空，进入了预定轨道。

2004 年 8 月，来自全国各条战线的有突出贡献的精英人物，受到国家特别邀请来北戴河消夏度假。在中央别墅区一间凭窗临海的会议室里，国家副主席曾庆红亲切接见了他们，他们中有航天战线的代表杨利伟和高凤林。他俩虽在同一支铁军的队列里，却是第一次见面。一个是遨游太空圆了中华民族几千年飞天梦想的航天英雄，一个是从地上用火箭把飞船和航天员送上九重天的技术工人代表。一个已闻名天下，一个是默默无闻，然而他们都是在同一条战线有着同一个奋斗理想的航天战士，天上地下伸出的手紧紧相握于国家领导人的身边，合影后他俩携手像老朋友一样坐在一起亲切交谈，幸福地谈起他们各自走进这一支铁军劲旅的历程。

高凤林1962年出生于北京，生长在中国最困难的年代。5岁时父亲走了，全靠母亲省吃俭用苦苦挣扎供他读书求学。吃着从菜市场捡回来的菜叶子掺一点点豆面长大的高凤林，从小懂得生活的艰难。妈妈辛劳地养育他，盼着儿子长大出息，过上好日子。妈妈常说："孩子，你要好好读书，长大以后成为一个懂技术，有学问，对国家有用的人才。"妈妈的话，高凤林铭记在心。高中毕业，他考进了离家很近的七机部下属的技工学校焊接班，从此他踏上了通向太空的道路。通过在学校的刻苦学习，他知道焊接是一门高深的技术，同时也是一门艺术，特别是航天设备的焊接技术是这一行的顶峰。顶峰在哪？老师说如果你想成为火箭发动机的焊工，那就要取得向顶峰攀登的英雄准入证。英雄不仅要有一个装满知识的头脑，还要有一手巧夺天工的手上功夫。老师举起一双手又说："这焊接英雄的手上功夫要如外科医生般精巧细致，又要似钢琴家的手指那么灵活准确，还要像画家那样稳健和谐，富有想象。要看到想到手到。"高凤林出神地听着，攥紧自己的手，牢牢地在心里铭记着老师的话。

临近毕业，焊接班的学生由老师带着到火箭总装厂实习，现场跟着师傅操作。3个月后，他们拿出了自己实践的焊接样品与老师傅焊接的样品比较。高凤林的样品是一块铁板上一条扭曲得像蚯蚓身上堆满了皱褶的焊缝，而工段长师傅的样品，是一条笔直的渠水被微风吹出的富有音韵旋律的波纹。高凤林并没有灰心，在心里自己跟自己叫了板。此后，他憋着一股劲，每天一大早起来手握红砖，伸直胳膊，蹲着马步，练三伏，练严寒，心里想的看的都是那条笔直的渠水，风吹波纹的焊缝，狂喷的烈焰，雷霆万钧腾飞的火龙。

毕业分配高凤林留在了火箭总装厂，幸运地被分配到老师傅所在的制造火箭发动机的车间，来到了待攀登高峰的山脚下。年轻的他高兴地向妈妈报喜："妈，儿子要成为焊接英雄了，不过，现在儿子才刚刚起步，还没有登上山峰。"

妈妈高兴地说："儿子，只要加劲努力，当英雄的机会总是会有的，你能进那么大的火箭总装厂，不就是一个人最好的机遇吗？"

5年过去了，高凤林一直坚韧、勤劳、刻苦、奋斗，终于等来了一个施展才华的机遇。

1983年，"长征三号"火箭发动机燃烧室的研制工作在进入最后组装阶段出了问题。动力装置——发动机是飞行器的核心，而燃烧室又是发动机的核心。燃烧室的尾部喷管由于结构复杂且采用了特殊材料因而导致焊接困难。试验中由于焊接缝较脆，难以承受设计压力，极易断裂，这对燃烧室是致命的。高凤林认为操作技术是没有问题的，问题出在材料内部的应力上，对于这种应力，传统焊接技术难以克服，若从改善材料或从焊接的应力着手，也许可以解决。真是一语点破梦中人，打开了大伙的思路。工段长当即说："小高，既然你有了成熟的思路，你就试试，也把你的本事亮出来，让大伙开开眼。"

"好"！高凤林一头扎进燃烧室，小小的工作间里，焊枪的烈焰伴随着他的心血、汗水、坚韧和钻研，变化着各种轨迹，绘就着各种图案，一个又一个。他终于成功地解决了火箭发动机燃烧室尾部焊缝中冲压断裂问题，为此他荣立三等功。21岁的高凤林小荷初露尖尖角，就让大伙刮目相看，工段长说："好苗子，准能成大器啊。"

高凤林——这个小伙的名字，从此闯进了总工程师的视野。

1989年，高凤林攀上了"焊接高地"的第一座高峰。

那是亚洲最大最高的火箭箭体振动塔，用于我国第一种大型火箭——"长二捆"火箭的整箭振动试验。振动塔建设中的关键是塔中用于支撑火箭振动大梁的焊接能否达到要求。振动塔大梁是用特殊材料焊接而成的，这种材料在常温下强度非常高，韧性非常好，是制造振动塔大梁的最佳材料，但却给焊接带来极大困难。“长二捆”是用来发射澳星的，它的成功关系着我国航天技术在国际上的亮相，高凤林接下任务时就知道这任务不仅是领导对他的信任，更是澳星发射的关键之一。他把自己关在屋里三天没出门，提出了一套全新的焊接方案，即通过控制温度来完成焊接工艺要求，方案得到了总工程师和一线技术人员的一致认可。完工后的大梁承受住了“长二捆”在振动塔上的全部振动考验，同时证明我国这一座亚洲最高最大的火箭箭体振动塔质量可靠，达到国际先进水平。

1992 年 8 月，澳星发射成功，高凤林虽未到现场目睹其发射的壮观，但他那小小的焊枪则在万里之外的一间发动机的研制室里，默默地闪烁着一串串歌唱的蓝光。航空航天部为高凤林创造的这一焊接工艺颁发了航空航天部科技进步一等奖。

1992 年 9 月，我国开始实施载人航天工程，有关方面对高凤林主持焊接的试验塔振动大梁进行了压力强度升级测试，结果表明承接能力超过设计性能 60 吨。60 吨？测试人员心存疑惑，再测再算，因为这关系载人航天工程的成败呀，结论仍然是 60 吨。这是个绝对正确的数字，也是个绝对奇迹的数字，是属于高凤林的数字，也是我国载人航天科技发展史中焊接技术的一个纪录！

高凤林终于在一个傲视群峰的高度上起飞了，铁军的风采在高凤林的焊枪上闪光，未知的前方还有更高的科学之峰在召唤着他。

第九章　引吭高歌

前面就是充满希望的21世纪
一个未知的等待揭开的梦幻
让人类的想象飞翔在广阔无垠的空间
那些走进新世纪共同追求的奋斗信仰
宛如太阳系的星宿辉映着和谐宁静
愿景在月亮之上引领航天追求卓越

1. 长征火箭光辉足迹

有着“金牌火箭”美誉的“长征二号丙”改进型火箭和“长征三号甲”火箭，是“长征”火箭家族中的骄子，“长征”火箭研制发展史上创造的十几个第一，已载入了共和国的史册。

为发射中国返回式卫星而研制的“长征二号”系列火箭，曾有过1次失败和29次的成功。“29”这个数字的后面，是与失败决裂的“长征二号丙”开创的辉煌历史，也由此产生了“永不停步，永攀高峰，永保成功，永创一流”的研究院精神。

中国运载火箭技术研究院研制的“长征二号”系列火箭包括“长征二号”“长征二号丙”“长征二号丙改进型”等几种火箭，“长征二号丙”火箭以其可靠的技术和100%的发射成功率，成为了“长征”火箭家族中的基本型火箭。它分为两级状态和三级状态，直径为3.35米，全长40~43米，一、二级使用常规推进剂，上面级使用固体推进剂。一、二级采用平台式计算机控制，上面级采用惯组式计算机控制。“长征二号丙”火箭用于近地轨道、太阳同步轨道、地球同步转移轨道及大椭圆轨道卫星的发射任务，具备“一箭一星”“一箭多星”的发射能力，是中国用于发射近地轨道返回式卫星的主要运载工具，可将2500公斤有效载荷送入近地轨道。截至2007年4月，“长征二号”系列火箭一共进行了30次发射，除1次失利，29次发射均获成功，其中“长征二号丙”及其改进型火箭共发射26次，成功率达到100%。

“长征二号丙”火箭走过了一段光荣而又艰辛的历程。

1970年4月24日，“长征一号”火箭首次发射成功，将我国第一颗人造卫星“东方红一号”送入轨道。此次成功，标志着中国跨入了航天时代。1971年，我国第一颗返回式卫星立项，其运载火箭被命名为“长征二号”，低轨道运载能力为1800公斤。首枚“长征二号”火箭于1974年11月5日在酒泉卫星发射中心发射，火箭起飞后姿态失控失稳，22秒后于空中炸毁。经分析，其故障原因是火箭控制系统俯仰通道速率陀螺输出导线有暗伤，在飞行环境下导线断开，造成火箭失稳自毁。此次失利，给整个设计队伍造成非常被动的局面，但他们顶住压力，重新改进设计。1975年11月26日，“长征二号”火箭第二次发射，成功地把返回式卫星送入预定轨道。从1974年至1978年，“长征二号”火箭在酒泉卫星中心共发射4次，3次取得成功。

随着卫星发射技术进步的需求，1979年对“长征二号”火箭进行了改进，成功研制了“长征二号丙”火箭。从1982年到2007年，“长征二号丙”火箭17次传出了连战连捷的喜报。

1993年，“长征二号丙”承担发射美国摩托罗拉公司铱星的任务，根据铱星的发射要求，对火箭又进行了重大的技术改进，在原二级火箭基础上增加了一个全新的上面级，称“长二丙改进型”。改进后的火箭从1997年至1999年，连续7次发射成功，将摩托罗拉公司 2 颗模拟星和 12 颗铱星送入轨道。2003 年至 2004 年，“长征二号丙”的又一改进型火箭分别在西昌和酒泉卫星发射中心成功发射。

与“长征二号”系列火箭命运相连的是率领火箭出征太空的历任总指挥：王德臣、袁连启、李明华、李占奎、郑全保，历任总设计师：屠守锷、王德臣、李占奎、范瑞祥……

历史从来是向着辉煌举手致敬，但对于失败也寄予深切的感激，它知道失败孕育的成功往往是更值得敬佩与礼赞的。“长征三号”系列火箭的成功就是后者最生动的体现。航天人的道路充满着艰辛与眼泪，也洋溢着欢笑与潇洒，哭过的笑才是真正的笑，因为从这笑声里，你能感受到一段真正的人生历程。任何事业的结果都并不代表真正的完美，而过程才是更值得赞叹的，是美好的。

“长征三号甲”系列运载火箭的研制是以浩瀚苍穹广阔空间的占领为目标及出发起跑线的，无论纵向横向的延伸扩展都有着鲜明的主题意识，也有着形象的立体质感。

由“长征三号甲”“长征三号乙”“长征三号丙”三种大型火箭组成的“长征三号甲”系列火箭，是我国目前高轨道上的主力火箭群体。它的研制贯穿整个 20 世纪八九十年代。“长征三号甲”系列火箭具有技术性能先进、继承性好、运载能力大、适应能力强、发展潜力大等特点，是我国火箭研制领域的一项重大成果。然而，1996 年 2 月 15 日，“长征三号乙”初试锋芒，发射国际通信卫星组织的“708”通信卫星，却在升空 22 秒后以轰隆隆的爆炸化为一团火焰、一团硝烟……消失在西昌卫星发射中心的莽莽群山中。这次失利是中国航天发射史上最为惨烈的事故，2 位参加火箭发射的科研人员不幸因公殉职，也夺去了 4 名附近居民的宝贵生命。事故恰恰又是发生在中国百姓最为看重的春节前夕，大年三十发射基地一片哭声，彝家山寨牛角悲鸣，大小凉山笼罩在悲伤的细雨中。有着几千年传统的中华第一节，第一次在西昌基地没有响起欢乐的锣鼓和拜年的喜庆爆竹烟花。

由于这次发射的失利，国际通信卫星又组织急于发射新星，他们改变了原定使用“长征”火箭发射卫星的计划，于6月15日使用了欧洲“阿丽亚娜”火箭将另一颗通信卫星送入了轨道。然而，“祸不单行”，同年8月18日，“长征三号”火箭在西昌发射中心将“中星七号”送上太空时，火箭起飞后第三级火箭在二次启动工作段出现故障，提前关机，致使“中星七号”通信卫星未能进入预定轨道。这一切与4年前澳星发射的那一幕何其相似。

这时，太空中已经没有国产的通信卫星及国产转发器能够投入使用，而在役的运载火箭又没有能力发射高轨道重型通信卫星，国家电视、广播、通信事业面临严重困难，十万火急中，国家被迫启动巨额外汇租用国外的“中星五号”卫星，缓解当时的紧张局势，同时把急切期待的目光投向中国运载火箭研究院，希望加快大推力运载火箭“长征三号甲”的研制进度。国家要求研究院为发射我国第二代广播通信卫星“东方红三号”提供运载工具。一箭定乾坤的重担压向“长征三号甲”的研制队伍和总设计师龙乐豪。

1986年就列入国家重点工程“862”计划的“长征三号甲”的研制队伍，历经8年的拼搏鏖战，对已成型的“长征三号甲”火箭三子级动力系统进行试车，这次试车是为首次发射试验铺平道路奠定基础的一战。

1994年2月8日，“长征三号甲”火箭在青山叠翠的西昌卫星发射中心首次发射。16时43分，一声点火令下，群山回应着惊天动地的轰响，“长征三号甲”火箭雷霆万钧拔地而起，踏着火焰电光直刺九重，将一颗“实践四号”科学探测卫星和一颗模拟星分别送入预定轨道，成功实现了具有国际标准的“一箭双星”的发射，标志着我国运载火箭技术及运载能力登上了国际先进的舞台，展示了中国已具有发射高轨道重型通信卫星的能力，使我国广播通信事业划时代地跑步进入了世界高科技的先进水平。这坚实的基础平台，预示着全球信息化的时代已向中国走来。

首飞报捷后，“长征三号甲”研制队伍不摆酒庆功，马不停蹄地转入第二阶段的阵地，把目标对准了发射第一颗“东方红三号”卫星。9 个月后的 1994 年 11 月 30 日凌晨 1 时 2 分，“长征三号甲”火箭托举起“东方红三号”卫星像一条喷吐烈焰的长龙，划破茫茫夜幕与青山相连的天际，一条白云似的哈达告诉人们：“东方红三号”卫星已进入地球同步转移轨道。

时至 2007 年，“长征三号甲”火箭又进行了 13 次发射，与火箭亲密接触的卫星有“东方红三号”通信卫星、“中星 22 号”卫星、“北斗导航”卫星、“中星 20 号”卫星、“风云二号 C”卫星，均 100% 发射成功，“长征三号甲”从而获得了“常胜将军”的美名，并获得了“金牌火箭”的美誉。

“长征三号甲”火箭的成功发射，不仅展示了其自身的可靠性，同时引领出其家族的另一重要成员——“长征三号乙”火箭。国际卫星通信组织在与中国长城工业公司签订的启用“长征三号乙”火箭发射国际通信卫星组织“708”卫星时，合同生效的首要条件就是“长征三号甲”火箭必须发射成功。

对外发射服务为研制我国新型的大推力运载火箭提供了契机，也为“长征三号乙”火箭的诞生奠定了基础。“长征三号乙”火箭虽在 1996 年首次飞行遭受了惨痛的失败，然而团队卧薪尝胆，痛定思痛，迎接挑战，再振雄风。经故障分析委员会和“长征三号乙”火箭设计师系统历时 3 个月挑灯夜战，终于寻找出导致失利的故障模式，设计人员完成了 12 大类共 125 项（次）地面试验及大量理论分析。5 月 18 日，理论分析与地面仿真试验都证明故障原因是由一只电子元器件的制造工艺缺陷，致使其功能突然失效，造成平台随动环故障，导致惯性基础倾倒，火箭飞行失败。结论经故障审查委员会审查认定后，专家们又经过 3 个月紧张工作，由设计师系统提出并完成了 47 项 256 条改进措施。按国际惯例，研制者还向世界上主要卫星发射保险商进行了故障调查报告宣讲，并得到了他们的认可。

1996 年 2 月 24 日，国务院总理李鹏到一院慰问加班的职工，详细听取了“长征三号乙”火箭发射故障的分析报告，并做了重要指示，给了研制队伍极大的鼓舞鞭策。

卧薪尝胆，忍受国内外巨大压力的“长征三号乙”火箭研制队伍，在首次失利一年半后，重振雄风，奔赴靶场。1997 年 8 月 20 日 1 时 50 分，“长征三号乙”火箭成功发射了美国为菲律宾制造的“马部海”通信卫星。喜讯传来，研究院所有研制人员无不长长舒了一口气。以国为重、以人为本的精神，在完成这一件又一件任务的过程中净化升华到了一个更高的境界。从困境中突围而展现勃勃英姿的“长征三号乙”火箭迎来了国际卫星服务盎然复苏的春天，1997 年 10 月 17 日、1998 年 5 月 30 日和 7 月 18 日，“长征三号乙”火箭分别成功地将“亚太二号 R”“中卫一号”“鑫诺一号”卫星送入预定轨道。至此，“长征三号乙”火箭已将美国、法国制造的 4 颗卫星全部发射升空进入它们的预定轨道，由此而产生的重大技术、经济与社会影响，使“长征三号乙”树立起了良好的品牌形象。

由于国际市场的风云变幻，美国政府在卫星出口许可证上横加干涉，使“长征三号乙”火箭发射美制卫星的合同项目被迫终止。2002 年 10 月 23 日，亚太卫星广播公司独具慧眼与欧洲合作，冲破美国的干扰，以力挽狂澜的勇气与中国长城公司签订了用

"长征三号乙"火箭发射"亚太六号"通信卫星的合同，这颗卫星是由法国阿尔卡特公司制造的。2005 年 4 月 12 日 20 时，"长征三号乙"火箭在西昌卫星发射中心成功地将"亚太六号"卫星扶摇送上九霄，迎来了又一曲春天的凯歌。这是"长征三号乙"火箭在国际舞台沉寂了 7 年之后的又一次登台亮相，再次向世界展示了中国"长征"系列火箭的神韵风采。

2. 解密载人火箭

航天人在滚滚黄沙下的酒泉迎接 21 世纪的第一缕阳光，他们用迎接新世纪降临那种神圣而庄严的目光，注视着矗立于火箭发射架中的那一枚乳白色的绘着五星红旗和中国航天蓝色标徽的火箭，这枚不同凡响又高又大的火箭，人们叫它"长征二号 F"。

载人航天工程七大系统中的运载火箭系统是负责把飞船和航天员送上天的运载工具，"长征二号 F"新型大推力火箭的研制，是实现载人航天事业最基础的前提。道理很简单，飞船再好，航天员再棒，送不上太空那就不叫航天，火箭就是为飞船航天员搭起的登天长梯。

当今世界上大约有 25 种系列火箭、200 多个型号，分别由美国、俄罗斯、中国、日本和巴西等国家所拥有。但在这么多火箭当中，只有美国和俄罗斯拥有能将航天员送入太空的航天飞机和运载火箭。

当时，我国所拥有的最大推力的火箭就是"长征二号 E"即"长二捆"，若用它来发射载人飞船，在安全性、可靠性上还远远达不到要求。为适应飞船的需要，研制部门决定以"长二捆"火箭为基础设计新的火箭，为此，担任载人航天工程运载火箭系统任务的中国运载火箭技术研究院决定在原"长二捆"研制队伍的基础上增加一些技术骨干，组成新的队伍开始研制“长征二号F”载人航天新型火箭。尽管“长征二号F”拥有“长二捆”火箭成熟技术作基础，但载人航天对火箭有着更高的可靠性和安全性要求，为适应这些要求所采用的许多新技术，航天人都是首次接触。

研制队伍成立时，总指挥沈辛荪、总设计师王德臣召集各分系统负责人开的第一次会议，就是把过去历次发射中出现的一些不可靠、不安全的问题清理出来，同时分头查阅国外资料，重点解决可靠性、安全性与载人的适应性问题，特别要从设计上实现安全可靠。发射卫星的火箭可靠性是0.91，可这个指标用在载人飞船上就太低了，飞船一般的可靠性要求应达到0.9999～0.999999。作为运载火箭，这样高的可靠性要求世界各国包括美国、俄罗斯都达不到。目前世界上运载火箭可靠性最高的美国和俄罗斯，达到了0.99，中国航天专家经过反复协调论证，最后定下来我们的指标是0.97。

飞船与火箭的配套设施是由数十万个元器件构成的。许多元器件体积小，工艺要求高，研制生产十分精细。比如研制的一种传感器，看起来只有芝麻大小，但要经过200多道工艺。元器件的可靠性指标是由元器件的每小时失误效率来确定的，普通元器件的失效率是10^{-6}，而“长征二号F”火箭的元器件每小时失效率为10^{-9}，就是说正常工作1小时，10亿个甚至100亿个元器件中仅允许1个失效。

从国内基础工业的状况来看，要使火箭的可靠性达到0.97是十分困难的。由于国内电子元器件产品失效率相当高，研制人员就得在设计上找途径，采取冗余措施，坏了还有备份。还有元器件、发动机、结构方面都要想办法加强。比如结构方面，过去发射卫星，火箭都要尽量减轻结构重量，争取多上有效载荷，现在增加了冗余备份件，火箭自身的重量肯定增加，因此需采用新的设计方法，提高火箭的运载能力，发动机也要做多次地面试验，把问题暴露出来，想办法解决。

诸如此类的问题还有很多，涉及的工业部门、生产厂家不少，这都需要发扬“两弹一星”的光荣传统以实现全国大协作。而在市场经济条件下怎样去协同作战？靠计划经济时的一纸国务院令走遍全国，行政命令无阻挡的模式显然是不行了。怎么办？研究院的新办法是以市场为杠杆，采用互利互惠共赢的经济手段解决。技术和工艺攻关项目，经“两总”确认有大大小小100多项，其中有10项关键技术攻关项目：火箭故障模式分析及实时诊断技术、无控逃逸飞行器气动特征分析及试验技术、逃逸系统机构技术、整流罩纵向解锁技术、前置弯喷管的高速度大推力固体发动机等。“长征二号F”火箭与其他“长征”火箭最大的不同是增加了故障检测处理系统和逃逸系统，这两个系统不仅技术新，难点多，而且协调关系复杂。除了那10项攻关的关键技术外，就是根据载人航天工程大总体要求，火箭采用技术厂房垂直总装、垂直测试、垂直整体运输的三垂模式和远距离测发控制，所有这些技术与方案在我国均为首次采用。

为突破这些关键技术，研究院从方案设计开始就已将其列入重点攻关的项目。

对于带有逃逸系统的运载火箭，研究院的研制人员只是在国外的画报上见过，对其怎么设计制造、又由哪些部件组成一点也没头绪。俄罗斯人曾傲慢地宣称中国的生产和工艺水平无法达到载人航天工程对火箭的技术要求，只要中方出资，俄方可以直接提供图纸和产品。然而这个建议被我国航天工作者断然拒绝了。在航天人的身上凝聚着一种求知与追求的能量，一种不达目的决不退缩的气概，一种以知识为基础探索求真的智慧，一种以国为重、为国争光的坚韧毅力。沈辛荪、王德臣把这一艰巨的攻关任务交给了吴燕生所率领的总体设计室的攻关小组后，有多少个不眠之夜，总体设计室的灯光伴随着年轻的研制人员熬红的双眼；有多少个阖家团聚的节日，设计人员、工艺人员、生产试验人员依然在紧张地忙碌着，挥汗如雨战斗在攻关的前沿。各级领导来到现场，送来了党的温暖关怀，鼓舞着第二任总指挥黄春平、总设计师刘竹生所率领的研制队伍，为“长征二号 F”火箭的攻关会战拼搏。

在逃逸系统和故障检测处理系统的研制中，吴燕生和同事们遇到了前所未有的困难，整整 4 年的攻关，其间所经历的挫折与磨难无数，直到在试验场通过飞行试验验证其设计的正确性后，他们才松了口气。

在故障检测系统中，对故障判据的设定和比较，曾让吴燕生和同事们费尽心思，他们不断地学习、探索、实践并与高等院校联合，进行多方案仿真模拟试验，逐步趋近并达到设计目标。在实践中，他们发现存在隐患的故障点，为了保证载人航天工程万无一失，又重新对火箭控制系统进行了冗余设计，排除了在发射和飞行中可能出现的隐患。

在逃逸系统和故障检测系统的研制中，故障模式的仿真、栅格翼、整流罩成为当时攻关的主要瓶颈。没有任何经验，没有成熟的技术可以继承，甚至连间接的借鉴条件也不具备，可他们仅用了 18 个月就完成了逃逸系统和故障检测系统的研制和试验。18 个月，对于普通人来说是短暂的，但对于吴燕生、荆木春和他的同事们来说，在 18 个月里完成了需要两三年才能做完的工作，其艰巨与复杂只有他们自己知道。

1996 年是世界航天史上的多事之秋，但“长征二号 F”火箭的初样研制却取得了突破性进展：完成了箭体结构静力试验件生产并交付试验；完成了振动箭的生产总装；箭上电气系统研制也克服了诸多困难，开始综合试验；活动发射平台通过技术设计评审并投入生产。至此，经过 5 年的设计、研制、认证，“长征二号 F”火箭初具雏形。按照工程实施计划，“长征二号 F”火箭为力争 1997 年进行首飞试验打下了较好而扎实的基础。但此时中国航天却经历了两次重大的失利，严峻的形势将研究院逼到了再也失败不起的境地。这时的院党委提出了“质量是政治，质量是生命，质量是效益”的口号，并在全院员工中展开了大讨论，进一步加深质量这一重要命题与研究院存亡相连的关系。

“任何一个细小的失误都将导致整个任务的失败及灾难性的后果”，在此共识基础上，研究院所属的各个单位共同采取了一系列强化质量管理的措施，从型号产品设计生产试验、原材料元器件的采购到对外协作等各个环节严把质量关。

1997 年，“长征二号 F”火箭又先后完成了电气系统综合试验和匹配试验、控制系统半实物仿真试验、电气系统单机可靠性增长试验和电磁兼容试验、箭体结构静力试验、全箭振动试验等多项大型试验。

“长征二号 F”火箭的初样转试样评审顺利通过。火箭试样出图备料、工艺准备、投产等工作也取得了一定进展，这些都为试样工作的顺利开展奠定了基础。就在初样的研制工作形势一片大好之际，一个意想不到的问题摆在总指挥黄春平和火箭研制者的面前，因缺乏设计经验，火箭整流罩重量超标，不能满足逃逸系统的设计要求，结论是必须对整流罩进行“减肥”。

“长征二号 F”火箭的整流罩技术指标比一般火箭更为苛刻，研制生产工作量比过去增加几倍，因技术新，难点多，致使整流罩超重几百公斤，现在必须把这几百公斤减下去，但试验计划已排定，牵一发动全身，时间不允许拖，减重后的整流罩从零部件生产、材料供应到组装更改都需要时间，怎么办？黄春平会同研制队伍一起拍板，困难再大，为了保证有效载荷，必须给整流罩“减肥”。

吴燕生和总体设计部的年轻人接下了这个任务，他们连续苦战两个月，终于拿出了一个“减肥”方案和强度计算结果。随后工艺改进及生产，也按新时间节点做出了细致安排。承担这种整流罩生产对火箭总装厂尚属首次。工艺状态不稳定，结构复杂，精度要求高，但火箭总装厂的员工没有选择，只能接下任务。工人师傅、工艺检验人员与吴燕生带领的设计人员集中起来，在现场一同分析、反复讨论，调度员穿梭于各个工作单位，做好了中间工序衔接的一切准备。工人们消化技术，摸清生产规律，日夜奋战，创造了 1 个月完成 3 个月工作量的崭新纪录。

1997 年寒冬季节，敢打善打硬仗的航天人的智慧与心血开花结果了。12 月 12 日，中国运载火箭技术研究院在火箭总装厂总装车间召开了合练箭总装动员大会，拉开了“长征二号 F”火箭合练总装的序幕。

1999 年 11 月 20 日，以中国运载火箭技术研究院为主研制的“长征二号 F”运载火箭诞生了。火箭高 58.3 米，起飞重量 479.7 吨，起飞推力 600 吨，能将 7.8 吨的飞船送入 300 公里左右轨道，它是我国当前最大推力的大型火箭。这一天它就要出征了，肩负着共和国的重托，人民的期望，一声呼啸中华梦圆，瞬间辉煌光照千秋。抬手之间，中国的第一艘太空飞船——“神舟一号”腾空而起，它揭开了中国载人航天活动的序幕，奏响了中国铁军向太空挺进的新曲。

“神舟一号”飞船的成功发射与圆满回收带回了世纪之交的邀请，追求卓越的中国运载火箭技术研究院为中国载人航天工程做出了重大的贡献，火箭飞船的研制成功，使我国成为世界上第三个掌握了载人航天技术的国家！

“长征二号F”火箭是“三高”产品，具有高质量、高可靠、高安全三大特性，是中国航天史上第一个用于载人的全新的运载火箭，它第一次明确提出了可靠性与安全性设计指标的要求，是目前中国所有运载火箭中重量最大、长度最长、系统最复杂的火箭。为载人的需要，“长征二号F”火箭采用了55项新技术，其中十多项技术，达到了国际先进水平。它的研究过程开了很多先河：首次研究了310种火箭故障模式与逃逸判据；首次研制了火箭故障检测处理系统和逃逸系统；首次研制了全冗余的控制系统；首次研制了多种置弯型固体发动机；首次采用“三垂方式”，即运载火箭在发射阵地垂直总装、垂直测试和垂直转运到发射阵地；首次使用远距离测控发技术，使用先进的电光技术、自动控制技术和弱信号的远距离传输技术等。“长征二号F”运载火箭总体技术性能已达到国际一流火箭标准。

2002年3月25日，江泽民总书记在酒泉卫星发射中心，在观看“神舟三号”飞船发射前夕，欣然挥笔，为“长征二号F”火箭题字“神箭”。“长征二号F”火箭无愧于这一荣誉称号，至今，以六战六捷的骄人成绩，向世界展示中国“神箭”的风采。

作为“长征二号F”火箭的总指挥黄春平，从7年铸箭的生涯中深深认识到，高质量、高可靠、高安全是载人航天的生命线。他说：“过去，我们发射卫星的火箭可靠性达到0.91以上已经很不容易了，现在要把火箭的可靠性提高到0.97，能使航天员的安全性达到0.997，就更不容易了。可靠性的增长，带来的是一系列设计的改变，甚至是材料的改变。”

这个从福建闽侯县八闽小山村走出来的新中国自己培养的火箭专家，和林则徐、林祥谦这些中国近现代史上有名的大人物是老乡，是不同时代在同一个山村同一片沃土上成长起来的男子汉。他在这座航天城里生活了40多年，却仍然像孩子一样对太空充满着美好而又天真的幻想，有着一颗不停探索而好奇的心，正是因为这探索所唤起的坚定信仰，使他的人生洋溢着激情的光彩。

有人说，黄春平在航天城生活战斗的40年间，曾创造性地解决了飞行器局部回收的难题，他在无遥测数据的一片茫茫沙漠中，仅凭洒落的几片残骸，找出了某型号产品失败的原因，为国家挽回了巨大的经济损失。在火箭紧急中止发射极其危险的时刻，他成功地组织人员将火箭推进剂排泄出来，身先士卒的他，随时都有可能随着一声爆炸粉身碎骨，可他就是从死神的手里夺回了生命。他曾是中国火箭技术研究院的副院长，在危难时又是敢打敢搏的航天一兵。他是一颗航天的明珠，默默地把自身的光彩溶入火箭喷射的火焰里。

3. 心中最美的火箭穿过白云飞了

在亿万人民欢呼航天英雄杨利伟从太空归来时，在这欢笑与鲜花的海洋里，一个泪如泉涌的热血汉子紧紧地握着杨利伟的双手。那是“长征二号F”火箭的总设计师，一个把一生献给了中国火箭事业的人——刘竹生。

他是在那片战火连绵、硝烟滚滚的黑土地上成长起来的东北汉子，天生有一副挺拔的腰板，一颗高昂的头颅，听听这个名字——刘竹生，竹的挺拔笔直，竹的不折不屈，扎根石缝泥土中，咬定青山不松口。既有郑板桥的高洁风骨，也有薛涛的温婉纤柔；既有顶天立地，也有婀娜多情。名字虽是父亲所取，却蕴涵着对儿子的希望与祝福。刘竹生天生聪颖，孩提时就已经领悟了自己名字中的真谛。东北汉子有大碗喝酒大块吃肉的粗犷豪爽遗风，但刘竹生的童年可不是有大碗肉吃的年代。生活在沦陷于日寇铁蹄下的东北，作为小职员的父亲，就只有那么点微薄的收入养活6

个孩子。高粱米、大白菜就是刘竹生一家常年的伙食，连生日也吃不到肉，生日礼物就是一个鸡蛋。生活贫苦，排行老二的刘竹生还得和大姐一起照应小弟小妹。刘竹生上小学五年级时，母亲得了肺结核没钱医治过早地走了，父亲不久奉调离开哈尔滨到甘肃兰州支援边疆建设，家里就剩下读初中的竹生、尚未成年的姐姐和弟妹跟着没文化的姥姥过活，日子越发困难。面对如此不幸的命运，刘竹生最铭心刻骨的是无论家境再困难，爸爸也要让孩子念书的那种执着，这种执着在刘竹生心里激起一股求学的欲望，焕发出一种为读书不惜摧毁任何障碍的狠劲。

高中毕业喜爱美术胜过理工科的刘竹生因家境贫困，掏不出经费到北京读大学，更无钱购买昂贵的颜料作画报考中央美院，他只能就近报考哈尔滨工业大学。一个美术家的梦破灭了，而一个中国一流的火箭专家诞生了。刘竹生选择了精密仪器系，后又改考化工系，初看这些专业与今天从事的航天工程没多大联系，然而冥冥中的命运之神却又把刘竹生拉到数学系读力学专业，学校动员他服从组织安排，原因是化工系人太多有点爆满，教室里再也放不下多余的书桌了。力学就力学吧，凡是大学的课程，总是有人念，我不念别人也得念，何必与领导扭着呢。这一念，还真念出机遇来了。1 年后哈工大突然成立了一个导弹工程系，将刘竹生还在念的力学专业转到了导弹工程系，命运之神伸出的手就这么带着刘竹生辗转周折，他笑着进了中国运载火箭技术研究院总体设计部。这一进来，就一辈子没挪窝，与风风雨雨，轰轰烈烈，蓝天白云，运载火箭相依为命 40 多年。

当有人在“长征二号 F”火箭把载人飞船送上太空时问他：“刘总，你已是功成名就的大专家，一辈子与火箭为伴，难道在这漫长的 40 年里，你对工作就没厌烦过或是有过情绪，想跳槽干点别的学科，研究更有趣的东西？”刘竹生笑说：“这本来就是我应该做的工作，这工作就是国家使命。国家使命会让一个共产党员感到单调乏味吗？这工作对我就是事业，一辈子支撑我信仰的航天事业。这事业的动力来源于我今生的三个梦，一个梦是幻想梦，那是儿时做过的嫦娥奔月的梦；第二个梦是航天梦，是在研制‘长征’火箭时突然发现宇宙神奇莫测，奥秘无穷，越研究越着迷，欲罢不能；第三个梦是强国梦，我常常在梦里念叨，国家赋予我的使命，我还没有尽责尽到最后呀！我的三个梦还没有做完，我这老头子放得下干了一辈子的航天事业吗？还是院党委知道咱们这一辈航天老人的心，虽然卸下了原来压在我们这些老家伙肩上的担子，把职责使命压在年轻人的肩上，可是院党委却又要咱们为新一代火箭技术把关，把审定新型号的重担压在我们的肩上。古人尚有烈士暮年壮心不已的感叹，何况我们这些老共产党人呢？我要把古人的诗篇改成：夕阳无限好，黄昏也是春。”

在“神箭”托举“神舟六号”飞船即将发射的前夜，刘竹生默默地念叨着“一切为载人，全力保成功”，这是航天人平时叫得最响的一句话。此刻，刘竹生充满感情地向它走来，紧靠在冰凉的箭身上，爱抚着在月光下闪闪发光的火箭的金属外壳，就像爱抚着即将远别的儿女。他深情地从上到下仔细地端详着，把每一个细小的部件都铭刻在心里，烙印在大脑中，那犹如父子般难舍的亲情，已化成荡漾在眼底的泪。他心中最美的火箭是有生命的生灵，也是有精神的圣灵。

他对身边的总指挥黄春平说：“我要好好看它一眼，也许这是我作为火箭总设计师打的最后一仗啦！”作为航天战士告别的敬礼，他默默地贴着帽檐举起了手。

4. 火箭摇篮里成长的孩子

两个从火箭摇篮里走出的孩子，今天已成长为中国运载火箭技术研究院新世纪的领军人，率领着从事中国现代火箭研制发射的两万航天战士，创造着新的奇迹，铸造着跨越世纪的辉煌！他们是——中国运载火箭技术研究院第十任院长吴燕生，第八任党委书记梁小虹。

39 岁出任院长的吴燕生是在火箭大院里诞生、长大的孩子，当他还在娘胎蹬脚伸腿时，爸爸就和叔叔阿姨们在大沙漠上把中国的第一枚导弹送上了天。妈妈身怀他的日子，牵挂的是在大沙漠试验场的爸爸，娘俩做的都是航天者的火箭梦。1963 年金秋时节，降临人世的吴燕生睁开眼看见的是妈妈的笑脸和墙上贴的那张“1059”导弹画，以及爸爸从厂里跑回来时那一身散发着火箭味的工装。婴儿在爸爸高高举起的手中“哇哇”哭叫，小脸儿正好对着墙上贴的火箭，爸爸高兴地喊着说：“我们的事业后继有人啦！”“别光顾高兴了，给咱们宝贝取个名吧。”妈妈从爸爸手里接过婴儿亲吻着，爸爸忽然一拍手说：“有了，娃他爷爷是从燕京大学毕业去美国的，孩子又生在北京火箭大院里，那就叫燕生，行吗？”“我看行，小宝贝，从今天起你就是爷爷和爸妈的小燕生啦！”妈妈的喜泪滴落在小燕生的脸上，小燕生的心灵好像感悟到了爸妈的欢乐，也摇着小手“哇哇”叫了起来。

吴燕生的家可说是火箭世家，爷爷是燕京大学电机系毕业后又留学美国。爸爸抗战时期进入西南联大航空系学了两年就参加了解放军，抗美援朝时在志愿军空军部队服役，干的是修理作战飞机的工作，飞机场就在丹东，与朝鲜前线只隔着一条鸭绿江。抗美援朝战争停战后，爸爸转业到北京飞机修理厂后转入国防部五院一分院，成了火箭总装厂的技术员。1 年后，妈妈也调进厂里。吴燕生的父母可以说是中国火箭摇篮的第一代人。像吴燕生那样在“摇篮”里长大的孩子有好几百个，他们今天大都成了航天战士，而吴燕生是其中的佼佼者。

当采访这个年轻帅气的院长时，谈到他的家庭背景，他的脸上就流露出一种特别的幸福感，夹杂着一丝自豪。他的谦和礼貌，亲切诚恳，使人想到中国老一代知识分子的坦诚纯朴。吴燕生虽然从小生活在航天大院里，但并不知道父母从事的具体工作，由于当时航天是国家机密，从外表上看的那种戒备与威严，让儿时的吴燕生对这个大院和父母的工作从心底油然升起一种充满神圣和神秘色彩的敬仰。

爸爸妈妈、叔叔阿姨都说燕生这孩子虽然有点调皮，但却聪颖过人，在学校成绩总是名列前茅。1979 年，他以前三名的优势考入北京市的一流高中——北京四中。中学时代不知咋的，他对军事科学特别有兴趣，还特喜欢阅读军事文学的英雄传记小说，比如《保尔·柯察金》《普通一兵》《卓娅和舒拉的故事》《巴顿将军》，还有中国小说《红日》《保卫延安》《林海雪原》等。当他从这些书中深深感受到我国的军事力量、国防实力与发达的西方国家相比有着较大差距时，热血少年的心中就立下了要为国家的国防现代化努力奋斗，献身国防建设的志愿。参军当兵是那个年代青少年心中的第一理想志向，吴燕生报名参军入伍时，视力检查不合格，少年的从军愿望破灭了。然而，作为航天人的后代，吴燕生意识到航天与国防的强大是紧密相连的，不能从军报国，搞航天同样能增强国防实力，而且那时他的家就在军营里，院里的叔叔阿姨们都是穿军装的技术兵。张钧伯伯、刘瑄伯伯都是将军呢！院里还有将军楼，校官、尉官住的宿舍，咱家不也在楼上住着吗？在大院里也能当兵呀！爸爸说好多大学生、研究生都穿上军装在大院里从事科研工作呢，燕生听爸妈的话，一定好好学习，考上清华、北大，当钱学森院长伯伯那样的大科学家。

1981 年，吴燕生原想报考北京航空航天大学，学习飞机发动机专业，将来好为祖国制造喷气式飞机，但在父母的启迪下，最终选择了清华大学电机系。清华大学朴实求真的学风，使吴燕生受益匪浅。学校注重培养学生独立分析问题、解决问题的能力，注重培养实践能力，注重基础教育的教育方法，为踏上工作岗位的吴燕生在解决复杂工程设计问题、探求科学真理方面打下了良好而扎实的基础。

大学毕业的吴燕生，又面临着人生的重要抉择，这一步怎么走，将影响他的未来和前途命运。最初他的意识依然没脱出俗套的好男儿志在四方，闯世界、开眼界、敢于下海冲浪的时风潮流，尽管心里还装着航天，可是航天就在家门口，这不符合大丈夫志在四方的向往，他自己也不太情愿待在家门口，小鸟长大了还要飞上天呢。这时中国的改革开放进入了一个新时期，在同学们的邀约下，他们到一些正在改革的企业参观、考察、应聘，可是一圈跑下来，吴燕生放飞的理想始终没找到落点。20 世纪 80 年代前期的航天却发生了三件大事：一是成功发射了地球同步轨道通信卫星；二是实现了水下潜艇发射导弹；三是成功地向太平洋发射了我国第一枚远程火箭。这三件事，壮了国威，振奋了全国人民。三声雷鸣炸醒了吴燕生的心，航天在他眼前铺开了广阔而灿烂的前景，于是，他毅然报考火箭研究院的研究生。航天事业又向他伸出了期待的手臂，拥抱了回来的儿女，吴燕生成为了中国运载火箭技术研究院总体设计部的研究生，并且选择了当时最热门的专业——自动控制专业，带他的老师就是当时“长征三号”火箭的总设计师范士合。

吴燕生在研究院总体设计部这个培养中国航天领军人物的摇篮里边学习边实践。1989 年 2 月，他留在总体设计部，成为一名真正的航天人。

总体设计部是研究院的龙头，是这支铁军的总参谋部、作战部，是一个作风、技术双过硬，团结战斗的功勋集体，中国最优秀的“长征”系列火箭的立项、设计、研制全源自这里，它是中国航天系统顶尖人才的培养基地。这里有众多的良师益友，有学术研究蔚然成风的环境氛围，有同志间真诚坦荡、朴实无华的作风，有敬业奉献精神，吴燕生学到了许多书本上学不到的知识、品格。曾是总体部主任的李福昌回忆说：“刚到总体部的吴燕生热爱航天事业，虽是出自清华的高才生，却不好高骛远，能虚心向老同志求教，钻研技术。当时室里的老同志都把航天的希望和未来寄托在年轻人身上，惜才育才，言传身教，使吴燕生很快进入了角色”。

从事航天风险大，压力重，而且工资低，吴燕生上班时，正是社会上流传“搞导弹不如卖茶叶蛋”顺口溜的时期，有不少年轻人另谋高就，研究院出现了人才流失的高峰。吴燕生也知自己挣得很少，但他看见部门的老专家、老同志依然任劳任怨勤奋地工作，不为所动，也不理睬外部的诱惑，甚至拒绝外企外单位的高薪聘请，兢兢业业地工作，生性本就踏实的吴燕生心态平和了。他不时提醒自己：坚定理想，脚踏实地，做一个对国家有所作为的合格航天人。

然而现实的状况确实不令人乐观，研制任务不饱满，“长征”火箭两年发射一次，一个大研究院一年围着一个型号转，连总体设计部的领导也不得不安排吴燕生为院里的民品生产厂设计烟草生产线。那时院里最先进的计算机算一个数据要几十分钟，吴燕生算数据从没厌烦过，因为刚工作的吴燕生认定了一个道理：一个人只有把一件事情做好，才可能被安排做第二件事。

从最普通的设计员干起，在诸多的“打杂”工作中，吴燕生逐步熟悉认识了总体部工作的范围、环节和内部关系，所从事的围绕火箭研制的程序门类，宏观的、综合的、分支的，他的工作能力在增强。机遇来了，进入1990年，院里的研制任务突然多了起来，“长征三号”火箭担负发射美制“亚洲一号”卫星的重要任务，这也是中国火箭打开国门走向世界对外发射服务的开始。吴燕生第一次接受任务就和同事们创造性地解决了火箭绕空间轴一次变轨到位的技术关键，保证了发射成功。首次亮相就崭露头角，部里领导发现了吴燕生在火箭研制上的才华，而这才华宛如性能卓越的火箭一发而不可收。紧接着一道又一道技术难关在吴燕生和同事们激情的创意下被攻克。在获得荣誉赞扬后，他肩上的担子越压越重。

还真是初生牛犊不怕虎。自此，他就紧盯着世界科技前沿，主动向新的目标冲刺。如在研制“长征三号甲”和“长征三号乙”的攻关中，他在火箭大角度调姿和主动段大角度解耦控制方案设计中，提出以绕箭体轴的角偏差作为解耦控制方案和在三个波道同时加程序的方案，使箭体绕空间轴一次旋转到位，保证了火箭飞行试验成功。

刚过而立之年，雄鹰已振翅远飞的吴燕生迎来了人生的又一次重大机遇。这时的吴燕生已由一个普通的设计员、设计组组长成长为得力干将，被委以“长征二号F”运载火箭主任设计师的重任，具体负责火箭的“自我诊断器”故障检测系统和航天员的“生命保护神”逃逸系统的技术攻关。吴燕生知难而进，独当一面，主持完成了全箭可靠性设计，逃逸系统设计，以及型号总体设计方案和初样研制工作。在缺乏资料经验的条件下，研制工作困难重重。自接受任务后，一台台计算机前、试验室里就多了一批吴燕生率领的“拼命三郎”，他们从此告别了节假日和规律的作息时间，加班加点，自主创新。这是新一代航天干将，他们头脑灵活，计算机技术一流，理论与实践结合得心应手，创新成了研制的核心统帅，他们设想了300多种火箭故障模式进行筛选、分析并研究对策，又历经4年时间对发生概率最高的11种故障模式进行了多次飞行仿真试验，分析比较，最后确定合理数据。吴燕生及他率领的"拼命三郎"用全部心智攻克了一个个拦路虎，为航天员编织了一张可靠的救生网。

1991年底，吴燕生担任室主任助理兼"长征二号F"火箭主任设计师，负责从局部到火箭整体的设计工作，涉及流体力学、载荷设计等很多他从未学过的专业。恰这时又值他爱人分娩不久，家里也需要他照顾。顾全大家，还要兼顾小家，每天忙完家事后，他晚上再跑回办公室挑灯上"晚自习"——看书，熟悉火箭的各个分系统、数万个零部件、每一道工艺和计算程序，他这样"修炼"了两年之久。

高新技术的科研生产岂能一帆风顺。1997年吴燕生被提为总体部副主任，担子和责任都加大了。一次，他负责的一个型号出了个大问题，当时大家压力很大，焦急不安，又苦于想不出解决的办法，汇报给部里领导后，专家们对这个问题非常宽容，全无指责之意，相反来到现场帮他出主意想办法，解决了难题。吴燕生为此感慨万千，并深深体会到，一个人在挫折面前的态度有两种：一是振作克服，二是泄气退却。挫折对人的承受力、心理素质都是一个极大的考验。这一次他们战胜了挫折，同时积累了一笔宝贵的精神心理财富，以后再碰到困难，他心里就有谱了。

在13年航天生涯中，吴燕生一直和火箭总体设计一道成长，相依为命，他深深爱上了自己从事的航天事业。从火箭型号论证、立项到设计，各个环节他都了如指掌，对火箭各个子系统的设计、计算程序、制作过程工艺及质量控制也做到了心中有数。

在举世瞩目的载人航天工程中，他是这支队伍里出色的指挥员，并亲自参与了“长征二号F”火箭的研制生产。在发射“神舟五号”“神舟六号”飞船的日子里，作为“长征二号F”火箭设计师之一的吴燕生，一跃成为中国火箭队伍的领军人物。2002年，39岁的吴燕生被中国航天科技集团公司聘任为中国运载火箭技术研究院第十任院长。任命宣布后，院里很多人都说这是瓜熟蒂落，众望所归。正如毛主席所说：“你们青年人朝气蓬勃，好像早上八九点钟的太阳，希望寄托在你们身上。”在他前后担任副院长的几位同志，都是年富力壮的中年人，他们也都是新中国成立后培育起来的专家，而且都来自基层，有着丰富的工作经验、业务能力和知识水平，大家一致表示支持新院长的工作，期待共同率领研究院迈上一个新的台阶。吴燕生感到欣慰，更感到战友情深。

吴燕生不负众望，上任后他兢兢业业、勤奋刻苦，继承了老领导张钧、张镰斧等人身先士卒、敢打敢拼、联系群众、依靠群众、相信群众的作风和优良传统，而且特别注重发挥领导班子的集体智慧，狠抓领导班子的政治素质和工作效能，组建了研究院决策层的智囊团——院科学技术委员会。院科技委当中聚集了几位中国科学院、中国工程院院士。吴燕生对这些老前辈非常尊重，经常和他们沟通情况，定期开展专题研究，讨论院里的规划发展与重大问题，尤其注意营造民主氛围，请老专家们畅所欲言，献言献策。近两年，吴燕生发挥智囊团的参谋作用，提出了现代公司化建设改革和发展的总体方案和用科学发展观引领研究院全面协调快速发展的意见，为研究院今后的发展指明了方向，在全院员工的讨论中引起强烈反响。

吴燕生、梁小虹通过摸底调研，得到一个共识——必须打破研究院原有的封闭状态，紧密地同国民经济发展与市场经济的大市场、大环境联系在一起，靠政策求生存求发展。他俩多次商量列出专题，在院决策层进行研讨。他们要求这一届领导班子要积极转变观念，树立大局意识，保证型号任务完成，锐意进取，大胆创新，着重扭转依靠国家指令性计划的思想，制定以市场需要为导向的发展战略，逐步实现由传统型号院到总体院的转变，由行政管理模式到经营管理模式的转变，向“国际一流宇航公司”的目标迈进。面对转型的考验，吴燕生在院第五次党代会上充满豪情地说：“我们要建立民主科学的决策机制，为我院的可持续发展拟定规划。近期目标是全面提高我国运载火箭的整体水平和能力，拓展航天运输系统的应用领域，为建立完善先进的航天运输系统奠定基础。以研制新一代运载火箭为重点，全面提高我国运载火箭在国际商业发射服务中的竞争力，瞄准我国军用和民用航天需要，开展可重复使用运载器及其他新概念运载器的关键技术攻关。远期目标是建成完善的航天运输系统，初步建成满足我国军用民用需求的天地往返运输系统，开展新概念航天运载器的研究。”这个发言使员工们振奋，赞扬这届领导人有志气、有知识、有魄力。也有人为此忧心忡忡，担心搞不好会砸锅，引起一些说不清楚的矛盾。吴燕生、梁小虹对改革中碰到的困难阻碍是早有思想准备的。他俩一面组织人员做思想政治工作，一面督促主管部门早日出台改革措施，进行组织结构调整。开展公司化经营机制改造，完善创新体系，推进创新成果产业化，推行“企业经营”理念，依托院内专业技术优势发展民品并重用人才。他俩有一个共同的心愿，那就是在航天领域举起率先改革的旗帜。既然是一场革命，作为领导改革的共产党人就必须旗帜鲜明。院长书记联手同心，率领一班人雷厉风行地真抓实干。2003 年他们在总体部启动了以财务管理为核心的综合管理制度改革；通过加强质量控制管理，把过程质量控制导入整个科研生产；按照现代企业制度要求，对院本部结构进行调整，增设了发展规划部和资产经营部。

新长征的号角已经吹响，新长征的战鼓已经擂动。

2007年，研究院隆重举办了“长征”火箭100次发射出征的“新长征宣言”仪式，吴燕生院长深情地说：“我们即将迎来建院50周年，胜利实现中国现代火箭史上从无到有，从零开始向100次穿越太空的胜利进军。今天我们在有‘中国火箭摇篮’美誉的航天城，举行向第二个100次进军迈步的新长征启程仪式，其目的就是要传承历史，引领航天，凝聚智慧，跨越发展。”

忆往昔，峥嵘岁月稠。过去的50年，全院员工以国为重，把个人理想与祖国需要，个人利益与国家利益紧紧联系在一起，创造了无愧于祖国，无愧于历史的辉煌业绩。“两弹一星”让中华民族巍然屹立于世界民族之林，“载人航天”让13亿华夏儿女扬眉于世，感到骄傲与自豪。

50年灿烂的阳光，一院的航天战士时时感受到党和国家与全国人民给予的温暖；50年的征程，一院人推动中国航天事业不断向前发展；50年的艰苦奋斗，顽强征战，培养与形成了一院人“永不停步，永保成功，永攀高峰，永创一流”的四永精神；50年的风雨洗礼，培育了“顽强，毅力，忍耐，坚定”的院魂；50年的建设成就，铸就了一院的人才辈出，硕果累累；50年的辉煌业绩，归功于我们伟大的党，伟大的祖国，归功于我们伟大的中华民族和人民，归功于全院航天儿女的英勇战斗，无私奉献。

千里之行始于足下，未来的远景却又挥毫于今天——2007年是新长征的启程之年，要完成以“长征三号甲”火箭发射为代表的科研生产任务，完成以资产重组、风力发电和煤化工为代表的民用产业发展任务。一院既要保证型号科研生产任务的完成，保证型号试验飞行的成功，也要保证以资产重组、新能源、新材料、特种车为代表的民用产业目标的实现，使院的民用产业真正与军品协调发展，共同踏上一个新的台阶，为新长征开好头，起好步。

5. 崛起的半壁江山

“一院是航天的一面旗帜，在航天运载工具系列、军品型号系列、民用产品等方面都创造了许多辉煌的业绩，辐射带动了集团公司许多单位的发展，可以说是居功至伟。”好一个居功至伟，这是时任航天科技集团公司副总经理的芮晓武在一院召开的民用产业化工作会议上对一院民用产业的高度评价。就是在这次会议上，吴燕生代表院党委两次重申“构建和谐新一院，铸造国际一流宇航公司，实现型号实战化，运载市场化，经营规模化，基础现代化，管理科学化”的五化目标，其中要实现的“经营规模化”之当务之急就是要加速民用产业的发展。

吴燕生既欣喜又感慨地说，研究院从20世纪80年代开始，坚决贯彻邓小平同志提出的“军民结合，平战结合，军品优先，以民养军”的方针，在军工系统开展了军转民的第二次创业，由过去单纯的国家任务型向兼顾市场导向型转制。但是研究院是一个长期对外封闭的以研制生产运载火箭型号为主的事业单位，思想观念、组织机构、管理模式、规章制度，都构建在极为严密的计划经济的框架里。早在80年代初期，一院的党委班子就已意识到商品经济必然会成为社会发展的主流，国家经济的转型期已经来到，转与不转是不以人的意志为转移的，迎着潮流上才是唯一的选择，杀出一条路来就是光明的坦途。院党委遵循着立足国内、面向世界、放眼未来的宗旨，在保持中国运载火箭事业高速发展势头的同时，发挥航天高科技优势，积极将航天的科技成果推广应用在民用领域，研制开发了数以百计的符合国民经济发展需要和替代进口的高新技术民用产品，为国民经济建设做出贡献，同时也增强了自身的经济实力，改善了职工的生活状况。

综观研究院民品的发展历程，走的是一条不断解放思想，探索创新，适应市场经济发展的道路。经过20多年的风雨历程的磨炼，研究院民品生产已走出了初创期“村村开店户户冒烟”的无序混乱，逐渐形成了一定的规模。特别是“十五”期间，民品生产保持了持续快速增长的好势头，民品收入由2001年的5.8亿元增长到2004年的28.3亿元，年平均增长率58.6%，提前完成了80亿元的目标。利润总额也从2001年的0.3亿元增长到2004年的3.8亿元，年平均增长率135%。截至2005年，研究院的民用产业已形成了一定的经营性资产，全院民品公司资产总额已由2001年的9.3亿元增长到2004年的31.5亿元，年增长率38%，净资产由2001年的4.7亿元增长到2004年的12.2亿元，年平均增长26.8%。

研究院有了一批具有一定规模和知名度的产品和生产这些产品的有较强市场竞争力的公司，年收入在5000万元以上的公司就有12家，拥有发展前景良好的主导产品，而且这些产品已由当初的小批量小规模分散化，逐渐向大规模集成化过渡。随着民用产业的发展，研究院培养了一支从事民用产业开发生产相对独立的员工队伍，培养锻炼了一大批懂专业、会管理、善经营、勇于创新的民品经营开发的人才。在民用产业化的过程中出了成果，出了人才，也出了效益，形成了一定的自主研发创新能力，开拓了民品生产的领域，形成了重点发展板块，民用产业已成为研究院经济效益的半壁江山。

如电梯用的稀土电机已完成跑梯试验，实现了批量销售；风力发电已与全球最大的风力投资商签署了合资合同，参与了风电国家特许示范项目，成为进入风险小，收益稳定的能源行业的切入点；自主开发的高档印刷机各项技术性能达到国内领先水平，并成功实现销售；化工配套设备有望成为新的免检产品；规模经济资源重组初见成效，经营性资产已进行了大规模整合，收购控股了香港上市公司；成功收购泰安特种车辆厂，组建了特种车事业部，为特种车辆生产规模经济奠定基础；汽车电喷，密封器件，烟草机械，石化设备，医疗制药设备等已具有较强的市场竞争力；研究院已有了6000多人的民品研发队伍，在经营管理销售及市场竞争方面的经验日益丰富，对市场经济的规律有了更清醒的理解与把握，市场观念、成本观念和竞争观念都有了显著的提高。

在未来的发展中，民用产业要为研究院经济目标做出60%的贡献，为此，以“经营规模化”为目标，院党委制定出台了《一院民用产业发展战略》及《一院关于发展民用产业的实施意见》。

《发展战略》和《实施意见》明确了加速发展民用产业的指导思想和战略目标：将“军品立院、民品富院”这一指导思想贯彻在与时俱进构造和谐新一院、铸造国际一流宇航公司的整个战略行动中。明确了院民用产业的主要发展方向是建立五大民用支柱产业，即先进能源、特种车辆和汽车零部件、航天特种技术应用、新材料及其应用、卫星应用和电子工程。这五个方面是一院在集团公司指导下立足一院实际，在充分研究市场需求后做出的战略选择。下一步，研究院将把发展重点聚焦到上述领域，实行归核化改革，加大投入，迅速做大做强，实现2010年研究院民用产业达到180亿元的目标。

“归核化”即同类产业资产的优化组合，能集中力量，扩大规模，提高竞争力。其组织形式是打造重点公司，形成加速发展的平台。

吴燕生、梁小虹对搞改革既有激情更有理性，工作中他们更侧重于创新和质量。

他们认为超前性的预研，是提升一个单位、一个企业基础研究能力的手段。根据他俩在总体部的经验共识，没有预研，一个单位的科研发展就没有后劲，没有支持。他俩在总体部任主任、书记时就曾针对院预研工作的薄弱情况，一面抽调一批青年技术骨干去搞预研，鼓励他们在技术上冒尖；一面着手搞基建添设备，于2002年成立了研发中心，还建立了创新基金。院科技委副主任李福昌兴奋地说：“成立研发中心的主意高，其作用和深远意义将在不久后即展现并大放光彩。”

“千里之堤溃于蚁穴”，吴燕生深谙此理，他常对同事们说：“对于航天型号这样复杂的系统工程，任何细微的失误都会影响成败。细节决定成败，是我们永远成功的根本保证。”他多次重申必须认真贯彻周总理为航天人制定的16字方针，在型号研制中确保产品质量。后来质量问题又被梁小虹提升到了一个新的战略高度，成为一院的核心价值观：“质量是政治，质量是生命，质量是效益”。为此俩人经常到各厂、所重点环节检查，到火箭发射现场大抓落实，毫不松懈。在院长、书记的影响下，全院各部门狠抓质量蔚然成风，成效显著。

吴燕生、梁小虹这届班子的业绩非常突出，近三年来，研究院的经济效益已从过去的20亿元翻过了100亿元大关。

让我们听听这位年轻的院长在庆祝载人航天飞行圆满成功的大会上，作为中国航天科技工作者的代表，是怎样向党中央国务院、中央军委及胡锦涛总书记、温家宝总理汇报的。

吴燕生发言说：“‘神舟六号’载人航天飞行的圆满成功是具有里程碑意义的重大胜利。13年来，广大科技工作者继承了老一辈科技工作者创造的‘两弹一星’精神，弘扬载人航天精神，大胆创新，攻克了一项又一项世界航天领域公认的技术难关，突破了具有自主知识产权的核心技术，视质量为生命，培养造就了严、慎、细、实的科技作风，共同托举起中国的‘神舟’，共同打造了通往太空的天梯。”

6. 心与火箭一起飞

与第十任火箭研究院院长吴燕生搭档的是党委书记梁小虹。

他，从中国人民解放军的队伍里走来，从松辽平原、白山黑水、茫茫云烟的大山沟里走来，走进了中国运载火箭技术研究院。他是一个年轻的转业军官，一个从少年时代就在军营里长大的人，对他来说，转业是一个共产主义战士的战略转移。战士走到哪儿，哪儿就是前线；共产党人走到哪儿，哪儿就是播下共产主义种子并用生命心血浇注它开花结果的土地。

梁小虹写过一本富有诗意和哲理的著作《航天精神》，这是一部既洋溢着战斗的激情、浪漫的愿景、博大的想象，而又文采飞扬的理论著作。能把一部剖析阐述航天精神的书写成一部富有文学色彩诗意哲理的政论著作，作者必定是一个富有诗人气质的学者型人才。

梁小虹虽已年过半百，但他的精神气质，挺拔的身姿，时时微笑的红润脸膛，宽宽的肩膀，说话时有力而恰如其分的手势，都保持着一种军人的豪爽而坦荡的气质。从他眨动的眼睛里，似乎可以看到一丝童真与聪灵的闪光，他富有磁性的一口北京话男中音里，还带一丝东北腔的尾音，那是他在东北 17 年的军旅生涯留下的纪念。学者的儒雅与战士的豪爽都交织融汇在他的身上，这使他时时难忘辽河的波浪，长白山的风雪，北大荒的苞米、獐皮、乌拉草。小小少年从军，远离故乡北京，过了山海关进了那片黑土地，那是爷爷那辈人跑关东捞生活、脚踩荆棘饱吃烟泡雪的不归路啊！当然，少年的他赶上了好时代，他是戴着光荣花踏着锣鼓声走进解放军这个火红的大熔炉大学校的。初中还没毕业的梁小虹，人生的第一次战斗考验，是一场意外的突发大火，就燃起在他所在的新兵连驻地 1 公里外的大凌河桥上。火光就是命令，部队扑向火场。腊月的辽河结了冰，部队只能从凿开的冰窟里用脸盆端水，杯水车薪又怎能压住越来越大的火势，情急中的小战士梁小虹扑通跳进冰河，站在齐腰深的河里，用脸盆端水泼向大火，一盆又一盆，手臂都酸了，痛得端不起脸盆，坚持咬牙泼呀泼呀，湿透的棉衣棉裤结了一层冰凌，而手中脸盆里的水始终哗啦哗啦响着，火势被压住了，当小战士从河里爬上来时，冻得全身失去了知觉，冰棍似的倒在河岸，被大伙抬上了卡车。

火炉边，连长守着缓缓醒来的小战士，感叹地说："俺这回真的是看走眼，委屈小虹啦。真想不到这个从分部宣传队来的小兵，不仅仅是长得英俊乖巧，舞跳得好，歌唱得棒，小嘴一张一套套的，演啥像啥，关键时刻还挺得住有一股献身精神！过去，这小子认为自己会唱会说是宣传队的台柱子，要他站岗放哨是屈才了。俺心里挺喜欢他可也没少批评他。这小兵可还就是行，这次救火俺才识出真金。"连长自责着，等到梁小虹醒来，他把手中一直端着的一碗姜辣面条塞在小战士的手里，深情地看着他吃进肚里。

16 岁的梁小虹在这次救火中的突出表现，给了他在部队发展的契机。新兵训练结束后，与他一起被调到新兵连的人都回到原连队当战士，只有他被任命担任班长。16 岁的小班长带领全班去一个远离连队的农场执行任务，虽是个班长，但责任重大，不仅要管理好全班的生活训练，还要负责与地方的协调联系。小班长独当一面的组织协调工作能力就是从那时得到初步的锻炼。这一年他带的那个班被评为四好班。

1973 年，与他同时参军的战友大多复员回乡了，30 多个北京兵只梁小虹留在连队当文书，第一次为连队写总结、写报告、写训练计划。他记得刚参军时连信也写得不太顺畅，经过这一年的磨炼，他具备了初步的写作能力。

1974 年，梁小虹调到机关军运处作代理助理员，负责铁路运输，1 年后调凌源县 619 仓库勤务一连任排长。这是一个地处偏僻的辽西山沟里的仓库，在北京长大参军后又一直在城市值勤的梁小虹面临着过苦累关的挑战。在一些干部战士眼里，城市兵就是吃不得苦，还有浓厚的小资产阶级思想情调。排里的一些老兵，对这个城市兵提拔的排长也不太信任，又时不时给他出难题。梁小虹偏偏是吃苦在前，累活脏活抢着干，不但给城市兵争了口气，而且给全排做出个榜样，这才赢得了信任，在排里树立了威信。仓库里经常卸车、装车，而且大都是连续作业，梁小虹跟班卸车，从这个班到另一个班，干活时间最长也最多，不仅获得全排的拥戴，而且练出了一副强健的体魄，坚韧的毅力。

1976 年梁小虹升任副指导员。他所在的连队营区坐落在半山腰，既无训练场地也没有活动场所。他率领连队凿山开地一锹一镐平出了运动场、练兵场，建起文化室，用汗水与勤劳在辽西的大山里演绎了一个现代军旅版的愚公移山的故事。两年后他所在的连队被评为沈阳军区 10 面红旗连队之一，荣立集体一等功。而领头人梁小虹升任指导员，成为沈阳军区后勤部四分部所有连队中最年轻的指导员。这是一支单独在外执行任务的连队，作为连队的党支部书记，梁小虹牢牢记住毛主席在井冈山时期红四军三湾整编中关于“支部建在连上”的教导。党支部是连队的灵魂，指导员就是这个连队的党的旗帜，指导员的作风素质、品格、修养就是一个连队的风格。梁小虹善于学习理论并使之与实践相结合的作风，使他的政治思想素质和组织管理能力，迈上了一个新的台阶，逐步形成了富有人文色彩的政治思想工作模式。那个时代部队生活条件比较艰苦，一天 0.45 元的伙食标准，吃的是高粱米、杂合面，一个月打一次牙祭，逢年过节吃顿白面馒头，看一场电影，大伙就感到满足了。梁小虹看在眼里，想在心里，出了个奇招，这一奇招来自南泥湾，来自毛主席的自己动手、丰衣足食的伟大号召。党支部决定组织连队养猪种菜，训练之余大搞农副业生产，用挣来的钱买了黑白电视机、图书、文体用具，还订了报刊。物质生活改善了，精神文明生活也得跟上去。山沟里电视信号不好，他领着战士焊接一个10米高的大管子架起天线，图像不清，转动自制的天线就清晰了。山沟里文化生活贫乏，梁小虹就组织战士自编自演小节目，亲自教战士唱歌，在班排之间组织歌咏比赛。当过宣传队员的梁小虹把他会唱的歌，不管是战斗进行曲，还是苏联的抒情歌都教给战士。不知不觉中战士们会唱200多首中外歌曲，那欢乐的歌声整天在山沟里回荡，唱红了满山的鲜花，也唱出了高昂的士气和战士对家乡、亲人、祖国的真挚热爱。从“五星红旗迎风飘扬”到“正当梨花开遍山崖”，从“我是一个兵”到“北京的金山上”，多彩的文化活动使部队的精神面貌焕然一新。一支虎虎生威、敢打敢拼、勇往直前而又生动活泼、文采飞扬的连队，引来军区经常组织各部队干部战士来取经学习，参观同乐。梁小虹及连队的名气在军区各部队传扬。

一棵好苗出土，离不开阳光雨露的哺育浇灌。部队首长为给年轻的指导员以更多锻炼的机会，1980年调梁小虹到61医院任组织干事。1年多的实践学习，梁小虹对党委工作有了较系统的了解，初步熟悉了党务工作的规律程序，1年后他改任61医院和183野战医院合并后的243医院的宣传干事。宣传工作培养了他的写作能力和理论分析与综合提炼的意识。这时他开始积极为《解放军报》《前进报》撰稿，并开始在报上发表通讯、特写等新闻报道作品，也偶尔发表了散文、诗歌等文学作品。1983年，梁小虹调分部司令部任战勤参谋，负责部队的计划训练等工作。1984年受司令部首长委派至锦西县603仓库进行哨所“三独立”（作战、生活、训练）试点，为全军区哨所“三独立”工作创造了新的经验典范，总后勤部召开了现场经验交流会，并向全军转发了试点经验电报，梁小虹为此荣立三等功。

恰在这时，辽宁大学在恢复高考后首次向社会招生，梁小虹闻讯后报考了中文专业并开始了他的业余大学的生涯。4 年间他把一切业余时间投入学习，寝室的灯每天都亮到夜里 2 点，而早操时依然是第一个走进操场的。数不清多少个挑灯苦读的夜晚，梁小虹读完了古代汉语，通读了从先秦到晚清的历史，熟读了诗经、楚辞、唐诗、宋词、元曲、明清小说等，他喜爱唐宋八大家的散文精篇，也喜爱王安石、龚自珍、康有为的变法政论，不仅能背诵其中精彩的散文、诗词，也学着写一些文章诗词，几尺高的书压满他的书桌、床头，他就在书海中游泳跋涉，以铁杵磨成针的毅力，修完了文学、现代文学、当代文学、外国文学、文艺理论等课程。

1986 年，中央军委下达百万大裁军的命令，全军很多仓库、医院甚至野战军被精减整编或下转给地方，梁小虹所在的后勤分部也在裁军缩编之列，梁小虹接到了转业回北京的通知。即将告别部队，伤心的泪水不由得流了出来。俗话说“当兵后悔 3 年，不当兵后悔一辈子”。17 年军营生涯令他终生难忘，恋恋不舍，多少美好的回忆回闪，那些难忘的战斗岁月，那些惊心动魄的画面。从一个 14 岁的孩子，成长为洋溢着理性追求的营级军官 ,17 年的部队生涯，是部队培养了他，他的一切进步、成长、知识、能力都是党和军队给他的。正确地认识自我，摆正个人与组织的位置，这是第一位的，是党性在他身上的体现。梁小虹登上了南行的列车，沿着 17 年前的从军路回来了，锦州，承德，丰台，北京。妈妈，你当兵的儿子回来了！回来了……

“伟大的事业是由无数个平凡的工作汇聚叠加而成的，有了无数不平凡奋发的基础，辉煌的事业才能成就。”1986 年 12 月 20 日，一个穿着褪色军装的年轻人走进了中国运载火箭研究院总体设计部的人事保卫处办公室，他就是转业军官梁小虹。一切是那么的陌生，一切又是那么的新奇，让这年轻的军官惊喜地睁大了眼睛，久久地凝望着陈列在办公室靠墙的窗台上的那闪闪发光的一排排火箭模型。

总体设计部是我国“长征”系列火箭的总体设计单位，在梁小虹心中，这个总体部就像部队的司令部，一切作战计划的部署、指挥、协调、执行，其战役战斗的成败全在司令部抓总之运筹帷幄之中。它不仅指挥火箭的研制设计，而且还要负责指导生产操作直到产品出厂质量可靠，它是一院的龙头。总体设计部从 1958 年 4 月建立以来，已造就出十几位两院院士，中国的大师级火箭专家都曾经领导过总体部或在这儿工作过。在这样一个精英荟萃、人才密集、技术尖端、责任重大的单位从事干部人事工作，面对的又是全新的不熟悉的陌生环境，对于只有函授大学学历的梁小虹来说，他心里自然会产生怯怯的自卑与畏惧，但这种无意识的直觉只在一刹那间就消失了。也许在科学技术上梁小虹是个外行人，但是他是来这做干部人事工作的，了解人、理解人、做人的思想政治工作则是他在部队里的强项。有什么可怕？科学家是人，人都是有思想的。还是老政委说得好：“小梁呀到了地方，不管到哪个单位都要像在部队一样不懂就学，敢说敢干，因为咱们是共产党员。”

老政委的话说得多么好呀，在梁小虹心里激起了一阵阵冲动，上！迎着挑战上！他以多看多想少说多干的态度，熟悉环境，与同事交流，诚恳向老同志学习。对研究院及一部的历史作了专题研究，阅读了他能找到的一切材料。星期天他把自己关在档案资料室一头埋下去读呀、写呀，抬头时已见窗外月上树梢。一个月后，他对研究院的历史可以倒背如流，而对一部每一个人的情况，无论是家庭、历史、学术水平成就、社会关系等都熟稔于心。对每一个干部的性格、作风他都进行过研究思考。他还与当时著名的心理学专家谢小庆、陆红军等人一起探讨干部测评中定性与定量的关系。他探索科学的人事管理制度，并将心得写成了文章，文章里列举的探索成果逐渐被应用于实际工作之中。他在总体部逐渐找到了在部队当指导员和战勤参谋时的感觉，他高兴自己的身心已融入了这个看起来伟大神秘，其实又是如此平凡普通的科学家的群体中。

1990年亚运会期间，航天系统开展演讲比赛活动，这是梁小虹的强项，也给了他一个展示才华的平台。从总体部到研究院直到航空航天部的演讲，梁小虹都是第一名。他把演讲当成了一种艺术，就如同著名的话剧演员那样把握语速、语调、情绪，配上肢体语言的节奏，使演讲达到了意想不到的效果。研究院很多干部员工称赞说："咱们梁书记呀那才真是第一流，讲话上课做报告从不带稿子，一讲几小时不打顿，不说重复的话，内容新，听了特有劲，讲完了，大伙还不想走。"

不到两年，梁小虹升任干部处副处长、处长，这可不是一个省心的好差事，干部处长所面临的矛盾和诱惑，是考验一个干部政治品质的关隘，如何处理福利、待遇、工资、职称这些关系着干部员工切身利益的事务，如何让公正、廉洁这碗水端平摆正？这是一个既能充分展示人的才能也能暴露人格缺陷的平台，梁小虹在这个平台上显示的坚持原则、廉洁公正、正派谦和的品德与善于协调解决矛盾的能力，获得方方面面的好评。两年后，梁小虹升任总体部政治部主任，又一个两年，他改任总体部党委副书记，1997年升任党委书记。

此时，梁小虹干了一项引起全院轰动的与计划经济决裂的改革措施，这个改革首先是从薪酬工资制度改革切入，以健全人才激励机制作为总体部改革发展的突破口。这项带有根本性打破大锅饭和计划经济时期平均主义的改革，梁小虹是作了深入调查研究后才在党委会上提出的。他和当时的总体部主任吴燕生商定时的第一个动作，就是在航天系统的管理史上首次引进了“外脑”——投入28万元请来咨询公司，从研究战略目标落笔进行人力资源策划。梁小虹为这次改革写了一份对职工进行宣传的资料，其中开宗明义地说：“21世纪人类将步入知识经济时代，高素质的员工队伍和科学的人力资源管理机制将成为一个企业取胜的关键。社会主义市场经济的逐步完善和发展，为调动人的积极性，充分发挥人的潜能，创造了良好的外部环境，同时也给企业的发展带来了前所未有的机遇。为了适应变化了的国际国内环境，总体部必须全面深化改革，建立充满生机活力的体制和运行机制，其核心之一是建立科学的人力资源管理体制。”

他们首先从薪酬制度突破改革的瓶颈。原来的几十年一贯制的工资制度是以职称、职务级别为主，与岗位不挂钩。改革后的薪酬制度特别注重岗位绩效，引入定量考核。在100多个要素中归纳出9个，按9个要素测评来体现岗位的差别，拉开不同岗位之间的薪酬差距。

改革一开始就碰到不同观念的撞击和习惯势力的抵触，利益的调整引起了大家的议论纷纷，反对声也随之如潮涌而来，那是一种旧的体制在崩溃时必然的抗争。梁小虹没有想到有这么重的压力，他甚至自嘲是不是真的像堂吉诃德手持长矛向中世纪的大风车挑战，莫非真的是我和党委一班人错了？不！没有错。小平同志说，改革有时就是一场革命，不改革死路一条。改革就是要那么一股劲，一股气……

决不能停下，停下就是死路一条。他重新又坚定了信心。党委书记要是打退堂鼓，党在一部的核心领导就垮了。他要不断地迎接挑战，冲上阵地作动员，讲清道理，在做大量思想政治工作的同时，拿出几条硬的措施，表明党委的决心就是要杀出一条改革的血路。航天企业的管理体制确有很强的特殊性，既不能照抄、照搬外面的做法，又要坚决改，特别是人事制度和工资制度。为了帮助引进的咨询公司了解单位的情况，梁小虹、吴燕生几乎天天和咨询公司进行沟通，最长的一次谈了 9 个小时。经过和咨询公司的共同努力，总体部系统地提出了人力资源改革模式，第一次建立了岗位绩效工资制度，第一个把人力资源提升到战略发展层面，为全院乃至航天系统的人事制度、工资制度改革探索了新路，也积累了经验。总体部主任吴燕生被聘任为院长后，他极力说服院领导班子成员在院里其他单位也按总体设计部的模式进行改革，虽然各单位的改革有一些差异，但其思路基本是顺着这个路子走的。后来，全院 16 个局级单位全部实行了岗位绩效工资制，建立起有利于增强活力、激励优秀的机制。全院员工的思想观念也在这场改革中得到了基本转变。这是梁小虹来一院后做出的一个影响全院的重要贡献。

2000 年 3 月，梁小虹调任院长助理兼院办主任。善于在学习中实践、感悟而找到新的启示的他，仅仅半年时间就对全院科研生产的结构体制有了清晰的了解，从而把握了办公室工作的规律。他将办公室工作归纳为三个中心：一是协调中心，负责全院上下左右协调沟通；二是信息中心，各个部门信息都是单方面信息，汇总于办公室这个综合部门就成了全院总的动态，以便院长决策取舍；三是督办中心，院领导思想的贯彻，上级指示的贯彻，都需要督办。院办要发挥督办职能，确保政令畅通，工作落实。这三个中心的定位像串糖葫芦似的把原本很琐碎的办公室工作事务串了起来，使办公室工作思路更加清晰、有条不紊，从而大大提高了工作效率。这一富有创意的办公室工作程序规律，使研究院办公室工作迈上了一个新台阶，直到今天，这套工作程序还在新形势下发挥着神奇的作用。

2001 年 3 月，梁小虹被派送到中央党校中青年干部培训班深造学习，使他有机会与全国各地的中青年干部一起共同学习研读马列主义理论，接受了系统的理论知识培训。他在学习中结合研究院的改革实际，思考着中国航天企业的发展改革。毕业前夕，他撰写了一篇 15000 字富有创意的毕业论文，对国企改革的问题、规律、方向、困惑、出路等进行了系统的研究。整篇论文不论谋篇布局、主题深化、创新探索、思路文采都达到较高的水平。这段时间的刻苦学习，使他学会了用世界视点和战略眼光进行辩证思考的本领，为他后来的著作《航天精神》打下了理论、哲学、历史、文学基础，也提升了他作为大型国有企业高级管理人才的素质。

2002 年 1 月，梁小虹从党校毕业回院，正赶上院领导班子调整，被全院员工一致看好的梁小虹却没能进入班子，很多人都为梁小虹鸣不平，认为这对他的打击很大，有人甚至说这是梁小虹人生的一大挫折。而梁小虹只是淡淡一笑，又全身心投入工作，在院办该干啥就干啥，没一句怨言，心情开朗和往常一样与大伙和睦相处谈笑风生，仿佛压根儿没那回事。有的领导认为梁小虹会想不开，会找领导谈话，可等了 10 多天也不见梁小虹来。两个月过去了，这个事也就渐渐被人淡忘。忽然有一天，一位老领导走进了梁小虹的办公室，拍了拍正在填写报表的梁小虹的肩说：“小梁好样的，你经受住了考验”。梁小虹转身对老领导笑了笑，正欲泡茶给老领导时，老领导已转身走出了办公室，只留梁小虹愣愣地端着茶杯望着那消失的背影。一个月后，梁小虹接任了老领导的党委副书记职务。次年 2 月，他从前任王宗银书记手中接过接力棒走上了党委书记岗位。回首走入中国运载火箭技术研究院的 17 个春秋，真是人生易老天难老，已近知天命之年的梁小虹从一个普通的工作人员成长为研究院的党委书记，一步一个脚印，以迎接挑战的铿锵步伐走出了人生的辉煌。

中国运载火箭技术研究院关系着我国航天事业发展，肩负着强国强军的国家使命。已是党委书记的梁小虹深知自己肩上的责任使命。他决心向张钧、沈辛荪、肖东太、王宗银等老书记学习，做好党委书记工作。在他的带领下，院党委班子大胆地探索研究引领航天跨越世纪的改革发展道路。党委的核心作用就是要为“神箭”实现新的腾飞提供以政治思想工作为先导的坚强保障，以航天精神贯穿一切行动的始终。为此，梁小虹开始着手以胡锦涛同志在“神舟五号”“神舟六号”两次庆功会上的重要讲话精神为指南进行创作，争取一年至两年内写出从50年的发展中孕育而出的航天精神，以战略的眼光概括描述航天精神的强大力量，以及所宣扬的共产党人的世界观、人生观、价值观。这是一部对企业员工进行政治思想教育的理论性著作，梁小虹与别的党委书记的不同点就在于他把理想信仰提高到理论高度来规范企业职工的思想行为，创造出一种新的企业文化。他倾注心血全力完成的《航天精神》一书现已出版面世，正如国防科工委主任张庆伟在此书的序言中所说：“这是我国第一部系统全面论述航天精神的著作，为研究学习航天精神提供了很好的教材。”更为可贵的是他从胡锦涛总书记对“载人航天”精神5个方面的阐述中，总结与提炼出了航天人身上所具备的32种行为准则，进而又将它融入航天人与航天企业改革的行动中，从而达到了一个新的理论高度。

梁小虹将航天精神与企业员工的行为准则相对应时是这么说的：

热爱祖国，为国争光，与忠于企业，增强企业的凝聚力讲的同是一个道理。

勇于登攀，敢于超越，和创新意识，争当学习型员工又有什么不同呢?

科学求实，严肃认真，和遵守纪律，培养严谨的工作作风有什么不一样吗?

同舟共济，团结协作，讲的不就是团结互助协作精神吗?

淡泊名利，默默贡献，与忠诚敬业，无私奉献做好本职工作更是殊途同归。

由此可见，一个党的工作者已把心血化作智慧之花洒在了全书的字里行间。

理论建树是举起的一面旗帜，而党的建设还需要在解决了方向之后，用制度来加以保证。梁小虹和院党委一班人探索出党的代表大会年会制度、提案制度；为有利于代表了解情况、提出高质量的提案，推出了党代表调研制度，使党代表都能走到党员和群众中听取意见。院党委还建立了下级党委向上级党委报告工作制度，党委书记联系会制度，党委调研制度，中心组学习制度等，使党委工作制度化更加完善。院党委在科研生产工作中注重发挥党员先锋模范带头作用，大力推广党员责任区，党员业绩考核，在党员中培养业务骨干、在业务骨干中发展党员等先进经验。在开展保持共产党员先进性教育活动中，进一步提出“一个党员一面旗帜”，把党员的先锋示范岗做成标牌。

通过加强改进政治思想工作，确保各项科研生产任务圆满完成，梁小虹提出了“思想政治工作的课题来源于人，目的是影响人，方式要感染人，效果取决于人”，以人为本的思路。他特别强调院所两级党委发挥政治核心作用，坚持不懈地开展广泛深入持久、形式多样的形势教育，引导大家认清形势，增强政治责任感，并成立了院所两级“高新工程思想政治工作保证领导小组”。针对干部职工中表现出的“喜、怒、哀、乐、烦”做到“五必谈”；针对干部职工的“生、老、病、死、难”做到“五必访”。在院党委统一领导下，各级组织和领导干部深入基层，深入科研第一线，从细微处着手，把思想政治工作做到了实处。

党委管人才要有一个完善的人才战略规划。尖端技术，要有尖端人才。航天事业的发展，归根到底要依靠一流的人才。研究院是人才开发的中心，必须坚持三项原则，即培养使用青年人、依靠尊重中年人、关心照顾老年人。建设三支队伍，即技术人员队伍、技术工人队伍、管理干部队伍。培养三高人才，即高级技术人才、高级技术工人、高级管理人才。采取四优措施，即优选——选择优秀高校毕业生；优培——确定技术骨干优先培养；优用——为优秀人员的发展搭台子，竖梯子，创造条件；优导——不断优化政策导向为整体性人才资源开发服务；坚持四个创新，即观念创新、机制创新、体制创新、政策创新，达到“出成果、出人才、出效益”的目标。

人才托起中华飞天梦，一流人才创造一流企业。在谈到人才的培养爱护命题时，梁小虹说出一个个令人惊喜的数字，他说：“研究院可以说是一个高技术人才密集的企业，目前在编职工有25000余人，有专业技术人员8587人，其中305人具有正高职称，占3.55%；1382人具有副高职称，占16.69%；2477人具有中级专业技术职称，占28.85%。”

50多年来，研究院培养造就了一代代航天科技带头人，先后有6位国家“两弹一星”功勋奖章获得者（全国共23位），24名中国科学院、中国工程院院士和近30位导弹、火箭总设计师。目前还在一院工作的有两院院士8名，国家有突出贡献的中青年专家13人，国家百千万人才工程人选9人，享受政府津贴专家581人，国防科工委有突出贡献专家10人，航天科技集团公司有突出贡献的中青年专家65人，航天科技集团学术技术带头人43人，航天十佳科技青年 10 人。

研究院拥有一支高素质技能人才队伍，特级技师 13 人，高级技师 74 人，技师 658 人，中华技能大奖获得者 1 人，全国技术能手 11 人，国防科技工程技术能手 3 人，航天技能大赛获奖者 15 人，航天技术能手 35 人。

50 多年间，研究院取得了丰硕的成果，仅 1978 年至今，研究院就获得了 3847 项部级及部级以上的科研成果奖，其中，国家科技进步特别奖 5 项，国家科技进步奖 61 项，全国科技大会奖 50 项，国家发明奖 17 项，国防科技重大成果奖 1380 项。

2001 年，研究院被授予“全国先进基层党组织”称号。2005 年，研究院被授予“全国模范职工之家”荣誉称号。2005 年列全国企业文化优秀奖榜首。

谈到企业文化的建设，颇有想象与创意能力的梁小虹更是感触多多，他说 :“院党委在继承发扬航天精神中，结合新的形势任务提出了‘永不停步、永攀高峰、永保成功、永创一流’的‘四永’精神，把文化建设与科研生产、群众生活融为一体，增强全院职工的大局意识、危机意识和责任意识，提高企业的凝聚力和竞争力。”在航天企业，奉献是一种主流行动，是一种潜在的原动力，它潜移默化地影响、熏陶、带动了一代代人。受航天精神、传统作风哺育的研究院，承担着比一般企业更多的社会责任和政治责任。行为规范、道德情操都需要有一种文化行为标志的引领。作为党委书记，除了考虑单位的和谐发展外，还应当想到把所在地区的和谐社会建设好，造福于一方百姓。改革开放前，研究院所在的南苑地区是以大红门桥为界划出的国防军事禁区，而现在这个禁区已大大缩小，除必要的保密禁区外都已开放。研究院两万多名职工都居住在禁区外，而那些地区街巷多半是“文化大革命”前的老社区，基础设施落后，居民大多为北京郊区农民转化的居民，其收入和生活水平都较低。梁小虹在与党委一班人共同商计研究院“十一五”规划时就考虑到研究院和谐社会的建设，他们把精神文明建设、企业文化建设及研究院所在的南苑地区纳入统一的规划中，到2010年，要真正实现“军品立院，民品富院，创新兴院”的目标，要从2006年经济总收入140亿元跨越到2010年经济总收入280亿元。5年翻1倍，让职工生活真正富裕起来，带动职工所在地区的经济发展。所在地区公益建设要做到树茂、路通、灯明、房宽、人和，把职工居住的地区建设成舒适、愉快、文明程度很高的社区，把研究院建设成一流的全国模范职工之家、全国精神文明先进单位、全国军民共建标兵单位。

7. 新世纪蓝色交响曲

2006年7月12日，鲜花盛开、艳阳高照、绿树成荫的南苑大地，一辆乳白色的考斯特轿车驰进了厂区大道，停在位于研究院内的中华航天博物馆的台阶前。车子刚刚停稳，中共中央总书记、国家主席、中央军委主席胡锦涛同志缓缓走下车来。原来是胡锦涛同志专程视察火箭研究院来了。

胡锦涛总书记被研究院的干部员工代表和长期战斗在一线的科技专家、工人同志紧紧地围在中间，他们心里也有好多知心的话儿要向总书记倾谈，有好多贴心的事儿想要对总书记说。

胡锦涛同志又怎能不明白大伙的心呢？在这个50年前还是一片荒野，今天已是大厦巍峨林立的航天城里，站在长期战斗在一线的航天人中间，他和中国三代航天人的代表一一握手，像亲人一样交谈，相互问候祝愿，很多人眼里闪着幸福的泪花。

胡锦涛同志也被感动了，他向大家亲切而大声地说：“同志们，感谢你们对我国航天事业做出的重大贡献，优异的成绩是你们开拓创新、顽强拼搏的结果，感谢同志们。”深切的关怀和真挚的情谊感染了在场的每一个人，人们欣喜地向锦涛同志挥手并热烈鼓掌，掌声雷鸣般响彻广场，回荡在航天城的上空。

胡锦涛同志发表了热情洋溢的讲话，这蕴涵着真诚挚爱、殷切厚望的讲话至今让人难以忘怀，那洪亮的声音响彻南苑的上空：“希望同志们大力弘扬‘两弹一星’精神和载人航天精神，培养科学、求实、团结、协作的工作作风，培养高素质的技术、管理队伍，为我国航天事业的创新发展和跨越发展做出新的更大的贡献。”

翻开国务院新闻办公室发表的政府文告《中国的航天》白皮书，一个熟悉的声音在向太空宣讲：“全面提高中国运载火箭的整体水平和能力。提高现有‘长征’系列运载火箭的性能和可靠性；开发新一代无毒、无污染、高性能和低成本的运载火箭，建成新一代运载火箭型谱化系列，增强参与国际商业发射服务的能力……”

引领航天、追求卓越的研究院，已经为新一代大型火箭的问世投入了45亿元在天津兴建了研制总装生产基地，位于海南岛的大型火箭发射场也正在修建。

由吴燕生、梁小虹组织制定的研究院2006～2020年的发展战略计划纲要已经出台，一个非常令人振奋的愿景、目标闪现在眼前，它明确了一院未来15年发展战略的使命、定位、目标、发展方针及战略目标的实现途径等，是一个指导一院跨越发展的纲领性文件，同时也是一院“构建和谐新一院，铸造国际一流宇航公司”的行动指南。

战鼓已经擂响，军号仰天嘹亮。这是一幅壮美的蓝图，中国火箭技术研究院正以雄才大略规划未来，展翅向着浩瀚太空昂然挺进——

使命：引领航天，追求卓越。

愿景目标：铸造国际一流宇航公司。

发展方针：军品固院、民品强院、创新引院、人才兴院、文化育院。

核心价值观：热爱祖国、以人为本、以质取胜、以诚取信、携手合作。

总体发展战略：技术领先、成本优化、服务优质。

定位：一院是航天运输系统的总体研制和系统集成的企业。

发展战略：始终保持在中国航天运输系统中的主导地位。

五化目标：在2010年将实现“运载市场化，经营规模化，基础现代化，管理科学化”目标，实现280亿的总收入，2020年实现国际一流宇航公司的目标，实现年度经济总收入1000亿元。

五个一流：实现产品一流、技术一流、管理一流、人才一流、文化一流。

多么切实而具有操作性的宏图啊！

2007年岁末，马兴瑞总经理代表集团公司党组宣布：任命研究院副院长李洪同志为中国运载火箭技术研究院院长。44岁的李洪从研究院第十任院长吴燕生手中接过了帅旗，成为新一代的领军人。吴燕生同志调任集团公司副总经理，党组成员。

李洪在接过新任务、挑起新重担的干部大会上，庄严地向党表态说：“我从吴燕生同志手中接过一院院长的重担，这是集团公司党组的信任与重托，是一院干部员工的信任与支持，更是一种鞭策，我深感肩上的责任重大。在今后的工作中我将和院领导一班人一起共同努力提升研究院三个能力——领导班子执政能力，系统和总体能力，基础能力；做到两个始终——始终把确保成功作为首要责任，始终把发展作为首要任务；聚精会神搞建设，一心一意谋发展，为航天事业的发展，为国防建设和国民经济建设做出新的贡献。”

21 世纪的航天科技方兴未艾。愿景因梦想而伟大，愿景呼唤着从希望与幻想走向真实的伟大。胸怀远大志向的人来了，一个又一个从中国运载火箭的摇篮里走来，走向未来，走向希望，走向梦想，走向伟大，走向辉煌……

第十章　飞得更高更好更远……

凯歌，掌声，红旗，鲜花，礼炮……
还在半个世纪的雷鸣电闪中回荡飞扬绽放
梦想照耀的现实铺洒着新长征一路的辉煌
而航天人的眼睛却永远地仰望缀满星空的天宇
那未知的每一颗星球都在召唤着
神箭喷涌飞腾的赞歌，神舟再一次英勇地启航
托举起民族绚丽的未来，国家闪光的梦想

当我仰望着那苍茫而深邃的天空、神奇而浩瀚的太空时，我又想起了歌德的名言："对于我们未知的世界，那就是原始的迷离与幻想，对他们的表述都要用竭尽心血凝结的，诗一般的语言。"而当这个未知的幻梦，变得可以触摸可以望见，恰如一幅壮丽而辉煌的画卷时，那诗一般的语言便成了这个时代的经典。

伟大的宇航科学家齐奥尔科夫斯基说出了那句世界航天的名言："地球不仅仅是人类的摇篮，走出摇篮的人类将开启一个天与地相连的光辉时代。"

这是一个如此广阔而又迷茫中含有清新的创造性时代。

这是一个如此陌生而又血脉相连大爱无疆的时代。

这是一个创新和谐而又充满着相互竞争追逐合作的时代。

让我们的目光再一次回到长城脚下那个因理想起飞的南苑航天城——历经50余年风雨洗礼的中国航天的发祥地，中国火箭的摇篮，在中国运载火箭技术研究院主楼前，花团锦簇，绿树成荫，

航天蓝旗环绕的五星红旗下的广场，数百名铸造“长征二号F”火箭的航天战士整队集结，正在举行宣誓出征仪式。

仪式在庄严的国歌声中开始。中国载人航天工程副总指挥张建启，中国航天科技集团公司总经理马兴瑞，向“长征二号F”火箭总指挥授旗，“长征二号F”火箭总设计师荆木春代表两百多名“神箭”发射试验队员面向国旗宣誓“有信心，有决心，确保‘神七’运载火箭发射圆满成功”。一个个试验队员手举写好的浅蓝色承诺书走上前，粘贴在航天旗下木制的展示牌上，郑重地向党和祖国喊出“确保成功，确保安全，永创一流，永攀高峰”的铮铮誓言。

“长征二号F”火箭于9月18日搭乘专列，飞越华北平原，穿过太行，翻越乌鞘岭，风驰电掣般驶向大漠深处的发射基地。

1. 中国航天人漫步太空，向世界召唤

曾经有一个伟人预言：“21世纪将是中国的世纪。”

航天科技水平是一个国家民族科学技术先进性的重要标志，同时也体现了国家捍卫自己主权尊严的国防实力。航天科技涉及到人类从未涉足的遥远空间，必然受到自然、社会与人自身条件的严重制约，但这种制约更唤起航天人对自然存在的开拓性探索。

中国走向太空的第一步，是由那个特殊时代的国内外形势决定的。中国是从自己仿制的“1059”地对空导弹开始，用自行设计的“东风二号”中近程导弹叩响了太空的门槛，用飞越太平洋的“东风五号”洲际导弹向茫茫的太空宣告：“我来了！”虽然比苏美迟到了一步，而后来者依然风姿绰约地打破了当年世界的冷战格局，为我国航天事业插上从导弹起飞的翅膀。

要进入太空，开发太空资源，首先要有飞得更高、更好、更

远的太空运载工具。通过运载工具，使载人飞船、空间站、卫星、深空探测器等航天器达到足够大的速度，就能实施绕地球飞行，甚至脱离地球飞到其他遥远的星球。让航天器绕地球轨道飞行必须达到第一宇宙速度，即 7.9 千米 / 秒。要航天器飞往其他行星，则必须达到第二宇宙速度，即 11.2 千米 / 秒。

航天运载工具分为三类。一类是从地球表面运送航天器或货物到太空的运载火箭；一类是从地球表面运送人员或货物到太空的天地往返运载器，如航天飞机与空天飞机；还有一种是从太空中的某一轨道将人员、货物转移到另一轨道的轨道转移飞行器。

从 1970 年 4 月 24 日用导弹演化而研制成功的“长征一号”火箭将“东方红一号”卫星送上太空。至今，“长征”系列火箭已有 12 个型号投入使用，实现了从常温推进到低温推进，从串联到捆绑，从一箭一星到一箭多星，从发射卫星到发射载人飞船、月球探测器的技术大跨越。具备了发射低、中、高不同轨道和不同类型航天器的能力。截至中国运载火箭技术研究院五十华诞的 2007 年，“长征”系列火箭进行过 27 次商业发射和六次搭载服务，先后将美国、法国、瑞典等国家制造的卫星成功地送入太空。“长征”系列火箭家族中的“长二丙”“长三甲”火箭，被国际上赞誉为最安全、最可靠的“金牌火箭”，是享誉国际的高科技知名品牌。

2007 年 8 月 19 日一辆载着“神舟七号”的列车奔向大漠深处的一个航天员居住的名叫缘梦圆的小村庄。说它是村庄却看不见田野的绿色，也听不到鸡飞狗逐的喧哗，更见不到小桥流水的雅趣，只见涂抹着一层嫣红的小楼掩映在空旷的蓝天白云下。但这儿却是万户飞天、嫦娥神话传说起飞的地方。这里的一草一木、一砖一瓦都凝聚着中华民族展翅穿越千年历史文化的梦想。这一天——2008 年 9 月 25 日，在这个大漠深处的叫缘梦圆的航天村，被祖国天南地北的鲜花簇拥的漠野上，已铺上了航天员登上太空飞船的红地毯，那鲜红的地毯宛如朝霞将“神舟七号”飞船簇拥到发射塔前。

当太阳踏着大漠清脆的驼铃，从天边滚滚而来时，那沉寂的地平线上，骤然腾起彩色的喧哗的波浪，托举起一面面飞扬的蓝旗、红旗，一束束绽放的鲜花。中共中央总书记，国家主席，中央军委主席胡锦涛同志等来到了发射现场，为即将登上“神舟七号”飞船的航天员翟志刚、刘伯明、景海鹏三位同志送行。胡锦涛同志紧紧握着三位航天员的手殷切地说：“注意安全，祝你们胜利归来”。短短一句话，透露出的是领袖的关爱与祝福，是民族的重托，是国家的希望。

历史记住了这一刻。航天员立正敬礼，迈着雄健的步伐，踏着国歌庄严的节拍登上发射塔，走进太空之旅的飞船。

20 时 10 分，胡锦涛等中央领导来到测控指挥楼和垂直总装测试厂房，看望还在紧张工作的航天战士。他谆谆叮嘱在一线工作的同志一定要牢记周总理为航天战线订下的 16 字方针，一丝不苟，精益求精，确保飞船发射成功。21 时，胡锦涛等登上试验指挥楼平台，现场观看飞船发射，感受火箭点火时的强烈震撼，观赏火箭喷涌升空的壮丽奇观!

秋日沙漠的夜空，明净的宛如被海水洗过的锦缎，只有点点闪光的星座，静静地凝望“长征二号 F”运载火箭巍然挺立，直指星空，问鼎苍穹。浑圆闪光的银色箭体上，鲜艳的五星红旗与“中国航天”四个大字艳丽夺目，交相辉映。静静挺立的“长征二号 F”火箭在等待着那一声历史的呼喊，直上苍穹三万里，圆满地为中国载人航天工程“第二步走”画上胜利的句号。大漠的风好像从敦煌飞天的洞壁掠过，向同一个纬度的酒泉卫星中心——中国唯一的载人航天发射场吹来。此刻茫茫的大沙漠上空响起了指挥员的口令：54321——“点火”！霎时，火箭塔下，仿佛从大沙漠心脏迸发的火山熔浆向上喷射。大地颤动摇晃，团团火焰喷吐，“长征二号 F”火箭冉冉升起，红红的尾焰在蒸腾，鱼肚色的烟雾滚滚，辐射的火焰映红了秋日的大漠戈壁。当围观的人们再抬头时，火箭已穿越了大气的尘埃，在大漠闪亮的夜空中抛下了一条长长的圣洁的“哈达”。

21 时 33 分，中国载人航天工程总指挥常万全宣布：“飞船进入预定轨道，‘神舟七号’发射成功”。试验大厅响起长久的掌声与欢呼声。那一夜欢乐幸福的泪水浸湿了共和国的史册。

9 月 27 日上午 9 时胡锦涛等又来到酒泉卫星发射中心指挥楼前的广场，同“神舟七号”载人飞船航天飞行任务参研参试单位的代表亲切握手并合影留念。

在代表们热烈的掌声中，胡锦涛主席发表了重要讲话。他说：“昨天晚上，‘神舟七号’顺利升空，准确入轨，目前飞船正按计划飞行，能够在发射现场和同志们一道见证这一激动人心的历史时刻，我感到格外高兴。我国载人航天工程实施 16 年来，取得举世瞩目的伟大成就，这些成就的取得，凝结航天战线几代科技工作者、干部职工的心血和智慧，同志们建立的历史功勋，党和人民永远不会忘记”。一阵阵的掌声打断了总书记的讲话。总书记含笑挥动双手，如浪的掌声才渐渐停歇。胡锦涛提高声音激动地说：“同志们，我们已经迈出了载人航天工程三步走战略的第二步，但今后的任务还十分艰巨，希望同志们大力弘扬‘两弹一星’精神和载人航天精神，再接再厉、自强不息、顽强拼搏，为确保‘神舟七号’任务取得圆满成功，推动我国载人航天事业不断发展，做出更大的贡献。”

胡锦涛总书记在酒泉卫星发射中心的讲话，还在发射场千里大沙漠上空通过电波传送，引起中心各个单位部门热烈议论之时，太空中又传来了令中华儿女惊心动魄的欢呼，仿佛是对总书记心有灵犀的回答。这一天（27 日）从酒泉刚飞回北京的胡锦涛总书记一行又马不停蹄地驱车赶赴北京航天飞行控制中心大厅，他要与航天英雄进行天地对话。此刻，时钟指向 27 日 16 时 35 分，航天员翟志刚慢慢地打开了飞船的舱门，开始进行出舱活动。失去重心引力的翟志刚抬起右脚艰难地吃力地迈出中国在太空行走的第一步。伴随着这承载华夏五千年梦想的第一步，翟志刚向围坐在电视机前的全中国人民和全世界人民招手致敬，随即展开了五星红旗。我仿佛听到那从太空向地球与全世界各民族人民招展的红旗铺洒下的人们心底的歌唱：“五星红旗，我为你骄傲，五星红旗，我为你自豪……”茫茫太空第一次留下了中国人的足迹，五星红旗第一次在太空招展，这时翟志刚作为一个中国航天战士心底的骄傲与自豪如同红旗一样辉耀在宇宙空间。他向世界证明中国已成为继美国、俄罗斯后第三个实现了在太空行走的航天大国。

翟志刚在太空飘浮着，宛如云海中的游泳健将，他从太空中取回了固体铝质材料盒，双手捧着交给了等候在舱口的刘伯明，相互手拉手游回了舱内。恰这时电波传来了胡锦涛总书记的声音。回到舱内的翟志刚、景海鹏、刘伯明听到了胡锦涛总书记压抑不住的喜悦声音和祝贺：“翟志刚同志，你们的空间出舱活动圆满成功，标志着我国载人航天事业发展实现了新的重大突破。你们作为担负这次飞行任务的航天员，为我国航天事业做出了突出贡献，祖国和人民感谢你们！希望你们再接再厉，圆满完成后续任务。祖国和人民期盼着你们凯旋。”

胡锦涛总书记与航天员之间的天地对话，也是和整个“神七”团队的对话，因为载人航天工程是一个整体，是航天战线十几万员工合力在推动着这项工程的发展，是全国成千上万参与合作协作的科研单位、厂所在社会主义优越制度下“团结一心、办大事”的成果。航天战线的每一个成就都牵系着亿万人民的心。

酒泉中心发射塔下，随着那一声“点火”的口令响起，整个中国的心、中国的爱，也随着“长征二号F”火箭的升空飞上了蓝天白云。箭船分离后，“神舟七号”飞船于26日4时03分启动了变轨控制，进入了距地球表面约343公里的近圆轨道，航天员的体温、血压等各项生理指标均正常。专家介绍，火箭升空后先进入距地球表面近地点高度约200公里，远地点高度约347公里的椭圆轨道，实施变轨控制，就是将飞船推入距地球表面约343公里的近圆工作轨道。飞船启动变轨工作程序约64秒后，飞船再一次进入了平衡的飞行状态，这时翟志刚向地面报告：“仪表显示飞船变轨结束，完毕。”

当飞船绕地球运行45圈后，在飞临南太平洋上空时，在滔滔太平洋风浪中待命的“远望三号”航天测量船向飞船发出了返回命令，飞船随即变为返回姿态，返回舱与轨道舱分离，制动发动机点火，开始从太空向地球表面返回，返回舱与推进舱成功分离，飞船穿越大气层后，借助降落伞与反推火箭逐步减速，在内蒙古中部的阿木古郎草原上成功着落。

北京时间9月28日18时26分，正在北京测控中心大厅观看“神舟七号”回收舱实况直播的国务院总理温家宝，高兴地在载人航天工程总指挥常万全宣布“‘神舟七号’载人航天飞行任务圆满成功”后带头鼓掌，大厅内顿时掌声如潮。

温家宝健步走上测试大厅的主席台，宣读了中共中央国务院、中央军委的贺电。

贺电说：

“神舟七号”载人航天飞行的圆满成功，实现了我国空间技术发展具有里程碑意义的重大跨越，标志着我国成为世界上第三个独立掌握空间出舱关键技术的国家。中共中央，国务院，中央军委向圆满完成这次飞行任务的英雄航天员，向所有参加这次任务的广大科技工作者、干部职工和部队官兵，表示热烈祝贺和亲切地慰问。

“神舟七号”载人航天飞行任务的圆满成功，到此画上了一个圆满的句号。当胜利的歌声远去，喜庆的锣鼓已停下时，我的心却久久沉浸在对“神七”从研制到发射升空，中国运载火箭研究院整整投入的三年时间的回顾当中。在这1000多个日日夜夜里，全院两万多名科技工作者与干部、职工所付出的智慧心血，化为大漠深处“长征二号F”火箭的点火腾飞，正是基于“长征二号F”火箭在太空的583秒飞行，航天员翟志刚、刘伯明、景海鹏才顺利完成太空行走，在太空留下中国人的第一个足迹。

而所有从酒泉归来的工程技术人员和职工，他们的脸上扑满了大漠的风霜，黑黑的脸膛显露着疲惫，当迎接他们归来的院领导握着他们每个人粗糙干裂的手时，他们压抑不住心底的喜悦，千言万语汇成了一句话：“我们成功了，‘长征二号F’真棒”！

2.“长征二号F”火箭续写中国载人航天的辉煌篇章

载人航天事业集中体现了人类的冒险精神与探索精神。纵观世界，当中国于2003年用“长征二号F”火箭将“神舟五号”飞船送上太空之后，在国际上掀起了一个持续升温的载人航天热潮，这个热潮始于中国对世界载人航天的贡献。首当其冲的“长征”系列火箭是中国航天事业的骄傲，而执行载人航天任务的“长征二号F”火箭的团队则是这枚火箭的生命灵魂。他们之前已经成功地执行了6次任务，但是却并没有在党和祖国人民给的荣誉与功劳簿面前止步不前，而是兢兢业业寻找差距，围绕着即将到来的高密度发射的挑战，按照“更安全、更可靠，更舒适”的载人要求对火箭进行了更科学的两次大改造。研制人员分析了国内外其他型号火箭的200多个问题并一一进行对比，再检查，再改进，确保这枚载人火箭品质“再上一层楼”。在“我要飞得更好、更高”的前提下，以“确保成功，永创一流”的观念对航天员做出庄严的承诺。

我们曾把“神舟五号”遨游太空比喻为圆梦之旅。然而杨利伟说，在“长征二号F”火箭起飞的那100秒到160秒之间，他的身体是很不舒服的。航天人把这种现象称为8赫兹现象。可是怎样解决这个火箭载人的舒适性问题，就是摆在首次担任“长征二号F”火箭总指挥一职的刘宇面前的难题。刘宇和荆木春是“长征二号F”火箭的第二代总指挥、总设计师。他俩是从黄春平总指挥、刘竹生总设计师手里接过并挑起这副重担的。刘宇通过遥测数据深知这个8赫兹现象的存在，对于航天员确实是一个既不舒适而又不能忽视的问题，而这又直接影响到航天员一进入轨道就要开展的工作。若希望航天员能有一个更舒适的状态去工作，他作为一个总指挥对这个状态改变是要负责的。必须组织团队的力量集中大家的智慧来改进这些技术上的问题，确保火箭发射时有更稳定的状态。

荆木春总师说：“发射载人飞船的火箭区别于其他火箭的地方在于，其他火箭可以不管这个8赫兹现象，然而载人飞船就不同。目前8赫兹频率是人心肌产生振动的固有频率，由此产生的共振让航天员非常不适，这个问题不解决，‘神七’上的航天员也会重现杨利伟那样的感觉”。经过研制人员的排查测试，出现8赫兹现象是助推器动力输送系统产生的问题。研制人员提出使用变能量蓄压器来控制振动的方案，给航天员创造一个比坐在“劳斯莱斯”

里更舒适的环境。

刘宇是从 2004 年 2 月起担任载人航天工程火箭系统总指挥的。在“神舟六号”发射成功后，他继续带领这支团队，为“神舟七号”的载人航天飞行战斗，他与他的团队就是要为“神舟七号”定制一发“长征二号 F”火箭。为什么要毫无选择地只能造单枚火箭呢！刘宇的回答是：“我们的团队有决战决胜的自信。在这发火箭生产完后，再生产的‘长征二号 F 遥八’就是最新状态的火箭了，它属于航天工程‘第三步’的任务需求。我们将对‘长征二号 F 遥七’火箭进行较大的改动，如果生产两发，那剩下的一发必然是浪费。要知道我们的国家现在还不是很富裕，如果多生产一枚，那得多花多少钱呀！所以我们的团队有决胜的把握。‘长征二号 F’火箭其最大的亮点，就是在可靠性的基础上，元器件、原材料的质量都达到了国际一流水平。”

“我们所有产品都由研制人员下厂鉴别，产品采样后再回厂试验，即我们接受产品以后，还要再检验，做到对成千上万检验过的产品精益求精。针对目前技术条件，我们专门设定了一个相当于停置点的再检查程序，技术人员到现场与生产单位共同见证这些产品的质量。我们有 440 个关键重要器件都作为生产过程中的重要控制节点来进行控制，全箭进厂总的加电时间，比‘遥六’火箭增加了近 40%。”

一个可靠性，一个安全性，一个舒适性，这三性体现了载人火箭与非载人火箭从设计理念到技术的先进性的区别，彰显以人为本的科学发展观。

从 1992 年起我国实施载人航天工程至今已经 16 年了，我们的航天工程“三步走”规划完成了第二步：航天员出舱——进行太空行走。我们走出了自己有中国特色的航天之路。荆木春感慨地说：“我们的大总师王永志说过苏联有联盟号，1967 年把加加林送上了太空，而美国则是用航天飞机把他们的航天员送上去了。我们呢？就是要用‘长征’火箭来完成历史赋予中国航天的使命。”

我国的载人火箭研制历经16年艰辛奋战，取得了飞跃性突破，从大总师王永志、龙乐豪、刘竹生到今天的刘宇、荆木春，终于看到了宇航员出舱行走太空、展开国旗后的激动时刻。

在那一刻，在火箭腾空时，刘宇心中有那么一种颤抖与害怕，而在这时他才深深感受到大总师王永志所说的："越有这样的经历，越应该知道害怕，这说明你作为一个总指挥、总设计师是进步啦”这句话的深意。

荆木春在那一刻也激动地说："从2001年发射第一艘载人飞船到现在只短短5年时间，我们完成了其他国家一二十年才能做的工作。当‘神七’飞天的那一瞬间，我确实还有点担心，这并不是说我缺乏一个总师的自信，而是我拥有的专业知识让我深知天宇的不测突变或许会打乱我们预测到的各种故障模式，我们研制的火箭从70年代发射第一颗卫星到今天载人航天的出舱活动，总共发射的火箭才刚刚40发，比起俄罗斯、美国这些打了几百发火箭的国家，以及他们都避免不了的故障、失败，我们的失败还是比较少的。‘神七’到底能不能书写新的辉煌篇章？我们火箭的可靠性指标是0.97，虽然没有达到1，但可以很好地满足完成任务的要求。就是这样简单地分析，确实有很大的局限性。后来我们系统模拟各种故障，把这些故障现象写出来，分析参数的各种变化……当时我就在试验现场，两眼紧盯着直播的大屏幕，心里就这么想着，听直播员报数据，而这些数据竟和我们的预测一样。”

“长征二号F”运载火箭副总师宋征宇高兴地说："荆总，我们已经实现了成功发射，飞船准确入轨，我们这次发射的‘长征二号F’火箭的可靠性已经超过了0.98。”短短的一句话，让荆木春想起了三年前他和他的团队接受为中国载人航天打造“精品火箭”

的任务后，那些难忘的日日夜夜。

载人航天工程二期的发射任务，是具有承上启下、继往开来意义战略任务，是挑战更是机遇。只要走出了这一步，中国航天就将以一种新的英姿屹立于世界民族之林，走进航天强国的行列，携手俄美，俯视天下。

2005 年 10 月，“长征二号 F”火箭遥七正式投产，按计划在 2007 年开始总装，周期是比较长的。但一上马就遇上设计更改，整流罩、助推器、蓄压器和二级增压系统导管没有参加总装。再加上“神六”发射飞行至 415 秒时，一些技术参数出现的异常变化，使研制组不得不重新组织国防科大、中国科学院等单位开展理论研究，得出正常飞行不会产生这种异常现象的结论。但为了确保万无一失，按照“归零”的要求，火箭两总系统还是决定改管路的铝制材料为钢材。经过真空喷流试验，发现铝制二级增压器会产生 415 秒现象，两总系统设计了增压 / 温改的技术方案，从而解决了 415 秒现象，增强了火箭的可靠性。但这样一来，后期的生产周期严重吃紧。总装厂的技术工人都是一些越是艰险越是向前，把困难踩在脚下的硬汉子。面对工期短，工作量大的现状，航天人有拉着太阳不下山，明月灯火当白天的连续作战的光荣传统，有后山不倒奋勇前进的决心，去赢得托举火箭壮美发射的激情瞬间。

逃逸系统中，整流罩被誉为“长征二号 F”火箭的“皇冠”，它是由前锥段、前柱段、后柱段、后锥段、侧锥段五大部件组成。这个“皇冠”从 2007 年 8、9 月份开始进入各部段的装配，首当其冲的是车间的干部员工，他们不等、不靠，在生产流程上大做文章，一面组成整流罩总装突击队，倒排进度表，将计划细化到天，一面又改变以前的装配流程，优化其他 4 个部件进行对接的后续工序，生产紧往前赶，将后续工序前提，尽量缩短时间。

2008年3月11日晚，4天的调试工作临近尾声，测力工装突然出现故障，车间领导、技术骨干连夜紧急策对，仔细分析，再次试验，终于将测力装置故障排除，确保按节点交付火箭车间总装，1个月才能完成的任务只用了11天，比“神六”火箭的生产周期缩短了6天。10月中旬，模具车间接到为导管加工车间生产两套弯管模与一套波纹管成型模的紧急任务。这三套模具加工难度很大，其中波纹管成型模位只有8毫米厚、有近300毫米长，加工对接中极易变形。车间选拔了经验丰富的工艺技能高手，他们具有热加工的精湛技能，只用两个半月完成了4个月才能完成的任务，终于在春节前两天顺利将新的导管交付火箭总装车间。但总装车间却传来导管一件也装配不上的坏消息，这一下急坏了车间领导和工艺技术人员。经仔细检查，才发现是设计不协调导管之间接头对不上，所有产品都要重新生产。可时间已是大年三十的上午，设计人员刚刚设计出草图，车间工艺人员就得出规格和数量，调度员只用了2个小时就从物流中心领回材料，车间写上了安排春节加班的告示。初三，生产车间一天就抢出了法兰接头等零件，初四导管加工车间开始焊接，初七模装件送到总装车间试验合格，初八马上生产试验件三套，交付设计人员做试验，当正式更改的蓝图发回车间，又一轮加班加点伴随着灿烂的灯光，焊接的闪闪蓝光，机器的轰鸣，打响了寒风飞雪中的战斗，节日的鞭炮激荡着流淌的汗水，20项导管终于按时送到了总装车间。

虽然“长征二号F”火箭的技术走向了成熟，但今天这一枚是送航天员出舱太空行走的“神箭”，它将吸引全世界的眼球，它的一招一式都系着党和国家的牵挂。对一枚已定型的火箭更改增添设计的难度很大，更警示航天人需要慎之又慎。火箭两总决定重新设计，将蓄压器改为变能量蓄压器，选用高效双层凸凹膜层代替以往型号使用的平膜片，膜片外径、膜片厚度也要进行更改，重新增加爆炸阀门组件。此种膜片结构和焊接方式因是首次在火箭上使用，随之而来的工艺方法、工艺参数必须重新设计探索，但这些都挡不住确保成功的总装厂的员工，难不住永攀高峰的刘宇、荆木春所率领的‘神七’团队。

总装厂的导管加工车间工艺人员选定了将回层凸凹膜片焊接的方案，焊接过程中，攻关小组设计了工艺设备，以结构、精度保障控制焊接的伸出量、端接间隙及出量位置等工艺参数。试验中，他们将膜片一片一片地与工装配合，依据膜片的实际尺寸返修工装，实现了最佳匹配。做典型试验时，由于共振，新装爆炸阀门的导管出现了断裂现象，工艺师提出了在导管与壳体易接处安装支架的方案，经试验成功。工人们将聚氨酯膜片改为钢膜，膜片不同批次内外径的一致性，决定了凹凸膜片各自的回流量，以此为依据完善工装图，返修模具，生产出了满足焊接要求的膜片。

他们胆大心细地破解难题，“长征二号 F”火箭自生增压系统的关键部件由栅破裂膜片及垫圈组成，设计部门在“神七”火箭上使用了将膜片栅与垫圈用焊接的形式连接在一起的方法，解决了易漏气的问题。其焊接方式在运载火箭总装厂是首创。

组件中间带有刻痕的膜片是影响爆炸压力的关键。这些刻痕的深度又是设计给出的数值。但焊接后的爆炸压力达不到要求，工艺人员经分析决定，不断尝试焊接每一个深度组件，测量每一次数值，如此反复，技术员一丝不苟的工作换来了合格的数值。

由于这种焊缝为多层不加丝，层面夹气，使焊缝内形成气孔。一个个难题迎面而来，但始终不能消磨攻关人员的意志信念。研究院赋予航天人的“顽强、毅力、忍耐、坚定”品质召唤着他们的斗志，他们搬来了自行研制成功的编弧焊机器人进行焊接，第一次采用氦氩混合气体保护焊口，为打造精品火箭，他们不断研究机器人程序，无数次试验确定混合气体的比例、电弧长度、焊接参数……就是这样苦战、善斗，用智慧与汗水化作喜悦与辛酸交织的泪水，达到了火箭生产每个阶段都“三无”，即交付总装的所有零部件产品“无故障、无隐患、无多余物”、总装过程中无多余物、无压线、无错漏检……

“神七”任务要求在火箭上安装3个摄像头，通过摄像头能清晰地看到火箭飞行的全过程，有助于地面遥测运行有效调整，保证火箭安全。

贮箱液压气密试验时间由10分钟延长到20分钟，导弹液压气密试验时间由3分钟延长到5分钟，由于火箭内部有数百吨的液压燃料，万一出现故障，直接威胁着航天员的生命，为此“长征二号F”火箭为航天员提供了3种应急救生模式，可进行低空逃逸和高空逃逸。

这些改进的目的就是使火箭的可靠性、安全性不断地增加，使“长征二号F”火箭的可靠性指标达到98.07%，此时荆木春、刘宇才敢在出征仪式上说：“我们有信心确保发射‘神七’圆满成功，准确入轨”。

‘神七’任务是中国航天肩负的一件国家大事，为完成任务立下军令状的航天人一定要让祖国放心。围绕这个“放心火箭”，发射试验队在进入发射基地后，上上下下快速营造了决战氛围好、工作质量好、精神风貌好、结合保障好的四好氛围。

远离北京本部的试验队，参试人员常年工作在风沙、严寒、酷暑交织的沙漠戈壁，沐雪迎风，挑灯苦战几乎是家常便饭。有的含着泪把父母临终的电报悄悄地藏在衣服的贴身处，把悲痛压在心底；有的妻子即将临产也要收拾行装、踏上征程；有的儿女临近考试希望爸爸妈妈留在身边，站在群山之间的试验塔上的妈妈只能托一片白云带去她的祝福与思念。有多少柔情化作大漠上的彩虹，有多少牵挂来自那山谷的春风，有多少泪水滴染了相思的绿洲，有多少祝福化作飞去的一行行大雁，在天际甩下一串串含泪的鸣叫声……

发射试验场如同军号嘹亮的战场，它召唤的是一支招之即来，来之能战，战之能胜的航天铁军。刘宇、荆木春的团队已经习惯了这种不分春夏秋冬候鸟似的生活，穿梭几千公里的工作方式，他们像军人一样自备了一套专用背包，只要祖国一声令下，他们毫不犹豫地别了家园，别了亲人，别了大都市，犹如战士出征杀进硝烟滚滚的战场。他们带着父母送别时的叮咛，兄弟姐妹深情的嘱托，妻子挚爱的祝福，恋人依依惜别的柔情，还有小儿女跑前跑后的呼喊……那些缠绕着情思的依依惜别，仿佛令人回到了当年战争年代，那母亲送子上战场的情景，似一幅幅画面浮现在眼前。

司徒斌，一位副主任设计师，她总是把对家庭、对孩子的柔情深埋在心底。刚 9 岁的儿子总是眼巴巴地盼望妈妈能在不忙的一个周末陪自己去少年宫玩半天，在孩子看来自己身边从小到大只有奶奶、爷爷，妈妈好像永远都那么忙，一天都难听到妈妈的声音，只有每天晚上妈妈会回来给他掖被子，然后坐在他的床边看他好几分钟才不情愿地离去。孩子真想一下抱住妈妈，不要她离开。然而懂事的孩子退却了，他被妈妈脸上的困倦惊住了，悄悄地转过身去。

这仅是总体设计部二室型号队伍中的女同志的一个缩影。在“长征二号 F”型号团队中，这种对工作的热情，对事业的无私奉献已经是一种习惯了。只要你踏进航天这个团队，你所从事的工作就不再是你自己选择的职业，而是你注定要付出一切的国家事业。它不是当今流行的时尚——职场，而是党和国家赋予的事业责任。

因此在火箭研制的各个系统中，所有的研制人员所从事的工作，都是与国家荣誉、国家实力相连的，他们都是这个神圣事业的一员，这个伟大事业的一员。

这个宏伟事业的直接参与者们都在尽心尽力做好工作，献出自己的智慧与才能，在自己的岗位上发挥最大的活力，战胜所有困难。二室的党支部书记王剑中时时不忘与研制人员沟通思想，为他们排忧解难，解除全室人员的后顾之忧。工程组长赵峰、周浩洋、赵辉、王钢、欧阳英、刘江等日以继夜地为打造“长征二号F”火箭苦战。每一个都有自己独特的风采。

他们从城市进入沙漠经历了环境的差异、亲情的割舍，抛却一切杂念，斩断一切情丝，迅速进入状态，潜心投入工作，在试验场地偶尔打的一两个电话寄托着他们对亲人的思念，只有那些在热恋中的年轻人才时不时多打几个电话。尽管这样，这些“80、90”后的年轻人还是知道在自己生命的秤杆上哪一头的重是绝对的，是压倒一切的。

历经了1000多个日夜的拼搏，“长征二号F遥七”火箭托着“神舟七号”飞船，这一景象从蓝图变成了现实，即将踏上光荣与梦想铺织的征途。

当“神舟七号”垂直挺立在茫茫大漠，箭指苍穹时，东风航天城第一次向海外媒体揭开了它神秘的面纱。

在众多国外、港澳台地区记者的眼里，这片沙漠深处的“世外桃源”一直是神秘的所在，世界投注的目光一直扑朔迷离。

这个地方很多人想进来但又无法进来，因为这里是沙漠腹地划出的一个军事管制区，除美、苏的卫星曾悄悄地从它的上空飞过、窥探过以外，从未留下过任何记载。随着世界冷战的结束，和平合作已成为世界各国相互交往的主旋律。21世纪的第八个金秋时节，崛起的中国才向世界打开了这处过去的军事禁区的大门。俄通社、路透社、美联社、日本富士电视台等9家媒体的11名记者，于9月24日早上抵达东风航天城，见证“神七”发射的伟大时刻，并展开现场报道。当天下午，记者们参加了“神七”任务实施新闻发布会、航天员与中外记者见面会等重要活动。国新办会同有关部门还组织他们到现场采访，使这些媒体更多更好地了解中国载人航天工程“造福人类，与世界各国和平合作开发太空”的宗旨。

当东风航天城半个多世纪以来第一次成为外媒聚焦时，中国航天人热烈欢迎媒体的到来，面对记者们的镜头，航天人显示出从容的自信与淡定。

记者们对航天城的一切都感到新奇与有兴趣。这辽阔而浩瀚的大漠、驰骋而过的马队成就过大元帝国的梦想，也见证过导弹的风采，仿佛那每一粒沙子在太阳光辉的照耀下都领略过原子核子的威力，炫耀过一个站起来的民族的不屈不挠和钢铁般的信念。他们似乎从发射塔后那一片片铺向天际的林海草原，嗅到了春天的气息。

而那即将升空的火箭飞船及将在太空出舱行走的航天员，他们不仅代表了中国走进航天大国这个浅层次的表象，而深层次是意味着由“神七”升空撬动的上万亿元的航天产业。仅仅是“神五”“神六”就已经给中国经济带来了1200亿元的产业价值，而这一切随着“神七”的发射成功将会呈几何级数增长。这一切，像社会的神经、经济发展的触角般敏感的记者们是不会看不到的。

航天经济的产业链堪称各种经济类别中最长的，近乎无所不包。从能源、钢铁、新材料、电子、机械、通信……到航天服装、航天食品、纺织纤维、服装加工、食品加工、农业品、种子等。一次航天活动涉及的产业，涵盖了日常生活中的各个领域。

“神舟七号”飞船上的所有有效载荷，大到飞船机舱的新材料，航天员的航天服，火箭上的铝合金器材；小到一个小小的晶体管，一颗农作物种子，古代名画、丝绢，可算包罗万象。

我们不妨敞开想象的空间：一旦“神七”升天的科技成果由军用转化为民用，所带来的中国经济产业价值的飙升将是多么的惊人。其实对此国际上早就有数据论证，欧美多家研究机构曾评估，在航天领域每投资 1 元钱，将会产生 8~14 元的带动效应。当年美国耗资 240 亿美元，进行阿波罗登月计划，其科技成果转化为民用后，衍生出的产业价值超过 2000 亿美元。

中国自开展航天计划以来，我国每年航天产业的整体投入平均在 100 亿元左右，而产值则翻番，同时有 5~6 倍的辐射效果。

2000 亿美元与 1200 亿人民币，在即将升空的“神七”面前的整个产业价值，虽然眼前还无法估量，但足以推断其前景相当可观。当时也在现场的北京航空航天大学经济管理学院副院长魏法杰教授说：“‘神七’升空代表着中国火箭技术研究的成熟，以及中国载人航天飞船太空行走在技术上的突破，必将带动航天产业的发展。未来还将给国民经济带来巨大的动力。”

无可否认的是中国在航天项目上比起欧美俄罗斯一些国家起步晚，而航天技术转换为民用也需要一个较长的过程，相对而言，中国航天产业的转换，尚处于一个初级阶段。就像今天巍峨雄伟矗立在大漠深处绿茵覆盖的东风航天城，昔日则是风吹石头跑、尘烟沙遮天的荒漠。如今它一改昔日的荒凉，短短的 20 年，就已经英姿勃勃，跻身世界航天的先进行列。

国务院新闻办的发言人特别向中外媒体的记者们提示，本次“神七”发射中有一个亮点不容忽视，那就是我们打造的“神七”火箭、飞船、卫星项目中引进不少中国新兴的民用企业，以民营企业的代表浙江省为例，从“神一”到“神七”，浙江有 6 家企业先后参加了制造过程，分别承担了生命保障系统、电器稽查等相关的部分制造任务，而过去民企参与到以高端著称的航天工程中是不可想象的，今天的介入足以证明中国的民营经济已经发展到了一个新的历史阶段，足以进入已经成熟的国内火箭卫星事业。

众多精彩的报告与发言引起了中外媒体的称赞、感叹，更美好的前景还在人们的期待中。

中国民营企业是中国特色社会主义的一支新的生力军，其前途是不可估量的，未来我们一定会在国家载人工程、绕月控制工程和国家航天项目中看到更多的民营企业的身影。如同我们在纳济格草原上看到的那一簇簇、一片片耀眼的格桑花让天上的智慧在人间开花。

让我们仰望星空，让梦想照进现实吧，今夜的星空又将迎来从地球东方升起的一颗星。她美丽、妩媚，梦幻的眼睛闪耀在夜空，是那么晶莹那么明亮。这是一个民族敢于拼搏、敢于胜利、敢于攻关克坚迎难向上的品质在闪光。这梦想的眼睛里映照一个国家几代人锲而不舍、勇攀高峰的意志，今夜闪闪的星星可以作证。

飞天奔月是中华民族几千年的梦想，有梦想的民族就有希望，我们又向世界展示了中国所能到达的新高度，今夜发射塔上的“神七”巡天，将为这个高度再添辉光。

大沙漠的夜空是那么静谧，长年呼啸的风也在这一刻停止了，只有航天城上飘扬的红旗，与塔顶耸立的“长征二号F”火箭默默地对视，仿佛在倾诉着彼此共同的心语。远处巡弋的哨兵停下脚步，排成了一列，默默地眺望着待命的火箭，唯有指挥大厅灯光辉煌，映着巍巍屹立的塔影。

党和国家领导人，各个系统的科研人员，以及打开摄像机的中外媒体记者的眼睛全都凝聚在“神七”火箭上，大家屏住了呼吸也压抑不住激动的心跳，伴随基地指挥严肃响亮的口令“5—4—3—2—1”点火起飞！

大漠骤然颤抖，从塔底传出轰轰的一声巨响，好像撕裂了大漠的胸膛。人们脚踩摇晃的大地，看见“突突突”从塔底喷射出一股股浓浓的白烟，夹杂着熊熊的火焰，高达 4000 摄氏度的高温辐射，顿时让相距 500 米之外围观人群的脸上也感受到逼人的炙热，但那一双双惊喜的眼睛跟随着火箭升空，捕捉着此时火箭在天空的每一个变化，巨大的轰鸣声仍在大漠无边的荒野扩散着，火焰映照着火箭勇往向上的飒爽英姿，像一只把携风挟雷的利剑直刺苍穹，随即甩下的火焰浓烟化作一绢飘曳的哈达从天际悬垂了下来，而火箭此时已穿出了大气层，摆正了方位，告别了地球上的城市、村庄、森林、河流、大海、冰峰，进入轨道。

这是一只怎样的中国“神箭”！箭高 58.3 米，起飞重量 429.7 吨，起飞推力 600 吨，能将 7.8 吨的飞船送入距离地球 300 公里的轨道，如此的庞然大物在进入太空后却化作了一个小小的亮点。就像森林里的萤火虫一样，在一片幽暗中闪着绿光。

当指挥大厅里传来海上“远望 4 号”遥测船的“发射圆满成功，飞船准确入轨”的报告声后，大厅里传出了一片欢呼声，此时世界上数以亿计的电视机前也传出“中国真棒！我们成功了！”的欢叫。我仰望静谧的夜空，在想象中捕捉太空中的那个亮点，然后贴近电视机清晰地看见飞船绕地球的千万里行程，也看见翟志刚、刘伯明、景海鹏坐在舒适的船舱里的笑脸。我似乎看到梦想之光透过千里万里的风云照进中国，抚爱着中国的每一寸土地和每一个中国人梦想实现后显露的天真、稚气、美丽动人的笑脸。

我耳畔不时地响起胡锦涛总书记在酒泉发射中心接见参试单位代表时的讲话，胡总书记的话音是那么高亢、激情、嘹亮。他说：“昨天晚上，‘神舟七号’飞船顺利升空，准确入轨，目前，飞船正按照计划飞行。能够在发射场和同志们一道见证这一激动人心的历史时刻，我感到格外高兴。”

3. 托飞“嫦娥一号”的“长征三号甲”火箭

嫦娥奔月——一个古老民族的神话，历经了数千年被演绎成故事、戏曲、诗词、歌赋，成为几千年的文化传承和中华各民族家喻户晓的动人故事。

她是每个中国人心中的梦想，她是圆月中的相思，她不是欧洲每个人心中不同的“哈姆雷特”，也不同于雅典的月神“狄安娜”，她诞生在中华文化滋润的皇天后土，活在华夏子孙的心中。

今天，这个中华民族古老的传说和美丽的神话即将在一声轰鸣中，幻化成万紫千红般的精彩现实向太空飞去。21 世纪的中国走进了一个科学技术快速发展的时代，这也是一个让中华民族实现梦想的时代。作为这个时代的科学尖兵之一——中国航天科技集团运载火箭技术研究院、空间技术研究院，为我们的梦想创造出一个更加美丽动人的“嫦娥”奔月的故事。2007 年 10 月 19 日，被称誉为“金牌火箭”的“长三甲”托举起金光闪闪焕然一新的“嫦娥一号”卫星整装待发，笑傲蓝天，直指太空。当指挥员发出“起飞”口令的那一刻，我从四周环抱着大小凉山的青翠而静谧的山谷里，听到了一个声音在山谷间回响……

嫦娥奔月，是中华民族迈向深空探测的第一步，亦是继“东方红一号”卫星，“神舟五号”“神舟六号”载人飞船之后我国航天史上的第三座里程碑！当“神舟五号”载人飞船成功升空后，党和国家领导人决定将“嫦娥”探月工程列为航天发展的又一个制高点。人类的探月行动，起步于 20 世纪 50 年代世界冷战时期的苏联与美国的航天竞赛，到 90 年代欧洲也参与进来，再度掀起高潮。而在 21 世纪初新一轮探月热潮中，欧洲、日本、印度、英国、德国、中国争相提出探月计划，美国、俄罗斯也提出再次登陆月球并在月球上建立基地的计划。中国提出的“月球探测工程”

主要用于工程探测和科学研究，将工程定为“绕、落、回”三步走目标，其宗旨是为人类和平利用空间资源，为人类的长远利益，做出中华民族应有的贡献。

较之美苏的探月行动，我国探月工程虽然起步较晚，然而起点较高。“嫦娥一号”在探测系统的有效载荷与后续发展，以及探测系统、火箭发射的入轨等各方面，比之早期探月卫星更加先进、更加成熟。“嫦娥”奔月的首飞，使我国在科学技术与工程上初步构建起深空探测能力。

中国共产党第十七次全国代表大会胜利闭幕，党的十七大将中国特色社会主义领入了一个新的经济转型的伟大时期，沿着科学发展、以民为本的路线大跨步前进。此时，在西昌卫星发射中心的发射塔上屹立的“长征三号甲”火箭正托举着“嫦娥一号”俯视青山绿水，笑傲蓝天白云……此刻从青山外碧波荡漾的邛海的岸边茶树林中，隐约传来当年红军长征翻越大小凉山的歌：“五彩云霞空中飘，天上飞来金丝鸟……”

你听！在红军征战二万五千里长征的万水千山间，你英姿待发，你气宇轩昂，你准备好了吗？航天人已经向蓝天白云间的新长征吹响了进军的号角！

看！他从高高的发射塔平台上走下来，迎着大凉山金秋时节香润甜醇的风轻盈地走下来，坦然地笑着，快步地走着，脚步踏着大地发出咚咚的响声。人们一看就知道这是一个浑身充满活力的小伙子，蓝色的航天工装套在他身上显得越发有型，越发精神。他那双明亮的眼睛，无论看向哪，都带着一种坦诚的亲和力、召唤的凝聚力。从他那跃跳的脚步声中，我听到了长江的浪涛声。他就是“长三甲”系列火箭的总指挥——岑拯。一个从长江水穿越的湖北省浠水县丁司垱镇天灯树岗村走来的年轻人。他生长在一座三面临水、树木葱郁的农家房院里，祖辈三代都靠种地生活。

祖父念过私塾，写得一手好字，逢年过节常给乡亲写春联、画桃符，颇得乡亲邻里称赞，在树岗村方圆百里很有名气。在那个时代的乡村，他的祖父也算是个知识分子，很受乡里人爱戴。小岑拯和祖父很投缘，常趴在桌边看祖父写对联、诗词，临摹名人字画，他比同辈的哥哥姐姐妹妹们更爱读书写字。到了上学的年龄，在祖父的敦促下，父母送 4 个孩子一起上学，在 4 个孩子中小岑拯读书特别用功。那时乡村小学是不收学费的，但家里的经济条件没有能力让 4 个孩子都继续升学，父亲在他们兄弟姐妹小学毕业时来了个优胜劣汰，选中了成绩最好已考上县三中的小岑拯继续上学。后来哥姐下地干活、打鱼，农忙时小岑拯也随家人下地劳动。小岑拯读初中时就养成了半工半读的习惯，但学习一点也没耽误，三年学期考试都名列全年级的前两名，毕业时以优异成绩被县一中高中部录取，这时他才第一次离家，走出树岗村。而小岑拯在院子里栽下的那一棵棵桃树，在他离家去县一中读书那年的春天，全都开了花，桃花娇艳美丽，好似送他远行，从此他的生命又迎来一个万紫千红的春天。那一年“四人帮”倒台，科学和教育的春天又回到人间。

1982 年，高中毕业的小岑面临人生最重要的选择。家里人希望他报考医科大学，而他自己则对机械感兴趣。就在两难时，他的一个同学考上了北航，也苦苦劝他去报考北航。北航比起他向往的清华、北大，分数线要低一些，竞争的人也不是很多，不如稳妥一些报北航吧。第二年他走进北京航空航天大学的校门，凭优秀的高考分数被分配到发动机与空气动力学专业。毕业后他在报上看到国家公布的“863”计划，那时“长三甲”火箭刚立项上马，他心里一热，想到自己学的空气动力学、发电机专业正好能派上用场。恰在这时研究院的龙乐豪院士也在招研究生，他就投奔龙总来了，读了龙总的研究生。1986 年就立项的“长三甲”，到了1989年才正式上马研制。1989年二月岑拯被分配到一部十一室运载火箭总体室四组，掌管“长三甲”型号，从此就没有离开过，岑拯的命运就这样和“长三甲”捆绑在了一起。2004年底，岑拯接龙总的班担任“长三甲”型号系统的总指挥。

“长征三号甲”是一枚三级液体火箭，主要用于发射地球同步轨道卫星，运载能力2650公斤，火箭在星箭分离前可对有效载荷进行大姿态调姿定向，并提供一定的起旋速率，以满足用户的特殊要求。

“长征三号甲”火箭全长52.52米，一、二级直径3.35米，三级直径3米，起飞重量为241吨，起飞推力300吨。全箭由箭体结构、动力系统、控制系统、遥测系统、外测安全系统、滑行姿态控制和低温推进剂利用系统等组成。火箭的一、二级箭体结构是在“长征三号”的基础上修改设计而成的。一、二级动力系统继承了“长征三号”，三级虽仍采用液氢液氧低温高能推进剂，但与“长征三号”相比做了很大的改进。为防止液氢、液氧蒸发，同时减轻结构重量，对三级箱体采取了外绝热共底方案。

“长三甲”从批准立项到首次飞行，名义上有8年时间，但实际研制时间不到5年，其中的技术攻关时间更短，速度更快。而地面试验所投入的物、财、人都很少，其技术攻关的效率在国内大型火箭研制过程中是最高的。因而才会有“一箭双星传捷报，八年鏖战定乾坤”的美名。这就证明每一个创新，除了要有一定的经验积累和一定的胆识，更关键的是技术扎实、根基牢靠。“长三甲”YF-75发动机从首次试车到首次火箭发射只用了4年半，用26台发动机，试车86次，累计试车26342秒。之前的“长征三号”YF-73发动机从首次试车到火箭试飞用了8年时间，用107台发动机，试车121次，累计试车33209秒。仅此一项，“长三甲”为国家节省了上亿元的开支。1994年2月8日“长三甲”

首飞试验成功，当年10月30日将“东方红三号”卫星准确送入预定轨道。1998年“长三甲”“长三乙”火箭一起获得国家“科学技术进步特等奖”。

“长三甲”火箭的总体技术水平和性能在国内处于领先地位，在世界处于一流水平。我们可从运载系数、长细比、运载能力、火箭的适应性与经济性能等各个方面与国外同类的大型火箭相比，例如，20世纪末世界几种主要大型火箭的运载系数，日本“H-2”火箭最高为1.52%，美国的“宇宙神2AS”为1.49%，“长征三号乙”为1.22%，排名第三。欧洲航天局的“阿丽亚娜”火箭，俄罗斯的“质子号”火箭分别为0.77%和0.78%，远远低于“长三乙”，而“长三甲”的运载系数为1.1%，也远比“阿丽亚娜”和“质子号”火箭高。“长三甲”火箭从投入使用后至今已发射14次，均获得圆满成功。

当“长征三号甲”火箭发射我国自行设计的“北斗导航二号”试验卫星成功后，一夜未眠焦急等待的胡锦涛总书记为此做出重要批示：“祝贺‘北斗二号’试验卫星成功发射，入轨运行。望再接再厉，在自主发展我国卫星导航系统上取得更大成就。”

何谓导航卫星？这种“北斗导航”卫星不受天气的限制，具有全球覆盖能力，可以为卫星、飞机、导弹、船舶、车辆、人员进行导航，是卫星应用的一个重要领域。导航卫星网一般都由32颗卫星组成，也称为导航卫星星座。

导航卫星按导航方式不同，可分为测速和测距两种。根据卫星运行轨道的高度不同，分为低轨道、中高轨道和地球同步轨道导航卫星。目前世界使用最多的全球卫星导航定位系统，是美国的GPS系统。GPS系统采用时间测距定位原理，可对地面车辆、海上船只、飞机、导弹、卫星和飞船等各种移动用户进行全天候、全天时的高智能三维定位、测速和精确计时。

2000年10月、12月和2003年5月，我国三次发射“北斗导航”卫星，为我国“北斗导航”卫星系统的建设奠定了基础，截至2010年12月，“长三甲”系列火箭将11颗导航卫星送上预定轨道，我国在未来的10年内将把30多颗“北斗导航”卫星送上太空，组成一个32颗卫星的庞大网络。那时，中国在天空的眼睛（卫星）就能全天候地对地球上的车辆、飞行器、船只、导弹、卫星、地质灾害、气候变化、飞船等各种移动物体进行测速和精确定位。未来一切显露在阳光下的东西对于我们来说将不再神秘。

“长征三号甲”火箭连续14次发射圆满成功，在完成我国“长征”系列火箭第100次发射任务后，于2007年6月15日，被中国航天科技集团授予了“金牌火箭”的称号。是继“长征二号丙”火箭之后第二个获此称号的运载火箭，所以理所当然地担当起托举“嫦娥”奔月的历史重任。

“长三甲”是幸运的，而且是年轻的，就像它的一代代总指挥、总设计师心中不断创新的宏伟蓝图。

当年的南苑刚刚从一场民族的沉痛中醒来。满目的荒凉铺展在京郊光秃秃的田野上，汽车驰过一片又一片收割过的庄稼地，浓浓的雾气中一排排的杨树、桦树抖落的树叶在风中飘零。这个被老北京人称为皇家狩猎场的南苑，既不见茂林花丛，也不见鹿逐鹰飞，穿越过庄稼地的溪流里漂浮着一层灰色的薄冰。汽车颠簸了近一个小时，才看见前方百米外，耸立着十来幢50年代修建的那种庄重厚实的苏式五层大楼，以及散落在这片楼群外面的一片片老北京四合院和街道边二楼、三楼的商店、饭馆组成的居民区。岑拯下车后径直向那铁丝网边插有国防军事禁区标记的大门走去，向站岗的解放军士兵出示了自己的介绍信和证件，走进了他心中的圣殿。

80年代初期国家正处于百废待兴时期，社会正面临着转型，而当时由七机部新转到航天航空部的一院，面临一片下海经商的浪潮喧嚣，院里好多科技人员经不住来自外面的诱惑，毅然转行下海捞钱去了，还有的去赶出国热的浪潮。岑拯这个年轻的书生却义无反顾地朝着心中的圣地走了过去，在四周百般的诱惑嘈杂声中扎下营寨，全身心地扑在“长三甲”火箭的研制上，成为“长三甲”研制团队中的一名坚强的战士。

“搞导弹的不如卖茶叶蛋的”纯粹是笑谈，党和国家对航天事业重新定位，我国的国防科研单位又重新举起向科学进军的旗帜。随着中国特色社会主义建设的逐渐发展，研究院又找回了自己的定位。那年，“863”计划的制定与铺开，“长三甲”火箭项目的研制，确实令三代的航天人又想起了创业的坎坷，对往日峥嵘岁月的回忆变得美好，老一代人艰苦奋斗走过的路上，又有了后来人，从这批年轻人的身上又看到了祖国一定会有更加美好的明天。

风雨后的彩虹是如此绚丽。1986 年 8 月在“长三甲”研制团队正式成立的宣誓会上，国防科工委任命李伯勇院长为团队的总指挥，王永志为总设计师。1987 年 5 月李伯勇调任四川省委副书记，王永志院长接任总指挥。1989 年 12 月，当“长三甲”研制跃上一个新台阶时，龙乐豪继任总指挥，并于 1991 年兼任总设计师。岑拯在龙总的悉心培育下，全身心投入战斗，献出智慧与心血，从一个普通的设计员做起，一步步走过了 16 个春秋，把“长三甲”火箭九次圆满送上太空。在取得九连冠好成绩的同时，2004 年底，他又从龙总手中接过“长三甲”系列火箭总指挥的帅印，成为航天火箭系统的领军人物。

岑拯久久地站立在“嫦娥一号”的发射塔下，凝望着西昌发射中心的群山，那儿仿佛延伸出一条路，一头伸向太空，一头连接着他人生的起点，他走出来的村庄。他忽然揉揉湿润的眼睛笑了，这才察觉自己已不是当年的小伙子啦，他也像老一代的航天人一样，在一次次火箭的发射中长出了白发。

当“嫦娥”奔月的号角吹响时，他刚临近不惑之年。他自信在他手中一定能圆满完成国家“嫦娥”工程的“绕、回、落”三步走的战略目标，而现在才刚刚迈出了第一步。岑拯昂起头来，迈开脚步，朝这个千年来中华民族梦想的目标坚定地走去。

2007年10月24日晚18时零5分，岑拯和他的团队在西昌卫星发射中心试验大厅，与四面青山上围站着的穿着鲜艳的民族服装，举着一束束火把的彝族男女同胞一起，亲眼看到了“长征三号甲”火箭搭载“嫦娥一号”卫星的发射：火箭喷涌火焰徐徐升空，在西昌大小凉山的围绕下，从牛角唢呐声中，从群山组成的峡谷中呼啸奋飞……

火箭升空148秒后，火箭的一、二级分离；第271秒，火箭二、三级分离；第1249秒，火箭三级二次点火；第1373秒，三级发动机二次关机；第1473秒，星箭分离，“嫦娥”卫星准确入轨，发射圆满成功。

这一刻的中国沸腾啦，“嫦娥”奔月，天上人间，围绕着远大宏伟的目标唱吧、跳吧。

“嫦娥一号”卫星由“长征三号甲”火箭送入近地点高度200公里，远地点高度51000公里的地球同步转移轨道，此轨道为椭圆轨道，轨道周期为16小时。

卫星与火箭分离后先在这条轨道上运行2圈，在此期间将在第二个远地点作一次小的轨道停留，将轨道的近地点高度抬高到600公里。

卫星在16小时轨道运行到近地点时，进行第一次大的轨道机动，将轨道周期变为4小时。

卫星在24小时轨道上运行3圈后，主发动机第三次点火，实施第二次近地点变轨，将轨道周期增加到48小时。

卫星在上述三个轨道上最长运行 7 天，这一段轨道为远地点轨道。

卫星在调整轨道运行结束后，到达最后一个近地点再做一次大的轨道移动，使卫星进入地月球移轨道（LT0）。随后卫星随着这条轨道飞向月球，飞行 114 小时后到达近月点。

为了使其变为绕月飞行的月球卫星，还需要在近月点作三次减速移动，移动后的轨道周期是 12 小时、3.5 小时和 127 分钟。其中，第一次近月减速移动时间为 2007 年 11 月 5 日 15 时 25 分左右。

这就是“长三甲”托举“嫦娥一号”卫星的奔月路线。她从 38 万公里的高空，将信号通过卫星发送到家家户户的电视屏幕，326 个小时，180 万公里的飞行，“嫦娥”成功进入她的环月工作轨道。她将 365 天里天天陪伴着我们，我们也会从她传回的信息图片中认识一个新的月亮、新的“嫦娥”……

4.“长征三号丙”火箭谱写太空新的辉煌诗篇

人类居住生活的地球，有一个美丽的月亮朝夕相伴。一首《月光曲》让多少人仰望着星空，任淡淡的月光抚慰他们的情思柔肠；一轮明月又唤起了多少人的诗情画意，联结着梦中的故乡。月亮走，我也走，我和月亮交朋友。具有高智慧的人类决不会仅满足于吟风弄月，由梦想引领的人类精英把目光聚焦在对宇宙奥秘的探索上，不断地开拓人类发展的疆域，沿着一代又一代的航天科学家探索实践的脚步前进，浩瀚神秘的天空也变得更加明朗。17 世纪初，德国天文学家开普勒发现了行星的三大定律，使哥白尼的“日心说”更有科学依据。他狂喜地说道：“这个发现超过了我期望的一切。也许要等到 300 年后，才能得到人们的公认，就像万能的上帝等待人类赏识他的创造物，已经等了6000多年之久。”如今300多年过去了，开普勒三大行星的定律不仅得到公认，而且牛顿、爱因斯坦等的伟大学说也已经得到广泛应用，人类制造的飞行器已经飞到太阳系的边缘，天文望远镜在不断地向更远更深的宇宙空间窥探。无论是从人类自身安全、环境保护、资源的开发利用角度出发，还是从推动科学研究的发展角度考虑，都应向宇宙空间的更深度和更广度继续进军。

在空间科学领域，我们是后来者，但我们是坚定自信的后来者。为了人类和平利用空间，我国航天科技工作者立足于国内现有条件，进行了艰苦卓绝的工作，以最小的代价获取最大的收益。我们迈出的每一步都坚实有力、具有特色，走出了创新之路。中国的“嫦娥”工程中火箭卫星都是自己研制的，星上所有的仪器设备都是中国制造。火箭卫星的奔月轨道设计、测控网络、地面的测控系统等无不打上中国的印记。

我们正在走前人没有走过的道路。所有的科学探测都充满风险，探索者的脚步是震撼人心的。而月球上有一座环形山名叫“万户山”，那是国际天文学会为了纪念我们的祖先万户而命名的。400年前，明朝南京人氏万户是世界上第一个勇敢的探索者，他在胳膊上捆着风筝，坐在绑了47支火箭的椅子上，自己点燃火箭成为为人类的飞天事业献身的第一人。400多年前的那次点火后的轰响，成为激励着后来整个人类向天空发出“我来了，我飞来了”宣言的冲锋号。也预示在科学探索的征途上，失败是成功必经的一个过程，成功则是必然的结果。

看，我们的“嫦娥一号”卫星已经升空了，而且已绕月球飞行了一年多。这颗中国的飞行器首次摆脱了地心引力，迈向了深层宇宙空间，在她完成使命撞向月球预定地点之前，她回过头，向紧跟她而来的姐妹“嫦娥二号”卫星呼喊！此时，中国探月工程的第二步正穿越岁月的风云，等待 2010 年 10 月 1 日西昌高耸的卫星发射塔对准月日地连成一线的最佳发射窗口………

此刻我们回过头看，能更加清晰地看到中国探月迈出的第一步是那么幼稚，像孩子般蹒跚学步，走得那么艰难，虽有“长三甲”火箭将“嫦娥一号”送上了 51000 公里地球同步轨道的制高点，她还不停地在轨道上转圈，整整运行了 7 天才靠近了月亮的身边。而两年后的今天，中国探月工程又勇敢地迈出了第二步，这一步可说是一次飞跃，不仅是我们的“嫦娥二号”身躯比“嫦娥一号”重了 130 公斤，而且托举她的火箭“长三丙”的推力也大幅增长。“长三丙”是一个天空的巨人，他迈出的这个第二步，就是直接将“嫦娥二号”卫星托举进入 38 万公里的地月转移轨道——这个中国造的火箭竟能将两吨重的卫星送到 38 万公里之外的宇宙空间。

怀着疑问，压抑住惊奇，我又走进研制“长征三号丙遥七”火箭的中国运载火箭技术研究院。走进研究院庄重而宽阔的大门，迎面屹立的是中国伟大的航天科学家、被誉为“中国导弹火箭之父”的钱学森的铜像。他是中国航天发祥地、中国“长征”系列火箭的摇篮——中国运载火箭技术研究院的第一任院长。瞧，钱老那宽阔的额头，炯炯有神永远都在探索的目光，慈祥的笑脸上坦露的真诚与童真，令人感到是那么和蔼可亲。他昂头仰望着青天，他的脚淹没在一片红艳的花丛中，身躯微微向前，抬起右手臂迎着太阳升起的方向，仿佛在召唤着奋进的中国向太空起飞——他开创了中国的航天事业，他铺起了中国的通天之路，他为中国的载人航天工程培养选择了第一任总设计师，他在临终时仍然牵挂着中国的载人航天工程与探月工程。

今天就在他 53 年前亲手开创的研究院里已经走出一代代中国航天事业的领军人才。他们中的第四代已承担起了“嫦娥二号”

发射任务，研制、改进搭载“嫦娥二号”的“长三丙遥七”火箭，为探月工程二期进行前期工程验证和探测，担任二期工程的“探路者”。这是2010年最具影响力、最重要的航天活动。“长三丙”这次承担的“嫦娥二号”的发射，是一项体现综合国力、凝聚民心、振我国威的重大政治任务，从一开始就得到党中央、国务院、中央军委的高度重视。在2010年8月6日中央军委专委会上，温家宝总理指出：“空间站和探月工程是我国现在科学领域标志性的重大专项。”9月12日，温家宝总理在视察天津新一代运载火箭产业化基地时说：“无论是空间站还是探月工程，我们都离不开大运载火箭，而且需要现代的、准确的火箭。”

探月工程总指挥、国防科工局局长陈求发曾向探月工程各系统提出了“高标准、高质量、高效率”和“保质量、保进度、保安全、保成功”的“三高四确保”工作方针。

自2008年10月接受任务以来，研究院领导深入部室，参研人员牢记使命，将细节决定成败的思想融入各项工作中，始终坚持勇于创新的进取精神，以迎难而上、牢记传统、敢于超越的胆识和智慧，集智攻关，前进拼搏。

“长征三号丙”火箭由箭体结构、动力系统、控制系统、遥测系统、滑行段推进剂管理和姿态控制系统、推进剂利用系统等组成。此次“长三丙”火箭发射“嫦娥二号”任务呈现出与“嫦娥一号”的发射不同的全新特点：

一是运载火箭首次将卫星直接发射至近地点200公里、远地点38万公里的地月转移轨道。相比“嫦娥一号”多次调整进入奔月轨道，时间缩短至少三分之一，大大延长了卫星寿命，进一步降低了工程风险。

二是运载火箭的发射窗口为35分钟，并力争向零窗口发射。

三是运载火箭与发射“嫦娥一号”时相比，在飞行可靠性保证的条件下，有效载荷重量增加了130公斤，“嫦娥二号”对运载火箭的推力要求更大，发射时入轨精度和控制精度更高。

为确保“嫦娥二号”卫星的发射及准确入轨，研究院专门开展了地月精度轨道发射技术及多窗口发射技术两大项关键技术的研究，共进行了33项技术状态的改进，如确定了起飞触电冗余改进设计、动力测控故障诊断系统等9项可靠性增长措施。

院里实施了一系列质量严控措施，多次认真梳理型号研制过程中出现的质量问题，组织各相关单位对各系统设计生产过程质量控制情况进行认真负责地质量检查认证。对各配套单位提出了36条具体质量要求，数据分解、细化、落实，保证质量，确保发射任务圆满成功。

尖端的技术需要的是尖端的人才，而集合在“长三丙”火箭周围的团队，还是由那个浑身活力与才华横溢，走路都在思考，带有朗朗笑声，在困难面前不皱眉头，在危险时刻奋勇扑上去，二十多年矢志不渝，视航天火箭为生命的总指挥岑拯所率领的以“长三甲”班底为基础的团队。这个敢打硬仗又勤于思考、善于学习、勇于创新、敢于胜利的团队，是由一群“70、80后”的航天第四代年轻人组成的。

她，来自黑龙江佳木斯冰雪覆盖下的农村，冰雪给了她坚强与纯洁的品格。从小就照看弟弟妹妹，分担家务担子，使她逐渐懂得了责任。在北方的金秋时节，她告别了那片肥沃的土地，大学毕业后她又回到哈尔滨工业大学航天学院。当她再次离开学校时，毫不犹豫地选择了做一个航天人。2000年，这个叫朱冬阁的姑娘开始承担“长三甲”系列火箭型号的总体制导和瞄准的主要设计，十年间，先后完成了起飞测控技术的地面瞄准方案，高空风双向风补偿的制导总体方案，双激光惯组控制制导总体方案，双激光惯组瞄准试验等，在多次入轨精度分析中立下了汗马功劳，一跃成为“长三甲”系列火箭总体设计人员中的佼佼者。

还有勇担重担的青年先锋邓新宇，一个典型的“80后”高精尖人才。2009年硕士毕业即加入一部十一室，从事“长三甲”系列火箭低温动力系统的相关研制工作。短短一年时间，他凭借扎实的专业基础和努力钻研的刻苦精神，成长为“长三甲”系列火箭高密度发射时期的中坚力量。

十年研制的硕果，在生活中却宛如一首平常的歌。沈涌滨自进入一部就没有离开过“长三甲”的研制，他是和“长三甲”系列一起长大的。十多年型号研制发射过程中，他从低温阀门设计到低温动力主管，从前端到后端，从近控到远控，无一不精通。十多次靶场发射经验使他对低温动力系统指挥的工作有了深厚的积淀和独到的认识。

他是谁？岑拯伏案指点着铺开的图纸说：“他就是‘嫦娥二号’的弹道设计师周天帅，也是个2002年哈工大走出来的大学生。是他对‘嫦娥二号’的飞行轨道进行了设计改进。”而这个由一部自行培养的研究生，攻读的就是飞行器设计专业的硕士学位。他挚爱弹道设计工作，将其视为第二生命。他深知弹道是运载火箭的核心系统。一院对“嫦娥二号”飞行弹道的改进是：火箭先进入小椭圆停泊轨道，并进行无动力滑行，在轨道上无动力飞行一段时间后，再点燃发动机加速，将“嫦娥二号”卫星送入奔月轨道。完成这个弹道创新设计的人就是周天帅。

王永志大总师说过：“一代人做一代人的事，一代人有一代人追求的目标。”那是因为中国的航天事业需要一代一代的科学家在接力攀登高峰时薪火相传，不停地向上向前。正处于壮年时期的“长三甲”系列火箭承担着以探月工程和二代导航卫星工程等为代表的、关系重大的民生工程的发射任务，同时还承担着国际卫星的发射任务。未来的两年将是“长三甲”系列火箭高密度发射时期。“长征三号”系列火箭现有“长征三号甲”“长征三号乙”“长征三号乙 / 改 Ⅰ 型”“长征三号乙 / 改 Ⅱ 型”“长征三号乙 / 改 Ⅲ 型”“长征三号丙”等六种火箭。“长三甲”系列火箭研制发射团队，自然是一支活跃在中国航天领域的主力团队，它肩负着国家的重托、民族的希望，行走在“永不停步，永攀高峰，永远成功，永创一流”的道路上。

这支团队从总指挥岑拯、总设计师姜杰到主任设计师刘建忠、李聃，副主任设计师王静华、胡炜、胡晓军、沈涌滨，型号设计骨干朱冬阁、周天帅、张亦朴、陆凯、李若全、李凰立、李大鹏、魏远明，再到后起之秀徐文彬、徐庆红、邓新宇等，他们中的每一人都是一盏明灯、一座基石。

他们的工作就是不断地架设天梯，托举卫星，让人类飞得更高更远。他们拥有这样一份成全人类梦想、缔造奇迹的事业，他们从总指挥岑拯到每个人都爱笑，不管多累多忙，每当火箭起飞、火焰升腾，他们会笑出眼泪，带着明亮的笑，聊着他们热爱的火箭事业的春天。

轨道发射技术是将“嫦娥二号”卫星送达月球的关键。中国航天史上首次使用这一技术，若获得成功，则证明我国可以继续推进卫星“落”和“回”阶段的后续工程，同时也为我国今后有条件时对火星、金星等开展深空探测活动奠定了坚实基础。

2010 年国庆节前夜华灯绽放的晚上。大小凉山一年一度彝族人民盛大的火把节刚刚结束，节日的喜庆气氛还弥漫在青山碧水间、草场山寨里，那娓娓的山歌，深情的对唱依然响彻山坡、河谷，在大道小路上流淌。夜晚的火把让大小凉山也亮了起来，在星空下，人们伴随着咚咚的羊皮鼓的节拍起舞。而这时在凉山腹地，青松翠柏间的西昌卫星发射基地，也是彩旗飘飘，灯火辉煌。基地的营门上捆扎着的千百个五彩小灯闪烁着，照亮了门上悬挂的巨大横幅："热烈庆祝中华人民共和国成立六十一周年"。连接基地的公路上，一辆辆小轿车、自行车、大客车从山外驰来，在热烈的口号声、掌声中徐徐驶进基地高耸的大门。

他们都是赶在国庆期间，为观看"嫦娥二号"的发射而来的。他们中有上百位来自世界各地的记者，带着五大洲的惊喜、四大洋的情意。他们手中的相机、摄影机一进入基地，就像一道道闪电似的不停闪烁。从车上走下来的领导同志和国防科工局、集团公司、火箭研究院、卫星研究院等单位的领导所率领的慰问团、祝贺团，给"嫦娥二号"的发射队伍、试验队伍与基地官兵带来党中央、国务院、中央军委及航天战线百万战友的问候、祝福和感谢。他们的到来使整个基地变成了一片欢乐的海洋。他们走进参试与发射队伍中，将党的祝福、国家的挚爱、战友的深情一一传达，使试验队员们一个个热泪盈眶。几个月在试验场的劳累，此刻都化作欣喜的笑。那紧紧的握手和拥抱，握出了信心、决心，抱出了洒满曙光的天路。这时，不知是哪一个明星歌手在高高的山坡上弹响了大三弦，唱起了欢快的歌，踏着歌声的人们随着彝家姑娘跳起了"阿细跳月"舞蹈。于是大小凉山沉浸在人们为"嫦娥"奔月壮行的歌舞的海洋里。

当欢乐的歌声迎来大凉山第一缕曙光时，人们远远地凝望着发射塔边雄伟挺立的火箭，这枚待发的火箭，就是"长征三号"系列火箭中崭露头角的骄子"长征三号丙"。它就是被中国探月工程指挥部选中托举"嫦娥二号"卫星飞向月球的最可靠的金牌火箭。

"长三丙"火箭全箭起飞重量为 345 吨，起飞推力约 450 吨，标准地球同步转移轨道运载能力 3.8 吨。它是在常规芯一级、二级、低温三级的基础上捆绑两枚液体助推器构成的。主要用来执行地球同步转移轨道发射任务，也可用于近地轨道、太阳同步轨道和深空探测有效载荷的发射任务。

就是它载着“嫦娥二号”卫星飞向月球——那38万公里外的遥远故乡。它也许就像一颗划过夜空的流星，洒下炫丽的光彩。那么飞向月球的“嫦娥二号”卫星凭借什么穿越大气层而毫发无损又风姿绰约呢？是因为它身上披了一件神奇的“嫁衣”。这“嫁衣”轻盈灵巧，足以抵御穿越大气层时产生的炙热，能对身躯起到保护的作用。这是一件使用绿色环保材料缝制的“嫁衣”，研制者是中国运载火箭技术研究院航天材料及工艺研究所（703所）。研究所涉及的专业60余个，拥有发明专利130余项，获得国家发明奖3项、国家科技进步奖20余项、部级科学进步奖400多项，是两项科学技术特等奖的获奖单位。在党中央、国务院、中央军委庆祝“嫦娥二号”工程成功的表彰庆功会上，获得党中央、国务院、中央军委颁发的“突出贡献单位”奖。

当“长征三号丙”火箭载着“嫦娥二号”卫星飞离大气层时，受热辐射最大的就是位于火箭顶部的端头和整流罩，而703所研制的端头和整流罩是由高强度、耐高温的环保材料制成的，具有无线电透波性能，不仅保持了气动外形，还可以抵御与大气层摩擦时产生的炙热，保障航天型号部件和仪器舱内的精密电子元器件在外界温度高达数百摄氏度的环境下仍能正常使用。此次担任“嫦娥二号”卫星发射的“长三丙”火箭的全部端头与卫星整流罩、仪器舱、防热舱、挡风板、防热层、防热板前底防隔热材料构件等都是703所的产品。这些材料构件就像舒适的摇篮，精心呵护着襁褓中稚嫩的元器件和型号部件，构成了“嫁衣”的立体结构。

“嫁衣”的密封性，历来是各国航天工业高度重视并着力解决的关键问题，它关系着发射的成败。1986年1月26日，在美国佛罗里达州肯尼迪航天中心，“挑战者”航天飞机在升空73秒时发生大爆炸，7 名成员全部丧生。这一严重的事件震惊了全世界，谁也没想到事故的调查结果竟是：航天飞机毁于一个不起眼的密封圈，密封圈低温变形失去密封性，使燃料泄露。

703 所研制的系列化耐介质超低温密封材料与结构分布在运载火箭的发动机、伺服机构、箭体结构中，满足了火箭的高度密封要求，确保了我国运载火箭的高可靠性。这些密封构件宛如一道天然屏障，为火箭内部的正常运转提供了良好的环境。

“嫁衣”有了，“嫦娥”穿上它远嫁月球，漫漫征途 38 万公里的云和月，祖国母亲要让“嫦娥”姑娘走得欢心、坐得舒适。703 所又根据“嫦娥”的体型特点，量身定做了它乘坐的奔月花轿——卫星支架。我们的“嫦娥”姑娘重两吨多，还要穿越大气层的恶劣环境，要让卫星上的各零部件性能保持完好，存在一定难度。这就要求卫星的支架要具有材料轻、质量可靠、稳定性好的性能。703 所将先进的碳环氧复合材料应用于卫星支架，大大提高了航天结构轻量化水平，显著提高了火箭的运载能力，开辟了航天用轻质结构材料的新领域。

离开大气层后，“嫦娥”姑娘轻松地将最外层的这件“嫁衣”抛向太空，入轨后它最后的支撑——“花轿”也自然脱落，剩下它独自完成奔赴月球的使命。然而这看起来自由辽阔、平静无垠的太空里潜伏的“静电杀手”随时威胁“嫦娥”姑娘的生命。于是 703 所预先就为“嫦娥”姑娘潜心炮制了一瓶“护肤霜”。你不要小看这瓶“护肤霜”，它的技术指标处于世界领先水平。“护肤霜”就是降静电的白色热控涂层，能有效解决航天器表面由于带电粒子的充放电而可能引起的卫星故障，大大提高了“嫦娥二号”卫星工作的可靠性，有了这护肤霜，“嫦娥”姑娘不仅更漂亮了，还能平安地飞到广寒宫阙。

703 所的这个新贡献，使它作为突出贡献单位光荣地登上了人民大会堂的领奖台。这个由中国航天先驱、中国航天材料工艺科学家姚桐斌创建的研究所，支撑了中国航天科技工业的发展，奠定了中国探索外太空的基石。它的名字永远镌刻在中国航天的历史丰碑上。

中华人民共和国成立后的每一个国庆都会给中国人民一个惊喜，特别是改革开放后的每一个国庆都让中华儿女欢呼雀跃。中华民族的振兴就是在这一阵阵海啸般的欢呼中崛起——那是奥运会在北京的精彩，那是大阅兵的雄伟步伐卷起中国国防现代化的旋风，那是前进的中国特色社会主义滚滚向前的战车……

今天是共和国六十华诞后又一个生辰，北京航天发射中心悬挂的大钟显示的是2010年10月1日18时59分57秒，在灯火辉煌的西昌卫星发射指挥中心的大厅里，01总指挥员下达了点火的命令，操作人员按下闪着红光的“点火”电钮，随即中心广场观看的人们与满山坡围观的穿着华丽盛装的男女彝胞同时鼓掌欢唱呼喊起来。大楼阳台上从各个方向架起的高低起伏的摄影机、照相机闪烁着，所有的闪光都聚焦到一个亮点，那亮点是一团团灿烂火焰喷射的雾气。“长征三号丙”银色的箭体托举着“嫦娥二号”卫星，向着浩瀚的大海般的星空飞行……千万道深情的目光，追逐着“嫦娥”，追逐着心中的梦。

“长三丙”火箭38万公里的太空航天行，将“嫦娥二号”送到距月球表面100公里处，并准确地拍摄下将来“嫦娥三号”可能落月的地点，同时向北京发回信息与图像，从此月球对我们不再遥远，几千年的梦想终成了现实。

10月1日“嫦娥二号”卫星发射成功，三天后收到“嫦娥二号”发回的信息及落月地的成像图片。中国航天人为祖国61岁生日捧上的蛋糕，让祖国妈妈开心！

5. 百次发射唱响的天歌

这是一曲唱响中国“神箭”飞出摇篮、穿越太空的长征凯歌。

这是一首以生命热血与忠诚谱写的航天人的辉煌史诗。

2010 年 10 月 1 日，“长三丙”成功发射“嫦娥二号”卫星的第二天，西昌卫星发射基地司令员和中国运载火箭技术研究院党委书记梁小虹在基地举办的庆功会上，谈起“长征”系列火箭即将迎来百次发射，而西昌发射基地也将迎来基地建立四十周年。两位领导心有灵犀地共同说，咱们应该好好庆祝一下，总结一下！这么多年咱们一路走来，在历史的长征路上经历了多少艰辛苦难，经历过国内国际的风云变幻，顶住了历史的惊涛骇浪，才走出一条自力更生、艰苦奋斗的自主创新之路。司令员满怀深情地回忆起当年西昌发射基地从甘肃渭南迁往大凉山下的西昌冕宁时，选址修路的艰难岁月。老一辈革命家，原国防科委副主任胥光义将军，原西藏军区司令员陈明义将军率领参加过康藏公路修建的三个工兵团几千官兵打通了大小凉山的路，在这条山谷里建起了中国第一个专门发射高轨道卫星的基地。有多少战士和同志魂系蓝天，埋骨青山。梁小虹也感慨地回忆起当年谷景生政委选址南苑——科学家住进帐篷泥屋，填田平地，看苏联专家拆解导弹；钱学森在南苑的飞机库里，给全国各地科技人员和部队干部战士上导弹原理第一课；在沙漠深处的“1059”叩响了苍茫的深空，“东风一号”试射时炸出了一个大坑，同志们泪流满面；同志们闯关夺隘，在 1970 年 4 月 24 日，用“长征一号”火箭发射了“东方红”第一颗卫星的情景。

对蹉跎岁月的回忆，使两个老战友毅然做出一个决定：在研究院的百次发射与基地建成四十周年之际，联合举办纪念性的庆祝联欢会。司令员又提到“长征二号”火箭也是在基地发射的，那可是西昌发射基地建成后的第一次发射。

2010 年 12 月初，奔驰的列车载着“长三甲”及我国研制的第二代“北斗导航”卫星和发射试验队员驰向西昌基地。

初冬的大凉山依然阳光灿烂，山青水绿，鲜花盛开。披着节日盛装的西昌卫星发射中心迎来四十周年的诞辰，中国运载火箭研究院自主研制的“长征”系列火箭也迎来它的百次发射。

2010 年 12 月 18 日，“长三甲”火箭搭载我国第二代“北斗二号导航”卫星飞跃苍穹，这枚带着自己发射征程的光荣与梦想的火箭，在热烈的掌声和歌声中飞起来了，天空中那条弧线渐渐远离时，一阵阵的锣鼓声敲响在基地的广场上，航天姑娘和基地女兵红绸旋舞，一幅幅用气球做的标语从空中垂落，代替了天空中消散的云烟，标语上的字飘进人们的眼帘：“庆祝长征火箭百次发射成功！庆祝西昌基地成立四十周年！”而此刻我们的“北斗二号”卫星已进入了预定轨道，与先前发射的 6 颗“北斗”卫星手拉手在 3.6 万公里的高空站成半月形。这一次也是中国火箭技术研究院与西昌卫星发射中心“十一五”发射的收官之作。

回顾首次发射的历程，梁小虹书记在联欢会上激情洋溢地说：“百次发射，我们战胜了很多苦难，才走出了一条自主创新的道路。为共和国的安危，我们百折不挠，奋勇向前，才有了今天这寂寞幽深的山谷里鲜花绽放、拔剑出鞘的呼啸飞翔！”

回望那云山茫茫的道路，每一步都面临陷阱，每一步都坎坷不平。横下一条心披荆斩棘，在探索中前进，支撑着他们的力量来自哪里？来自一个伟大民族的振兴精神。他们所从事的是前人所没有做过的事业，中华民族的魂魄指引着他们为中国运载火箭技术的发展走出一条自力更生、科学创新的路，唱响一曲艰苦奋斗、无私奉献、勇于登攀的战歌。一院就是由参加过长征的老红军、老八路、解放军官兵与从海外归来的科学家、中华人民共和国成立后的第一批大学毕业生组建起来的国防部五院一分院（导弹研究院）。它的诞生就是自主创新的起步。1960年11月5日，当仿制的“1059”导弹叩开太空的大门时，就宣告世界火箭的故乡无火箭武器的时代结束了。于是在同年12月，一院召开党员代表大会提出一院已转入自行设计研制导弹火箭的新阶段——“确定八年四弹”的奋斗目标。1966年10月27日，“两弹结合”（原子弹与导弹）使我国成为具备战略核威慑能力和核打击能力的国家。在此基础上，由“东风二号”改进研制的“长征一号”火箭于1970年4月24日首次将我国的第一颗人造地球卫星送入太空，开拓了中国航天的新纪元。后来，诞生在西南边疆寂寞而幽静山谷里的西昌卫星发射基地，悄悄地等待着“东方红二号”向地球同步轨道起飞。

2003年10月15日，杨利伟从太空返回内蒙古草原——中国成为世界上第三个自主掌握载人航天技术的国家。2007年、2010年“嫦娥”一、二号卫星两次对月球的拜访，带着中华民族的光荣与梦想在广寒宫前舒袖欢舞，圆了中华民族几千年的飞天梦，也填补了我国深空探测的空白。

从白手起家艰苦创业到走向世界，从圆梦飞天到航天产业大发展，研究院在“创新强院”思想的引领下，一步一个脚印，一次又一次成功发射，创造了中国航天的辉煌。

四十多年的火箭研制创造了“生产一代、研制一代、预研一代、探索一代”的科研创新模式，“长征”火箭的系列型谱逐渐形成。运载火箭实现了从常规推进到低温推进，从串联到捆绑，从一箭一星到一箭多星，从近地轨道、太阳同步轨道到地球同步转移轨道至地月转移轨道的发展。从发射卫星载荷到发射载人飞船，飞船从一人到两人、三人，再到航天员出舱太空行走，具备了发射低、中、高不同轨道、不同类型卫星的能力，并在国际商业卫星市场上占据一席之地，分享了全球卫星发射市场的“蛋糕”，形成了自主知识产权，并敢与国际强国在航天领域竞争。

中国从1970年至今已成功发射火箭137次，其中的100次是由中国运载火箭技术研究院研制的“长征”系列火箭发射的。从1990年4月，“长征三号”火箭成功发射中国承揽的第一颗国际商业卫星“亚洲一号”以来，中国航天就正式踏入了国际商业卫星发射服务市场，至今“长征”火箭的100次发射中，就有30多次是国际卫星商业发射。“长征”火箭以其良好的信誉和安全可靠的产品性能赢得五大洲客户的信赖与赞许，打造了中国的世界名牌。百次发射折射出中国运载火箭技术研究院在进军国际市场道路上的艰辛奋斗历程。我们忘不了王德臣仅仅怀揣一张只画着火箭草图的图纸，就敢从欧美公司的嘴里抢夺下发射澳星的订单，更铭记着18个月打造出“长二捆”火箭的日日夜夜。那个在山洞里试验的液氢液氧发动机，惊得外国的火箭设计师史密斯伸出了大拇指。更难忘袁连启总指挥在红军根据地大巴山，用几乎原始的生产方式建立起了洲际导弹与火箭生产基地。还有那沙漠土窖里新一代航天儿女的啼哭声，那一棵孤独凄零的白杨树下铭刻的航天人第一次走进沙漠的誓言，如今这誓言也已化作一棵棵白杨树。那白杨树下，埋着第一代航天人的忠骨，那大沙漠风云上，是航天人的忠魂在守望。

当我们凝望西昌基地发射塔拆下的斑驳的支架、木标时，我们似乎仍能看见航天人在抢修火箭时流下的汗水。每一次的点火，我们都仿佛听到战友的呼喊声，航天人与基地官兵同在这条路上向碧海蓝天宣誓出征：“前进！向国际一流宇航公司，向国际最先进的航天大型联合企业进军！”

航天人自行设计的未来新一代大推力火箭的研制厂房，在天津滨海新区环渤海滩涂上已经展示了雄姿，海南岛海上的发射场已经浮出了地平线。航天人在新世纪第二次创业中成功的战略转型，书写了中国特色社会主义新长征的航天篇。

“我爱祖国的蓝天，晴空万里，阳光灿烂，白云为我铺大道，红星照耀永向前。”硝烟弥漫半个世纪的中国火箭技术研究院成就了6位“两弹一星”元勋，有25名两院院士曾在此战斗工作；培养了10多名省部级专家领导；获得部级以上科研成果3573项，7次荣获国家科技进步奖；造就了成千上万的优秀科技人才，学院有3个博士学位授予点，8个硕士学位授予点，一个博士后科研流动站。拥有完整配套的人才教育培训体系，有一万多名受过高等教育的科技干部、工艺人才；有一万多名受过中等教育的技师工人，其中含全国十大杰出青年两名，中华技能大奖获得者两名。就是这样一支敢打敢拼、智能超群的队伍，传承着我党我军在革命战争时期的光荣传统，在半个多世纪的风云变幻中积淀自己深厚的文化底蕴，创造出与时代同步的“两弹一星”精神和“载人航天精神”，逐渐形成了中国特色的航天文化，铸造了研究院“自力更生，艰苦奋斗，大力协同，无私奉献，勇攀高峰”的优良院风，凝聚成“顽强、毅力、忍耐、坚定”的院魄。

四十年百次发射，一路走来沐浴着党中央、国务院、中央军委的关怀，心连着中南海的温暖。在伟大的党和毛泽东、周恩来、邓小平、江泽民、胡锦涛等领导的殷切关怀下，自主创新、赤诚拼搏的航天人，承载着中华儿女的美好心愿和梦一样美的期望，从西北边陲红军征战的沙漠深处，从塞外高原的群山峡谷，汇聚于西昌“月城”的秀丽山水间，一次次腾空起飞，直指九天，问鼎苍穹。在欢笑中振奋了民心，在凯歌声中壮大了国防。

此次举办四十周年庆典，是为了铭记那些峥嵘岁月的甘苦艰辛，铭记中华的历史赋予航天人的使命，更是着眼于未来道路的开创与竞争。当100次发射的余音在山谷里成为历史的回音，新的太空之箭又站在第101次新的发射塔上，研究院及西昌卫星发射中心又肩负起把我国从世界航天大国发展为世界航天强国的神圣使命，开始踏上“第二次创业”的壮丽征程。

啊！中国运载火箭技术研究院已展开了理想的翅膀，而这次的起飞不是53年前长城下艰难的起飞，而是带着中国的光荣与梦想，保持开放、创新、融合的必胜心态，从喜马拉雅山珠穆朗玛峰的起点出发，飞向新中国的空间站。中国的航天员要在月球环形山上祭拜祖先万户，把家乡的一个个喜讯告诉他，邀请全世界的朋友并肩携手合作创造人类美好的未来！

第十一章　伟大的战略转型

阳光、沙滩、仙人掌……

童年的歌谣渐渐远去

当我们再唱的时候，那一片片大海的滩涂已变幻出奇迹

一排排椰子树旁，小河流淌着翡翠碧玉

海风轻轻吹拂着拔地兀立的幢幢高楼上的蓝旗、红旗

一个伟大的转型将中国航天的未来定格在大海与蓝天之间

第二次创业的研究院幸运地占据这制胜的高地

国际化大都市群京津唐迸发的经济、文化实力

一个空间站、一个辐射圈，一个天地联欢的鹊桥会

走向研究院未来的蓝图，梦的神话，美的传奇……

1．漫步在海洋与天空的大火箭基地

30年前，当中国打开向世界紧闭的大门，整个世界都瞪大了眼睛，向这个神秘的占世界人口四分之一的东亚古老大国试探着迈出脚步，继而大胆地走进去，他们才发觉这片神奇的热土竟是如此辽阔美丽、热情好客、生机勃勃。变了，变了，竟是这样的美好、神奇……

当“70后”“80后”的青少年唱着从宝岛台湾传来的别样好听的充满童心的《外婆的澎湖湾》……阳光、沙滩、海浪、仙人掌，还有一位老船长……人们也惊喜地发现：在渤海湾的一片芦苇盐碱沙滩上，耸立起中国最大的大火箭航天基地。

短短30年，天翻地覆，换了人间，那童年的歌谣在这里竟也变成了遥远的追忆。

与中国“长征”火箭一起长大的中国运载火箭技术研究院天津滨海新区大火箭基地开发区办公室干事李毅，又调回了离别20多年的家乡——天津，他站在航天大火箭基地的蓝图前，面对矗立的高达28米的火箭模型比画着，向慕名而来的天津市的党政领导与各界人士慷慨陈词，这是一个开朗、坚定、自信、乐观的小伙子，说一口带天津味的北京话，话音在大厅里朗朗回荡。

科学家对浩瀚太空的探索是永无止境的，今天已获得的累累硕果中，孕育着明天的理想。航天技术的发展唤起的人类社会生活对卫星服务的需求与日俱增，大型卫星的尺寸、重量进一步加大。当今世界，侦察卫星、大型航天器在国际空间的重量已达到200余吨，而规划重量超出了4000吨。小型卫星也已改变了以往一箭一星的模式，一枚火箭发射20多颗卫星的一箭多星模式时代已经到来。2006年7月27日，一发火箭将18颗小卫星送入5553千米的轨道。大卫星与小卫星的发射要求形成了市场的需求，由此决定了大推力运载火箭将成为世界航天发射的主力军。我国的航天器发展也毫不例外地遵循这个规律。

从1970年我国发射的重173公斤的“东方红一号”卫星到目前研制生产的运载火箭，“长征三号”“长征三号甲”的运载能力分别是1.45吨和2.6吨。“长三乙”火箭的运力也只是5.6吨，与美俄相比，就可看出“长征”系列火箭目前的运载能力，不能满足国内外航天事业迅速发展的要求。

展望未来，随着我国经济、军事和科技实力的增长及对航天器功能寿命的需求，急需推进有较大运载能力的大型航天器的研制生产，主要包括地球同步卫星、大型遥感卫星、遥测卫星、载人的长期在轨空间站及“嫦娥”工程对月探测设施，这些都需要依靠新型大推力的运载火箭发射。同时世界各国国内商业发射市场不断扩大、需求增加，而国际发射市场竞争激烈，也促进世界主要航天国家大力发展、研制大型、重型火箭或提高火箭的运载能力。近两年已有欧盟、美国、俄罗斯的多款新型火箭投入使用，欧盟的“阿丽亚娜”新型火箭具有大直径、大运载能力、高可靠性、无污染、低成本、适应性强、易操作等优点。

这就迫使中国运载火箭只能顺应这一趋势或更具有超前性，进一步增强运载能力和可靠性、安全性，才能强化我国航天大国的地位，走上有中国特色的走向航天强国的征途。

在这种周边的国际政治经济背景下，中国航天科技集团公司在2000年公布的规划中对一院研制的新一代大型运载火箭提出了具体的指导思想与原则。新一代运载火箭的基本技术发展途径是一个句点，两种动力系统，三个模块。箭体直径的大型运载火箭基本重量，采用50吨级推力氢氧和120吨级推力液氧煤油发动机两种动力系统，采用5米、3.35米和2.25米三种直径火箭、三个基本模块，通过模块化的不同组合，形成不同数量的新一代运载火箭系列，完成各种发射任务。

2007年，中国航天“十一五”规划发布，我国有五大航天工程项目开始实施，其中新一代大型火箭项目计划用6～8年时间完成运载火箭的研制：运力低轨道为1.5吨至25吨，高轨道为1.5吨至14吨，与使用的运载器良好衔接，在未来30年乃至更长时间内用于发射大型卫星。于是在2006年珠海航展上，我国公开展出了一直隐身幕后让世人揣测的“长征五号”新一代运载火箭模型。

“长征五号”火箭不仅是我国50年航天运载技术的成果积累，更是未来20年间我国发射大型卫星、空间航天器的运载工具，甚至将是未来遥测太阳系行星设施的发射工具。

新一代运载火箭比普通火箭体积大得多，我国现有的三个内陆发射中心的运输系统都无法承担将这枚直径 5 米、重 600 吨的巨型火箭送往发射基地的任务。2007 年，国家为满足运输的需求，决定新建一个以海上运输、海上发射为特色的中国第四个发射基地，于是风景如画、空间开阔的海南岛迎来了越来越多的航天人。

直接承担总设计、研制新一代“长征”大火箭任务的中国运载火箭技术研究院，当时拥有的厂房、设备已经无法满足新的“长征五号”大火箭的设计、研制试验及总装总测试的需要，而且其所在的地区已不再有建立经济新区基地的空间，因而选择建设新一代运载火箭产业化基地已是迫在眉睫。

早在 2003 年 5 月，研究院就开始项目选址的论证工作。派出专人对北京、天津、深圳、海南、西安、成都等多个地区进行了选址比较。对这些备选地点从空间发展、运输条件、便利程度、资源配套、经济实力、当地政府的支持力度等方面进行综合分析，经国防科工委批复，最终确定选址在天津滨海开发区西区。那大火箭落户天津的原因是什么呢？

因为历史原因，在天津市的工业布局内还没有一个举世闻名、举足轻重的知名大型企业，虽然近两年引进了空客 A320，但也是一个只能装配而不能整体生产的飞机制造厂。当研究院的选址队到达天津时，天津市各级政府表现出了极大的热情与诚意，领着队伍在滨海新开发区方圆百里内任意挑选，并一再表示如果大火箭真能落户天津，天津市政府必将大力支持，并给以最优惠的政策保证，将大火箭工程列为天津重点工程给予扶持。后来确定在天津立项修建后，中共中央政治局委员、天津市委书记张高丽将一院大火箭基地的建设作为由他亲自抓的天津市第一号工程，这就为项目的成功推进提供了基本保证。

这里临近海湾，海洋运输条件方便，让新型的“长征五号”能沿高速公路北上，直抵天津港，从海上运往海南。

天津滨海新区有美好的发展前景及完备的工业体系，尤其是它的东区在改革开放30年里已建设成为一座多功能中型城市，相距西区只有10分钟车程，为保证西区建设提供了坚强的生产生活保障，为大火箭的研制生产和军民结合的航天产业大发展，提供了良好的发展基础与广阔的发展空间。

作为中国航天发祥地与中国国防事业战略基石的中国运载火箭技术研究院，在刚刚庆祝完她的50华诞的第二年，就以大火箭基地落户天津为标志踏上了第二个50年的漫漫征途。战略的转型意味着研究院将全面构建航天科技工业新体系，加大改革重组的力度，向国际一流宇航公司进军。

伟大的转型仿佛使研究院又回到50年前那个激情燃烧的艰苦创业年代。当院建设指挥部副总指挥刘超，这个生在北京长在皇城根下的中年彪悍男子，带着由院里各单位部门抽调的26名人员组成的大火箭基地开发区办公室的先头部队走进这一大片茫茫沼泽地时，迎接他们的是迎面吹来的咸湿的海风，沼泽地上空飞过的一群群大雁和那刚刚砍伐过的芦苇地残留洒落的芦花。在这片3000亩的盐碱湿地上，将建起一座新的中国航天大火箭研制生产的产业化基地。基地上将耸立起33幢厂房和高90米的现代火箭振动试验塔，有绿树林立的宽阔道路，有随季节更替绽放的花园，有环绕厂区的小河，有窗明几净的车间、食堂、宿舍、俱乐部、礼堂、游泳池、球场……而这些都还在盐碱湿地的茫茫雾气中和刘超手持的规划蓝图上。让这一切美好的心愿从蓝图上走下来，铺展在这片沼泽盐碱地上，仿佛是那么遥不可及，又好像一切都掌握在他的手中。50年前的南苑，那也是一片荒草的东高地、西洼地，如今不也已淹没在高耸的中国航天城里，一切都从干开始。“为有牺牲多壮志，敢教日月换新天”，这就是刘超战胜一切困难的箴言。

挽起裤子，手持测量的标杆，一个个航天战士跳进了沼泽池，在萧瑟秋风中创造着属于航天人的明天。他们用标杆丈量盐碱地的面积，测量沼泽泥的深浅，同时头脑里不断计算着工程的数据以及所需的石料、回填土方，测算用钢筋混凝土将缓缓流动的滩涂沼泽固定、夯实所需的材料数量。整整 5 天，他们像泥人一样奋斗在沼泽盐碱地上。这些连石头都能陷进去的沼泽地，怎样才能凝住、夯实并载起厂房、楼宇、振动塔的地基呢？他们都是初次接触与土木泥石打交道的建筑行业，从来没有组织过土建项目的施工，也没有练就建筑行业所必需的基本功。隔行如隔山用在他们身上是一点不假，而大火箭基地的建设又区别于一般的楼房厂房建设，地下配套设施都在肉眼看不到的地方，比如燃气、天然气、电流、电压、防水层、高压气、低压气、电缆线等。这些设施都要符合他们从未接触过的建筑专业与地下建设的标准。在这样的情况下，刘超和他的同事只能在摸着石头过河中摸出点门道来，钻进去由外行变为内行，死守着阵地，紧盯着施工现场。于是，他们吃住在工棚里，白天黑夜都和现场的工人们一身泥一身汗地战斗。

围绕“确保型号成功，确保指标完成，确保安全和谐，实现健康快速发展”的总体工作目标，坚决贯彻“保成功，保增长，渡难关，促转型，提能力，重创新”的工作方针，他们群策群力，密切协同，任劳任怨，全身心地投入新一代火箭产业化基地的建设工程。一边施工，一边安装设备。厂房还在建，设备就已运送来了。短短两年，火箭研制区以焊接厂房为代表的 8 个项目的土建就已完工，面积达 115502 平方米，焊接厂房实现了试生产；完成以总装厂房为代表的 20 个项目的土建开工，开工面积达 94471 平方米；军民结合区冷拔管项目建成投产。

在此期间，中建集团、铁道集团的一大批施工队伍开进了基地，在1700亩的工地上焊接高达40米的厂房，用以进行28米高的箭体的液压试验工程及有X射线工位操作，此外铸造厂房也已经开工。

在另一块850亩的土地上，冷拔管项目18000根桩基施工已经完成，立体工程已经开工，基地建设正热火朝天地施工。2009年2月12日下午，基地迎来了天津市委书记张高丽、副市长杨栋梁等天津市的领导，他们与滨海开发区领导和航天科技集团公司领导一同参加了大火箭基地现场推进会，基地施工单位的领导也应邀参加了会议。

张高丽率领会议代表前往新一代火箭基地施工现场进行视察，而这时的基地已经不再是茫茫一片沼泽地，中国航天大火箭基地已初具雏形。

在占地1万多平方米的202厂房施工现场，天津航天长征制造有限公司总经理陶刚向张高丽书记等介绍说："这个厂房是2008年6月22日才在这片沼泽地打下第一根桩，将于今年3月份交付地基，厂房主要负责大运载火箭贮箱的生产。所需零件从东南角进来后，开始零部件生产、箱衣焊接、液压试验，于2009年底完成整体生产。还有3个大的工装设备，2009年4月份陆续进入，最大的是一个氢箱，长21米，有效高度28米，就在这儿进行液压试验。这儿是X射线室，那边有一个500吨的工装，厂房东西向154米，南北向154米。

马兴瑞对张高丽说："5万平方米厂房放在这儿，我们感觉还不够，决定把3.35万平方米的新的中型火箭"长征七号"的厂房也放在这儿。国家决定再投入30亿元。新型火箭放在这儿是一个布局，对我们与天津都是最好的。"

"这是国家正确的选择，也是你马总正确的选择。"张高丽笑着说。

李洪院长接过话茬："我们干的事，无论是政治局委员领着我们干的，还是航天院领着干的，都是给国家干的。我们的'长征五号''长征七号'全是在海南发射，在这儿上港。"

"那天津是沾了天时地利的光啦！"

"高丽书记，天津市委、市政府对我们是最支持的。这个支持的力度是我们没有见过的，我们实实在在感觉到了。"李洪激动地回答。随即参会的人员走进以"长征五号"模型为背景搭建起的临时会议室就座，由张高丽主持当天的现场会。

张高丽的开场白直指主题："最近我们连续召开了第三批区县重大项目推动会、基础设施项目推进会，市委的每个人都有自己的联系点。我的联系点最重要，因为我联系的大推力火箭是代表国家、代表世界顶级水平的国家工程。马总的团队和李院长、梁书记的团队，确实给予了天津极大的关心和支持，为天津在世界与全国面前增了光，添了彩。大推力火箭在马总、李院长的直接指挥下应该说进度还是比较快的。我上次来看时，基本上还在平整地基，那时主体工程的人马还没有进入，我跟马总通了电话，治平副市长又专门拜访了马总和一院的李院长、梁书记，而后栋梁副市长又专门作了工程进展的汇报，才有了我们今天与航天集团一起现场调研并召开的推进会，争取研究解决一些问题。我们先请李洪同志汇报一下进展情况和我们要解决的问题。"

李洪在回顾产业化基地落户天津走过的岁月时，有太多感谢的话要说。在一个深深的鞠躬后，他激动地说："2007 年 9 月，高丽书记亲自见证了'新一代运载火箭产业化基地建设项目'的筹备，天津人称我们为大推力火箭，我们倍感亲切。2008 年 8 月，高丽书记视察产业化基地施工现场，为保证工程的顺利开工，及时协调、开辟了绿色通道，天津市政府、滨海区委给我们 3000 万贴息贷款，解决了我院的资金压力，所有这些均表明了天津市各级领导对工程的重视和关注。听到高丽书记把我们的建设工程作为天津一号工程来抓，启动拆迁安置，我们备受鼓舞，也进一步激励我们又快又好地把大火箭的研制工作推进好，完成好。

“2006 年 10 月，为继续保持我国的世界航天大国地位，加快发展我国的航天技术，不断提升我国的综合国力，党中央国务院决定批准新一代运载火箭基本型研究立项。这项工作共有 14 项重大关键技术共 106 项技术要攻关，运载能力是我国现役火箭的 2.5 倍到 3 倍，将用于探月工程三期、二代导航卫星二期、载人登月实验工作等一系列国家重点航天工程，巩固我国在世界航天领域的地位。

“大火箭全面研制工作以来，总体进展情况顺利，已按计划转入了初样研制阶段，计划在 2012 年转入试样阶段研制，力争 2014 年完成首飞。

“产业化基地将承担大火箭试制的主要工作，总规划面积超过百万平方米，总投资过百亿，而建设周期又十分紧张。天津市委市政府的大力支持，给予的各项最优惠的政策，滨海新区美好的发展前景及完备的工业体系，为我院、为航天军民合作产业化发展提供了良好的发展环境、合作空间。

“面对大火箭研制对产业化基地建设的迫切需求，面对繁重的建设任务，我们深感责任重大，压力巨大。”

李洪院长在列举了所采取的措施后，诚恳地向天津方面提出了三项建议：一是给予更多的资金政策支持；二是协调铁路专线建设；三是加快市政配套设施建设。

李洪院长最后说：“我们相信大火箭于天津首飞成功，必将成为天津市打造北方经济中心的亮点和重要标志，我们一定不辜负天津市委市政府及三千万天津人民的期望，将大火箭产业化基地建设成国际一流的航天工程。”

针对李洪院长提出的建议，天津市开发区董事会主任何树山、滨海新区董事会副主任张锐钢、中建集团一局公司董事长郭宏若分别作了让李洪很满意的回答。

特别是郭宏若的话，引来了阵阵掌声。他说："中建集团在北京奥运项目建设结束之后，就把重点转向了天津。这个大火箭基地项目开始阶段，遇到了始料未及的困难，主要是盐碱沼泽地的软土地基问题。我们用了5000吨钢桩，才把二期工程按一院的要求抢回来，现在主梁结构全部完成。完成这个项目我们确实感到了一种压力，便更感到光荣，这个航天项目代表我们民族的精神，也是天津市蓬勃腾飞的象征。请马总、李院长放心，我们是国家的建筑队伍，做好国家的项目责无旁贷。"

"那你要把你精锐的主力部队都用到这里来。"张高丽风趣地插话说。这时中铁建筑集团的代表很激动地说："我只说一句话，请李院长放心，你们的专用铁路线，我们包了，大火箭直抵天津港专用线，今年就可铺轨。"

马兴瑞总经理高兴了，站起来挥着手说："谢谢大家的支持，今天这个推进会开得太好了，使我深深体会到大火箭的魅力。'长征五号''长征七号'的研制生产都要集中到这个产业化基地来，估计2013年到2019年火箭就要相继首飞，我现在掰着手指头算也就3年多一点，压力很大。非常感谢天津市委市政府和各施工单位，站在国家的高度，站在我们中华民族发展的高度，认真落实科学发展观，大力推进我国新一代运载火箭基地的建设。这个项目是我国进入空间能力的一个标志，也是中国航天展现在世界面前的最重要的一项工程。大家已看到了载人航天、探月工程、太空行走，今后我们还要搞交汇对接、空间站、载人登月。这些很重要的进入空间的计划，都要从天津这个基地启动，我对此信心十足。天津市委市政府确实在认真落实科学发展观。我是2007

年开始和高丽书记打交道的，我也清清楚楚地看到天津的高速发展，稳定健康的高速发展。我们与天津的这个合作，这个战略选择是非常正确的。高丽书记是个好领导，给我们树立了一个领导干部的榜样，在他的推动下，我们的紧急规划、紧急调整、紧急动员才能顺利推进。今年，仅这个区域，不包括航天飞行器，也不包括十一院的无人机，大约投资13亿元，形成14万平方米的竣工项目，还要再开工10万平方米。高丽书记在电话里问‘能不能在今年底让大家看一看，有一个基本模样，看一看中国新一代运载火箭产业化基地的雏形？’，所以我们又调集了些资金，调整了计划，把北京的一些项目适当地滞后一些，集中精力建设这个项目。另外目前基地20万平方米做完我们还要再做50万平方米，从长远看，我们打造的这个产业基地在世界上也是数一数二的嘛。再次谢谢高丽书记和天津市委市政府、天津滨海新区、中建集团给我们的支持帮助。”

张高丽书记做了总结性的讲话：大推力火箭是标志性的国家工程，能放在天津，确实是国家、航天集团公司对我们的支持，对天津的厚爱，这是我们天津重点之重点工程，那就要集中力量，集中资金，集中精力，高速度、高质量、高水平地加快建设。虽然我们的资金也很困难，但还要再给3000万的贴息贷款。刚才锐钢同志建议给2000万，我们决定还是跟去年一样给3000万。我建议会后，开发区和航天集团、一院要一项一项把若干的项目排出来，工程尽量往前赶，我希望在六七月花开的时候再来到这个地方，因为领导向我提出要来看一看，我希望繁花盛开时带他们来。北京与天津已经是同城化了，半个小时就到，那就跟在北京住家一个样。我们的路通往国际机场，通往滨海新区，所以马总、李院长、梁书记要到全国哪儿去，或到国外去，从你们驻地到我们天津机场要比到北京机场还要近，38分钟准到。我就讲这些，春节刚过，向航天的全体员工表示新春的问候，感谢你们对天津的关心和支持。希望马总、李院长下个狠心在天津也搞一个航天城，真正的一流的航天城。我们设想将来半个小时到这里，那跟在北京是一回事。我说的第二点马总要有准备，六七月份时我们这儿必须有一个大的改变，别让人认为天津只有一个空客 A320，比它更大的一号工程在这里！”

岁月前进擂响了战鼓、风云激荡翻滚起波涛，张高丽书记的心愿在航天人挥汗如雨的铁臂下变成了现实，他们编织、书写、描绘出了一幅壮丽诗画——渤海湾的滩涂、芦苇丛生的湿地上高耸挺立起 30 座厂房楼群，组成了一个现代化工业区。这是中国运载火箭技术研究院“十一五”规划宏大的发展战略在天津结出的硕果，同时也标志着研究院为第二次创业吹响的号角，攻下的第一个阵地。这是研究院新战略、新能力阶段的重点亮点工程之一，是全面构建航天科技工业新体系，加大改革开放的力度，在落实科学发展观的征途上迈出的坚实有力的步伐。

夜幕渐渐披上宽大的大氅，却怎么也包不住基地投射出的繁星般的灯光。海风徐徐从百里外的港湾吹来，轻轻拂弄着环绕着基地公路两边的婷婷的桦树和白杨。一辆辆汽车载着上班的人们来了，霎时幢幢楼房亮起了灯光。听不到机器的轰鸣，嘈杂的声音，一切是那么井然有序——这就是中国最先进的高科技生产厂房，这就是中国航天从地面向太空探索的静静港湾。

建设时那种热火朝天的场面，宛如退潮的海浪一样消失了。从这里，我看到新世纪高新科技产业园区安静的环境风貌，似乎在这儿世界已经摆脱了世俗的浮躁，尘世的喧嚣，那林立的楼群也化作闪着五彩光柱的森林。于是，我沿着基地镶嵌着五彩卵石的小路，漫步在幢幢厂房之间。茵茵绿草铺地，喷水池下遍布花丛盆景，假山剔透重叠，渤海盛产的观赏鱼嬉游池中。这是厂区还是公园？这就是我们大火箭基地的一隅。而这种美景，将在2011年底覆盖整个基地。

我随着开发区办公室的李毅、赵军在占地3000亩的基地中漫步，仿佛在一串串先行者的脚印中寻觅昨天、今天、明天。我们航天事业曾经在黑暗中跌倒爬起，又迎着曙光站稳脚跟，迈出艰难而又光荣的第一步，从此挺起腰身一步比一步更坚实，才走出今天的辉煌。

我们又沿着绿荫下宽敞的沥青路走到基地标志性建筑物前，凝望那离地91.5米高的雄伟矗立的高空振动塔，仿佛它正承载着我们新一代运载火箭“长征五号”的雄伟身姿。它的诞生宣告历经3年的战斗后，大火箭产业化基地第一期工程即将竣工。李毅指着西边那一片已经平整的850亩滩涂地上的一排排脚手架说：那里就是我们航天技术应用在民品生产上的已经开工的产业化多个项目。北边那一片正在粉刷的楼房是基地的办公宿舍，那像一轮月亮的楼群是食堂、俱乐部、超市、咖啡馆、茶园等生活休闲区的组合。那儿即将出现小桥流水和传出天籁之音的大剧院。啊！这未来的航天城不仅要搭起登月的天梯，还要变成唱响天歌的欢乐人间。

我们又回到已经建成的占地十多万平方米的贮箱焊接厂房，厂房高大空旷，一个个直径5米长达几十米的贮箱，搁放搭架在长长的铝材架子上，组成了长征火箭的试样。李毅站在贮箱边比画着说：“新一代火箭基地建设的最大特点和最大难度是‘长征五号’的研制与保障条件的建设进度同步进行。‘长征五号’作为一个全新的型号，技术难关又多又复杂，其基本构架在方案设计期间多次出现反复。这也对保障条件的建设提出很高的要求，既要保证总体规划建设的统一性、先进性，又要控制投资；既要满足研制需求，又要考虑长远发展；既要与研制相匹配，又要保证工程质量和安全；既要在工艺需求经常变化的条件下开展设计，又要在设备基础不确定的结论下开展工作。整个建设过程是在‘边型号设计，边设备配套，边土建施工’的条件下进行的。而且面临复杂的地质条件和渤海湾几十年一遇的严寒酷热的恶劣气候，以及生活上的各种困难。尽管这样，我们在天津市委、滨海区开发办和一院领导的指挥及相关部门的配合下，短短两年火箭研制区就完成了以焊接厂房为代表的8个项目10余万平方米的土建工程，各个项目进行设备安装调试。焊接房实现试生产。以总装厂为代表的20个项目10余万平方米的土建施工已接近尾声，军民结合区项目已建设投产，其他的项目正稳步推进。”

新一代运载火箭产业化基地建设做到了与新一代火箭研制同步推进，满足了新一代大火箭研制对保障条件建设的要求。

基地建成后将满足中国未来30至50年发展空间技术及和平利用空间的需要，实现运载火箭技术跨越式发展和航天的可持续发展，对引领中国高科技产业发展有重大的辐射和推动作用。

从焊接厂出来，我的眼前一直浮现着那直径5米的“长征五号”庞大的身躯，联想到中国铁路线上的一个个长长的隧道，那高度能让载着大火箭的火车通过吗？于是，我的目光也随着航天人的目光投向了中国南方的天涯海角。

海南，中国最南端的省份，西临一望无际波涛浩瀚的南海。南海与渤海相连，在这里选点建设新的发射场作为“长征五号”大火箭出征的阶梯，这是老天爷赐予新一代大火箭的天时和地利。海运具有成本低、运载效率高、辐射范围广阔、航区落区安全、大尺寸结构件无阻等优势，同时便于进行国际合作，有利于发射服务商业化运作模式的建立和发展。

文昌位于海南岛东北部，地处东经11度、北纬19度的热带北缘，气候温和，四季常春，林木葱茏中掩映着历代众多名胜古迹。而航天人看重的是以航天发射中心的标准来重新评估文昌，比起我国已建成的三个发射中心，它是独占天时地利人和的最佳航天发射场。

文昌拥有海南最大的港口清澜港，是海南省五大枢纽港之一，可停泊50000吨级的船只，只要稍加改造就可容纳运送大火箭的船。文昌向东1000公里均是大海，零星散落着几个岛屿，是能保证航天器与火箭的残骸坠落要求的安全区。由于文昌地处低纬度，火箭发射时可借助地球自转的动力，节省火箭能源，运载效率高。与西昌卫星发射场相比，在文昌发射地球同步卫星，卫星的定点质量可提高5.1%～7.4%，卫星的在轨寿命可延长2年7个月至3年9个月；与酒泉发射场相比，卫星定点质量可提高16.3%～18.5%。如此多的诱惑吸引着航天专家南望的目光。

2008年海南卫星发射基地的项目已完成论证，文昌将成为一个占地40万平方米的发射基地，拥有两个发射工位和一个预留的发射工位。

当天津航天产业化基地的施工进入第二期工程时，海南文昌发射基地的施工队伍已开着挖土机、工程车浩浩荡荡地奔赴战场。可以预见当2014年的曙光照耀华夏的大地、山川、海洋时，我们的“长征五号”“长征七号”新一代火箭将从文昌发射场起飞，踏上中国新一轮太空探索的伟大征程……

2. 航天之花红艳南苑大地

一个主要从事航天伺服控制、遥测、智能机电及工业自动控制产品的设计、开发与制造的科研生产一体化单位，成功地参加了各种类型100多次“长征”系列运载火箭发射任务，4次荣获国家科学技术进步特等奖，2010年获得国家“嫦娥”工程突出贡献单位荣誉称号，为我国航天事业的崛起和腾飞做出了重要贡献。它就是中国运载火箭技术研究院第十八研究所，由50年前中国航天起步时的一个舵机研究设计室（即老五院一分院一部六室）演变而来。这个演变历经了50个春秋，它已成长壮大为拥有2200多人的产研一体的研究所。

凡是在航天战线工作过的人，一提起十八所就不由想起它的创建者——曾广商院士。

曾广商，1935年2月6日出生于湖南长沙一个电信职员的家庭，伴随着湘江的波涛，他在对耳濡目染的电报报送与接收的种种奥秘的神奇探索中长大。1954年，他以优异的成绩考入北京航空学院（现北京航空航天大学）自动控制专业。1959年9月毕业，被分配到国防部五院一分院，在屠守锷院士直接领导的总体设计部从事舵机研制工作。16年后，他的研究室从总体部划出成立了十八所，他是首任所长。

由于对中国航天伺服事业做出的巨大贡献，1980年，曾广商被授予七机部劳动模范称号，1984年、1986年两次荣获航天部一等功，1985年荣获“远程火箭”项目国家科学技术进步奖特等奖，1998年又一次荣获“长征三号甲、乙运载火箭”项目国家科学技术进步奖特等奖，2000年因攻克国家重点项目的重大关键技术再一次荣获国家科学技术进步奖特等奖。一个工程技术专家一辈子能荣获三次国家科学技术进步奖特等奖，实为罕见。1999年，曾广商当选为中国工程院院士。如今已经75岁的曾广商院士仍活跃在航天战线，在十八所新建的169大楼里还设有首席专家曾广商院士的办公室。

半个多世纪过去了，中国航天伺服事业的开创者和奠基人曾广商院士率领他的团队经历了打破封锁、自主创业，全面跟踪、快速发展，奋力赶超、勇攀高峰三个阶段，在开拓创新中跨越了十大技术台阶，实现了两次历史性的大跨越。现在，他们正在向着航天伺服的第三个大跨越奋勇前进。

我国航天伺服系统正在实现第三个大跨越，其主要内容是：以核心控制元件由线性控制变为开关控制为标志的伺服系统深层次数字化，开发新的伺服能源及综合利用，采用新型伺服传动和作动机构，开发三高（高性能、高可靠性、高功率质量比）一长（长时间工作）新型伺服系统。

自2008年研究院党委提出“二次创业，市场化转型，创建国际一流宇航公司生产联合体”的新50年战略宏图与雄伟目标后，十八所、八一一厂就面临科研机构与生产机构重组，建立了所厂联合、产研联合的国家国防科技改革发展战略性试点。在推动这一发展战略的试点中，十八所与八一一厂逐渐探索出了一条所厂联合、产研结合、军民结合，并具有伺服专业特色的科研生产组织管理体系，逐渐建立了一整套适应市场经济发展要求的管理、经营运行机制。通过近一年的实施运行，有效地提升了研制能力、保军能力和市场竞争力。在加快建立的企业为主体，市场为导向的技术创新体系和深化科技管理体系改革中，探索出了一条成功的道路。在一院二次创业市场化转型的大改革中，当了排头兵，举起了先锋的旗帜。

在十八所大楼里近千米的文化墙上，一幅幅图片、绘画，一首首诗词，展示了所厂联合十年、伺服专业发展50年来伺服人一路走来的艰辛苦难和一路的拼搏奉献。走出大楼来到广场的升旗台前，仰望那一面面飞扬在天空中的中国航天旗，我心里回荡着千米文化墙上的诗句：

50年流金岁月，总有一泓情思在心里荡漾。

10年联合的励精图治，总有满腔激情在心中燃烧。

一院已插上了双翅迎着转型的时代腾飞，既飞翔在浩瀚的太空，环绕美丽的月亮，也滑翔在民用经济大海汹涌的浪峰潮头。是那么强劲，那么执着，那么义无反顾，向着蓝天上的空间站，向着国际一流的宇航公司……

一院副院长唐国宏像老朋友一样向我坦诚谈起了一院的两个翅膀，也可以说是两条脉络：一条叫军，一条叫民。民这条脉络是20世纪80年代才开始动起来的，随着改革的深入，民品生产的重心转移，那时的军品任务少，一两年才打一发，不像现在发射密度高，一年要打十多发火箭，紧张时甚至一个月就有四次发射任务。80年代初期全院两万多人围着一个型号转，很多人没活干，领导又叫开发民品，可怎么开发呢？社会上下海的经商风越刮越猛，咱们也搞不懂。好多技术人员经不住诱惑走了一批，留下来的人迎合市场的需求口味搞了一些与航天技术不搭边的玩意儿，看起来很热闹，但人人动手也形不成气候，更谈不上有什么效益。到了90年代军品任务多起来了，又把走了的人收回来，重新将军品民品分开。新世纪以来军品任务越来越重，而我们生产的民品多被市场淘汰，缺乏竞争力，只有少数带航天特色的有前途的公司、产品留了下来。我们把留下来的公司组合成立了民品总公司。这一阶段军转民的教训深刻，因为我们没有从战略高度来认识社会转型期的必然性、深刻性及其历史意义，也没有找准战略进攻的目标。直到“十一五”期间我们对这个问题才有了深刻的认识与反省，重新找到属于自己的位置与优势。2004年12月，航天科技集团公司召开第三次工作会议，进一步明确了航天民用产业的战略地位，从历史、全局、发展三个方面论证了发展民用产业的重要意义和紧迫性。一院航天技术应用产业和现代服务业历经30年的风风雨雨，从无到有、从小到大、从计划到市场、从产品到产业，从“十五”期间的24.5亿元增至2010年的

80.7亿元，总经济规模跨上100亿元台阶。5年期间总收入310亿元，产业总资产接近100亿元。从业员工1.1万人，形成74家公司，已有3家年收入10亿元的公司（厂所）、9家过亿元的公司（厂所），做大与聚集三个重大产业化项目，已有40余类主要产品进入市场。“十一五”期间一院已在北京、天津、内蒙古、山东、山西等地建设了7个产业化基地。

一院的重点项目主要集中在先进能源、特种车及汽车零部件、新材料及应用、卫星应用与电子工程、航天特种技术应用等五大板块及航天服务领域。以煤化工、特种车、风力发电等为代表的多个具有广阔前景的项目相继取得重大突破。

在煤化工方面，自2007年组建北京航天万源煤化工工程技术有限公司以来，打造航天煤化工项目的专业平台，技术水平及工程化程度在煤化工领域处于国内领先地位。已建成的河南濮阳和安徽临泉的两套装置示范工程于2008年一次投产试车成功，全部工艺流程运行平稳，被誉为“航天第一炉”和航天技术应用产业的“神七”。2009年10月通过了中国石油和化学工业协会组织的鉴定，总体技术水平处于国际领先地位。“十一五”期间取得17亿元收入。北京煤化工装备制造产业基地已落户亦庄工业园区，将于2011年上半年投入使用，并通过与国内大企业集团合作，在煤制天然气等领域进一步开展推广项目。

我们的特种车立足山东泰安与山西长治专用车生产基地，针对不同的细分市场，形成了重型矿用自卸车、油田专用车、环卫专用车、矿用防爆指挥车等十多个系列几十种产品，其重点车型突破1500辆大关，主要车型2010年销售额近10亿元。规模化发展环卫车，随车起重机实现产业化。矿用防爆车、高空作业平台车，一系列高附加值专用车产品研制已近尾声，小批量样车进入了市场销售。矿用自卸车出口缅甸，已获4亿元收入，实现国际市场的突破。

风力发电依托上市公司平台的风机，以设备研发和制造为重点，以适度投资开发风场项目为补充，发展航天风电产业，与荷兰EWT公司合作，引进900千瓦直驱风机，并自主组织研制出具有航天自主知识产权、代表国际先进水平的2兆瓦和1.5兆瓦直驱风机，实现了并网发电。2009年在已有的内蒙古风机总装厂、叶片厂基础上，实现了低成本控股江苏南通风机总装厂，投资成立了风机发电机生产厂，完成了航天风电制造业的全产业链战略布局。

在航天制特技术领域加大了对军民结合优势项目的培育与能力建设力度，振动台项目走出了一系列军民结合的特色之路。风机叶片、石油管、防风沙防电的编织网带、垃圾车、隐形衣等已建成产业化发展平台，生产能力初具规模。为航天特种技术运用产品的后续发展打下了产业化基础。航天建筑业持续发展，收入超5亿元，航天文化创意产业也开展了方案论证。

一院第二个50年的起飞，“二次创业，市场化转型”的战略，为航天技术应用产业和现代服务业提供了强大的动力，也提出了更新更高的要求。

全面建立新的经营管理体系，形成以院为主体，重点公司为平台，产权清晰、投资多元、治理科学的航天应用产业和现代服务业发展新模式。

整个产业发展继续沿着“市场化、规模化、产业化、证券化、国际化”主线不断攀升。市场化是产业化的基础，“十二五”期间必须进行较为彻底的市场化转型。“永不停步、永攀高峰、永葆成功、永创一流”，踏上一院第二个50年新征程的进军号角已经吹响，在航天之花盛开的南苑大地，二次创业的曙光正冉冉升起…

第十二章　必胜于太空……

踏上征途，连绵的山峰，红旗，戈壁沙海
向往蓝天，勇敢探索起飞，洒下多少惊险期待
风狂雨猛闪电般亮出 100 次神箭的锋芒
让世界见证了梦想之舟驰向月球的壮观
今天，大军集结在新的历史起点上
党把科学发展战略转型的航天宏图绘就
进军创建国际一流宇航公司——发射天地相连的空间站
我们是新长征的主力军——航天青年听从党召唤
为二次创业立新功，勇往直前翱翔大海蓝天

1．二次创业的历史转折

1957 年 11 月 16 日，标志着中国现代高科技起点的中国“两弹一星”发源地，中国火箭导弹的摇篮——国防部第五研究院（即中国火箭导弹研究院）在北京南苑的土地上艰难地起飞了。从那一天起，成功创造了共和国的元帅、将军率领着这支由海外归来的科学家，从各野战军转业的干部、战士及从全国各地汇聚而来的科技人员组成的队伍，开始第一次创业的新长征。在新长征的脚步声中，他们跋涉翻越着科学技术的万水千山，他们向着蓝天白云，向着大漠、沼泽，进行着新中国建立以来的第一次悲壮的英勇顽强的科学大进军。这就是一院在京郊荒原上的第一次创业。

航天三大精神是在一次创业中铸就的灵魂，奠定了一院队伍的技术、体系、能力和经济基础。一次创业中一院有了一支完整的敢于拼搏、敢于创新的队伍，有了中国制造系列导弹武器、运载火箭、尖端武器的能力，形成了比较完整的技术体系，从根本上实现了从无到有、从小到大、从弱到强的转变，同时也奠定了一定的经济基础。虽然在一次创业中遇到国家各个时期的困难挫折，但他们的创业仍然在艰难中前进。尽管这一时期长达半个世纪，然而一院在中国核工业、尖端武器工业、航天工业方面仍然起到核心支撑作用、龙头带动作用及推动科技发展的作用，是保卫国家战略安全的基石。为此，我们应永远铭记以钱学森同志为代表的中国第一代航天人在一院发展建设中立下的不朽功勋。

一次创业的辉煌，奠定了中国作为世界大国的坚实地位，奠定了一院发展壮大的物质和精神基础。这也是为什么我们把一次创业的时间划为50年的原因。在改革开放强劲春风的吹拂下，一院进入了21世纪的春天。这时，国际国内大环境都有了历史前进所带来的新机遇新挑战。改革开放30年，中国已跃升为世界第二经济大国，在国际上的威望地位大增，经济、政治、军事实力方面也不容小觑。俯瞰神州大地，早已是“萧瑟秋风今又是，换了人间”，举目巍巍中华，到处莺歌燕舞。中国特色社会主义的市场化经济转型给一院二次创业带来追求的目标。计划经济时代的一次创业的优越性正淡出历史舞台，而市场经济下的生存竞争则像层层关卡挡在航天人面前。

一院在创建时期的地位和优势，是任何其他单位都不曾有过的，也是无法比拟的。优在一院是中国第一个尖端科技的研究院，抢先独享了龙头地位；优在国家从人才配备的优先，到国家关爱、上级重视，再到出成果、出经验、出人才等都抢在前面。一次创业中，中国航天的各个院所的领军人才都是从一院走出去的。因此，一院的研创队伍，领导干部、基础设施配置都是航天部及后来成立的航天科技集团公司内其他单位研究院所无法比拟的。曾经的“七机部”即是后来的航天部，也被称为中国航天的“黄埔军校”。一院50年培养出了5个正部级，14个副部级领军干部(有7位中共中央委员)。从两弹一星到载人航天、嫦娥奔月，50年历程，党和国家的四代领导人都曾视察指导，从地空导弹到洲际导弹，再到战略火箭都尤为关心。毛主席、周恩来、邓小平、聂荣臻、陈毅等在国家困难时期反复强调做出“两弹为主，导弹第一”的英明决策，为此毛主席还在聂帅的报告上作了专门批示。

当“东风五号”洲际导弹发射穿越南太平洋时，邓小平、胡耀邦在指挥中心观看后禁不住热泪盈眶欢呼起来；江泽民为载人航天的“长二F”火箭题写“神箭”二字；胡锦涛亲到基地为出征太空的宇航员送别壮行，并进行地面与太空对话。

为什么当时在原子弹、氢弹都已成功爆炸成功后，毛主席还要强调导弹第一呢？那是因为当时我们国家还没有远程轰炸机，只有将能安装核弹头的导弹与原子弹相结合我们才拥有核武器、核打击能力。为研制两弹结合，一院创造了令美国人不可思议的神话般的速度。在1964年，中国成为拥有核打击能力的国家，昂然走进了世界核俱乐部。党中央称赞一院功不可没，体现出一院“生而优之”的战略地位。

尽管一次创业50年来，一院各个方面都比别的院所出成果多，影响大。但50年之后，形势发生了很大的变化，一院面临的挑战剧增，外部的环境也不允许他们躺在已有的成果中止步不前。院党委在庆祝一院成立50周年之时，冷静地思考了国内外的形势，以及在新世纪将面临的挑战与机遇，向全院提出在第二个50年新的历史新起点上，进行第二次创业，向市场化转型大进军。决心用13年时间，实现全院“市场化转型，二次创业”新的宏伟目标。

于是在那一天，中国运载火箭研究院满怀豪情，坚定信念，踏上了二次创业市场化转型的漫漫征途，吹响了“雄关漫道真如铁，而今迈步从头越”的战斗号角。

在历史新的起点上寻求变革。一院在中国航天科技集团公司的整体规划里，已经不是一枝独秀的时代了。而是航天三个总体，即一、五、八院“三足鼎立”的三分之一，而从“三足鼎立”衍生出的八大科研生产联合体中，一院也只占八分之一。在16个单位组成的集团公司中，一院只是十六分之一。这样的格局，使一院已经没有了“生而优之”的优势，即使在某一方面一院还暂时领先，但竞争上和其他院处在同一条起跑线上，稍有疏忽就会被落下。在集团公司2010年召开的四次工作会议后，一院深感形势的严峻紧迫，竞争的激烈，仅仅从集团公司各院申报的“十二五”期间需完成的经济指标来看，一院已不具备领先的优势。虽然2010年一院创造了自创院53年以来经济指标最高的200亿元的效益，但在卫星发射方面已经不再是国家唯一的军工企业。上海的八院已经能用自己研制的火箭发射自己制造的卫星（八院已成为集团公司内既能生产卫星又能制造火箭，统一星箭发射的单位）。五院（中国空间技术研究院）的证券化市场股份改制走在集团公司前列。相比之下，一院显然已不具有明显的优势了。从体制的转型上看，一院虽然较早地意识到从计划经济时期的行政事业单位向市场化的企业集团，向国际一流的宇航公司转型，但一院从娘胎上就带来的军事化、半军事化的体制胎记、体制理念，是由三代航天人传承下来的，改起来自然比其他院步履艰难得多，积攒下的包袱也要重得多。所以一院要继续引领航天，追求卓越，就必须在二次创业、市场化转型中更高地举起由一院创造传承的三大航天精神的旗帜，在激烈的市场化转型的竞争中，以无与伦比的智慧、勤劳、拼搏，创造出新的中国神奇。

因此，一院为建立适应社会主义市场经济体制的二次创业，市场化转型是唯一选择，也是必然的历史之路。

以2008年为标志性起点，一院勇敢地迈进了二次创业的历史时期。二次创业就是在社会主义市场经济条件下把一院建设成真正符合市场经济体制要求的经营实体——国际一流的宇航公司。这是一院50年发展后的一次伟大的战略性转型，这是引领中国航天追求卓越的又一次腾飞。

二次创业最鲜明的特点是：实现组织建设的持续成功。而型号成功依然是一切工作的基础和前提。但这还不是全部，一院组织建设的持续成功，是坚持科学发展观，以科学发展指导持续变革，在型号成功的基础上，实现战略地位的不断巩固，视野领域的不断拓展，生产规模的不断扩大，效益不断增长，干部员工不断进步，企业持续发展。

二次创业最显著的成就是：推动与支撑我国由航天大国迈向世界航天强国，继承与发扬航天“三大精神”，通过更加奋发的艰苦卓绝的拼搏，坚持不懈地努力奋斗，把一院全面打造成国际一流宇航公司，在构建航天科技工业新体系，建设国际一流的大型航天企业集团中发挥主导牵引作用，保持龙头的战略地位，圆满、胜利地完成在中国引领航天，追求卓越的历史使命。在全面建设社会主义小康社会，实现中华民族走向复兴的伟大征程中做出杰出的历史性贡献。

二次创业最突出的标志是：全面实现市场化转型。转型后的一院要对市场的反应需求更加敏锐，军民产业更加融合，管理更加科学优化，改革创新更有活力，资源配置更加科学合理，人才队伍更职业化、专业化，组织效率持续提高，内在创造力充分释放，外在影响力更加增强。到2020年实现总收入1000亿元以上，把一院建设成真正面向国内外市场的企业主体。

二次创业最基本的要求是：在继承一次创业成功的基础上，传承老一代航天人精神和系统工程的管理方法，不断创新变革，实现市场经济环境下的体制重建、机制重建、能力重建和文化重建。要用市场的、开放的、效率的、规模的、敏锐开阔的眼光审视现状，寻找差距，大胆探索实践，大胆创新，建立市场经济条件下与大型科研生产联合体相适应的管理机制、运行机制，整体提升科学文化软实力，用体制机制的创新为一院市场化转型奠定基础。

二次创业的领导核心力量是：中国共产党坚定正确的领导，院各级党政领导班子的政治思想一致，精诚团结，朝气蓬勃，奋力向上。关键是各级党组织骨干党员的先锋模范作用，主力军是青年。要把解放思想、解放生产力作为二次创业的首要政治任务，凝聚智慧力量，紧急动员起来，引领变革。全体共产党员要走在市场化转型的前列，做二次创业积极的推动者、自觉的实践者、历史的创造者。中国航天的希望与未来寄托在青年身上，他们是一院历史发展中最富有朝气、最富有想象力和创造力的中坚力量。一院的航天战士都是从青年时代肩负起中国航天的神圣使命的，每一代航天人都有自己的优势，而且每一代人都是从青年时代起跑腾飞的。第一代人激情，第二代人火热，第三代人严谨，第四代人务实，第五代人富有创意。他们都是中坚，都是勇士、智者，50多年拧成一股绳，把航天这个事业捆在身上，踏着大漠的风沙，向蓝天白云，向宇宙太空腾飞。无论老中青三代都高举钱学森精神的旗帜，耐得住寂寞，经受住了各种考验，战胜过各种艰难险阻。像红军战士一样长征不怕远征难，把航天事业作为生命的追求，作为实现人生价值的目标。他们在二次创业的伟大实践中，必定像老一代航天人一样为中华民族的复兴建功立业创造同样的辉煌。

历史的机遇稍纵即逝，值此一院二次创业、市场化转型的转折点，挑战与机遇并存，风险与成功同在。永远年轻的一院凭借它拥有的500名年青博士、2000名研究员、8000多名大学本科以上学历的科研人员、10000多名技术工人的强大科技队伍，在15名两院院士领军人物率领下，正在以更加开放的视野，更加严谨的科学精神，更加开阔的胸襟，秉承着第一代创业者伟大的开拓精神、敢于胜利的精神、崇高的奉献精神，正以无与伦比的勤劳智慧，迎接挑战，必将创造出二次创业的神奇辉煌。

一院党委书记梁小虹以战略家的昂扬激情为我们的采访画上句号，他那高亢爽朗浑厚的男中音至今还在我的脑海中回荡……

2. 从南湖—井冈—延安—西柏坡归来

一条深长的甬道，春风吹拂抖落着岁月的尘封，排排梧桐树荡漾着绿荫。90年前奢华而时髦的法式三层楼房，在今天大上海崛起的高楼大厦的森林群落里，像一个过时的世纪老人一样显得那么沉郁苍凉。

突然，时光隧道的深处，响起急骤的马蹄声、尖厉的警笛声，一队如狼似虎的军警、巡捕、特务，携卷着一股股凛冽的血雨腥风扑来，咚咚击打的拍门声，撕裂了大上海的暗夜。刹那间，一幢空楼遍地狼藉，荒原般呈现在反动军警的眼前。在这里刚才正在召开的对于黑暗的中国来说犹如一声春雷般炸响的中共一大代表会议及参加会议的13位中国各地党组织选出的一大代表，仿佛从这幢法租界的小楼里消失得无影无踪。

可是祖国知道，人民知道，历史把宣告我们党正式成立的一大胜利召开与闭幕的地址，定格在与大上海相距40里的嘉兴南湖浩渺辽阔、波浪起伏的水面上。在烟波浩渺的南湖上，那艘红船像在中国大地山川燃亮的红灯，照耀着永远高举的旗帜，奋勇地向着新中国扬帆启航，不管前方是惊涛骇浪，还是枪林弹雨，我们的党无畏无惧冒着敌人的炮火前进！

90年后的今天，航天一院第六次党代会的上百名党代表，满怀着虔诚、感恩、膜拜、崇敬的心，来到上海黄陂南路中共一大会址，伫立在二楼会议室粉墙上挂着的13位先辈代表的遗像前，耳畔响起南湖的涛声。他们沿着先辈的足迹，从90年前先辈走过的路，来到了南湖的红船上，他们要接过先辈划过的船桨，把南湖的光荣与梦想，党的伟大辉煌，划到银河边，唱响在月亮之上。

掬一捧南湖的水，装满航天战士挂在肩上的军用水壶，这见证了干渴的大漠风沙、戈壁炙热火焰的水壶，今天又陪伴一院这支朝圣小分队，泪别南湖踏上朝觐井冈山的红色之旅。

啊，心中沉积了多年的思念，今天他们终于站到了当年红军的队列中。从扑向枪林弹雨、火海刀山、雪山草地的英姿里，他们听到南昌起义打响的红色记忆所谱写的序曲，那里有血的舞蹈，有让子弹迸飞的诗句，有天籁之音传颂的神奇，有出神入化的兵械。从大地伸出的一只巨大的手掌，擎着火红的大旗，带领他们来到了湘赣边界，凝望着罗霄山山脉战火熄灭，硝烟依然飘浮的沧桑。细雨润湿了茅坪，滋润着五月绿意盎然的茨竹林，走过那条竹棍敲打过的石板小道，惊飞林中一阵阵翠鸟碧绿的啼鸣。月光下是谁的扁担挑着满筐的红军粮，穿过山丘竹林，山坡沟壑，率领着妇救会的运粮队。那一路响起的“南瓜饭，红米糠，野菜苦，心里香”的歌声撒出满山的军民鱼水情。“竹梢尖，梭标枪，站红哨的儿童团也跟着红军上战场。”五大哨口黄洋界，敌军围困万千重，我自岿然不动，听三发炮弹只响一声雷，就吓得敌军逃窜。毛泽东唱罢黄洋界，又挥毫“万木霜天红烂漫，天兵怒气冲霄汉，齐声唤，前头捉了张辉瓒”。打破敌人重重围剿，让悲观者顿时收起了“红旗到底能打多久”的哀叹，从而坚信革命的“星星之火可以燎原”。一小块中国的红色政权在白色政权的围剿中，既可以生存更能够发展。大革命的惨败，革命阵营中的“左”倾盲动路线，几乎葬送了革命。而白色恐怖笼罩的中国大地山川，唯有罗霄山山脉中段的井冈山红旗不倒。由此我们党在毛主席的领导下从井冈山斗争中，找到中国革命唯一的出路——“农村包围城市，武装夺取政权”的马列主义与中国革命相结合的正确路线。

在茅坪的红军井畔，他们仿佛又看见毛委员为乡亲们亲自打井找水，让干旱缺水的井冈山人心里铭记着饮水思源不忘共产党的感恩之情。他们遥望八角楼不熄的灯光，那灯光在战斗的烽火中扩散，点亮了延安的窑洞，点亮了天安门上的红灯。

一路走来井冈山的花草哪一朵不沾满红军的血，井冈山的树哪一棵不点燃革命的火焰，井冈山的儿女哪一个不是缔造共和国的英雄！井冈山的村村寨寨、家家户户都走出过为革命捐躯的烈士。他们在出了200多位开国将帅的兴国县寻访，无论走进哪一户人家，离别时无不是热泪滚滚。啊！开创新中国的革命是千百万人闪烁着泪光的事业，是洒满热血的事业。而航天战士忠诚继承的革命传统，也曾是泪洒戈壁，血染蓝天。

那一夜，茅坪搭起了一座座航天人的帐篷，让一个个闪亮的灵魂做了一个纯净的梦，虽然离井冈山斗争的岁月已经70多年啦，可是这些井冈山革命人第二代、第三代、第四代的儿女，仍然对党的事业、祖国的未来满怀着理想和坚定必胜的信念。奋战在蓝天白云之上的祖国航天儿女，一定要把井冈山的旗帜高举，点燃“长征”火箭漫漫征途上喷射的火焰，用理想和生命在太空、在月球上谱写井冈山精神万岁的壮丽诗篇！

那一夜，他们围坐在红军井的广场上，伴着明亮的篝火，仰望星空含着热泪深情地唱起一首又一首红军的歌谣，沐浴在换了人间的井冈月色中。

黎明，还沉浸在一夜激动中的航天人，挥泪告别了革命摇篮，踏上了我党成就壮大、走向胜利的延安之路。

这儿是红星照耀的中国大地的西北角，这儿是中国的母亲河黄河，从巴颜喀拉山源头汇集神来之水奔泻而下浇灌养育的西北高原。几千年前这里还是一片花草覆盖、绿染天涯、稻麦飘香的沃土原野，几经战乱杀戮、洪水践踏、沧桑沉浮后凸现的沟坎、山峦、陇原，将这里幻变成中国西北角干旱贫瘠的一隅，同时也成为中国历代帝王诸侯争霸，农民暴乱起义战争的频发之地。直到中国共产党成立后，谢子长、刘志丹领导的渭南武装起义才创建第一个由中共领导的陕甘根据地。1935 年 10 月历经两万五千里长征浴血奋战、艰辛跋涉的中央红军在走出雪山草地，夺取腊子口后进入了陕北由刘志丹、徐海东领导的陕北根据地，直罗镇一战为毛泽东指挥的中央红军把大本营建在陕北奠定基础。西安事变和平解决，国共两党再次合作、共同抗战，党中央才从瓦窑堡迁往肤施。当毛主席率领党中央机关进驻延河边的宝塔山下，才将原肤施县改名为延安。

夕阳辉映着巍峨的古城，河水倒映着宝塔的身影。延安，延安，你这巍峨庄严的古津；延安，延安，你这中华民族抗战名城……

此刻，从井冈山驰来一辆辆飘扬着航天蓝旗的汽车，这些怀着虔诚来朝拜寻访革命圣地的航天儿女，远远地就已仰望着宝塔，跳下车像鸟儿一样飞奔到延河边，捧起清凉甜醇的延河水，浇洗着从井冈山奔来的一脸风尘，像回家的孩子扑向了母亲延安的怀抱。

“心口啊，莫要咚咚地跳；灰尘啊，莫把眼睛遮住了。几回回梦里回延安，双手搂定了宝塔山。”……是歌，是诗，是泪，是喜！

远远的杨家岭上，飘来了梦中的信天游，啪啪的响鞭声赶来了一群群云团似的羊群，山路上隐约地传来驴马叮当的铃声。满山坡的山丹丹笑红了脸，蓝花花头巾彩云般飘浮在他们的泪眼前……

毛主席住过的枣园窑洞前，枣树红彤彤的果子结成一串串、一簇簇……望着那来欢迎的延安的干部和乡亲们迎过了延河，研究院十八所的女代表们领先唱起了脆生生、甜蜜蜜、高亢奔放的陕北民歌："山丹丹那个开花呦红艳艳，毛主席领导咱们打江山……羊肚子毛巾三道道蓝，俺送咱亲哥哥上前线。"

延安城沸腾了，歌声，鼓声，唢呐声，把咱亲人迎进了一间间窑洞，一个个暖烘烘的热炕头。

这是北京的亲人，这是从党中央身边派来学习的后生妞妞。在他们眼中，航天人是放飞神箭和导弹的英雄，是他们心中祖国强大的神话。此时此刻航天人被陕北乡亲们的热情感动了，乡亲们围定了亲人热炕上坐，小米、红枣、油馍馍，招待亲人好吃喝，好像是当年的红军回来了……

老一代航天人也是从军营里走出来的。新一代年轻的后生从心底感谢、热爱老区的前辈。这一次寻访朝拜圣地之旅是院党委给的一次多么难得的学习机会。一路走来年轻人被伟大的党走过的光辉历程激动感染得热血沸腾，被党为中国人民所创造的丰功伟绩感动得热泪盈眶。

他们走进毛主席住过的窑洞，抚摸着小桌上的煤油灯，就在这如豆的莹莹灯光下，毛主席挥笔写下了《中国革命战争战略问题》《抗日战争统一战线》《论持久战》《论联合政府》《新民主主义论》《延安文艺座谈会上的讲话》等光辉著作，为中国的抗日战争民主解放把定航向，指出胜利的道路。

他们捧起了毛主席因写作时过于入神而被炭火烧出一个个黑洞的布鞋，把乡亲们还挂在主席床头上的红辣椒贴在脸上，听房东老大娘讲述毛主席写作困了就把一只辣椒咬在嘴里提神的故事。此刻航天儿女们竟捧着辣椒泣不成声。小胡说一院的老院长在基地指挥发射时也是口袋里塞满辣椒，五天五夜不下火线，困了就咬一口辣椒。原来是老院长在延安学习时跟毛主席学的绝招啊。

在抗日军政大学旧址，航天人被校门前屹立的石碑上镌刻的“实事求是”四个闪光的大字吸引。这四个大字是我党正确路线的灵魂。在抗大进行的“整风运动”系统总结了我党从1921年建立以来所走过的弯路与挫折失败，彻底批判清算了在党内长期存在的“左”倾路线，拨正了中国革命的航向，提高了全党的政治思想觉悟、马列主义理论水平，把全党全军团结起来，高举抗日救国民主解放的旗帜，凝聚全国人民的抗战力量，从而打败日本侵略者，赢得了抗战的全面胜利。

延安成为中国抗战的希望，中国反侵略战争的旗帜。“你是灯塔，照耀着黎明前的海洋。你是核心，凝聚起民族解放的希望。伟大的中国共产党，你就是核心，你就是希望，人民跟着你走，中国一定得到解放。”这首歌，当年唱响延安，响彻中华。

在鲁迅艺术学院的舞台上，《黄河大合唱》像怒吼的雄狮，四万万同胞为中华民族的解放奋斗！《义勇军进行曲》铸起中华民族血肉的长城，《太行山上》自由之鹰高高飞翔，敌人从哪里进攻，我们就叫他彻底灭亡。这东方雄狮惊醒中国的吼声都是从延安怒吼炸响。延安精神就诞生在抗日的烽火中，崛起在毛泽东思想照耀的延安。

“胸中自有雄兵百万”的毛泽东在转战陕北的解放战争战场后，以2万精兵拖着胡宗南25万大军在黄土高原的千山万壑转圈子，转得敌人晕头转向，25万敌军竟被我2万雄兵拖向灭亡。在陕北山沟里，毛主席竟以四个连的兵力跳出数十万国民党大军的重围，从而镇定地挥泪告别13年来养育了党中央的陕北人民。

"东方红，太阳升，中国出了个毛泽东。"黄河岸边的陕北人民唱着高亢激昂的颂歌含着泪水送走了渡过黄河的毛泽东和党中央。哗哗的大浪拍击着苍天岩岸，排山倒海般横扫席卷着黑暗的摇摇欲坠的旧中国。

今天航天人也像当年毛泽东那样豪情迸涌，从新建的党中央当年东渡的黄河大桥上驱车驰向"新中国从这里走来的西柏坡"，心中牢牢铭记着临行前在杨家岭中央礼堂里，中国延安干部学院教授讲授的生命中最重要的一课："党在延安13年"。一院党的代表们深刻认识到坚持党制定的正确政治方向，一切从实际出发，理论联系实际，实事求是，在实践中检验和发展真理的思想路线，全心全意为人民服务的根本宗旨，自力更生艰苦奋斗的创业精神，是党得以迅速发展壮大的根基，是全体党员为党立功、为人民服务的灵魂。而他们从事的航天事业的发展与成功，就是需要有一大批甘于艰苦奋斗，勇挑重担的优秀骨干，党员代表无疑要发挥先锋模范作用，推动院二次创业市场化转型，走向更雄伟、更神奇的辉煌。

西柏坡这个坐落在燕山山脉下的千百年来不为人知的偏僻而贫穷的小山村，自抗战胜利后期晋察冀军区司令部（后为华北军区）入驻后，就成为中国人民解放军在华北平原山区的战略重地、指挥中枢。中国有史以来最伟大的土地改革运动就是从这个小山村推向全国的。中共中央局也跟随华北军区来到这里办公，领导中国解放区的土地改革。而它真正青史留名、威震世界的光辉时代，是1948年2月，毛泽东、周恩来、任弼时率领党中央、中央军委、解放军总部从延安东渡黄河进驻那天开始。一个崭新的中国就从西柏坡青山绿水间走向北平，在隆隆的28响礼炮声中，中华人民共和国登上了北京天安门。

在这个一平方公里的小山村，一排泥砌石垒的平房里，中共中央的五大书记共同指挥小米加步枪的300万解放军部队与国民党500万美式装备的坦克加大炮的部队，在中国960万平方公里的山川大地上展开了中国历史上前所未有的两大集团的大决战，这是光明与黑暗的大较量，是民主与独裁的决斗拼搏。

那门前栽着几棵桃花树的屋子里，毛泽东膝前摊开的军用地图上，仿佛日日夜夜响彻万马千军激烈的炮声枪声喊杀声，小屋的后山上响着飞机的轰鸣，平房掩体伪装的弯弯的泥路、田野，不时迸溅起敌机的扫射轰炸声，尘埃泥土的烟雾四起。而毛泽东的作战室里传出的电报声，宛如一个个箭头把决战的命令射向组织辽沈、平津、淮海三大战役的各野战军司令部。随即红旗插上了锦州、沈阳，插上了新保安、张家口、塘沽、北平，直到宣武门、德胜门、前门……和平敞开大门迎接百万大军凯旋的入城式。当毛主席等五大书记并肩含笑走出七届二中全会胜利闭幕的会场大门，等在门外的吉普车鸣响欢快的喇叭声，当毛主席一声令下“我们去北平赶考去”，五大书记的车队朝着解放的千年古都驰去。

辽阔的大平原上，正在行进的几十万大军列纵队敬注目礼，从他们让开的路上缓缓驶过党中央的车队、马队，长长的队列浪潮般起伏着讨论“赶考”的声音。

夜晚部队在大平原上露营，干部和战士围坐在地上，聆听着杨树、桦树上架起的高音喇叭朗读着党中央通过的，向全军全国发布的《七届二中全会的决议》。

西柏坡这个呼唤着新中国从这里走来的小村庄，从此便成为令全世界仰望的圣殿。西柏坡精神中的善于胜利、敢于胜利的豪迈，以及对全党告诫的“两个务必”的精神，使共和国的根基牢固，青春永在。直到62年后的今天，我们的共和国还是那么英姿飒爽地走在前进的大地上，巡航在宇宙空间，搏击在江河海洋。“两个务必”像每天升起的太阳，将万丈光芒照耀在13亿人民身上、心上。当党的第四代领导集体伫立在西柏坡五大书记走来的塑像前时，“两个务必”升华为党在新时期“权为民所用，情为民所系，利为民所谋”的十五字铮铮执政誓言。党的戒骄戒躁、艰苦奋斗的作风，在新的历史起点上，提升到坚持科学发展观，永不僵化，永不停滞，不动摇，不懈怠，不折腾，不为任何风险所惧，不被任何干扰所惑，高举马列主义、毛泽东思想、邓小平理论、“三个代表”重要思想的旗帜，坚持科学发展观，坚定不移沿着中国特色社会主义道路奋勇前进！更加奋发有为地团结、率领全国各族人民创造自己的幸福生活和中华民族的美好未来。

从南湖、井冈山、延安、西柏坡归来的一院六次党代会的代表们，仿佛穿越了党 90 年光辉的历程，经受了一次战斗的心灵洗礼。他们焕发的力量将以无与伦比的勤劳智慧托举起“长二 F”火箭送“天宫一号”“神舟八号”踏上中国航天新的寻梦之旅，让中国航天的第一个空间站宛如一道彩虹般横跨在宇宙空间。

当党代表们依依不舍地在西柏坡党的第一代五大书记迎着晚霞信步走向新中国的塑像前留影时，村口的广播电视喇叭响了，影视墙上传来“长征三号乙遥 20”火箭向建党 90 周年献礼发射圆满成功的实况转播。人们的眼光不由地眺望着祖国西南方那一条喷射着火焰的绿色的山谷，火箭发射的壮观顿时浮现于人们眼前。伴随着“5—4—3—2—1，点火！”的口令，耀眼的火焰托举着银色的箭体，带着醒目的中国航天的标志，徐徐升空，照亮青山碧水，刺穿了夜幕。作为铸箭人的代表，他们一眼就认出这是由一院抓总研制的“长征三号乙遥 20”火箭在西昌卫星发射中心将“中星 10 号”通信卫星成功发射到离地球 36000 公里高空的地球同步轨道。火箭发射成功时正值中国共产党建党 90 周年的举国欢庆大喜之日，航天人用他们特有的方式把他们对党的真挚热爱写在浩瀚的宇宙空间，写在繁星闪闪的天幕上。这是一颗颗闪光的礼花，定将带着13亿中华儿女的忠诚理想、感恩之心在太空巡航、闪耀。这是“长征三号乙”火箭第14次发射成功，也是“长征三号甲”系列火箭的第四十次发射成功。这同时标志着一院研制的“长征”运载火箭创造的138次发射成功的新纪录。

西柏坡的村民们也随着火箭的升空欢呼起来，他们和一院的代表们围在五大书记的塑像前，畅谈着中国航天从无到有、从弱到强的艰辛历程，和那一个个喜泪交织的故事。直到太阳从燕山绿色的森林群峰间升起，乡亲们才恋恋不舍地在百般叮咛嘱托后，簇拥着航天代表们登上大客车，追随着五大书记含笑信步走去的方向。

一辆辆标有“中国航天”标志的客车在夕阳西下时，载着载誉归来的党代表们，缓缓驶进中国火箭研究院红旗、蓝旗迎风飘扬的大门，在院领导率领战友们“欢迎，欢迎”的喊声中，客车停在中国导弹火箭创始人钱学森铜像伫立的广场。

3. 伫立在钱学森铜像前的遐想

穿越时空的轮回，共和国已进入了甲子之年。60年前的南苑刚刚从战火中新生，这片热土仿佛与大洋彼岸的钱学森牵着一条血脉相通的脉络。就在那天，在美国从事火箭喷气推进、导弹科学研究，并担任美国空间科学咨询顾问、国家海军炮火研究所顾问的钱学森，收到了中国留美科学工作者协会美中区负责人的信件，向他透露了新中国即将成立，中共领导人周恩来希望他回国为新中国科学的复兴服务的消息。一个月后，钱学森收到从解放了的上海寄来的家书，父亲在家书中详尽地介绍了上海解放后，共产党、解放军为上海人民做的好事、善事，同时向儿子讲到战后的中国急需要医治战争的创伤，大规模的经济文化建设即将开始，希望儿子能早日回归故里。信中字字句句牵念着远隔重洋的亲情，满篇期待与独生子团聚的眷恋思念。

这是穿越时空的召唤，在游子的心中掀起波澜壮阔的呼应。它来自中国，来自家乡，“我要竭尽全力和中国人民一道建设自己的国家，使同胞能过上有尊严的幸福生活。”博大的爱国情怀支撑着钱学森开始为归国奔波。

然而钱学森的回国之路却是那样艰难而充满危险。当他向美方表示了回国愿望时，他和家人的生活立即阴云密布，很快美国联邦调查局的特工来他居住的寓所调查盘问他是不是共产党。钱学森突感震惊，他在美求学工作 15 年从未参加过美国的社会活动，更没听说中国共产党在美国发展过党员。他断然否认，联邦特工悄然离开。在那一瞬间他突然觉察到一个危险的信号，美国麦卡锡主义的幽灵缠上了他。随即而来的是他的私人信件被拆，住宅电话被窃听，国家安全证也被吊销，这说明美国政府已经对他不再信任。他被剥夺了工作的权利，不仅不能再对喷气推力进行研究，甚至他的实验室也被贴上了封条。

他辞去在美国海军担任的顾问职位，又去找理工大学工程系主任林博士叙说突如其来的不幸与打击。林博士当即回应说，美国不应该失去钱学森博士，并答应帮他另想办法。

不畏强权的钱学森于 1950 年 6 月 15 日，预订了全家 8 月 15 日从美国飞往香港的机票。6 月 21 日，他到华盛顿向时任美国海军次长的金波尔辞行。金波尔是他的老朋友、老同学。这个很有心眼儿的金波尔避开他的道别话，对钱学森的才华、能力大加赞扬，劝说他一定留在美国，并为他的遭遇愤愤不平，答应帮他找一个律师替他打官司状告联邦调查局。钱学森却很平静地说：“金波尔，我决定回中国，这是铁定的。”然后转身走出了办公室。金波尔目送他的身影消失在拐角后，拿起电话拨通了美国司法部，说："你们立即通知洛杉矶移民局，绝不能让钱学森离境，他掌握了美国所有导弹工程的核心机密，他一个人就抵得上5个海军陆战师，我宁可把他枪毙了，也不能让他离开美国。"

钱学森知道自己所掌握的信息对于美国来说意味着什么，所以他在整理回国的书籍笔记时，就已将最新的试验资料锁进了实验室保险柜，并把保险柜钥匙交给了加州理工学院的米里根博士。而美国联邦调查局仍然扣押了他已经送上船的全部行李，其中书籍笔记就重达800公斤。随即钱学森被逮捕，并被关进了一个小岛上的拘留所。这一消息惊动了世界各国包括美国在内的学界名流与和平人士，他们纷纷抗议美国政府对钱学森的无理拘留，中国政府为此发表了严正声明谴责美国的行为。

15天后，钱学森走出拘留所。虽然在1955年4月，美国国务院已发布了公告，取消拘留中国留学生的法令，但钱学森夫妇仍被严密监视。同年6月的一个星期六，钱学森夫妇带着孩子上街。他们甩开了特务的盯梢，悄悄走进一家咖啡馆，钱夫人以逗孩子为掩护，钱学森在拆开的一个烟盒上写道："阻碍归国的禁令4月已被取消。然，我仍深陷囹圄，还乡报国之愿难偿，恳请祖国助我还乡。"这封信是寄到在比利时的钱夫人妹妹处的，由她设法交到钱夫人父亲的世交陈叔通先生手里。

时任全国人大委员会副委员长的陈叔通接到信后，随即呈送到周恩来总理的手里。周总理读完这写在烟盒上的短信，立即招来王炳南。也许是上天也在冥冥之中保佑着钱学森，中、苏、英、美、法五国外长会议将在日内瓦召开，周总理向即将赴日内瓦谈判的王炳南说："这是铁证，你一定要把钱学森要回来。"

1955年8月1日下午4时，日内瓦。中美两国大使会谈中，王炳南把钱学森写的信及翻译件摆在桌上，美国代表约翰逊瞪大了眼睛，无言以对，只得连连摇头："不可思议，不可思议。"8月

4日，美国政府通知钱学森，准许钱学森一家离开美国。9月17日，钱学森夫妇带着一对儿女，登上了驶往香港的“克里夫兰总统号”邮轮。

20世纪50年代末，周总理曾对王炳南说：“中美大使会谈，虽然长期没有一个积极的结果，但是，要回来一个钱学森，单就这一件事来说，会谈也是值得的，有价值的。”

要回来一个钱学森，开创了中国导弹火箭的新纪元。

雪还在飘，低婉的哀乐声让人们感到一阵阵心酸，一阵阵凄凉。钱学森铜像前花更多了，三代航天人站满了大院。低头泣啼的航天人，你们在想什么？在追思什么？从你们的泪眼里，我似乎读得了失去亲人的悲哀、怀念。那深深的、哀痛的泪水能震撼一个国家、一个民族的灵魂。

也许你们曾看到他在一个四面漏风的大屋子里讲述中国导弹的第一课；也许你们曾有人坐在凳上凝望着这个高山仰止般令人崇敬的科学家，猜测着他归国的梦想；也许你们曾和他一起，在院子里搭起的长架子上拆卸从莫斯科运来的导弹，是他手把手地教你们认识每一个组装在导弹上的部件，甚至一颗螺丝钉、一个喷管；也许你曾在刚刚建好还没接上暖气的办公桌上设计图纸，摇着计算机，当手冻得提不住笔时，他走进来了，接着在你的设计图上画着弧线、修正字句。他总是穿着一身蓝布缝制的中山装，脸上有永远褪不去的笑容，和你坐在一条长凳上吃饭，向你碗里夹菜……

别哭了，战友们，钱老会不高兴的，抬起头我们就会看见：“东方红”奏响赞颂祖国的乐曲，从巴丹吉林大沙漠飞起来，在太空巡游世界。还记得钱老在发射前，曾幽默而风趣地和基地司令李福泽这个“塔山阻击战”的英雄打赌的事吗？钱老当时像个孩子般的天真，那是他高兴。因为我们和他一起见证了中国航天时代的太阳从这一天开始冉冉升起。

我在哀悼的人群中寻觅着王永志——这个当年从莫斯科回国的年轻军官，曾为从“东风二号”导弹上卸下600吨燃料找钱老评判。钱老支持他，同时也发现了这个拥有逆向思维的人才。后来在中国载人航天工程起步时，他又推荐王永志当了总设计师。不负众望的王永志实现了钱老的心愿，率领一院航天人在浩瀚的太空中，树起了中国航天的第二座里程碑。

1991年10月15日钱学森被授予“国家杰出贡献科学家”荣誉称号和“一级英雄模范”奖章，在答谢词中，他用朴实的语言表达了他对祖国、对党真挚赤诚的热爱，也令在场所有的人感动。钱老的一生，创新是永恒的主题。20世纪60年代，美国对我国进行封锁禁运，苏联单方撕毁合同，撤走在华所有专家。在这样严峻的形势下，钱学森遵照党中央“自力更生，重点发展”“两弹为主，导弹第一”的指示，顶住压力，毅然提出采用国内创新技术替代苏联技术的方案。在他的带领下，研究院老一辈航天人经历了我国导弹由仿制到自主研制的转变，使中国有了自己的导弹。随后，钱老逐步建立了我国航天预研、设计生产、试验等完整的科研生产和管理体系。钱老勇于创新、不断创新的精神永远值得我们学习。

淡泊名利、无私奉献，是中华民族的宝贵精神财富。钱老这位大科学家正是以这种精神为支柱，把个人价值的实现融入国家富强和振兴民族的大业中，实现了一次又一次科学突破，使人生价值得以彰显。

钱老说：“我作为一名技术工作者，活着的目的就是为人民服务，如果人民最后对我的工作满意，那才是最高的奖赏。”这句话告诉我们奉献不是痛苦，不是失去，不是无奈。奉献是快乐、是成就，奉献是将人生价值最大化的有效途径。

今天我们在缅怀他的同时，更要学习这位科学巨人的奉献精神，学习他“国为重、家为轻、名利为轻”的人生价值观，学习他“舍小家顾大家”的气概。

二次创业的征程中充满了机遇与挑战，远方虽是鲜花遍地，脚下仍是荆棘丛生。在艰难与困苦中，为了实现我们伟大征程的宏伟目标，需要我们向钱老那样乐于奉献，始终把自己的发展与航天院的发展紧紧连在一起，在航天院二次创业中实现个体突破，进而实现整体突破，为航天院又好又快的发展夯实基础，实现自我人生价值的最大化。

钱老驾鹤西去，您放心地走吧，矗立在院门口的巨大铜像替您关心着亲如故乡的一院的发展。斯人已去，后辈应更加努力。

一院人会用心学习钱老爱国、科学、创新、奉献的崇高精神，高举钱学森精神的光辉旗帜，在院二次创业和市场化转型的征途上努力拼搏，再立新功，为构建航天科技工业新体系做出新的贡献，推动中国航天事业更快发展，用一院人的实际行动，告慰老院长的在天之灵。

看，远方钱老仿佛融入了一片片彩云，飞过了长城，飞向了南海，也许他会在天堂等待，看南海升起一院发射的第二代新型大推力火箭——“长征五号”亮相海空。

4．闪烁泪光的出征

凝望着迎风飘扬的红旗，聆听着大海发出的一百声雷鸣怒涛，眼前划过一千道紫红的火焰，照亮被海水梳洗过的青春的脸庞。高举的信念理想，一声声的誓言召唤，祖国欣喜地凝望着我们的火箭将“巨浪飞雷”射向碧海长天……

那一夜，中南海绿树桃红掩映的那一座小院里，有一个颀长的熟悉的身影，手把着树干，久久地凝望着星闪的南天……

北京南苑航天城里灯火辉煌，一院飞天广场正中的钱学森铜像的碑座前堆满了盛开的百合、杜鹃、紫罗兰……五星红旗与百面航天蓝旗迎风飘扬。航天大楼前新搭建的舞台右侧，50名着一身崭新蓝色礼服的军乐手，奏响贝多芬的《英雄交响曲》，雄伟的旋律像巨浪轰响扑向大海。人们仿佛感受到有一千个巨雷从平静的大海上滚过，骤然间乐声的雷鸣渐渐远了，海洋恢复了平静，那随着雷鸣似的乐音忽闪忽明的灯火柔和了起来，小提琴手把宁静的大海带进了黎明前的期待。

这时站在舞台正中对着麦克风的中年军人微微抬头凝望着太阳升起的东方，于是整齐坐在广场正中舞台下的航天战士也随着他的目光抬起头，台上的朗诵者微微抬起手臂，他那浑厚有力的男中音立刻抓住了人们的心。

在小提琴柔和的琴声里，一院某战略武器型号的出征仪式开始了。这新颖的令人耳目一新的出征仪式，体现出组织者的天才、高雅、创新、神奇。八一电影制片厂的著名配音演员吴俊全被邀请担任这次出征仪式的朗诵者兼主持人，他曾为影视剧中的毛泽东、周恩来、江泽民、胡锦涛等配过音。他是应一院梁小虹书记的邀请而来的，他今天要朗诵的诗作也是梁小虹与徐国静同志共同为某型号导弹出征南海创作的，诗名《赢在顽强——献给为中国战略安全事业做出贡献的航天人》。

乐声中拉开的大海蔚蓝色的底幕上，一轮红日徐徐从海底升上了海面，霎时一片片淡红的玫瑰色的光辉在大海上闪烁，演员欣喜的眉宇间无限的向往与期盼通过声波扩散：

当日晷定格在历史特定的时光

祖国，激昂的号角再一次呼唤我们起航

3650个日夜里，无时不在追逐成功的梦想

利剑有着挽山倒海的力量

拔剑出鞘，呼啸飞翔

它积蓄着无坚不摧的能量

在寂寞的深山幽谷，鲜花依然绽放

即使铁血冰河，青春也永远闪光

为了共和国的战略安危，我们百折不挠，锤炼成钢

多少不眠之夜，笑迎第一缕曙光

多少次不停地往返奔波，我们进出靶场

默默奉献，浇铸出共和国的安全固若金汤

我们心中始终坚持“祖国至上”

“相信自己”歌声伴我们进出靶场

无论是成功失败那旋律都在心中回荡

多少次归零重来，改弦更张

既然选择了航天，同时就选择了忍耐坚强

在大悲大喜中，我们挺胸昂头

每一次挫折痛苦，更坚定战斗的方向

每一次质疑踌躇，岂能动摇我们的信念思想

难忘十年，我们奉献美好的青春时光

探索十年，我们收获了成熟和希望

狂风，考验我们的意志

暴雨，让我们在风浪中翱翔

我们义无反顾，奋勇攀登科技兴国的殿堂

成功时，对酒当歌，醉倒他乡

失败后，无语相对，独自黯伤

摔倒爬起，我们绝不迟疑彷徨

用忠诚和汗水，浇灌人生的光荣梦想

凤凰涅槃，铸就重生希望

啄过羽爪，雄鹰再次翱翔
狂风暴雨后，我们感受阳光
冰雪消融，梅花更加清香
我们铸造利剑，为五千年文明护航
面对大国，我们何惧军事角逐一次次对抗
我们是民族复兴的钢铁脊梁
湛蓝的天空偶有阴霾覆盖
平静的海面也时有暗流涌淌
为了孩子，笑靥里不再有战争的阴影
为了母亲，眼神中不再有恐惧悲伤
建功立业，丹心可与日争光
怀瑾握瑜无愧天地
是非功过春秋自有褒奖
扬帆起航，承载的是责任，期望
我们的心中比大海更澎湃激荡
携山揽海，边塞擎苍，
龙光指向，云开雾散，绚丽辉煌
十年回首，山高水长
十年奋斗，风起云扬
国歌永远铿锵雄壮
天歌依然高亢嘹亮
当泪水在成功的刹那间恣意流淌
报国之心早已融入浩瀚的海洋
痛苦委屈，笑谈遗忘
历史丰碑定会镌刻铸剑者的英雄形象
挥手间，光阴不再诉说旧事篇章
往事不回首，我们登高远望

箭在弦，弹在膛
我们兑现诺言
翻身之仗从这一刻打响
当满山的鲜花烂漫飘香
“为了祖国”的铮铮誓言在大海深处回响
面对人民期待的目光
我们用报效祖国的神箭业绩
实现中华民族强国的梦想

朗诵者已全身心投入到诗歌的意境中，诗歌所勾绘出的宏大场面，那呼啸的山，澎湃的海，拍岸的浪在海岸上迸溅碎裂的银色的花，蓝天上浮动的云霞，还有那日出的壮观，日落的绚丽，仿佛映照着台下出征队员眼眶里闪动的泪光，就连台上朗诵的人也停下来，擦拭因激动而洒落在脸颊上的泪珠，而台下那些亲身经历型号研制奋战，或是在南海边参与过发射，经历过失败的航天人，竟都忍不住悄声地哭泣起来。这是实实在在的3650多个日日夜夜，十年在历史的长河中只是弹指一挥间，甚至连一朵浪花还没看清楚，响声就消失了。十年对于一个人又是多么的漫长，而且这十年对于一个刚开始从事航天事业的人来说是多么宝贵啊！一个人虽能活到七八十岁，但真正能干出一番事业的就只有那么二三十年，这二三十年是人生的黄金时代。如果我们从事的某一项事业十年都是失败，你不痛苦吗？你不痛恨自己的无能吗？可是我们中国的航天人不是那么想的，他们更不会放弃。他们从大学毕业踏进航天的大门就知道在航天科学的道路上，每迈一步都要作好失败的准备，每前进一步都要付出艰辛的代价，有时甚至是血的代价。航天这门学科从面世到现在只不过100多年，虽然我们的老祖宗几千年前就有飞天的梦想，有嫦娥奔月的神话故事，但真正能让人走出地球摇篮的世界科学史也只有100多年，而世界现代火箭与导弹的历史也才50多年。这是一个有众多风险潜伏的职业，这是一个闪烁着泪光的事业。一院的几代人，有哪一个没掉过眼泪，不管是悲伤的泪水，还是喜悦的泪水，都随时伴随着他们的失败成功、前进撤退。但这一切都不能阻止他们无时不在追逐的光荣与梦想。所以“赢在顽强”的诗句让这支型号队伍无不感到那说出的每一句都是他们的心声，都是他们深埋在心里想说又说不出的话。飞向碧海蓝天，让导弹发出中国敢于回击消灭一切来犯的侵略者的最强音，是他们至高的使命，也是他们用生命对祖国的承诺。抑扬顿挫的诗句是他们心底的百感交集，那每一句诗都是他们心灵的写照、情感的喷发、心中的诉说与呐喊。十年的潜心研制忘了春暖冬寒，十年的艰辛鏖战，他们的足迹遍布南海的岛屿、岩滩、山谷密林。他们从大风大浪中走来，痛过、哭过、累过，经历过成功的喜泣，也曾醉倒在沙滩；经历过失败的挫折，也曾面对大海无声地洒下泪水。他们忘不了几年前那个柳丝依依、桃花绽放的春天。正值全院干部员工全身心投入科研生产和改革调整两大攻坚战打响之时，这支担负着国家安全战略重任的型号队伍，带着党中央的嘱托，在全院战友热切期待的目光中启程了。“相信自己”主旋律激昂高亢的乐曲让他们唱响“我们永远是第一，我们会创造奇迹，我们相信自己”……踏上了征途。

这是他们已期待了很久的战斗，为了这一天，设计、经营、生产各个岗位的人员都一丝不苟地勤勤恳恳、兢兢业业，奉献出青春的智慧和力量，全是为了今天的出征。听！号角已经吹响，决战的时刻已经来临，他们以最慎、最严、最细、最实的心态积极探索，团结协作，严格把关，以“如临深渊，如履薄冰”的姿态，投入战斗，尽心尽力做好临战前的每一件事。

他们说："作为一个中国人，我们不会忘记甲午之战后祖国百年屈辱的历史，我们牢记中国人被外国人欺侮的每一件令人心酸、羞辱的往事。我们要把屈辱、心酸化为激励我们奋勇前进、拼搏向上的动力，我们勇往直前，杀出重围，有我无敌，实现祖国强大的梦想，让中华民族真正傲立于世界东方。我们必胜！我们必胜！蛟龙腾飞，搏击长空。队员们就等着院领导一声令下，跳上载送导弹的列车，拉响汽笛，轰隆的列车向山海关外南海靶场风驰电掣般驶去。

然而要让型号成功，必须保证型号上的每一个部件都是全优，几千个器材零部件都要绝对做到"万无一失"，决不打无准备之仗。

对型号技术的追求是永无止境的。每一个目标的实现，都是应对挑战的过程。科学的道路并非坦途，几年的苦战中，他们早已把"顽强、毅力、忍耐、坚定"的院魂融入血液里，铭刻在心上，化为自己生命的组成部分，此时他们却又感到心里沉甸甸的，那分量随时在警示他们从零开始。

一天清晨，他们习惯性地打开电脑，惊喜地收到一封电子邮件，而且这支型号队伍中的每个人都收到了这封邮件。邮件的标题是《与全部同志笔谈》，发件人是他们所在的院一部（即院总体设计部）主任王小军，发件日期是前一天夜里 23 点零 6 分，这是一封感人的信，他们每个人均被信中所流露的真挚情感、催人奋进的精神所感动。

信中说："在型号研制任务中，我们不可谓不严慎，不细实。这是全新的领域，其最难之处就在于我们技术还没有完全吃透，我们的技术实力还没能支撑起全院飞行任务确保成功和永保成功。而每一场飞行就像一场场考验，更是一场场战斗，拼搏求胜靠的是实力。而'天降大任于斯人也，必先苦其心志，劳其筋骨，饿其体肤，空乏其身，行拂乱其所为'。在长年的潜心攻关中，型号队伍承受着常人难以想象的压力和痛楚。然而雄关漫道在召唤我们，无限风光尽在胜利的险峰之上。痛定思痛后，等待我们的必将是卧薪尝胆，破茧重生。”

科学不相信眼泪，他们曾不止一次地哭过，甚至是含着泪水在探索中前进。型号队伍就是这样一步步向成功的目标行进，愈挫愈勇，百折不挠，正像诗歌中真情的抒发：“啄过羽爪，雄鹰再次翱翔”。就凭着那么一股劲，航天人的爱国报国心融化在3650个日日夜夜里，就凭那锲而不舍，咬定青山不松口的狠劲，不知多少次出入靶场百炼成钢。

靶场的峭岩、山谷、密林、沙滩、海浪、飓风，都和他们成了亲人，都在默默祝福他们成功。也许在他们的3650个梦中，都在呼喊“坚持！坚持！决不放弃！”“赢在顽强，志在超越”成了铭刻在他们心头的座右铭，铭刻在他们战斗的车间、试验塔的发射架上、靶场边的海岸岩石上。一千个闪光的浪涛为他们举起助推的手臂，一千个炸雷都在呼喊“赢在顽强”的誓言，响彻碧海蓝天。

面对每一个挑战，“为了祖国”的铮铮誓言在大海深处回响，面对祖国的期待、母亲热切焦渴的目光，他们要用整个生命的燃烧、拼搏的热血铸造中国利箭，飞向碧海蓝天，实现航天强国的梦想。

啊！在闪烁着泪光的出征仪式，在《英雄交响曲》最后的激昂旋律奏鸣中，朗诵者高举起右臂挥向大海的方向——刹那间，静默的广场上突然响起航天儿女暴风雨般的掌声。

第十三章　放飞强国之梦

我们仰望星空
放飞航天强国的信念理想
我们穿越深海
拔剑怒斩扑来的惊涛骇浪
我们巡航在宇宙空间
我们奋战在大漠海疆
挥手谱写走向复兴的壮丽诗篇
以无与伦比的决战取胜
创造中国航天的神奇辉煌
前进！前进！向前进！
神箭雷鸣电闪势不可挡
前进！前进！向前进！
我们为强大祖国寻梦领航

1．从白山黑水起飞的鹰

他，诞生在中国第一颗原子弹爆炸震惊世界的年代，8亿中国人终于掌握了毛主席说的“这个东西”。有了这个东西我们就在世界上说话算数了。陈毅元帅的腰杆子在世界外交舞台上就能硬起来了，挺起来了。诞生在这一年的中国的婴儿们，虽然还不懂得什么叫敲开了世界核俱乐部的大门，但当他们长大后便会深深懂得这一年（1964年）对中国走向世界，屹立于世界东方意味着什么。当李洪刚刚学会走路时，中国两弹结合的核导弹从大西北沙漠上空飞过，一声炸裂的巨响，在戈壁上空卷起一朵朵粉红色的蘑菇云。在这朵朵云彩下，我们的祖国豪迈地走进了只有世界大国才能进去的世界核俱乐部。正如一个伟人所说："中国如果没有爆炸原子弹、氢弹、核导弹，就不会叫作有影响的大国。"而这个诞生于沈阳市的叫李洪的孩子，在43年后成为中国专门研制导弹、火箭的中国运载火箭技术研究院的第四代领军人物。

这个从军人家庭走出来的孩子，天生就具有东北汉子的开朗豪放、勇敢活泼的性格，从小就喜欢跟着父亲叔叔们在军营警营的操场上滚爬摔打。上体校时，李洪还跟一个会武功的叔叔专门练过拳脚功夫。读初中时他爱上了排球，还被选为排球队长，代表学校参加了全市中学排球比赛，为学校拿到名次争了光。因为身体健壮，"文化大革命"中空军部队来沈阳选考飞行员，差一点就将小李洪选上，后来他将目光盯向了著名的哈军工（现哈尔滨工程大学），那是东北学子们向往的圣殿。

在李洪求学的年代，我国不断传来高科技领域的喜讯，特别是在军事科技领域、航天领域更是喜报频传，像洲际导弹向南太平洋领域发射成功，人造卫星在天空唱响了东方红，地球同步轨道也飞过"东方红二号"通信卫星。与美苏等强国相比，我们在奋起直追，步步紧跟。这样的一派大好形势，使专注热爱航天的李洪立下了非哈军工的飞行器控制专业、无线电控制专业、导弹专业不考的志向，这成为他人生路上必将登临的第一个台阶。可是还没等他读完高中，哈军工的军事航天专业系已迁往湖南长沙，与国防科技大学合并，它原拥有的军科专业已并入了后来在湖南长沙成立的国防科技大学。李洪高中毕业时才知道这一消息，于是当年高考他报考的第一志愿为国防科大，而人人向往的清华大学反而成了他填报的第二志愿。师哥师姐们对这个小弟甚感不解，纷纷劝说他去考北京大学，而他偏偏要到毛主席的家乡去求学，像毛主席求学时一样踏遍湘江的橘子洲头，看层林尽染、百舸争流。他谢过了留在北京的师哥师姐们，独自南下去领略“芙蓉国里尽朝晖，九嶷山上白云飞，帝子乘风下翠微”的酸甜苦辣。

四年勤奋苦读，他以优异的成绩拿到国防科大飞行软件控制专业本科学士学位。走出学校来到北京，此时的中国已面临着改革开放的新时代。一个以经济建设为中心，以改革开放为动力的新的社会转型时期已经到来，为了更好地报效祖国，走进他梦寐以求的中国航天发祥地，他毅然决定报考中国运载火箭技术研究院一部正在招考的火箭导弹专业的研究生。他成功被录取了，幸运地成为一部总设计部中科院院士龙乐豪的研究生。而主持这个研究院的正是他慕名已久的新中国第一代导弹火箭专家，从莫斯科导弹原子弹专业学院毕业回来的中国工程院院士、国际宇航学院院士——王永志大总设计师。

更让李洪难以想象与惊喜的是，站在他面前的竟是中国航天科技界一座座科学丰碑似的人物，就是他们手把手教他，领着他在航天路上勇往直前，不畏艰险，去攀登一个个光辉的科学峰巅。王永志、龙乐豪、王德臣、刘竹生、余梦伦、谢光选等中国航天界的大人物，他们个个都具有运筹于帷幄、决胜于千里的将帅风采。李洪在他们的亲自施教示范下求学，与他们一起研究研制各个型号的导弹、火箭，耳濡目染大师们的风采才华，他不仅在无线电遥测、飞行器控制上有长足进步，也更熟悉总体设计在航天器研制中的重要性，以及军品质量管理这门新的学科。李洪在上国防科技大学时光荣地成为中国共产党党员，这时又幸运地和刘竹生、王德臣、龙乐豪这些大师们编在一个党小组里。他从进入一院总体部那一刻起就得到了中国第一代航天人的关怀、温暖，从他们身上看到了党的光荣传统怎样在他们身上发光发热。刚进入一部时，李洪还是一个只有24岁的共产党员，从不自觉地被动到自觉融入航天团队，再到下定决心在老一代航天人的带动率领下，以“永不停步，永攀高峰，永保成功，永创一流”的企业精神武装自己，他深感到与老一代航天人相比还有不短的差距，无论是飞行器遥测控制与无线电遥测技术的纯熟运用，还是大工程系统概念等方面与龙乐豪老师相比都有着明显的差距，正因为差距的存在，又激发起他那股不能被拉下而鼓足勇气追赶的牛劲。他把一天当着两天用，抓住时机拼命朝前赶。

正当他从一部研究院拿到王永志院长亲手颁发的文凭，准备大干时，一股突如其来的飓风把他吹打得几乎迷失了方向。这股风是中国改革转型的第一场市场化飓风。其冲击对长期按计划经济国家事业单位体制组织起来的研究院来说，犹如一股寒流袭来。首当其冲的是军民分开，指令性指标减少，国家型号任务一年两年才下达一个，两三万人的一院围着一个型号转，一半的科技人员闲着没事干去摆摊当商贩，而国家又减少了下拨的经费，院里立即感到生存的压力。三分之一的人下海淘金去了，而另一部分科技人员也在想方设法跳槽另谋生路。有段时间国外在中国的公司甚至开着汽车到院里招人、挖人，看那架势是想把一院的科研人才挖空。这在某种意义上讲，是挖国家战略高科技院所的墙脚，而有些人确实也经不住金钱的诱惑，纷纷离开了一院。而李洪这一批把国家航天事业当成自己生命的青年科技精英们，却坚决顶住了市场拜金的冲击，坚定地留了下来，坚守着这一片科技的净土。

李洪被分配到一部五研究室从事火箭总体设计中的飞行遥控与无线电遥测工作，到了1990年，这股下海潮终于退潮了，那是因为王永志院长、王德臣副院长、于淮龙总师凭着几张草就的“长二捆”火箭图纸，勇敢地走出了国门，机智地撞开了一直被美国欧盟控制封闭的国际卫星市场，为中国抢到了第一张发射澳星的订单。

李洪被紧急调到“长二捆”型号研制组，参加这支为中国走出国门赢得荣誉、创造奇迹的研制团队。紧接着是苦战18个月托举“长二捆”发射成功的日日夜夜，在这场举世无双开创一院新辉煌的战斗中，李洪真正地成长起来了，成长为一名出色的科研精英人才、管理组织人才。正如他自己所说：“我是从老一代航天人的身上看到了自己的不足，又是从他们身上学到报效祖国的才干、学识、科学技术、做人的品德、对科学的敬畏与崇尚。”“长二捆”研制成功后，李洪又马不停蹄地跟随龙乐豪总师投入“长三甲”火箭的研制，亲历了“八年鏖战定乾坤”的“长三甲”系列火箭的光辉历程。他不只亲历“长三甲”火箭研制发射的失败与成功，而且几次去了发射场，曾目睹因为飞行器泄漏，老工人魏文举只身扑向火箭抢修，不幸中毒壮烈牺牲的场面。这使他更加深刻地认识到航天是一个高风险的事业。周总理所提出的16字方针中的“一丝不苟”就是确保安全的一盏明灯，能照亮航天人的心。随即一院党委从此次教训中总结出“一切归零”的研制技术安全工作方针，即把一切隐患消灭在发射之前的工作原则。1992年后李洪担任火箭型号的主要设计工作，更是把16字方针中的“一丝不苟”当成人生的座右铭，当成航天人的生命。1993年中国的载人航天计划被党中央国务院、中央军委正式批准立项，集团公司和一院决定在“长二捆”火箭的基础上研制出运载力更大的“长征二号F”箭，作为载人航天的主力火箭。李洪被调入了以党委书记沈辛荪为总指挥，王德臣副院长为总设计师的“长二F”火箭的研制发射团队。李洪与张庆伟、吴燕生、荆木春、刘竹生、黄春平一起为“长二F”火箭的研制共同战斗，付出了心血，贡献了才智。

1996年虽然是世界航天史上的多事之秋，但“长二F”火箭的初样研制却取得了突破性进展，完成了箭体结构静力试验并交付使用，完成了振动箭的生产总装，完成了逃逸系统和故障检测系统的研制和试验。李洪、吴燕生是这个系统主要的设计人员，他们相互鼓励，出谋划策，并肩战斗共同完成了“长二F”逃逸舱的设计研制。与这个逃逸舱匹配的“长二F”火箭已经7次将载人飞船成功发射送入太空，让杨利伟等6名宇航员安全地从太空返回陆地。2011年10月27日，它又将我国自己研制的空间试验器“天宫一号”送上太空，与“神舟八号”实现交汇对接，组成我国在太空的第一个悬浮的空间实验室，并使中国成为世界上第三个能在太空建立空间站的国家，从而在世界航天领域呈现美、中、俄三足鼎立、俯视天下的壮观格局。李洪在这一改变世界航天史的博弈中献出了心血及才智。

1998年6月，当“神舟三号”飞船成功升空后，李洪从一部副主任调任院质量技术部任常务副部长，一年后升任部长。从此他从更高层面接触到一院的战略武器系统及312武器系统，并对两个武器系统进行了持续半年之久的深入调研，从更大的范围，更高的层面，统揽两大系统产品的质量检查认定工作。在一部九年的工作战斗为他后续的发展打下了基础。一部是一院的参谋总部，同时又是一院总体文化诞生的摇篮。李洪在一部从设计员干到副主任，九年间他熟悉了整个一部工作的流程，行政、技术、质量、经济、管理、政治思想、文化建设等方面的工作他都干过，即使是没管过的，也间接接触过，这些锻炼使他迅速成长为一个经济技术管理杰出人才、领军人才。

当质量部长时，他铁面无私，产品不管来自哪里，出自何处，由什么人主管，只要质量不合格，他都坚决顶回去，一律不准出院，不准使用，返工重来，直到达标。他不通情面、不认熟人，甚至是上面发了话的、批了条子的，只要产品不合格就休想逃过他这个关口。他不怕得罪人，宁愿得罪人，也决不让一件不合格的产品给国家、给人民造成危害。

李洪是中国载人航天发射的历史见证人，又是亲身经历的研制者。自 1993 年载人航天工程立项上马后，他几乎每一次发射都跟进到现场。为解决逃逸设备怎样救人的问题，他和吴燕生院长并肩站在靶场的夜灯下，顶着呼呼的风沙，讨论了三个多钟头，直到找到了解决的方法，两个人高兴地拥抱在一起，睡倒在路灯下的沙土上，只有大漠上空弯弯的冷月那淡黄的光辉洒在他们的身上，直到天明。

不久后，吴燕生院长升任航天科技集团公司副总经理，他向院党委、集团公司党委积极推荐由李洪接替他的职务。临走时，吴燕生将李洪叫到一部楼下，来到聂帅铜像旁的荷花池畔，他们并肩站在聂帅的铜像前，彼此都抑制不住难舍难分的心情，久久地握着手默默地相望，直到眼眶里盈满泪滴，吴燕生这才忍不住笑着说："有人说关怀与艰辛同在，痛苦与欢乐相连，人到离别时心里就有那么一点酸楚形成的压力，李洪不说了，一院就交给你了，让你也体会一下，在院长这个岗位上血压是怎样升高的，我是尝过那个味道的，又涨又疼，眼还有点迸花。我是再也尝不到了，该你老弟也来尝尝血压升高的滋味。"说完后不等李洪回答，吴燕生握了握他的手，拍了拍他的肩转身走了。李洪当时在心里说："别吓人啦，我压根儿就没有高血压，43 岁，正是人生拼搏、成熟的黄金年华。"想不到两年后李洪在发射基地现场，当"长二丙"将"北斗二号"导航卫星送上天空时，那一朵朵喷射的火焰突然晃得他眼冒金星，头热热地昏眩，血压一下升了起来。随行的秘书忙跑来扶着他："院长，你都两天两夜没合过眼啦，快歇着吧。"

"不，这是燕生兄说的话灵验了，该我的血压上去了。"李洪笑了，紧紧扶住路边的白杨树。这时一只山鹰从树上拍翅飞走，朝着大小凉山青翠的山岗飞去，在达玛花盛开的园林上空盘旋。此刻，他的眼中看到的分明是东北方向显现的白山黑水，美如画屏的云间，有一只长大的鹰正在越过山海关、长城、黄河、长江，直向西南群山簇拥的大小凉山飞来……

2. 领军 2007 年……

被誉为中国航天发祥地、中国导弹火箭摇篮的中国运载火箭技术研究院，刚刚欢庆过她的 50 华诞，京郊南苑的上空还飘浮着庆祝的烟花，环绕着院区的小河还在潺潺地流淌着喜庆的欢歌，拥抱着院区的赭红色的航天文化墙上，一串串红绿小彩灯光彩闪烁，墙上描述中国航天 50 年辉煌历史的图片、绘画、诗词，烘托着英雄群雕，笑迎着朝他走来的祖国和人民。

此刻一辆辆小车顶着北京的第一场冬雪驶进了这座欢笑的大院。随即从车上走下的中国航天科技集团公司总经理马兴瑞等一行人，径直走进了院 8102 大楼。

大楼会议室响起阵阵掌声，马兴瑞总经理登上悬挂着国旗、摆满了鲜花的主席台。他站立在台中央的麦克风前，向同志们挥手致意，会场一下像落潮的湖水静悄悄的，直到他的东北口音又一次打破了寂静，“同志们，我代表集团公司党组宣布：任命中国运载火箭研究院副院长李洪同志为中国运载火箭研究院新任院长。原院长吴燕生同志调任集团公司副总经理、党组成员。”

此时，43 岁的李洪从第十任院长吴燕生同志手中接过了研究院的帅旗，成为研究院新一代领军人物。领军 2007——就从今天开始，研究院跨进了新的征途。这就是研究院第五次党代会决定的第二个新的 50 年，二次创业，市场化转型的起飞。

李洪从马兴瑞总经理手中接过任命书后，顿时深感担子的沉重，任务的艰巨，但他仍然坦诚地满怀深情地在全院处以上干部大会上，庄严地向党表态：

今天，我荣幸地从吴燕生同志手中接过研究院院长的重担，这是集团公司党组对我的信任与重视，更是全院两万五千名干部员工对我的信任、期望、支持，这更是一种鞭策和鼓励，使我深感肩负的责任的光荣，使命的重大。在往后的工作中我将紧密地团结院领导班子成员，在院党委的领导下，团结一致，共同努力，提升院的三个能力——领导班子执政能力、系统和总体能力、基础能力，做到两个始终——始终把确保成功作为首要责任，始终把发展作为首要任务。为祖国航天事业的发展，为国民经济建设做出新的贡献。

21世纪的航天科技方兴未艾，新50年的漫漫征途上还有多少关山险隘、雪山草地等待新的长征脚步去攀越跋涉，还有多少新的大渡河、湘江、岷水等待我们去强攻、飞渡。

“领军2007”只是我新生命的开始，也是我使命的新的冲刺。从此我的肩上不仅压着确保自2008开启的高密度发射成功的巨大压力，更牵挂着近三万在职员工，一万两千多离退休老同志的衣食住行、幸福安康。

我李洪从2007年12月20日那一天起，就已经不再属于我自己的家了，而是属于一院所有的人，所有的家庭。我常常提醒自己：李洪，党把你摆在这个位置上，就是把国家的希望，国家的战略安全交给了你，把全院几万员工家属的幸福托付给了你。你作为一个共产党员、一个执政党在一院的代表，你要尽的义务和责任，一是要让一院发展壮大，圆满成功完成国家交付的各项任务；二是要让全院员工家属生活越来越美好，幸福感越来越强。本着共产党人全心全意为人民服务的宗旨，我和小虹书记无时不在谋划着一院的未来，探索着走出困境的新路。

但李洪这个院长肩上的压力，仿佛并没有因为有了成绩而减轻。越来越重的高密度型号发射任务要确保百分之百的成功；一院的25000人从他2007年接任院长后两年间增至29000人，还没包括18000名离退休老同志，而在这期间国家划拨的事业性经费逐年减少。怎样才能保证一院的正常运转，而且还要又好又快地发展？唯一的出路就是加大改革力度，在转型升级上妙笔生花。

繁多的任务以及经济上的压力，使一院的基础设施建设明显落后于集团公司其他院所。2000亩土地面积的院区内竟没有一座能代表一院这个具有国家战略安全基石形象的标志性建筑，缺少大手笔的环境布局与园林花木的配套，缺少独具风格的航天艺术衬托的氛围。单就这一方面，一院就失去了引领航天的竞争力。

朴素当然是好的，但在全球一体化的当代，朴素得近乎简陋的外观，必定会引起那些来自世界各地的同行们的怀疑，甚至令人怀疑你的实际能力。有人说这是从延安窑洞走来的老红军、老八路所继承的革命传统，然而已经在中国执政了60多年的共产党人要继承的是延安精神、井冈山精神，并且用这个精神把我们的国家建设得比资本主义更好，把我们的城市、工厂、科研院校修建得更加美观、实用。把传统建筑的文化、艺术融入当代中国式标志性建筑，不是更显出我们中国五千年文化的厚重吗？既然已经意识到这一点，李洪的胸中已然耸立起了一院永远引领航天、追求卓越的新的现代化基地的蓝图，能代表国家战略安全基石形象的标志性的建筑物，以及孕育着航天文化的建筑群落、花木丛林、水流潺潺环绕的艺术环境。现在这个新标志性建筑的一院，正在天津滨海新区建设，在渤海湾占地3000亩的盐碱滩上，中国运载火箭技术研究院天津大火箭生产基地正在雄起。

基地上雄伟巍峨、顶天立地高达百米的火箭导弹试验振动塔就是一院新的标志。这巍峨壮观的标志，代表的是中国航天的现在与未来……塔顶的光柱照亮天津也照亮北京！待到2014年大火箭“长征五号”从南海腾飞，问鼎苍穹时，谁还会说一院航天城没有追求卓越的标志性建筑来引领中国航天呢？

世上的事从来都是后来者居上，当李洪的目光仍在凝望那一片茫茫的蓝天时，他就看见心中的标志性建筑恰似太阳一样从渤海湾冉冉升起。老专家、老领导们眼里所流露出的那种酸楚与那一声声悠长的叹息，时时在李洪的心里浮现。为航天事业辛苦了一辈子，操心了一生的老航天们，嘴上虽没说，心里谁不盼望有一个美好幸福的晚年呢？老航天们，你们都是我李洪的父辈老师。亲人啊，我一定要让你们住上别墅式的楼房，生活在花园一样配套的文化艺术环境里，让诗词、绘画、垂钓、棋艺、摄影陪伴老人家走过幸福的黄昏。让那航天事业初创时的奉献、战斗的铁血岁月，化为时代美好的回忆，就像那个时代的旋律时时萦绕在耳畔，唤醒那些曾经奋斗过的幸福之春。

看，在一院生活区的东高地，万源里新的楼房别墅正在兴建，当年的筒子楼在重新翻盖装修，花园、球场、棋牌室、画室、影院、体育馆、青少年宫、幼儿园、小学、中学……有的整修一新，有的正在建设中。以人为本，惠及民生，共享成果，在一院的“十二五”规划中占据着重要的位置，在李洪心中铺开的是又一张现代版的清明上河图：东高地、万源里、西洼地、天津基地生活区在图上渐次铺开。50年前、30年前一院没有这个实力办到，而今天我们有条件了，那就应该赶快办！这是我们这一届领导班子，对劳苦功高的老航天人的一种补偿，更是给新一代航天人的希望！更加坚定他们热爱航天，航天是他们一生追求的信念。

李洪、梁小虹在一院的发展建设上配合得那么默契，他们都是从总体部走出来的，同在一院战斗了二十多年，是战友，是兄弟，是一个靶场上的指挥员，是一院党委会的核心。梁小虹是老大哥，他支持小兄弟李洪提出的改革方案并共同拟定了一院的“五个发展”。发展的根基一是打好基础，二是成功，这是发展的前提与归宿。根基是纲，五个发展是目，有了这个纲举目张一院就能变大变强，步步踏实稳健地从胜利走向更大的胜利。

什么是“五个发展”？李洪对我的采访是这样回答的：

一是组织成功发展。二是创新发展。三是技术管理发展。四是安全发展。五是以人为本和谐发展。

“五个发展”纲要公布后，全院员工欢欣鼓舞，同时也在看领导班子怎么干！老员工在看，在关心，中青年员工在看，同时踊跃主动参与廉政建设、廉政文化的创新宣传，将廉政建设变为全院自觉的行为规范，让挪用、贪污、盗窃等一切犯罪行为归零。

在组织发展上，李洪、梁小虹着手抓了总装总测试的改革，加强总体的调研，成立了院研究中心，组织了10号战术武器事业部，成立知识人才管理处和技术管理处。强化专业公司的建设，建设规范好几十年形成的军品技术规划。加大基础技术的固化科学化与质量管理掌控。而这一切都要以以人为本为前提，在多个领域设置专家负责制。

为了在全院内开展学习型厂所建设，对技术经营干部进行在职培训，成立了长征学院，要使全院员工都进入知识化、年轻化的新境界。

采访归来，我在夜灯下铺开稿纸，可思绪还停留在李洪院长那间宽敞的办公室里，停留在秘书递给我的一份材料上，上面记录着李洪在出任院长期间率领全院所做的公益事业，以及他个人20多年航天生涯做出的贡献及获得的国家主要奖励，现摘录于下：

1999~2007 年两次获国家科技进步特等奖，四项国防科技进步二等奖

2007 年获“首次探月工程突出贡献者”称号

2007 年获人事部五部委“首次月球探测工程突出贡献者”称号

2008 年获“首次月球工程圆满成功突出贡献者”证书

2008 年，获曾宪梓载人航天基金奖，全国五一劳动奖章，中国航天科技集团公司载人航天功臣，有突出贡献专家政府津贴等殊荣。

在担任中国运载火箭技术研究院院长期间：

2007 年，中国运载火箭技术研究院筹款 155 万元，修建了甘肃夏河县九甲中心小学“长征火箭”教学楼，并设立 50 万元基金用于“长征火箭园丁奖和桃李奖”。

2009 年，中国运载火箭技术研究院追加 51 万元，用于甘肃夏河县九甲中心小学“长征火箭”教学楼的建设资金缺口。

2010 年，中国运载火箭技术研究院筹集 166 万元，用于甘肃夏河县九甲中心小学“长征火箭”教学楼配套设施建设。

2008 年，汶川地震期间组织全院干部员工向灾区捐款 2229 万余元。

2010 年，组织全院干部员工向舟曲泥石流灾区捐款 203 万余元。

3. 中国在太空的寻梦之旅

是谁唤醒了大漠戈壁的荒蛮，将人间梦的挚爱——文明的种子，播洒在万紫千红的春天。

我们仰望星空，仿佛聆听到浩瀚无垠的太空的召唤——中国寻梦由此起飞，航天人的愿景在扩展伸延。那是理想的火花，在

我们的热血浇注里绽放；那是生命的交响，引领着中国展翅翱翔九天。

开拓天疆，航天人在行进的路上，托举着中国寻梦的太空之旅，环绕着满天闪烁的繁星……

当伟大的祖国迎来62周年的华诞之际，在金秋的大漠深处酒泉卫星发射基地，向祖国奉献的大礼就矗立在发射塔上，“长征二号FT1”火箭与“天宫一号”箭船组合体的淡蓝色支架正缓缓地打开……

北京航天指挥中心大楼上，悬挂的时钟正指向历史长河瞬间掀起的浪花——2011年9月26日21时16分，航天人献给祖国62周年的礼物——“天宫一号”在“长二FT1”火箭托举下，踩踏着雷鸣般喷射的烈焰，徐徐升上了天空，中国的“太空寻梦之旅”踏上了漫漫征途。这一刻标志着中国向自己的空间站时代迈出了坚实的一步。

秋夜，酒泉星光闪耀的发射场上，万千双含泪的眼睛仰望着“长二FT1”火箭托举“天宫一号”升空飞行。霎时，天上人间都高唱着“五星红旗迎风飘扬，胜利歌声多么响亮，歌唱我们伟大的祖国，重新走向繁荣富强……”

这是“天歌”，是祝贺“长征”系列运载火箭第147次发射成功的太空之旅，也是中国载人航天工程出征凯旋的第八次“太空寻梦之旅”——开拓中国空间站时代的前哨部队。

火箭巨大的推动力在天空产生燃烧着的蓝色的火焰，脚下的大地也为之微微颤动，当火焰在远天化作一条洁白的哈达从天际飘曳而下时，中国大地炸响宛如的春雷般的欢呼声，歌声此起彼伏，浪潮滚滚而来……

浩瀚太空迎来了中国的“天宫”，于是，太空与13亿中华儿女结了姻缘，大家心连心地期盼等待着，“长二F遥八”火箭托举的“神舟八号”“神舟九号”早日飞来。

“天宫一号”等待的是一个花好月圆、鲜红飘曳的中国结。那代表华夏民族五千年的传统文化中的圆圆满满，完美的中国结传达的是天地之姻、人文情缘。就在这一刻，中国沸腾啦，世界震撼了！

“天宫一号”带着航天人不断的探索精神，在离地343公里高空闪光的轨道上，等待着“神舟八号”。从太空传来的嘀嘀嗒嗒的电报指令，亲切地带着东方的自豪。“天宫一号”的在轨飞行，无疑是对美国反对中国加入现有国际空间站的狂妄态度的一个有力的回击。这不仅仅是出于20世纪以来的两国意识形态的对立，其本质是中国基于对新世纪的直觉，认为谁先到达太空的新边疆，谁就将率先在未来拥有世界领先的地位。要想把中国排斥在太空以外，那是痴人说梦。永久性的空间站将进一步确立中国在世界上的大国强国地位。所以，中国需要做的不仅仅是掌握这种高科技本身，更要以此为契机开拓总体社会的变革。“天宫一号”这个中国独立打造空间站派出的太空飞行器前哨尖兵，不只是触动了西方的神经，也给美国国家航天局敲响了一记警钟。

北京时间2011年11月1日的酒泉，清晨灰蒙蒙的戈壁上空乌云散开，夜空放晴，繁星闪烁。在大漠深处，“长二F遥八”火箭静静矗立在发射塔上，灯火通明的酒泉卫星基地静如湖水的指挥大厅里，指挥员发出的一个个口令牵动着现场一颗颗跳动的心，也牵动着13亿中国人的心，大家瞪大的眼睛，聚焦着大厅悬挂的大屏幕上闪现的数据：5—4—3—2—1。伴着喷射的火焰，轰鸣的雷声，火箭笔直地以最完美的姿态徐徐升空。时间数到12秒时，火箭实现完美的按程序转弯，第100秒，火箭进入大气层向太空进发。

154秒后，助推器分离。159秒后，火箭一、二级分离，“遥八”，不辱使命的“遥八”，每一秒的姿态都是那么的严丝合缝，完美展现。第399秒，屏幕上传回了“神舟八号”内舱里图像，一个金灿灿的绣着“福”字的中国结悬挂在舱内，精彩、光艳。第583秒！那是多么激动人心的一刻，“长二F遥八”火箭将“神舟八号”送入太空轨道后船箭分离。为中国航天献身的“长二F遥八”火箭化为一团炽热而壮丽的火焰，霎时地面响起如潮的欢呼，如浪的掌声，为“长二F遥八”火箭与“神舟八号”完美的依依惜别喝彩，也为这583秒背后的千万航天儿女的辛勤付出喝彩！“长征二号F”火箭总指挥突然在掌声停歇的瞬间高声喊道：“我要给‘长二F遥八’火箭打100分！”

打100分！打100分！“长征”火箭万岁！“长征”火箭，中国的骄傲！

而此时，大漠相连的天边露出了一抹晨曦，在太空入轨飞行的“神舟八号”也从这个黎明开始，日夜兼程，赶去赴与“天宫一号”已相思一个多月的飞行约会。中国的“神箭”腾空，将助力“神八”追寻“天宫一号”的大幕拉开，将精彩展示在世界眼前。

北京时间2011年11月3日凌晨1时36分传来了喜讯：“天宫一号”目标飞行器与“神舟八号”飞船成功实现首次交会对接。正在法国戛纳出席世界二十国集团领导人第六次峰会的中共中央总书记、国家主席、中央军委主席胡锦涛闻讯后第一时间发来了贺电。党和国家领导人吴邦国、温家宝、李长春、习近平、李克强、贺国强等在北京航天飞行控制中心观看了交会对接实况。

凌晨时分，在距地面约343公里的对接轨道上，“神舟八号”飞船正以自主控制的方式向“天宫一号”目标飞行器靠近。飞行中心的大屏幕上交替显示出“天宫一号”目标飞行器和“神舟八号”飞船运行轨迹、参数和三维动画，扬声器不时传来地面测控站和“远望号”测量船与北京飞行控制中心通话的声音。

1时23分，当“神舟八号”到达距“天宫一号”30米的空中停泊点时，北京航天飞行控制中心就对接准备状态进行最后确认，发出指令，“神舟八号”以每秒0.2米的相对速度向“天宫一号”缓缓靠拢。

20米，10米，1米，0.5米，“神舟八号”与“天宫一号”的距离越来越近，吴邦国等领导同志似乎屏住了呼吸，神情紧张专注地凝视着大屏幕上的景象。

浩瀚太空闪显出“神八飞船”与“天宫一号”对接的特写，经过接触、捕获、缓冲、校正技术动作的“神舟八号”飞船哗的一声启动了主动对接钩，牢牢锁住了“天宫一号”目标飞行器上的被动对接钩。1时36分，两个航天器紧紧连接成一个结合体，以优美的姿态在茫茫的太空飞行。

整个对接过程均由“天宫一号”和“神舟八号”上安装的舱外摄像机拍摄下来，将画面实时实况传回地面，清晰地呈现在人们眼前。

1时43分，载人航天工程总指挥常万全宣布：“‘天宫一号’‘神舟八号’首次交会对接取得圆满成功。”顿时，大厅里及围在电视机前的所有人耳畔都响起热烈的掌声和阵阵欢呼声。

胡锦涛同志发来了贺电，总书记在贺电中说：

欣悉“天宫一号”目标飞行器与“神舟八号”飞船成功实现首次交会对接，甚喜甚慰。我谨向全体参研参试人员表示热烈的祝贺和诚挚的慰问。突破和掌握空间交会对接技术，对于推进我国载人航天工程三步走战略至为关键，希望同志们进一步发扬载人航天精神，再接再厉，精益求精，顽强拼搏，团结合作，努力争取交会对接的全面胜利，为开创我国载人航天事业新局面做出更大的贡献。

吴邦国等领导同志也在阵阵热烈的掌声中来到操作控制台前，同工作人员与专家们热情握手问候，祝贺“天宫一号”与“神舟八号”交会对接成功，希望大家牢记胡锦涛总书记的嘱托，再夺载人航天事业的新胜利。

按照计划，“天宫一号”与“神舟八号”组合体经过 12 天左右飞行，两个航天器将分离，进行第二次交会对接试验。此后，“神舟八号”飞船返回舱将返回地面，“天宫一号”转入长期运行管理，等待 2012 年“神舟九号”飞船、“神舟十号”飞船升空再进行交会对接。

此刻我们将目光转向一院“长二 F 遥八”火箭的庆功宴，听听发射队员斟满成功的美酒后的感言：“今天，我们可以骄傲地说，经过 100 天的努力，我们取得连续两箭发射的圆满成功，为首次交会对接奠定了良好的基础。火箭成功，是一切成功的前提，火箭系统不成功，其他系统就不能成功。在这成功的时刻，让我们一起分享胜利的喜悦！”

举起成功的美酒，大漠上已是鞭炮声声震耳欲聋。在庆功宴上，梁小虹书记想到的是，历史期待下一个火箭的传奇。刘宇总指挥、荆木春总师想到的是，“长二 F 遥八”火箭与“长二 FT1”火箭相比，对火箭入轨的精度提出了更高的要求，与“遥七”火箭相比，“遥八”进行了 150 项技术改进，相当于研制了一枚新火箭。此次送“神八”飞船上天，“长二 F”火箭首次使用了迭代制导技术，有效减少了制导方法的误差，创造了中国有史以来火箭发射入轨精度的最高纪录。

而我的眼睛却紧紧盯住火箭研究院二次创业绘就的宏伟蓝图，也就是梁小虹的“历史期待下一个火箭的传奇”。一个声音在我的耳畔响起：

与中华民族五千年深厚的历史积淀相比，过去的55年只是一段短暂的光阴。然而我们要以今天的基础，今天的辉煌作为起点，沿着我们开创的中国特色社会主义道路，向着中华民族伟大复兴的前景前进，中国航天强国的前途不再只是梦想。

它是站在海岸遥望海中已经看得见桅杆尖头的一只航船，它是立于高山之巅，远看东方已见光芒喷薄欲出的一轮朝阳，它是躁动于母腹中快要成熟的一个婴儿！

那就是历史期待的中国下一个“火箭传奇”。

未来五年是我国由航天大国向航天强国迈进的重要战略机遇期，也是一院实现市场化转型的关键期。一院将加速转变经济发展方式，优化经济结构，发展战略型新型产业，加快中国特色的军事变革。一院必须坚定不移地肩负起“科技强军，航天报国”的历史重任，“引领航天，追求卓越”的神圣使命，承担起发展成果惠及员工、回报社会的企业职责，全面提升完成国家任务的能力，奋力发展新一代航天火箭武器装备，铸就国家战略安全的钢铁基石，持续推进军民融合产业化发展，做强做大高科技航天事业，建设具有国际一流竞争力的宇航企业集团公司。

让我们高唱二次创业新长征的战歌，迎着新世纪灿烂的阳光，走向中华民族的复兴，走向大中华航天强国新的辉煌！

2011年11月10日增订于北京

尾声　一个愿景闪动在月亮之巅

如果说“神五”飞天是一幅饱蘸浓墨的山水画，圆了中华民族延续了千年的飞天之梦，那“神六”升空便是一张淡淡的素描，更生动地演绎了一种举重若轻的厚积薄发。航天员由一人变成两人，在轨运行由一天变为多天——这几字之差，已促使中国航天另开新篇。

——引自梁小虹《航天精神》一书

当战争的硝烟在欢笑的花海人潮的大地消散之后
亿万双饱含热泪的眼睛仰望着烟火爆竹点亮的节日夜空
从迷蒙着薄雾的那一片京城南郊的辽阔旷野
起飞了中华民族已延续了千年的飞天之梦

你可曾数过那年刚刚栽下的175棵青春杨柳
他们来自波涛滚滚的大洋彼岸异国他乡
也来自雪山草地、太行延安、辽沈淮海及强渡的长江
沐浴着50年风雨历程森林般的手臂托举起一个腾飞的中国

啊！当年的壮志宏图化为呼啸射向太空的火箭
摇撼着五千年中国的崛起，燃烧着十三亿中华儿女拼搏的战火
让后羿射日顿时失去了神话的空灵迷人的魅力
让嫦娥奔月不再是老奶奶留给儿孙们童年的传说儿歌

地球已不再是人类赖以生存的唯一摇篮
我们有了走出地球的新摇篮屹立在那片旷野的航天城里
飞扬的红旗下集结着向太空挺进的铁军
冲破了浩瀚星空云山雾海的遮拦

我看见通往罗布泊的路上那棵孤零零的小树泛起树林的浪波
那些相爱的创业者在土窖里迎来第一声婴儿的啼哭
点燃一枚枚划破世纪的飞射火箭
他们的孩子在课堂里唱的还是那一支月亮之上的颂歌

也许在孩子眼里他们的父母就是神话里的万户嫦娥
古老的神话还是那样具有梦幻色彩的神奇魅力
像晚年的托尔斯泰漫步在故乡的旷野
品味着拯救苦难迎来新世界绽放的春花朵朵

我看见红军转战的山林洞穴留下特殊年代的基地
从那儿送出火箭激溅起南太平洋的浪柱巨波
我看见泥石流狂吼奔腾的黄土高原积存的残壁下
氢氧发动机的轰鸣让世界为之举起迟到的玫瑰芍药

我的眼泪为孩子认不出从巴山深处大漠荒野归来的妈妈而洒
我的长夜不眠伴随着堆成大山的图纸谱写的东方红之歌
我曾为不幸的失败咬破嘴唇喷出杀出血路的不屈不挠的拼搏
也曾为沙漠上升起的蘑菇云，天际下的那一道弧形的白烟
爬上了沙丘之顶仰天大笑听举国上下敲响鼓点铜锣

我曾跪拜在绿墙环绕云彩相伴的弱水之畔的沙漠陵园

看航天战士生命热血铺就的历史壮观
走向天际那曾是不可抵御的神箭的诱惑梦幻
留下了终生难忘的飞天执着及火箭情恋

丝路花雨的额济纳长满鲜花的马兰
飘荡着多少千年飞天之魂的彩色经幡
朝圣者一代代碰响的长头颤动着沙漠悲壮的落日
迎来夜空洒落在排排发射塔上星光与露珠的泪水亮闪

航天人点燃了牛粪火融会的月色升起淡蓝色的炊烟
温暖着战士怀里的婴儿红润的甜甜的笑脸
邛海弱水荡漾的蓝波如液化的彩云晚霞
拥抱着战士与孩子的梦飞翔在航天城连接的青藏高原

莽莽昆仑已成为新一代航天铁军崭新的起点
离月亮最近的喜马拉雅垒起接力攀登的平台
俯视天下展现出了更崇高圣洁的愿景
召唤着航天儿女高举旗帜继往开来

月亮之上已洒下吴刚捧出的八月桂花酒香
那寂寞的嫦娥已睁开渴盼的水汪汪的亮眼
他们已等了很久很久
想一睹居住在遥远遥远地球里亲人的笑颜

他们想牵着地球人的手去赴天宫的蟠桃盛宴
空间的未知将化成人类持续发展之无穷无尽的资源
太阳系所有星球将向我们缩短那无可企及的距离

光年的速度会实现在新的大火箭射出的瞬间

我们将如建造从北京到拉萨迢迢天路的换乘站一样
建立起登临月球的空间站向太阳系每一个星球伸延
打开宇宙的科学宝库为人类与地球的永恒发展
找到永不枯竭的资源永远幸福繁荣的坚强靠山

前进吧！中国运载火箭技术研究院
顽强、毅力、忍耐、坚定是你的灵魂

从摇篮里起飞五十年铸就的辉煌伟业
你的下一个愿景闪动在月亮之巅……

（本书合作者天泉）

出版说明

何建明先生是中国文坛著名作家，长年坚守在报告文学一线。“非典”、汶川地震、天津大爆炸、利比亚撤侨等重大事件发生时，何建明先生都尽可能出现在第一时间、第一现场，将第一手材料及时地呈现给读者，将中国故事讲深、讲透、讲生动、讲精彩。他强烈的责任感和使命感让人感动，其直面真相、忠于现实的精神令人钦佩，是中国当代报告文学界极有影响力的领军人物。

有感于斯，我社特收录何建明先生近40年创作的报告文学作品，结集为《何建明文集》三十卷出版。这些作品是对时代、社会、自然和人文的记录、呈现与见证，是作者响应时代的召唤，置小我于大我之中，循着时代背景和社会需求而创作的，完整、真实地表现了社会各个层面人物的喜怒哀乐，代表了当代中国纪实文学、非虚构创作的高峰水平，大气磅礴、激情豪迈，极具胸怀和气量。其中多部作品获得鲁迅文学奖、国家图书奖、“五个一工程”奖、徐迟报告文学奖等。

每个时代都有自己的特征，每部作品都有自己的特点。为了全面展示何建明先生历时40年创作内容、使用语言和文学风格的变化，本文集对何先生已发表的所有作品原则上不做修饰和润色，除特殊情况外也不做大的删节和修改，以保证今天的结集出版，仍不失当年作品的激情和味道。